大鳄

1 血色交割单

仇晓慧 著

中信出版集团 · 北京

图书在版编目（CIP）数据

大鳄．1，血色交割单／仇晓慧著．-- 北京：中信出版社，2018.8

ISBN 978-7-5086-8004-0

Ⅰ．①大…　Ⅱ．①仇…　Ⅲ．①长篇小说－中国－当代
Ⅳ．①I247.5

中国版本图书馆 CIP 数据核字（2018）第 054347 号

大鳄 1　血色交割单

著　　者：仇晓慧
出版发行：中信出版集团股份有限公司
（北京市朝阳区惠新东街甲 4 号富盛大厦 2 座　邮编　100029）
承 印 者：北京诚信伟业印刷有限公司

开　　本：787mm×1092mm　1/16　　印　　张：28.75　　字　　数：330 千字
版　　次：2018 年 8 月第 1 版　　印　　次：2018 年 8 月第 1 次印刷
广告经营许可证：京朝工商广字第 8087 号
书　　号：ISBN 978-7-5086-8004-0
定　　价：68.00 元

每个圣人都有过去，每个罪人都有未来。

——王尔德

目录

第一章　手表的秘密

每列火车都装载了罪恶的货物。

——约瑟夫·冯·斯登堡

（Josef von Sternberg）

《上海火车》

(*Shanghai Express*)

一

1995 年 5 月 29 日傍晚，一个少年矫健的身影飞鸟一般冲破了薄雾迷蒙的黄昏。他叫袁得鱼，袁观潮的儿子。

经过花园路的时候，他停下脚步，被转角处糖炒栗子的香味吸引住了。像往常一样，他买了两袋。以往每天放学，他总会在这个小摊儿上买两袋糖炒栗子，一袋自己吃，一袋给爸爸。这次，给爸爸买的这袋，量破天荒地多，要九毛钱，平时只要两三毛钱。称重后，卖栗子的阿公又娴熟地抓了两颗放入袋子，说："你爸爸一定很开心。"

他的嘴角上扬，狡黠地轻轻一笑，抱着两个褐色纸袋继续往西江湾路跑去，一路上撒下栗子的甜香。

这一天，对于资本市场而言是个特殊的日子，一只叫作"帝王医药"的股票被载入中国资本市场史册。开盘时的刀光剑影在袁得鱼的脑海中不断闪过，持续多日的鏖战终于可以分出胜负。直到最后一刻，隐藏在黑色帷幕背后的答案才匆匆揭开，决定着最终的胜负。

他并不看重结果。对他来说，就算爸爸倾家荡产，又有什么关系呢？重要的是，爸爸又可以回来了。如果相处就是一种幸福，那这就足够了。

太阳对这个世界还有些留恋，天空笼罩着一片奇异的紫色，就像一层稀薄的水粉颜料均匀地涂在上面，呈现出一片祥和而瑰丽的风情。白天过渡给夜的黄昏，如此消长。

袁得鱼的家在西江湾路的一个弄堂里，对面就是中国第一条商业运营铁路——吴淞铁路。这条铁路最早通车时间可以追溯到清道光二十三年（1843）。那年，佑海这个城市才刚刚开埠，铁路诞生于那个承前启后的商业年代。不论历史如何变迁，这条铁轨上飞驰的火车总是载满货物，从起点开往终点，周而复始，在佑海东北部穿行了一个多世纪。

袁得鱼跑向铁轨，他一眼就看到了铁轨旁爸爸的背影，心里别提有多高兴了。

“爸爸……”他万万没有想到，这个男人转过头望着他，一动不动，在火车到来的一瞬间，如同一尊石像般，突然笔挺挺地朝铁轨方向倒了下去。

一阵振聋发聩的汽笛声冲破了暮色的静谧，粗暴地劫走了人们内心的平静。强大的声波把路两旁树木上的麻雀纷纷震落在地。一只麻雀恰好掉落在少年脚边，在地上惊慌失措地扑扇着翅膀。

袁得鱼手上的纸袋滑落在地，身体就像是被火车呼啸而来的风狠狠地抽了一下，紧绷得无法动弹，背部僵硬得生疼，分不清是恐惧、悲恸还是愤怒。

伴随着巨大的声响，火车踉踉跄跄地在铁轨上“隆隆”滑出 20 多米才停下来。这辆火车明显是辆货车，八节车厢紧紧相连，厢体是灰蒙蒙的土色。每节车厢里都堆着高高的货物，一块块厚重粗糙的油布覆盖在上面，绿色的尼龙绳勒在货物上，透过绳洞，依稀可见货物的大抵形状。

袁得鱼的黑色眼珠清澈而明亮，却看到了最触目惊心的一幕。后来，他的很多梦似乎都在重复着这个场景。满载货物的火车，拖曳着全世界最恐怖的利器——嵌入轨道的“T”字形铁轮犹如两把“铡刀”，在飞速旋转中被打磨得锋利异常，呼啸而来。鲜活的肉体在车轮下像是在跳桑巴舞，随着车轮的节奏歪曲扭动，被纷至沓来的铁轮一遍又一遍地蹂躏，就像是厨娘刀下一团被剁得乱糟糟的肉馅，血管爆裂。无数把铡刀轮番落下，“肉馅”四溅，截断的躯体又被车轮卷起翻转，砸到铁轨上，血肉飞溅。好端端的身体断裂成一截一截，就像砧板上剁碎的排骨。铁轨上沾满了黏稠浆液，湿漉漉地淌下来……

车轮渐渐停止转动。硕大的火车就像一个魔鬼风轮，旋转起来什么都是模糊的，只有等到停止下来，人们才能清晰地看到最恐怖的图案。袁得鱼分明看到车轮上挂着一只血肉模糊的手，毫无疑问那是父亲的手，他小时候还经常拉起这只厚厚的大手把玩，在爸爸手心里乱画，让爸爸猜他刚学会的字。这只曾抚摸过他的脸的手，变成了青黑色，沾着几缕血丝。

一个正在路边倒垃圾的妇女好奇地凑近，轻轻扫了一眼，就止不住地呕吐起来。

浅紫色的天空，就像是被什么锐利的刀具，划开了一道巨大的口子。轻盈的帷幕就这么被生硬地撕扯开来，一下子抖落出藏在里面的黑色的脸，坠入沉沉的黑夜。

周围一片死寂，一只白色的鸟在天空划过。

少年怔在那里，他忽然觉得喉咙里热乎乎的，像是有什么东西要一股脑儿奔涌而出。他张开嘴，竟控制不住地发出如同受伤的野兽般的凄厉而嘶哑的号叫。

几个警察懒洋洋地走过来，拨开围观的人群。少年迅速抽出一个警察身上的警棍，飞快地跑起来，冲向前方。

他在火车头前停下来，两只手把住棍子，用尽全身力气一下一下砸向火车头。警察来了，将他手上的警棍夺下后，少年又操起枕木旁边的石块，“咣当咣当”一下下往火车头上砸去，生硬的铁皮擦出了零星的火花。

“他是死者的儿子袁得鱼……”有人说道。

“死的那个不就是在帝王医药中，输掉5亿的袁观潮吗？”

“今天帝王医药的股价怎么回事？最后9分钟交易为什么宣布作废？”

疯狂地砸了很久，袁得鱼终于用完了浑身的力气，四肢瘫软下来。他停下来，站立到火车头的正前方，仰头张望。如果对面是个人，不管他有多高，袁得鱼都有十足的胆量冲上去，把对方的头给扭下来，但这个庞然大物让他产生了无以复加的绝望。这是一具硕大的钢筋铁骨，小时候，这个工业革命的产物在城中央雄赳赳地呼啸而过，吞云吐雾的样子还曾让他无比兴奋，现在在它的面前，他严重地意识到自己的无力。

渐渐地，他的情绪平静下来，走到了清理的现场。

袁观潮的几截躯体被工作人员从火车底下拖出来放在了一个白色粉笔画好的圆圈内，皮肤上残存的衣衫都裂成了碎片，“刀口”切下的地方已经彻底烂掉了。破碎的布条随风舞动，如同一排纷飞的小旗。

袁得鱼不敢相信这些残破的肢体跟爸爸有什么关系，他认出最大的一块是爸爸的右上躯干，上面那条右手臂曾经牢牢地抱紧自己。尸块连带着的脑袋血肉模糊，但也可以依稀看出来，他的眼睛微闭，表情没有丝毫惊恐，嘴角竟是上扬的，显得如此安详。

工作人员正在清理铁轨，转眼那里只留下一摊瘆人的血迹。

袁得鱼想起什么，把刚才掉落在地的装糖炒栗子的袋子捡起来，缓缓把里面的栗子倾倒出来，有几颗砸落在铁轨上，弹起来，发出清脆的响声。当最后一颗落在铁轨上时，袁得鱼呆呆地看了一会儿，双腿突然一弯就跪在了枕木旁尖锐的碎石上，他嘴里喃喃地说：“爸爸，求你，吃一颗糖炒栗子吧！”

没过多久，一辆黑色的捷豹停在路边。车里走出一个40多岁、高大挺拔、戴着眼镜的男子。他直接走到看护围栏的警察跟前：“我叫唐子风，请让我处理死者的后事，我跟他是世交，死者只有一个未成年的孩子，他的妻子也早就过世了……”看了一眼袁得鱼后，他欲言又止。

袁得鱼恶狠狠地看着他，看他不走，便冲上前去，怒斥道：“唐子风，你不要在这里假惺惺！”

唐子风赔笑道：“你怎么这么跟唐叔叔说话？”

“就是你害死了我爸爸！”袁得鱼确定地说。

“傻孩子，你不要听其他人乱说，我跟你爸爸可是拜把子兄弟。”

唐子风微笑着说。

袁得鱼依旧咄咄逼人：“你滚！我跟我爸爸都不想见到你！”

车子上又下来两个人，袁得鱼都不认识，一个人有些矮小，另一个人很是魁梧，戴副黑色的墨镜，袁得鱼觉得这个魁梧的人自己在哪里见过。

“子风，不要管这小屁孩，反正袁观潮的事，全包在我们身上了。”魁梧的墨镜男声音洪亮，带着股不可违背的威严。

“你们是什么人？我不允许你们碰我爸爸！”袁得鱼大声叫起来。

一个看起来有30多岁的男子从人群中走出来：“得鱼，我来了，不要难过，有我在……”

“魏叔叔！”袁得鱼一下子扑到这个男子身上，哭了起来。袁得鱼口中的魏叔叔是袁观潮的得力干将魏天行，平时与袁观潮以哥们相称，袁得鱼也与他颇为投缘。

正在这时，袁得鱼听到法医飘来一句：“我们取一些碎片……”

袁得鱼转头看见法医拿着一把镊子，从铁轨上撕下一片黏黏的肉皮，便立即冲过去，怒目圆睁地说：“你说什么？”

“碎片？”法医对袁得鱼的反应迷惑不解。没想到，袁得鱼不由分说地一拳头冲着他的鼻子就是狠狠一下，他躲闪不及，捂着脸跳了起来。

袁得鱼还想再教训法医一下，被身后的两个警察牢牢拉住，但他还是恶狠狠地道：“你竟敢说我爸爸是碎片！”

“受刺激了，这孩子……”法医摇了摇头，从包里取出一个东西。袁得鱼只觉得被什么东西戳了一下，还没等反应过来，就浑身软绵绵地倒了下去。

二

这天晚上，袁得鱼做了一个很长很长的梦，梦里一个与他爸爸长得一模一样的布偶在他眼前不停跳动。这是一个缝制的布偶，全身上下都有明显的针线缝补的痕迹，屁股上还拖着一个没有剪掉的线头。那只好看有力的手，也被缝了起来。奇怪的是，手与手臂的接缝处，醒目地系了一条红色的丝巾。为了证明自己安然无恙，爸爸仿佛还特意握了握拳头。

“爸爸……”袁得鱼大声呼唤着。

梦中的场景旋即被拉到铁轨旁。袁得鱼与父亲并肩走着，周围充满着静谧祥和的气氛，就像自己完美无缺的童年……

袁观潮出事之前，每天傍晚，他们父子俩总会一起沿着家门口的铁轨闲逛半天。

“爸爸，为什么佑海的路名都是全国各地的名字呀?”袁得鱼想象着，把全国地图放在佑海地图上，闭着眼睛就可以知道某条路在哪里，这真是个伟大的创意。

“这是因为佑海要靠全国各地支援。”父亲说。那个年代，佑海所需原材料的80%由国家调拨，名副其实是全国支援佑海。同时，佑海也是中国经济的火车头，是中国的加工厂，是占全国税收80%的纳税大户。

还有一次，袁得鱼遭富家子弟欺负，父亲就对他说：“当你恨一个人的时候，就用资本武器战胜它。如果他家里有钱，你就去收购他们家的资产。武力是最低级的方式，只有愚蠢的人才用它。”

父亲经常问他：“得鱼，你们今天上课学了什么?”

“今天学了一篇课文，讲爱迪生发明电灯的故事。他说了一句名言：天才是99%的汗水加1%的灵感。”

“孩子，爱迪生这句名言后面还有一句——往往，这1%的灵感才是最重要的。你说，爱迪生的成功是因为天赋，还是因为勤奋呢?”

“是天赋，爸爸。”

“对，要记住，世界上多数人知道的信息是不全面的，你只有知道更多信息，才能做出更准确的判断。”

“爸爸，今天我们英语课上还教了‘Seeing is believing’（眼见为实）。如果听取大多数人的意见是不可取的，那眼见为实对不对呢？”

“也未必是正确的。聪明的人不会完全依赖眼睛，而是依靠逻辑来判断真理。”

“爸爸，这是什么意思？”

袁观潮拿出一枚硬币：“你看，这是一块钱。我把它放在手心里，你向它吹口气。”

袁得鱼将信将疑地吹了一口气。

“现在，它不在我手里了，你相信吗？”

“怎么可能？我刚才看到你拿在手里的。”袁得鱼笑了一下，使劲掰开爸爸的手。

果然，手心里的硬币不见了。袁得鱼吃惊地张大了嘴巴。

“再看看，这枚硬币在哪里？”

“啊！”袁得鱼惊叫起来，硬币又回到了爸爸手里。

“这下你还相信眼见为实吗？”

“这……”

“只有逻辑是可信的，一套正确的逻辑判断，要比眼睛可信上百倍。”

“那怎样才能有逻辑呢？”

“逻辑是人人都具有的一种能力，但超强的逻辑可能就是爱迪生说的1%的灵感了。你以后会知道，超强的逻辑对于一个非凡的投资者，将是多么重要。”

父子俩慢慢徜徉，看夕阳西落，此时，父亲身影的轮廓在余晖中勾勒出金光闪闪的光圈。

……接着，梦境开始比现实还要真实。爸爸正温柔地冲他笑着，突然就直挺挺地坠入铁轨，而火车正好呼啸而过，轰隆直响，卷起一阵狂风。铁轨下方，也不再是石块与枕木，而是一道沟壑，像是一个深不见底的洞穴，从底下冒出“飕飕”的冷风，像要把人吸进去。他看到一块块肉体朝他奔涌而来，形状与白天自己见过的一样，被切断的，沾满血的，一截一截的……

火车不知怎的又掉过头来，对袁得鱼开了过来。袁得鱼毫无畏惧地冲上前去，他感到晕眩，周遭场景开始变得不真实……他咳嗽着醒来，浑身发抖，真切地认识到，父亲已经被强大的“火车黑洞”带走了。

5月29日，震彻资本市场的帝王医药事件，伴随着袁观潮的死亡，被烙下了一个永久悲情的印记。

接下来的几天，黑云压城，大雨不绝。

三

袁观潮的死亡，轰动了整个佑海滩，他似乎直接成为帝王医药股价操纵案的罪人。袁得鱼也一下子变得一无所有，但是他没有觉得自己有多么可怜，只是从报纸上学会了一个比倾家荡产更悲惨的词语——家毁人亡。

葬礼前的一个深夜，袁得鱼接到一个电话。

打电话的人是事故那天，那个被袁得鱼一拳打在脸上的法医。

法医在电话里幽幽的声音使袁得鱼听得有些毛骨悚然，因为他的声音像是一直在发抖，仿佛在害怕什么东西。

他们约在安中寺旁胶州路与愚园路拐角的一个小咖啡馆，这家店生意并不是很好，晚上9点多，只有三两个年轻人坐在里面，或许这也是法医到这里的原因。

法医从黑色的公文包里拿出一个透明的塑料袋，里面装着一块手表、一枚戒指和几张纸币，塑料袋上有些明显的血迹。

袁得鱼诧异地接过来，没错，这些物品都是他爸爸的。

“我并不是要把这些都给你，你试着把手表后盖打开……”法医提醒他，玻璃镜片后面的眼睛存有几分善意。

袁得鱼发现，手表后盖仿佛是双层的，他将外面的盖子使劲掰开，从里面掉落出一张叠得很小的纸。

袁得鱼诧异地望着法医，法医点点头。“大概出于职业习惯，我发现了这些，我又想起最近报纸上的几件事，觉得一定得告诉你。你不用担心我的动机，因为曾经我也是受害者，不然，我也不会选择做这行……”法医说的时候，眼睛发亮，“这些东西，警方会通过合法的形式交到你手上。不过，我担心流程一多，你就不一定能发现手表的秘密。我是说，这个秘密不知道在哪个环节就会被消化掉了。”

“谢谢你！”袁得鱼真诚地说，然后把其余的东西还到法医手里，“对不起，上次……”

“祝你好运！”法医没说什么，起身离开，很快就消失在夜色之中。

袁得鱼拿着这个折叠起来的大拇指指甲盖大小的纸，回想起这几天回家的时候，家里好像有被人翻过的痕迹。

因为并没有丢什么，袁得鱼也没有太在意，再说，这个家过不了几天，就不再属于自己了，他还以为是用人们在分享最后的“剩宴”，现在想来，或许没那么简单。

回到家里，他打开最亮的灯，然后把纸小心翼翼地展开。

这是一张交割单。也许曾经被放到过口袋中，纸面上也并不整洁，看起来灰蒙蒙的，不过打印出来的交割记录清晰可见。

如果每个人一生中都会遇到一只蝴蝶，一只引起蝴蝶效应的蝴蝶，那么，从这一刻起，袁得鱼的蝴蝶就是这张交割单。在袁得鱼拿到这张交割单时，未来如同生命程式的参数，在他拿到之后就飞转改变了……只是那时候，他还没有意识到，这张单薄的纸从此会改变他的命运。

他拿起交割单看起来，这张交割单仿佛指明了一个与外界了解的截然不同的真相，让袁得鱼心惊肉跳。

四

三年前的那个夏天。

1992 年 8 月初，佑海洋白渡桥边，矗立着一栋英国新古典主义风格的建筑，旁边竖着一块木头招牌，白底红字写着“浦江饭店”四个字。

一个婀娜多姿的女子穿过幽深的走廊，高跟鞋踏在木质地板上，发出清脆的响声。她敲开了总经理办公室的门——那是一道装有铜把手的紫檀木大门。

这是唐子风的办公室，敲门的是他的秘书。窗户那儿是个大转角，正好对着太阳光映照下的东江。

桌上摆了几个铜色的相框，有一张是三个男孩的合影，最大的约20岁，最小的像是个初中生，高矮差异显著。

他拿起一个相框，里面的男孩是合影三人中最矮的那个，也是他最喜欢的儿子——小儿子唐煜。照片中，这个男孩将一件黄色外套系在腰上，双手自信地叉着腰，脖子上挂满了奖牌。唐子风很自豪，这个小儿子被送到美国读书，很快拿了不少奖。

不过，他的兴趣仿佛不在于此，他拿起一沓厚厚的文件，上面写着几个大字——“帝王医药招股说明书”，翻了一下，不自觉地兴奋起来。

这时，他接到一个电话，几乎是不假思索地说道：“继续买。”

“唐总，袁先生来了！”推门进来的女秘书说。

唐子风眉头舒展：“终于来了！”

这一对拜把子兄弟已经很久没见，唐子风当下的身份是佑海证券交易所副主席。

没想到，袁观潮一进门就对唐子风说：“唐兄，我说过不要放开价格，你看，现在市场都成了什么样子，所有人都冲到股市，当股市是个聚宝盆……”

“哈哈，袁弟你误会我了。我不能眼睁睁地看着这个市场变成一潭死水呀。你告诉我，救市哪里错了？”

“救市本身没错，但现在已经失控了。没有秩序的股市，比赌场更可怕，赌场都有规矩！”袁观潮看起来好像憋了一肚子火，“还有，唐兄，你们究竟在搞什么？你们怎么会接二连三地让这些三无公司过会？还有，听说你还私下里成立了什么泰达证券，你怎样撇清关系？这样的公司有什么资质承销？……唐兄，你难道忘了我们留学回来时的承诺吗？"

唐子风只是摩挲着皮椅上的羊毛，一句话也没有说。

袁观潮最早是银行一个科室的科长，后来应一个叫冈崎嘉平太的中日友好使节的邀请，成为中国首批东渡日本学习金融的学生。

东渡日本的袁观潮一下子成了改革开放后新时代的宠儿。唐子风正是袁观潮在留学期间结识的同窗好友。

当年，袁观潮与唐子风还有一张照片被登在《朝日新闻》上，是他们在东京证券交易所前面的合影。这原本是一件令人愉快的事情，但图的解释却别有意味：在资本主义中心东京学习金融的中国留学生理论出众，但他们回国后会有施展的地方吗？

唐子风第一次看到那张报纸就揉成一团扔进了废纸篓，颇有些不快。

袁观潮把报纸拾了起来，铺开，对着那张照片看了许久："唐兄，你有没有发现，我们两个都挺上相的？"

唐子风权当是袁观潮开玩笑，但没过几天，唐子风就看到袁观潮把这张报纸裱起来，挂在了宿舍的墙上。

"唐兄，这个合影真有纪念价值，有几个人能上一次《朝日新闻》啊！"袁观潮得意地说。

玩笑归玩笑。两人在毕业典礼上都暗暗发誓，回国后要在证券市场上大展宏图。

"你们这些中国人想搞自己的证券交易所，做梦吧！"有些日本老师不客气地说道。

袁观潮不假思索地回答道："我们就是要做这个梦！"

兄弟俩为此还打赌，如果不能践行毕业时的诺言，就在一条街上做生意，一个东边修单车，一个西边卖包子。

回国后，唐子风因家里的关系，很快就进了政府部门工作，他想起自己的拜把子兄弟才华出众，便向领导举荐了袁观潮。袁观潮一听，激动地拖家带口直奔帝北而去。

袁观潮一家人一到帝北，就按照唐子风的安排，住进了唐子风家在的部队大院。

那时，正值中国经济春暖花开。一群志同道合的朋友一起，为生命中最重要的事——筹备中国第一家证券交易所而努力着。

当年，不管这批开创者本身是否打小算盘，但他们确实是把推进中国证券市场的建设，作为了自己最大的使命。

部队大院里其乐融融。

大家经常互相串门，尤其喜欢在院子里谈天说地，院子里的柿子树一度成为这群建设者的调侃对象。

200多年前的美国，股票交易还处在分散状态，炒买炒卖的小道消息满天飞，导致股价最后大跌。于是，纽约24位股票经纪人聚在曼哈顿南部的一棵梧桐树下，决定成立一个新的股票市场。有人开玩笑说，以后交易所建起来了，这棵树就跟美国那棵树一样有名了。

只可惜筹划交易所的这些“忧国忧民”的日子，很快因中国20世纪80年代末发生的一件事情而被搁置下来，袁观潮一家只得打点行装回佑海。

帝北之行并没有让袁观潮直接成为证券交易所的建设者，但他似乎从此便与证券深深结缘。

回佑海之后，袁观潮继续在银行下面的证券部工作，生活快乐而悠闲。然而，这样的日子并没有持续很久，他很快又忙碌起来。

1990年，袁观潮趁着佑海证券交易所成立之际，顶着很大的争议，到一家名为海元证券的公司出任总裁，那是全中国第一个股份制券商。在遍地铁饭碗的年代，袁观潮居然很快就把海元证券做得有声有色。

唐子风似乎与袁观潮殊途同归，在佑海证券交易所成立初期，就转战佑海，在交易所担任副总。

两人见面次数虽然少了，但交情依然不减，唐子风接到聘书的第一天，就与袁观潮通了电话，希望他能多多支持自己。

袁观潮眉飞色舞地说："我早猜到，兄弟你会打这个电话来的!"

只不过，当时的资本市场不是那么好做。

20世纪90年代初期，股票市场波澜迭起，行贿成风，三无公司纷纷上市，佑海股市投机风气已成。大户们凭借打新股、贩卖国库券纷纷发了财，开始肆意操纵市场，逐渐成为中国资本市场上第一批庄家。

波澜壮阔的股市吓坏了管理层。1990年6月中旬，管理层开始收缩新股管道，可人们认为股票的短缺将会更加严重，继续疯炒。上面出台涨跌停板5%，后又出台印花税，还要求缴纳个人收入调节税。几个红头文件一出，一下就把市场砸趴下了，甚至还出现了一天的零成交，这可急坏了唐子风他们。

1992年春，沪深两地大刀阔斧的救市行动一下子点燃了股市的热情。先是放开股价——1992年2月18日，佑海证券交易所决定放开两只龙头股的价格限制。2月18日当天，两股分别上涨70%、46%。5月21日，佑海全面放开股价。

上证综指从前一天的616.64点跃升至1 226.09点，可谓空前绝后。

欲望开启之后总是难以控制。

所有人都疯了，菜场里的阿婆阿公们都拿着收音机听股市行情。

市场已经白热化了，连袁观潮也开始不安起来。

袁观潮有点儿急躁，看到坐在办公桌旁的唐子风正在发呆，不由得说道："1992年6月，佑海股市的平均市盈率为200倍，深市为60倍。你觉得，这还是正常的市场吗?"

唐子风定睛看着袁观潮，接下来的话让袁观潮也吃惊不小："我这两天正在盘算下海的事。老弟，我此番约你，一来的确想跟你商量规范市场的事，二来就是想征求一下你的意见。"

"下海？你想做什么?"袁观潮问道。

"也没什么好隐瞒的，况且我们还要一起合作。"唐子风将那沓厚厚的股票承销书资料推到袁观潮面前，"你看看，这股票如何?"

这是袁观潮第一次看到帝王医药，他仔细翻了几页，就被震惊了。多年的经验告诉他这只股票来头不小，他抬头望了一眼唐子风：“难怪你想下海了，承销这样的公司，想象空间太大了……”

“哈哈哈，很多人想参与，我都没考虑，如果我邀请你呢？”

袁观潮毫不犹豫地站了起来：“我有事先告辞了。”

唐子风笑笑，做了个请便的动作：“我说最后一句，不强迫你，只是告诉你——这是所有人挤破头都想进来的局！”

袁观潮顿了一下，还是头也不回地大步走出了门。

1992年8月10日，鹏城发生一起抢认购证的暴乱事件，政府迅速成立监管部门，开始对白热化的市场进行严厉打击，市场霎时陷入低迷。

袁观潮看着空荡荡的文化广场——这里曾是佑海股票交易最为繁忙的场所。牛市时，文化广场上坐满了人，股民个个都斗志昂扬得如同疯子，播报股市行情的声音回荡在广场上方，形成了独特景观。

一个手下跑来，是魏天行：“老大，你的电话。”

袁观潮听完电话后就愣住了。

在股市无限低迷的同一天，袁观潮妻子的生命也危在旦夕。她的胃部肿瘤已经到了不得不动手术的地步。

袁观潮与儿子袁得鱼一起在手术室门口焦灼地等待着。袁观潮低着头，觉得时间就像达利（Dali）画的挂钟一样，软绵绵的，如同静止了，一分一秒都没有走动过。

大约四个小时过去了，医生与护士同时出来了，都摇了摇头。

妻子从手术室被推出来时，脸上没有一点儿血色，气息微弱。袁观潮双手紧紧握住妻子冰冷的手，说：“暖和点儿了吗？”

她点点头，微笑着永远闭上了眼睛。

袁观潮抚摸着妻子的脸，流下了眼泪，这是袁得鱼第一次看见父亲流眼泪。

妻子被推走后，袁观潮与儿子背靠走廊的墙壁席地而坐，都不说话。正值炎夏，雪白的墙面却冰冷刺骨。外科办公室内有人说话——

“手术时不小心切断了大动脉……不过，他们也没有塞红包，应该没什么背景。”

“嗯，别提这些了。言归正传，最近你的股票怎么样啊？”

“上个月听海元证券的一个股票分析师讲股票，说什么砸锅卖铁也要买梁城钢铁。这只股票让我足足赔了11万啊，都是讨老婆和买房子的钱啊！”

“哎，难怪你这几天状态那么差。哎，我的股票也不怎么样……”

坐在门口不远处的袁观潮听到后，忽地站起来，冲进办公室，挥拳狠狠打在了主刀医师的脸上。

主刀医师摸着肿痛的脸虽然不敢发作，却还振振有词地说：“手术失败是很正常的事，不要冲动，不然我们叫警察……”

袁观潮动怒了，想也不想又一个巴掌扇到对方脸上：“什么叫没什么背景？没钱就活该死吗？”他大声叫着，再次冲上前去。

正在这时，赶过来的保安人员把袁观潮拉住。袁观潮几乎是在冲着主刀医师咆哮了，主刀医师的失手直接断送了袁观潮妻子的性命。而这只因为医师没有收到红包，只因为重仓股的连续跌停而使他心不在焉。

唐子风来探望低落的袁观潮：“理想很美好，现实很残酷，不是吗？其实我做的，也是把现实变得更美好……你上次说的是对的，我没有听，我只能下海了。我知道，你是我永远的兄弟！”唐子风真诚地说。

袁观潮低声说：“我早告诉过你，早点止步！这是慢性毒药！”

“再考虑一下帝王医药？”唐子风旧事重提。

袁观潮没有搭话。不过，从那之后，袁观潮开始变得有些沉默。

好像就是从那时开始，袁家变得越来越有钱。袁得鱼发现，身边的人对爸爸的态度也有了明显改变，越来越多的人对还是孩子的袁得鱼笑脸相迎。袁得鱼还听到人们在传他爸爸在江湖上的一个响亮名号——“证券教父”。

很快，他们家就从破旧的西江湾路弄堂搬到了巨鹿路上的一栋别墅里。

五

在很多人看来，帝王医药就是一只妖股。

自 1992 年 9 月 14 日发行日起，帝王医药横空出世，惊艳四座，一上市就连拉五个涨停。

按江湖上的说法，帝王医药是由云澜当地政府全力打造的第一只全流通股票。当地政府发“红包”，为的是将当地的上市公司做大做强。

即使之后市场惨淡，帝王医药也毫不受影响，继续一枝独秀，在佑海风起云涌。整个佑海，只要是操作股票的，无不被帝王医药吸引，因为帝王医药的概念是全新的。

第一个概念是真正全流通，这样的股票在市场上并不多见。

第二个概念是信息公开，这意味着争取到了政府力量。帝王医药是云澜发行的第一只股票，而且该股当时就宣称，愿意主动披露一切可以公开的信息。

第三个概念是股东荣誉，帝王医药上市第一个月就邀请了许多股民去自家厂房参观，并尊称他们为股东。

第四个概念是核心产品，每个股东都领到了一盒叫作帝王螺旋藻的保健品。股民捧着螺旋藻的图片甚至直接上了《中国证券报》头版。很快，帝王螺旋藻就与当年流行的蜂王浆、蛇粉等保健品一样，刮起了一阵热卖旋风。

帝王医药的股价随着一个又一个在当时市场看来无比新鲜的概念，被推向了一个令人难以置信的高度。在同期公开发行的股票中，帝王医药涨幅一直雄踞首位，从 2.4 元的开盘价，一个月不到，就飙升至 3.8 元，足足涨了 58%。

总股本1亿的股票，吸引了市场上的各路来客。

1992年到1994年，帝王医药狂飙不止，机构热情，散户疯狂。

很快，医药行业面临严峻的生存考验。那时候，整个中国的医药内需还没有完全打开，药品销售在政策上也有一定限制。帝王医药对过剩产能毫无察觉，就在帝王医药经营刚出现危机的时候，屋漏偏逢连夜雨，杀出一个汇星集团，对帝王医药虎视眈眈并发起攻击。

并购消息一传出，帝王医药上涨势头立即生猛。

与此同时，袁观潮一手培育的海元证券扶摇直上，很快成了中国标杆券商，掌控了全国90%以上的承销份额。尽管海元证券后来只要中国排名前十的高校毕业生，但应聘人员还是挤破了脑袋。

这段时间，唐子风依旧持续不断地找袁观潮。

袁观潮终于开口了，但很决绝："唐子风，你再拉我的话，我们势不两立！"

"见一下我一个好哥们儿？"唐子风说。

袁观潮此前没见过这个人，尽管江湖上已经充满了这个人的传说。传说归传说，袁观潮还是拒绝了邀请。

他甚至对唐子风怒不可遏："帝王医药这种资质的股票你敢这样玩，还不够吗？"

唐子风倒也坦然："好吧，反正没有什么项目，缺了什么人，就干不了的……"

5个月前。

1995年年初，帝王医药的收购局势变得不明朗。当时，正逢恶性通货膨胀，宏观政策进入紧缩时期，政府高举控制物价的旗帜。

帝王医药是否会被收购的争议真正进入白热化。

机构的多空力量一直争执不下，但都倾注了全力，形成了两大阵营。所有矛盾焦点都集中在政府贴补上，这决定着帝王医药是否会被成功收购。

多方从市场角度认为，当地政府不会拿出那么多资金来贴补帝王医药，帝王医药的账面上现金流不足，也看不到具有应对这场恶意收购的实力。反倒是收购方提出了不错的对价，能让股票持有人至少溢价30%。

空方则认为，政府不会就此袖手旁观。

政府公布最终决定的5月29日马上就要到了，帝王医药的股价命悬一线。

就在决定日的前几天，登门拜访袁观潮的资本掮客络绎不绝，十有八九都是请教袁观潮关于帝王医药的看法，探听他所了解的地方政府态度。

身为“证券教父”的袁观潮在市场上有很高的声望，在几次股票多空出现重大分歧时，最后都是袁观潮押对。

不过，袁得鱼看到，父亲每被问及这个敏感问题时，总是缄默不语，或是顾左右而言他。

一个月前。

4月下旬，谁也找不到袁观潮，他奔嵊泗去了。

袁得鱼很能理解袁观潮为什么去那里，这是隔岸观火。

袁得鱼第一次被老师指责是因为自己对同学打架事件置之不理。老师十分生气，说：“身为班长，怎么不管好同学？”袁得鱼回答说：“老师，你有没有看到打架的好处？”老师丈二和尚摸不着头脑。袁得鱼耸耸肩：“你看这地上，被他们拖得多干净啊！”

袁得鱼虽然年青，但也算耳听八方，对证券市场也有粗浅的了解，他不禁问道：“爸爸，帝王医药已到紧急关头，你为什么跑到这里来呢？”

袁观潮说：“你看这证券市场，被他们一伙人搞得多热闹！”

“爸爸，那你真的不参与帝王医药了吗？”

“古人云‘运筹帷幄之中，决胜千里之外’。况且，这里距离佑海还不到千里。”

袁观潮一派气定神闲："学不会放下，何以装得了天下呢？"

袁观潮很喜欢这里的气定神闲，就好像在枪林弹雨之间云淡风轻。这时，正好一只白鹭从眼前飞过。袁观潮举起自己手中的酒，爽快地喝了好几口，随口吟道："明月出天山，苍茫云海间。长风几万里，吹度玉门关。汉下白登道，胡窥青海湾。由来征战地，不见有人还。戍客望边邑，思归多苦颜。高楼当此夜，叹息未应闲。"

太多地方是佑海的后花园，米乡的嵊泗算是一个。这里，没有过多迷人的海景，也没有丰富的海鲜，但这里的山林郁郁葱葱，晚上还会有一些军人在广场上狂欢。

"爸爸，那你喜欢嵊泗吗？"

"喜欢，这里是你妈妈的故乡，我每次到这里，都会想起你妈妈。"袁得鱼记得，妈妈生病前，他们全家几乎每年都会来一趟嵊泗，一家三口一起幸福地在沙滩上散步。

"对一个人来说，金钱只是身外的东西，你以后就会明白，人最深沉的痛苦是无法与自己最心爱的人分享。"袁观潮叹了一口气，眼神中充满柔情，"每到资本市场的关键时刻，我就会跑到这里看看。我能够感觉到，你妈妈就在不远的地方看着我。"

袁得鱼闭起眼睛，深深地吸了一口气，想象母亲的温暖正包裹着自己。

"遇到重大事情的时候，让自己从那个环境中抽离出来，就可以看到一个更广阔的世界。你看这里，只是一个小渔村，静谧安详，与世无争。而千里之外的佑海，物欲横流，每个人都在趋名逐利，你喜欢哪一个呢？"

"我不知道。"袁得鱼诚实地回答，"为什么说佑海趋名逐利呢？我觉得那里挺好玩的。这里什么都没有，我简直快闷死了。"

"你要记住一句话，"袁观潮停顿了一下，轻轻地说，"心在荒村听雨，人在江湖打滚。"

袁得鱼眨了下眼睛，不是很明白这句话的意思，想继续问一下，发现父亲闭起了眼睛，他也跟着闭起眼睛——但他没有听到任何声音，只是闻到了一点儿咸涩的海水味道。

连续几天，嵊泗的天气，一如既往地温热潮湿，空中飘洒着零星的小雨。

5月27日晚上，雨停了下来，袁观潮便坐在亭子里望星星。一辆黑色皇冠穿过黑夜的迷雾，停在山道上。

车里人似乎认出了袁观潮，只见两人从车里出来，径直而上，走到亭子时，停下脚步。

“请问是袁先生吗？幸会幸会！”来者作揖道。

“你们不知道我一向不接待黑牌照的车吗？”袁观潮正眼都没瞧他们一眼。

这时候，袁得鱼正好捉蟋蟀回来：“爸爸，你看我发现了什么？半山腰上有一个很深很长的隧道，很阴凉的……”

其中一个长相有些奇怪的中年男子吃力地吐字道：“这孩子说的可能是军用坑道，嵊泗的山谷中应该有不少呢。”

袁观潮知道，那是1937年日军侵略我国时开凿的。当年日军驻嵊泗司令部设在五龙田岙，由日本海军当地基地司令部管辖，除了军用坑道，还有不少防空洞、炮台、望远镜观察台、弹药库与雷达所。

那个长相奇怪的人看着袁得鱼说：“这孩子看起来古灵精怪。我这里正好带了两本军事书，男孩子应该会喜欢。”

袁得鱼一听，便故作渊博状：“千军万马都在我心中，我对军事最熟悉啦。”

“哦？那么兵书呢？”

“兵书上的很多道理，我天生就是那么想的。”袁得鱼自信地说。

“小孩子开玩笑。”袁观潮说道。

“无所谓，我觉得他说的是真的。”那个长相奇怪的人接着道。

袁观潮察觉到这两个人有些不凡，便对袁得鱼说：“得鱼，你自己出去玩一会儿，爸爸有重要的事情。”

临走的时候，袁观潮意味深长地看了袁得鱼一眼。

他们一谈，便在亭子里谈了几个小时。

袁观潮在与两个陌生来客见面的第二天，也就是 5 月 28 日，就先匆匆回到了佑海。

袁得鱼觉得奇怪，父亲跑到嵊泗，不就是为了躲开帝工医药的“十面埋伏”吗？但是，他却一大清早就从嵊泗回到佑海，毅然决然地加入了这场战斗。

袁得鱼紧接着也回到了佑海，不禁为帝王医药背后的剑拔弩张倒吸一口凉气。他翻看了连续一周以来的 K 线图（Candlestick Charts），换手率与成交量都十分不正常，股价一直在 5 元区间做箱体震荡，每天振幅高达 8% 以上，多空对峙明显。

袁得鱼发现父亲的电脑屏幕上显示的也是这只股票。

他不知道父亲会站在哪个阵营，但不管是哪个阵营，都只有 50% 的胜率。

袁得鱼走到海元证券的营业大厅，听到很多股民都在议论帝王医药。

突然间，场子里更热闹了。他顺着很多股民的手抬头看，发现墙上大屏幕上的帝王医药骤然出现一根大阳线。就在帝王医药股价骤然上升的同时，一个巨量的抛盘砸了下来。

“哎呀，这个空头来历不小。”一个股民惊叫起来。

袁得鱼望去，整个多头的红色差不多被空头的蓝色淹没。他转眼看了一下挂单，十分惊讶，接连三个特大卖单，分别是 11 107 手、12 044 手与 17 888 手。根据他掌握的有限的盘口语言，他能读出这末尾的“7”“4”“8”就是“继续抛”的意思。

帝王医药被毫无悬念地拉起，来势凶猛的资金将特大卖单一扫而空，接着一路向北，收盘时，帝王医药的价格稳稳当当地站立在 5.2 元关口，收了一个漂亮的十字星。帝王医药正在朝一个看不见顶的高度一路狂奔而去。

袁得鱼感觉到，这么漂亮的手法，非爸爸的得力干将魏天行所为无疑。

“爸爸，你是不是在做多?”袁得鱼迫不及待地冲向父亲的办公室。

办公室里空无一人，袁观潮早就不知去向。袁观潮仿佛猜到儿子一定会进来一样，在桌子上放了一沓饭菜票，是海元证券的公司食堂的饭菜票。

这天晚上，袁观潮没有回家。袁得鱼知道，平常出现这样的状况，意味着肯定有十分重要的事情发生。父亲与他的合作者们一定在一家不为人知的酒店里运作，一切行动低调而神秘。

5月29日。

这个一触即发的交易日，帝王医药股价将上演最后的疯狂。

大家都在等一个重要消息——这决定着帝王医药是否会被一家来自佑海的神秘公司收购，也决定着更多人腰包里的钱，从哪里流向哪里。

袁得鱼预感到将有不可思议的事情发生，他第一次感到了惶恐不安。现在局面很显然，袁观潮已经成了多方的最大资金主力。如果说之前那次只是一种无以复加的压盘，那么，这一天才是真正激动人心的时刻。在资本领域，谁输谁赢都只有最后一刻的市场说了算，你之前要哭要笑谁都当你疯癫杂耍。

10个小时前。

父亲还是没有回来，袁得鱼一起床就去看盘，他心急如焚。

贴现公告没有贴出，从很多征兆可以看出，局势正朝着帝王医药多头的方向发展，而且越来越多的跟风资金，也纷纷汇聚到多头阵营。可是，袁得鱼还是觉得哪里不对劲。

他担心的一刻终于发生了，多头到了8.2元附近好像上升乏力，就像一只正在上升的氢气球，忽然被人拽住了绳线。此刻的股价到了一个黑色顶端后，突然崩溃，资金蜂拥而逃。

灵活的米乡银波游资见势不妙，率先撤退。一起振臂高呼做多的泰达证券也倒戈了，它开始疯狂地沽空，在多头市场上紧急撤退。

只留下袁观潮一个人孤军奋战了!

那时消息刚刚公布——贴现依旧。

袁得鱼两眼发黑，不敢相信自己的眼睛，撤退行动为什么那么早就开始了？

这不愧是政府意义上的反收购，不过，政府怎么可能会有那么大的一笔资金呢？政府凭什么拿出几十亿资金去保护一家已经奄奄一息的国有企业呢？

显然，做多是符合市场逻辑的，就算不是国退民进，而是优胜劣汰，也符合市场规律与准则。袁得鱼如果自己买股票，可能也会站到多方阵营，或许，父亲也是这么想的。而且，海元证券与泰达证券的合作，无疑可以增加获胜的把握。再说，不是还有银波敢死队吗？

尽管股价一泻千里，发狂的多头已经不管消息面是多是空，袁观潮叫嚣道："砸，死也要砸上去！"

袁观潮冲破了券商最后的底线——透支，再透支，比高利贷还疯狂。这是不得已之举，因为袁观潮已经押下重注了，如果赔了，不仅是公司倒闭，自己还会倾家荡产。

就在收盘前 9 分钟，袁得鱼惊呆了，所有的空头都惊呆了。帝王医药的股价居然起死回生了，袁观潮这个"证券教父"居然一个人将帝王医药的股价抬了起来。袁得鱼火速心算，这至少要砸进去 20 多亿！天哪！这比 10 天前的流通盘总股本还高，近期多方太嚣张，一下子将整个股本抬了上去。

转眼就收盘了，市场上哭声笑声连成一片，市场在演绎最后的疯狂。

收盘了，这漫长的 9 分钟让多少人希望渺如梦，悲喜转成空！

帝王医药的股价，涨停板牢牢封在 9.4 元。

这是历史性的时刻，市场一下子沸腾了！

袁观潮嘘了一口气，总算轻松了。

袁得鱼的心还在怦怦跳，到底是什么不对劲。

不幸的事情很快发生了。

上面两小时后发出指令，最后 9 分钟的交易取消。宣布指令的是新上任的副局长邵冲，是让人不可小觑的新铁腕人物。

原因简明扼要，袁观潮证券账户上不可能有那么多资金，透支比例已经达到 1∶4，严重违背了监管部门的有关规定。违规在前，交易在后，追溯效力，判定交易作废。

神秘资金终究还是没能并购帝王医药，帝王医药终究是退出了江湖。

袁观潮输了，从一代枭雄变成了千古罪人。

3 个小时前。

袁观潮死无全尸。

六

看着手里的交割单，袁得鱼还是没有缓过神儿来，父亲原本不是一个旁观者吗？为什么一直理性的父亲，会铤而走险背负巨债，去下这么一个输赢对半的赌注？一向个性坚强的父亲，为什么选择这么一条不归路？

袁得鱼小心地审视着那张交割单，惊讶地发现，交割单背后，用铅笔写着几个名字。有一个名字，上面不知道是血还是水，模糊看不清了。这些名字旁边，还有一些圈圈画画的潦草数字。

袁得鱼不知道这究竟意味着什么。他仔细地看了一下那几个名字，除了那个已经模糊不清的，其余六个分别是——杨帷幄、唐子风、唐焕、韩昊、秦笑、邵冲。

很巧的是，这些都是最近在帝王医药事件的诸多报道中，出现频率较高的名字。这些似乎印证了这个交割单的价值——他隐约觉得这个交割单可以为父亲洗清冤屈。

唐子风。

名单上的这个人恐怕最有嫌疑。袁得鱼看着窗外，可以看到唐子风正在为父亲的葬礼忙里忙外。

“做最好的兄弟。”袁得鱼曾亲耳听到唐子风与父亲如此惺惺相惜。他们真的是好兄弟吗？这让16岁的袁得鱼感到无限困惑。

他觉得有点儿可笑，什么时候唐子风成了帝王医药最可怕的对手了？

他不是与父亲站在统一战线的吗？怎么突然临时倒戈，在最关键的时刻成了父亲在帝王医药一役中最致命的一支冷箭？他马上搜寻“5·29事件”所有的报道，他要了解有关帝王医药的全部真相。

原来在帝王医药发展到白热化之际，唐子风一直作为泰达证券掌门人坚守在多方阵营。

最为诡异的是5月29日早盘，帝王医药依旧走势强劲，临近中午时分，该股被一批强大的抛盘砸了下来。或许，本来多头还有最后的机会，但是佑海系资金纷纷倒戈，股价才一落千丈，资金也哭喊着杀出。

而临阵脱逃的佑海系资金中，泰达证券是其中势头最强劲的。

“伤痕累累”的多头有足够的理由指责泰达证券。多头并不是没有机会，唐子风原先与兄弟在同一战船上，最后时刻甚至还可以胜券在握，他没有理由临时倒戈。而且，也是唐子风率先做多，关键时候反而临阵脱逃，这个唐子风究竟用意何在？

杨帷幄。

他继续盯着交割单看——杨帷幄，名单上列的第一个名字。他或许是目前最大的受益者吧，他得到了海元证券，成为新的霸主。

帝王医药事发不久，就在人们还在讨论海元证券花落谁家的时候，谜底就揭开了。有关部门发出股权转让公告，海元证券的第一大股东变更为华军资产，占据股份高达51%，第二大股东才是海元证券，仅占8%。公开资料显示，华军资产是一家具有军工背景的国有企业，也就是说，海元证券不仅东家变了，还变性了，原来海元证券是中国第一家股份制券商，现在变成了普通的国家控股的金融机构。

上面也正式宣布，海元证券正式并购给杨帷幄，这个结果让很多人大跌眼镜。若不是这个半路杀出的程咬金，唐子风原本应该是帝王医药的最大赢家。

但报纸上的此人看起来有几分仁厚，究竟是城府深还是无心插柳呢？

袁得鱼了解到，杨帷幄是重阳证券的创始人，在佑海安营扎寨的北派资金中，杨帷幄是领军人物。这种或多或少的官方背景，让他尽管身在佑海，也有很多鲜为人知的消息资源直接从帝北空降而至。

而帝王医药一役，以杨帷幄为代表的空方认为，尽管上面在酝酿国退民进的方案，但目前还没有做好充分的准备，政府可能会出台相关文件对民营企业收购国有公司做出限定。而且，既然当地政府已经在政府工作会议上提到要进行补贴，理应会言而有信。

他们赌赢了，但不光彩的名声一直与他们相随。江湖传言，杨帷幄此前曾与佑海本地有关部门相谈甚欢。据称当地有官员本来就看海元证券不顺眼，但因为海元证券是中国第一家股份制试点券商，很多事情拿它没有办法。上头正好趁着这次并购机会，以同意海元证券的收购作为由头，引入一家有军工背景的国有公司，作为海元证券的收购股东方。而海元证券本身资金不足，原本作为战略入股的这家公司反而成了大股东，这一切的发展倒也符合上层想把海元证券重新收为国有企业的初衷。

韩昊。

袁得鱼从报纸上知道，韩昊是全国鼎鼎大名的江湖第一操盘手。江湖上传言，韩昊是个短线天才，也是专门制造涨跌停板股票的高手。在帝王医药一役中，他与唐子风一同站在多方阵营，倒戈也是一起倒戈。以他为首的是银波那一带实力雄厚的游资，他们是市场上呼风唤雨的银波敢死队。

秦笑。

名单上的秦笑，在袁得鱼看来，是帝王医药事件的绝对主角之一。据传，是他挑起的收购。江湖传言，秦笑除了是帝王医药收购方汇星集团的实际控制人，还是地下赌场的控制人。有人说他是证券界的“春申君”，养了一群人，但也有人说他培训了证券黑帮。

唐焕。

袁得鱼无法相信，唐子风的大儿子，自己曾经的好兄弟竟然也会在上面。

邵冲。

这个名字，袁得鱼觉得最为陌生，然而报纸上说，就是他代表上面宣布取消最后 9 分钟交易的决定，也由此改变了父亲的命运。

最后一个名字。

那个模糊的名字，袁得鱼自然是无从知晓。

他看到报上有人评论，袁观潮之所以会在当天傍晚自杀，一来，他因为负债累累，就算用洋滩小白楼作为银行抵押凭证，也无法还清；二来，他不堪忍受重组命运与牢狱之灾，不得已选择了这条路。

让袁得鱼最为费解的是，他的笔记上分明显示，父亲在 5 月上旬的时候，花了 3 亿元重金用杠杆做多了该股，然而，就在政府颁布补贴的前一天，袁观潮突然改变头寸，将这 3 亿元改变方向进行做空，在最后时刻还追沽了 22 亿元。就算最后 9 分钟无效，他也是稳赚 33 亿元，这是多么伟大的对冲。

这也就意味着，那天是否奋力做多头对父亲而言并没有实际意义，甚至可以说父亲是做空头的，这样明明可以赚取更多资金，这是父亲原先对市场的判断。

袁得鱼百思不得其解，为什么父亲在最后关头不惜铤而走险，一意孤行，非法透支那么多资金，把帝王医药的股价打到天上去。

还有一点更为奇怪，父亲怎么会追沽 22 亿元？这些钱从哪里来的？他又仔细数了数，没错，后面是八个“0”，就算父亲自营部透支，资金量也远远达不到这个规模。

他不知道这是不是可以理解，父亲其实没有非法透支，他用的是沽空赚来的钱。但是这 22 亿元是从哪里来的？现在，这笔资金又去了哪里？

原本应该账面上浮盈 12 亿元的海元证券，怎么瞬间就亏损高达

5 亿元了呢？

难道真的像很多江湖人士所言，父亲可能受到了政府方面的驱使，故意让市场化的汇星放弃并购机会？但既然如此，他为什么还要自杀呢？索性就受人恩惠，很多官方的资本掮客不都远走高飞，去海外逍遥了吗？

若父亲真与政府联合，那从最后 9 分钟的废除决定完全可以看出，政府与父亲站在对立面。也就是说，父亲绝对不是政府的帮佣，这只是父亲死后别人给他加上的罪名。而且，袁得鱼死也不会相信市场化的父亲会选择这条道路。

到底谁才是背后的元凶？父亲为什么要临时改变主意，到嵊泗的那两个人究竟是谁？既然没有损失资金，最坏也就是锒铛入狱，父亲为什么一定要选择一条不归路？

袁得鱼以为自己已经可以平静地去回忆这些事情。然而，每每拼接起记忆中的内容，他都觉得现实是如此残忍，不觉阵阵窒息。

袁得鱼有种强烈的感觉，或许，从嵊泗回来，父亲就已经认定，前方是一条不归路了。

袁得鱼想起，一天跟爸爸在铁轨旁散步，当时，爸爸出神地看着延伸的铁轨，口里飘出一句："每列火车都装满了罪恶的货物。"

袁得鱼当时听爸爸说完这句话，眼前仿佛出现了一列破旧不堪的火车，冒着滚滚黑烟，"隆隆"地碾过钢轨，呼啸着钻进一座黑暗的山洞。他猜想，在那个无人抵达的深处，是否铺着满地的黄金……

袁得鱼的直觉告诉他这张交割单无比重要。他将交割单折好，小心翼翼地藏了起来。

七

1995 年 6 月 9 日。

袁得鱼发誓永远不会忘记这些葬礼上扭曲的脸。

这天一早，袁得鱼像往常一样，走出巨鹿路别墅，一道日光正好照在他仍充满稚气的脸上。他用手遮挡了一下，在手指的夹缝中，有一个巨大的橙色太阳。

他钻入一辆守候在门前的黑色加长型林肯，这是父亲平日里最心爱的座驾。车窗不知什么时候贴上了深茶色的玻璃膜，一坐进去光线就暗了下来。

车子缓缓前行，袁得鱼脸上没有一点儿表情。今天是他爸爸袁观潮的葬礼，他比以往任何一天都显得平静。

上一次失去至亲的切肤之痛，恍若就在昨日。袁得鱼记得那次他哭得天昏地暗。他抓着病床上母亲冰冷的手，随着病床一路跑着，眼睁睁地看着母亲被推进了阴暗的太平间，记忆中还残留着空气中消毒液的味道。

车子开进了龙华殡仪馆，继续前行，他们的目的地是路尽头的大厅，从殡仪馆大门到尽头，不过50米的距离，但在今天仿佛无比漫长。

一个戴着黑孝的行人的声音飘进车来："袁家是谁？那么大的排场！"

车子抵达尽头大厅，这是一个恢宏的送别大厅，大门前还有一个空旷的广场。

袁得鱼一下车，就惊讶于眼前令人震撼的景象——几十个身着黑色西装的男子毕恭毕敬地站立在大厅两侧，像诺曼底登陆战时黑压压的盟军团。他们不言不语，却制造出难以言状的肃穆逼人气势。一靠近他们，就仿佛被扔进了一个战后还未打扫的战场，这是证券历史上无以复加的集体伤痛。

袁得鱼认识他们，他们都是父亲在海元证券的旧部。这三天，他们一直陪在父亲身边，自发地成立了治丧委员会。

这番场景，这些熟识的面孔，与曾经的一幕是如此相似，只是早已物是人非。

袁得鱼记得，差不多就在半年前，同样是这些面孔，出现在上海证券交易所大厅。

那是佑海金融界一场隆重的盛典，全国最大的证券公司——海元证券创立五周年纪念仪式轰轰烈烈地进行着。所有人脸上都写着“狂欢”，他们都虔诚地期待着开创一个神奇而伟大的时代。

那一天，政府官员们一一亮相，佑海滩不少知名作家也亲临会场，他们之前一同为海元证券歌功颂德，推出了一本书，叫作《海元大业》，不少人现场题词。有个海派学者潇洒地大笔一挥，“海元帝国，千秋万代”……盛典里最风光的人物莫过于袁观潮，他站在人群中间，就像是站在全世界的中心，欣喜地回敬着前来敬酒的宾客，一杯接一杯地喝着，满面红光，意气风发。

“股神！股神！股神！”人们振臂欢呼。

狂欢声仿佛还在耳边，幽怨的哭泣声就将袁得鱼从回忆中拉了回来。

送别大厅很宽敞，大堂前方挂着“沉痛悼念袁观潮先生”的白底黑字的横幅。一副对联挂在遗照两旁，笔法遒劲恣意，上联是“牧野厚物流金岁月携安绝尘而去”，下联是“少年才俊证券英雄望君乘愿归来”。横幅下是一张巨大的遗照，照片是彩色的。袁观潮“站立”在花丛中，笑得一脸灿烂。

袁得鱼记得，这是前不久父子俩去广西旅游时拍的，他无法想象，就在三个月后，活生生的父亲就……

距离9点吊唁的时间还有半个小时，但整个广场上，已经渐渐挤满了来自各地的人，他们手上都拿着治丧委员会散发的悼念册，名字叫作《传奇一生》。

“他是一个为证券市场而生的人。”《传奇一生》上的悼念书满怀深情地写道：“海元证券从1 000多万元注册资金壮大到20多亿元，只花了短短不到五年时间。袁观潮自1990年担纲海元证券总裁，一路发展证券发行与承销、资产管理与经纪和证券研究业务。无论是市场低迷，还是市场景气，袁观潮敢干、敢试、敢闯、敢为天下先。在他的带领下，海元证券迅速成长为业内翘楚，创造了许多投资神话和经典传奇……”

旧部们都记得，袁观潮一心想把海元打造成金融帝国。而只要是当年身处金融圈的人，谁都忘不了海元的鼎盛时光。他们纷纷议论着——

“海元的《招股说明书》可是业内的范本。当年，1/3 的《招股说明书》都是出自海元。”

“全国当时有上千个营业部，海元证券的经纪业务占全国的 70%，现在的老大连 10% 都没有。”

“当年做债券业务就可以做到一年赢利一两个亿。”

“坐庄的人都打着海元的旗号，很多都是冒名顶替的。”

海元旧部回忆起这些往事，内心多少有些自豪。

海元证券仿佛是资本市场一个前无古人、后无来者的奇迹，恰如其分地印证了一个词——唯我独尊。第二名的券商不管是经纪规模还是赢利能力，都无法与之相比。

袁观潮的宏愿后来也更为高远，金融帝国已经无法满足他的想象，他已经将触角伸向了全球。袁得鱼记得父亲在多次演讲中说过：“总有一天，中国的金融机构会成为美国的高盛（Goldman Sachs）、美林（Merrill Lynch），而我，一直怀有这样的梦。”

这样的梦近在咫尺的时候，怎么就这样戛然而止了呢?

袁得鱼想起今天上午在家里看的报纸，标题是“海元教父袁观潮走了，旧部散了”。他觉得这个标题真是残酷，但现实往往更为残酷——

身为海元证券总裁的袁观潮，在海元证券巅峰的时候撒手而去。第二天，上面就宣布，海元证券正式被重阳证券并购。

从此，袁观潮一手打下的江山覆灭了。这一切进行得顺理成章，就像事先都安排好了一样。

祭奠的钟声敲响了。

袁得鱼回过神儿来，他径直走入堂内，接过姑妈递来的菊花，默默地走上前。

袁得鱼看着棺柩里的父亲，这张脸依旧平静安详，像往日一样。袁得鱼想哭，却哭不出来。

大厅的哀乐低声呜咽着。袁得鱼深深吸了一口气，闭起眼睛，向父亲遗体深深地鞠了一躬，起身，再鞠躬，起身，又鞠躬……

人们井然有序地排着长队，入场的队伍很长，一圈又一圈，见不到尾。气氛肃穆，四周很静，甚至连呼吸声都听得到。门口站着袁得鱼的表妹苏秒，负责向每个到来的人送上一枝白色的菊花。

“黑西装”向每一个前来的悼念者鞠躬致意，他们的表情庄严，齐刷刷地鞠躬，让悼念者无不动容。

由于悼念者太多，就三人排成一排，一起鞠躬、献花。一些与父亲比较熟悉的悼念者会走过来，拉一拉姑妈的手，意味深长地看袁得鱼一眼。

很多人以为袁得鱼会哭泣，会咆哮，会大哭大闹。但是没有，袁得鱼安静得就像是一块石头，仿佛痴了一般。

他歪着脑袋，头上束着白纱，端着父亲的遗像，盯着一个个入场的人，眼神冷冷的。

这个总共可以容纳 300 多人的大堂，摆满了花圈。

几个人对一个花圈小声议论着，尽管没有落款，大家都知道是魏天行悄悄送来的。因为挽联上写的是“哥们儿”，只有魏天行会这么称呼袁观潮。

一个海元旧部说，这个花圈今天凌晨就摆在了大堂门口，但没有见到是谁送来的。

袁得鱼知道，在父亲死后，魏天行一直去向不明，很多人都在打听他的下落。甚至有传闻说，有人在黑道悬赏“通缉”他。

葬礼在哀乐中缓缓进行。

一辆劳斯莱斯徐徐开来，停在门口。很多低着头的人，忍不住抬起头来好奇地往外望。司机跑出来，毕恭毕敬地打开车门。一个身材高大的中年人，从车子里探身而出——他眼睛不大，嘴角向下弯曲，脸部线条刚毅，有一种不可一世的威严，他就是唐子风。

唐子风的到来，令所有在场的人都敛息屏气。与他一道前来的，还有他的两个儿子。他们与袁得鱼曾是儿时的玩伴，如今他们的眼神充满着怜悯。

唐子风向袁观潮遗体深深鞠躬。

正在这时，突然冲进来一个披头散发的男人，他出人意料地一下子扑在棺柩上，大喊一声："哥，你死了还让我佩服一把！"

说完，他突然转过头欣喜地对大家说："你们看，他还在笑啊……"

在棺柩前的唐子风一下子往后退让了几步，小声说："魏，魏天行……"

魏天行又一下子冲到袁得鱼面前，轻声说："袁得鱼，你不要忘记，你是袁观潮的儿子！你很聪明，你继承了你爸爸的天赋。你不要太难过，你应该自豪。你爸爸是个天才，是个了不起的人。得鱼，你今天要做的，就是把在场的每个人的脸都记住……这是一场阴谋，是阴谋！答应我，你一定要狠狠地记住他们的脸！"

魏天行说这些时表情夸张，眼睛都快要瞪出来了。

一旁的唐子风对人耳语了几句，魏天行很快就被两个汉子拖了出去。

谁知魏天行在被拖到门口的时候，迅速甩开这两个汉子的手，骑上停在门口的一辆摩托车，呼啸而去，只剩下一群惊愕的人。

唐子风朝袁得鱼走来，拍了拍袁得鱼的肩膀，面带微笑地说："不要害怕，他刚才对你说的，没吓到你吧？"

"他说得太快，我没听清。"袁得鱼恨恨地说道。

葬礼继续进行。一些人祭奠完就离开了，然而唐子风一直守在袁得鱼身旁，就像一座高高的铁塔。

魏天行的那番声嘶力竭在袁得鱼脑中难以挥去，他摸了摸口袋里的那张交割单。如果真是这样，这张交割单恐怕是解开谜底最关键的物证。

袁得鱼下意识地握了握拳头。魏天行说的每个字他都听得清清楚楚，他也相信，这确实是一场彻头彻尾的阴谋。

葬礼上，已经长成小伙子的唐焕不知什么时候凑到了苏秒身边，帮她一起分发白菊。

袁得鱼不知道，为什么唐焕也在这个名单上，他只是听说，唐焕经常给唐子风打下手，他初中之后就没再读书了，自己早就有别人不可小觑的天下。

这时，又齐刷刷地走来几个人，为首的中年男子大约40岁，长着一张四方脸。

人们又开始窃窃私语。袁得鱼在报纸上看到过他，他就是交割单上的第一个人——杨帷幄。

（袁得鱼发现，在杨帷幄鞠躬的时候，海元旧部的几十个人都用一种愤恨的眼神看着他。但是，杨帷幄已经成了海元证券的新主人。）

父亲与魏天行一手打下的江山从此覆灭了。不过，海元证券算是保住了根基，唯一的区别是，它换了主人。

不过不知为何，杨帷幄抬头看了一眼一直低着头的袁得鱼。他走到袁得鱼跟前，摸了摸他的脑袋，用不容置疑的手势塞给姑妈一个厚厚的纸包。

杨帷幄走的时候，袁得鱼依旧记得他真诚忧伤的表情。

紧接着，葬礼上来了一个黑黝黝的小矮个儿，他的左脸上有一道伤疤，看起来也是个狠角色。他面无表情地对着遗体拜了三下。

走过袁得鱼的时候，他看了一眼唐子风，好像欲言又止，唐子风也微微移动了一下。然后他什么都没说，径直走出了门外。

袁得鱼知道他就是韩昊，名单上的第二个名字。

袁得鱼不知道原本在多方阵营的韩昊为什么也选择了临时倒戈。他听到江湖传闻，说敢死队韩昊在帝王医药事件的前一天被人灌醉，走在大街上，感叹了一句“想在中国证券市场赚钱，还是要有铁后台”，引起了很多人侧目。

当天晚上，韩昊就七拐八拐来到礼查饭店，买通了住在这里别的单位席位上的“红马甲”，调足了“军饷”，以至于在形势发生变化之前，韩昊就快速将其手上筹码尽数抛出，给了帝王医药的股价致命一击。

同时，他将原先的50万口“多单”平仓，同时追加“沽单”，50万口反手做空，这反转的100万口巨单，让韩昊足足获益10亿。

这个韩昊，与传言中的一样，性格内向，沉默寡言，难道他心里藏了什么秘密？

正在这时，四周起了喧哗，有一个人大摇大摆地走了进来，最具标志性的是他的光头，袁得鱼听到后面有几个说他是“光头元帅”。

光头很江湖地拍了一下手，手下立刻捧上来一大束白菊花。他脱去白色手套，将白菊花小心翼翼地堆放在袁观潮遗像前。

他的肩膀忽然抖动起来，仿佛在抽泣，然后摘下墨镜，用手臂狠狠地在眼上抹了一把，像是拭去了眼泪。

袁得鱼认识他，这个人是名单上的另一个大佬——秦笑。

秦笑走出去的时候，唐焕追了上去，向他敬了一支烟。两个人熟络地聊着，秦笑走时还拍了一下唐焕的肩。

正在这个时候，有两个人走到秦笑跟前，拿出一张纸，秦笑仿佛也不惊讶，轻蔑地看了他们一眼，随着他们一同钻进了一辆警车。

唐焕紧追了几步，叹了一口气，他回来与唐子风耳语了一番，唐子风脸上显出几分惊讶的神情。

又进来一个人，大约40岁，两鬓已经发白，戴着一副正方形的黑框眼镜，俨然一副学者的形象，但有着不可一世的神情。这种神情在他这种年龄并不多见。

袁得鱼很奇怪，这个人进来的时候，所有在场的人都显得很紧张。

这个人袁得鱼并不熟悉，他听到身后飘来两个字——“邵冲”。这不正是父亲留下的交割单上倒数第二个名字吗？邵冲身材高大，气质不俗。

时间转眼就到了11点半，门外的人终于少了。那些在帝王医药事件里所有关键的角儿，都在葬礼上一一亮相了。

最后一批悼念的，是站立在门口的那几十个海元旧部，他们齐刷刷地站成一个黑色方阵，整齐地向袁观潮遗体鞠躬告别，场面甚为壮观。

第三下鞠躬依旧是标准的90度，他们齐声道："袁总，一路走好！"

"可能以后很难有机会再见到这么多海元人了。"一个老员工拭泪感慨道。

"别了，袁总。别了，海元。"他们挥手道别。

棺柩关闭的时候，袁得鱼眼睛一直瞪得很大，仿佛想把父亲的遗容深深地印在脑子里。

就在父亲被推入火炉的一刹那，袁得鱼猛地转过身，用犀利的目光扫了一眼在场的交割单上的那几个人，这些人的脸部仿佛一下子被放大，夸张地扭曲起来。

自始至终，袁得鱼都没有流下一滴眼泪，他只是静静地站着，看着父亲的尸体在火化炉里一点儿一点儿变成灰烬。

一种原本属于海元证券的刺眼光芒也渐渐暗淡下去，随着破裂的梦想烟消云散。

走出大厅的时候，袁得鱼还听到旧部们飘来的缅怀声——"太可惜了，他一直有金融报国的梦想，刚画出全球图纸，海元就倒下了。可以想象，他会在金融危机时成功收购韩国券商，在下一个金融危机时，他的触角注定伸向美国。那样，海元就今非昔比了。"旧部们还在感怀伤逝地追忆不可再有的辉煌时光。

他们哀叹，海元一直以来的成功就在于"敢为天下先"，或许，在另一个时空，最后孤注一掷的袁观潮成为竞相歌颂的英雄也不得而知。造化弄人，"水能载舟，亦能覆舟"，海元的这次彻底消亡，仿佛也葬身于疯狂崛起的"敢为"上。

袁得鱼无法想象，在最后的狂赌时刻，父亲经历的是一场怎样惊心动魄的磨难。

袁得鱼好像也明白，谁都没有力量来阻止这场灾难。难道真的像外界所言，所有行事嚣张的老总最终都不可能安然无恙？

走出殡仪馆的时候，袁得鱼低下了头，他摸了摸自己的脸，不知什么时候湿的。他抬起头，不知什么时候下起雨来了。

林肯车载着他向前，到了巨鹿路别墅跟前时，司机对他毕恭毕敬地鞠了一躬，袁得鱼摇摇手，知道没有必要了。

他收拾完别墅里的东西，摸了摸上衣口袋，那份交割单还在，他就放心了。

他最后看了一眼别墅，想着自己今后与这幢别墅无缘了，还好他也从来没在乎过。

第二章　重回佑海滩

道可道，非常道；名可名，非常名。无，名天地之始；有，名万物之母。故常无，欲以观其妙；常有，欲以观其徼。此两者，同出而异名，同谓之玄。玄之又玄，众妙之门。

——老子《道德经》

一

1998年入秋的一天，袁得鱼与往常一样，平躺在沿海的沙滩上，嘴里还衔着一棵三叶草。风不停地吹过，袭来一阵阵惬意的凉。

这年，袁得鱼正好20岁，生得高大魁梧，英气逼人。他脸形瘦削，遮住双眼的柔顺短发随风飘拂。不过，他还没长智齿，嘴周围的胡子还软绵绵的。

他赤裸着上身，长年在海边生活，他的肤色已经成小麦色，肌肉看上去优美强健。他的眼睛清澈明亮，嘴角微微上扬，始终保持着不羁的微笑，古灵精怪的，散发出一股与年龄不相符的野性。

这个小渔村的人都知道，这个男孩来自佑海那个繁华的大都市，但他仿佛与这个小渔村才是真正的血脉相连。

这天傍晚，他惊讶地看到水平面上方的天空现出奇异的红光，通亮。突然，黑云密布的天际处裂开一条血红的口子，水面上腾起一层层雾霭，远远望去犹如置身于侏罗纪公园。骤然间，雨水不由分说地掉下来，与暗沉的红光交织在一起。

此时此刻的袁得鱼绝对不知道，未来将如何在前方等待着他。

就算在当年，他不知道的事情也太多了：南方遭遇了一场百年不遇的大洪灾；中央开始实施“国退民进”战略；资本航母“德隆系”在蓬勃发展的同时也在酝酿危机；有个叫作索罗斯（Soros）的金融投机天才掀起的东南亚金融危机的余波还在进一步蔓延……

袁得鱼趁着天空披上深紫色的幕布之前，从沙滩上一跃而起，飞快地往灯光星星点点的村落跑去。

那个晚上，路上的人都看见了一个男孩的矫健身影，泥水在他脚下飞溅而起。男孩的速度奇快，人们还没看清他的脸，他就“嗖”地一闪而过，飞快地消失在人们的视野中。

袁得鱼气喘吁吁地跑到一间两层的草屋前，甩了甩湿透的头发，用衣袖擦了擦脸上的雨水。

就在他刚要进屋的一瞬间，他依稀看见门口的一侧闪过一团火红的颜色，有人一下子从背后抱住了他。

“乔安？”他闭着眼睛问道，立马握住这个女孩温热潮湿的手。

“得鱼，听说你很快就要离开这里了……”女孩的声音里透出哭腔。

袁得鱼转过身，看到了一张楚楚动人的脸。女孩的头发也淋湿了，刘海贴在冰凉的前额上。他轻叹了一口气，一把将女孩拉到屋檐下，两人安静地并排靠在墙上。

“不要走，好吗？”女孩牵着他的手说。袁得鱼心里震了一下。

“你说句话，好吗？”女孩央求着说。

袁得鱼不安地望着乔安，问道：“你在这里等了我多久了？你不怕我姑妈发现你吗？”

“我不怕。”女孩深吸了一口气，像是鼓起了很大的勇气说，“袁得鱼，我，喜欢你。”

袁得鱼紧紧地把女孩拥入怀中。女孩的身体很小，却热得发烫，仿佛在燃烧。

年轻健硕的袁得鱼浑身上下都充满了雄性荷尔蒙的气息，他正处于风华正茂时。他的女人缘仿佛与生俱来。

袁得鱼不知道，他要去佑海的消息怎么传得这么快。

不过，似乎村里很多人倒是很希望他走，这两天他在路上，总是会撞到不少村民，他们会用力拍拍他的肩膀：“佑海好啊，有发展前途啊。”

“那是。”袁得鱼也回应得不依不饶。

自从搬到了姑妈家的“鸽子笼”里后，袁得鱼的生活轨迹有了颠覆性的改变。

他后来了解到，巨鹿路的别墅在海元证券资产重组的过程中，被作为公司资产送到银行抵押了。袁得鱼自己也从贵族学校，转校到了一所普通的公立学校。

一开始，袁得鱼的姑妈还能得到父亲一些朋友的资助，后来门庭逐渐冷落，天下没有不散的宴席，袁得鱼彻底地远离了原先优裕的生活。

不过，他似乎并不在意这些，他也早就习惯于这样起起落落的生活了，就好像小时候与父亲在锦江乐园坐的过山车，看过最高处的风景，停留片刻，便又急转而下。

他住在姑妈家，大家其乐融融，像以往一样，与表妹嘻嘻哈哈。但是，他也觉得自己哪里与以前不一样了——他对学校的兴趣不大了，他甚至觉得，同龄人的头脑大多还没有开化。

只要一有机会，他就偷偷跑到镇上与一群陌生人赌博，或是省下一些钱去买股票——当然是偷偷地买。只有这个时候，他才可以得到片刻喘息。

高中毕业后，袁得鱼就开始游手好闲，把调皮捣蛋发挥到了极致。

有一阵子，村子里的猫都不见了。

后来，在一个晴朗的星期天，村民们看到村里的大树上挂满了惊慌失措的猫。而袁得鱼在树底下欢跳着，大笑着，手里还拿着长长的竹竿。村民们这才明白，原来是袁得鱼将它们抓了起来，然后一个个抛到了树干上。

袁得鱼甩着竹竿，看到猫儿们惊慌失措地滑落，他就忍不住大笑。

还有一次，村民们打开收音机收听广播，结果听到的却是袁得鱼的声音，原来他用电线绕成磁场做了一个波段——“各位乡亲，你们好，现在是魂飞魄散时间，由你们的魔鬼播音员——袁得鱼奉上鬼哭狼嚎的节目。”

袁得鱼做这些似乎只是为了让自己玩得尽兴。但每次总是有很多姑娘饶有趣味、崇拜地看着他，其中就包括乔安——他的高中同学。

此时此刻，他在柔情似水的乔安面前，一句残忍的话也说不出来。

“找到妹妹我就回来。”袁得鱼只能说道。

袁得鱼去佑海的原因很简单，就是去找妹妹——苏秒。

尽管他与乔安的关系若即若离，但在看苏秒的时候，脸上总是会不经意地流露出色眯眯的神情。为此，他没有少挨姑妈的拖鞋揍。

在袁得鱼高中毕业游手好闲一年之后，姑妈开了一家餐馆，他也有了一份极其适合他的工作——送外卖。他做得也很轻松，因为他总是能在比别人短得多的时间内送完外卖。

苏秒并不在意袁得鱼对她的关注，毕竟她在中学时就是学校内外闻名的不良少女了，以至于她在家里的时候，总时不时问袁得鱼，自己穿吊带袜性感还是网眼袜性感。

趁袁得鱼不注意的时候，苏秒也会趁机捏一下他的屁股。每每袁得鱼要动真格的时候，苏秒则得意扬扬地提醒他：“不要忘了，你可是我的表哥。”

袁得鱼每次看到苏秒坐上别的男人的摩托车绝尘而去时，内心总是无限伤感。

袁得鱼预感，苏秒迟早有一天会离开自己。果然，有一天，表妹被一辆黑色的豪华轿车接走后，就再也没有回来。

一天，姑妈看到了佑海《新民晚报》上登出的一幅《探究夜总会》的新闻照片，背景有个跳钢管舞的女孩与苏秒长得有几分相像。

于是，袁得鱼被勒令去寻找表妹。尽管任务艰巨，而且所带盘缠不多，仅有1 000元钱，但姑妈放出了狠话：“找不到苏秒就不要回来！”袁得鱼只好答应。他曾幻想过这是一场阴谋。或许，表妹早就回去了，而他只能留在佑海流浪。不过，鉴于自己从17岁起就一直住在姑妈家白吃白喝，就算是阴谋也大可一笑了之。

他去佑海仿佛还有一股狂野的冲动，他甚至想留在佑海，想去寻找这么多年来，他内心深藏的问题的答案。

“得鱼，晚上你有时间吗？能不能陪陪我？”乔安低着头，有些羞涩地说。

袁得鱼不由得激动起来，但头脑里第一个反应是欲擒故纵，他坏笑了一下：“不行，万一我不回来了，谁对你负责？”

乔安愣了一下，她本想用美人计拴住他，但是袁得鱼这么一说，既推卸了责任，又明显表示他不会感情用事。她意识到自己根本不是袁得鱼的对手：“唉，好吧，来日再见。”

曼妙的乔安跳入大雨中。

袁得鱼怔怔地看着瘦弱的乔安在迷茫的雨雾中渐渐化成一个红色的圆点。

袁得鱼耸耸肩，也并不觉得有太多惋惜。

二

袁得鱼买了一张去佑海的火车票。他没想到去佑海的人竟然有那么多，自己排了好长时间的队，最终只买到一张站票。

火车的发车时间是中午 12 点 20 分。袁得鱼当然不会亏待自己，很早就在车站买了两个鸡腿。

可能是周末的关系，站台已经人头攒动。上车时，他几乎是被一拨人抬上去的，然后又被人流推到了一个靠近车厢中间的位置，才勉强站稳。

“呜——”随着火车鸣笛，火车车轮打着清脆的节奏，启动了。

一想到要回佑海，袁得鱼就心情大悦，掏出鸡腿一顿狂啃。他嚼鸡腿的劲头，引起了对面一个年轻人的注意。他完全没有想到，他一上火车，就与一个将来在很长一段时间跟他关系最为复杂的人相逢。

这个年轻人看起来与袁得鱼差不多年纪，但没有袁得鱼那种野劲儿，生得有几分白净。不过，少年的眉宇之间也存有一种不甘示弱的发自心底深处的满满自信。

“兄弟，你好像看起来有些面熟，你也去佑海?”年轻人问道。

“哈，老兄，说看我面熟的人多着呢，谁让你们都认识金城武呢?”袁得鱼啃鸡腿啃了一半，才看清了对方，顿时停下来，“你，不会是唐煜吧?”

“啊，袁得鱼!”唐煜欣喜地砸了一下袁得鱼的胸脯，“天啦!才几年不见，你怎么长得这么帅了！对了，你不是在佑海吗？怎么会在这里?”

“你不是在美国吗?”袁得鱼觉得很神奇。他早就听说唐煜中学就留学国外，在那天的葬礼上，与唐子风一起来的，只有唐焕与唐烨。

两人无比兴奋，尽管已经多年不见，但依旧感觉熟悉，就算不言不语，也还是很默契。

袁得鱼记得，在帝北那会儿，大人们围坐在一起讨论正经事，他们几个小孩子就在一旁嬉戏打闹，这也几乎成了袁得鱼童年最快乐的记忆。

唐子风有三个儿子，老大唐焕、老二唐烨、老三唐煜。每个孩子名字的字里都有个火，因为算命先生说，唐家遇火则旺。

袁得鱼比老三唐煜小三岁，在他们中间与唐煜年龄最接近。因为父辈是世交的关系，袁得鱼也很早就习惯叫他们大哥、二哥、三哥，情同手足。

唐焕小学起就明显比同龄人长得高大，但是读书一直不是很好，喜欢打架，虽然经常挨骂，但是在外总是呼朋唤友。袁得鱼记得，他在家里的时候，经常听到有人在门外叫他。

唐烨言语不多，喜爱读书，模样也长得十分斯文，鼻梁高挺，手指修长，给人感觉阴柔的气质多一些。唐烨喜欢弹钢琴，经常在家中练琴。如果有客人过来做客，唐烨有时也会助兴般弹上几曲。

袁得鱼与老三唐煜最为投缘。他记得自己刚到大院时，就有一个看起来很机灵的小孩拍了拍他的肩膀说：“我叫唐煜，你喜欢下棋吗?”

唐煜虽然小，但鬼主意很多，动辄钓龙虾、抓金龟子，每天都玩得不亦乐乎。

袁得鱼很快就发现，他与唐煜两人有很多相似之处，比如在学校开运动会的时候，他们都会报名参加长跑，两人会同时抢跑道。而如果袁得鱼暗恋上了哪个小姑娘，不多时日以后，他也会发现唐煜同样对那个小姑娘倾慕已久了。

袁得鱼最开心的，莫过于大家一起看电视。袁得鱼清晰地记得，他与大家伙儿一起搬个小凳子，坐在大院里看周润发版的《上海滩》的情景。

电视开始时，他们还会一齐跟着唱：“浪奔，浪流，万里滔滔江水永不休……”

有一次，几个人想搞角色扮演，但缺少女主角，袁得鱼就叫上了正在自己家过暑假的表妹苏秒。

苏秒是个典型的江南妹子，长得一副秀美模样。不过，那个时候，苏秒就很会打扮，经常偷唐妈妈的指甲油涂在自己的手指甲上。

有一次，她头上插了朵花，打扮成冯程程的样子，故意娇媚地瞟一眼，问：“我是不是风华绝代？”他们被逗得哈哈大笑。

后来，袁得鱼一家离开了帝北。袁得鱼还记得，他们在火车上分手时，兄弟几个哭作一团。毕竟那段时间，他们每天在帝北一个军区大院里一起没心没肺地玩，早就培养出了深厚的感情。

唐家三兄弟还每人送给袁得鱼一根链条，上面挂了一块银色的美军身份牌，上面刻着四个人的名字，搞得像兄弟连一样。袁得鱼则拿出了珍藏的金色弹珠，这是他与别人打弹珠时赢的。

“我们永远都是最好的兄弟。”他们一起拉钩，约好来日再相见。

火车鸣笛的时候，几个孩子忍不住哭了起来。

他趴在火车的窗口，向他们用力挥手的时候，依稀看到，三个男孩眼里都闪着泪光，他希望美好的时光永远停留在这一刻。火车开动了，三兄弟渐渐退后到他再也看不清的地方。

没想到，若干年之后，自己竟然与唐煜在火车上重逢了。

“我上个星期提前毕业回国了。一到家，爸爸就让我跟几个同事去鹏城做新股发行，这是我们公司承销的。昨天是上市第一天，价格还不错。”唐煜开心地说。

袁得鱼心想，昨天在深市发行最热的新股当属万隆农业了，原来是泰达证券做的，一看就是大手笔。他知道，泰达证券这几年经纪业务越做越大，投行业务也风生水起。

“怎么没见到你同事啊？”袁得鱼看了一下，四周的人看起来跟唐煜都不是一个气场。

“他们还在做收尾工作，请一些大客户吃饭。老爸说，今天晚上找我有更重要的事情，没想到，鹏城到佑海的机票那么紧张，我就坐火车回来了。”

“可能是几个大客户买断了吧。”袁得鱼想了想说。

“小子，我昨天听一个大客户也这么说。原来你是圈内人呢，现在在哪个金融机构？”

“我干吗非得在金融机构才知道这些啊？我现在是送外卖的，厉害吧？搞物流了。”

唐煜大笑起来：“敢情还是你最厉害！”

袁得鱼仔细地打量了唐煜一番——如今的唐煜，西装革履，头发也是被发蜡伺候得纹丝不乱，脸庞清秀，长相不俗。

而袁得鱼穿着从地摊上淘来的格子衬衫，牛仔裤也是松松垮垮，裤腿上有两个明显不是装饰的洞，裤子屁股那里也被磨薄了，屁股蛋子仿佛随时都会露出来。

不过，袁得鱼感到万分好奇的是，唐煜难道不知道袁家的变故吗？居然还问他怎么不是在佑海。看着唐煜一脸热情的样子，也像是完全不知道当年“5·29 事件”中泰达证券与海元证券的恩怨到了哪般田地。

唐煜饶有兴致地与他交流最新的业务心得，袁得鱼觉得好笑，这些对他来说，完全不是什么新鲜玩意儿：“不回来不知道，一回来吓一跳。你知道目前中国证券市场有多少门派吗？我最近才知道。

一派来自南岛，是很厉害的游资，以南岛证券为发源地，他们声势凌厉，行动敏捷，就像少林派；还有一派来自云澜，他们那里有个很大的地下钱庄，很多重组、交易都在那里谋划，就像峨眉派；还有一派来自米乡，这部分资金来无影去无踪，就像昆仑派；另有一处是北方的，北方人砸钱生猛，以政策见长，堪称名门正派，就像武当；还有就是佑海，以三大券商为首，以国库券积累原始资金，靠佑海本地股发迹，但发展更接近华山派……"

"你呢？难道是帝北的名门正派？"袁得鱼揶揄道。

唐煜自顾自地说道："得鱼，我曾做过一个统计，绝大部分股票要实现50%的涨幅至少需要等待一年；而下跌50%，10天时间都用不了。这也就意味着，输面与赢面对很多人而言，本身就是一件不对等的事。但是我发现，对于一些特殊的大户而言，他们的机会正好相反，实现50%涨幅，只需要等待10天；而逃顶对他们来说，从容得好比要把时间拉长至一年。"

"你说的是我吗？"袁得鱼哈哈一笑。

"别开玩笑了，我说的是那些大户室的高手。"唐煜稍微停顿了一会儿，继续说道，"我嘛，打算向这些高手好好学习。"

"不用向别人学习啦，你爸爸就有你学的了。"袁得鱼有点儿酸酸地说。他知道，唐子风这几年，除了在公司业务上突飞猛进之外，暗势力也做得越来越强大。

"也对。话说回来，我还没见老爸几面呢。"唐煜仿佛想起来什么似的，"对了，我在美国的时候，听说了你爸爸过世的消息，真的很抱歉，没能参加你爸爸的葬礼。我爸爸还一直对我们说，要好好帮助你。"

袁得鱼心想，唐子风真是"猫哭耗子假慈悲"。原来这小子对"5·29事件"并非一无所知，难道就不知道他爸爸在"5·29事件"中做了什么恶劣之事吗？

"我后来就到姑妈家去了。今天，也算是头一次回佑海。"袁得鱼说道。

“原来这样，那你工作找好了吗？”唐煜问道。

袁得鱼摇摇头：“我这次回来，是帮我姑妈办个事，还没想过工作的事。”

“既然你来了，就不要回去了。你的事就是我的事，你在佑海的工作，就包给我好啦。”唐煜十分热情，拍着胸脯担保道。

袁得鱼很喜欢唐煜这个样子：“小子很爽快嘛，小时候没白跟你折腾。”

“老弟，其实我也是有点儿私心的。当年人人都说你有炒股天赋，可你倒好，刚才居然跟我说你在送外卖，这也太对不起我这个对手了。你记得吗？我们小时候可是最投缘的，我现在从证券市场最先进的国家学了真功夫，还担心回来之后，国内无人能出我右呢，正想培养个对手，练练手，不然多寂寞啊。”唐煜有些靠谱地说，“我想，以你的潜力，应该可以让我们泰达证券更加强大。我到时候问问，给你找个适合你的职务。”

袁得鱼觉得唐煜的老毛病还是没改，依旧习惯性地自我感觉良好，他以为自己是古龙小说里的武林高手吗？

唐煜继续兴奋地说道：“我去曼哈顿金融公司实习的时候，第一件事就是跑到帝国大厦顶楼，俯瞰整条华尔街，想象这里最初的模样——一条简单的小路，很多建筑都只是两层高的小楼房，如今却发展到这般繁华。华尔街的东段一直延伸到东河，可以看到伊利运河。正是19世纪早期伊利运河的修建，才让纽约一下子奠定了航运枢纽的地位，也一下子成为美国经济中心，他们说它是‘舔食美国商业和金融蛋糕上奶油的舌头’。我正看得发呆的时候，跑过来两个年轻人，他们热情地说‘我们一起去交易吧’！当时我就想到了你，我想，如果你在美国就好了，我也会拍着你的肩膀说‘我们一起去交易吧’！”

袁得鱼听父亲说起的华尔街与唐煜描绘的华尔街迥然不同。父亲说，无数华尔街投机者在这个舞台上一夜之间暴富，随之而来的是倾家荡产的劫难，他们不断在天堂与地狱之间轮回。但袁得鱼还是故作老成，拍了一下唐煜的肩膀：“嗯，兄弟，我们一起去交易吧！”

唐煜哈哈大笑：“你看我们两兄弟多有缘分，下了火车，你必须得跟我喝酒去！”

盛情难却，袁得鱼点点头。

唐煜忽然眼睛一亮，仿佛想起了一件很重要的事情：“得鱼，你说你住在你姑妈家？那个苏秒妹妹怎么样了？是不是更美了？”

袁得鱼仿佛早就猜到他会这么问：“唉，我这次来佑海，其实就是过来找苏秒的，她离家出走了。”

“哦，那你怎么知道她来佑海了？”唐煜不解地问。

“你看这个。”袁得鱼只得掏出《新民晚报》。

唐煜盯着照片看了很久，袁得鱼以为唐煜知道这是什么地方，期盼着他能给自己提供些线索。

没想到唐煜好半天才说出一句：“苏秒这个妹子果然更美了。”

三

在长寿路和武宁路交叉路口，有一栋像榴梿的金灿灿的建筑——密密麻麻的刺中间，浮现出几个龙飞凤舞的大字——花天酒地。

一进门，便有长相不俗的穿着性感的男女，将宾客引入门内。走廊上，也是一串霓虹闪烁，地上铺的是感应大理石，脚一踩在上面，就会闪出暧昧的红光。

走廊两边便是诸多女子的黑白大照片，她们搔首弄姿，摆着各种撩拨人心的性感姿势。走廊尽头更是花团锦簇，一棵巨大的彩色缎子树上系满了彩缎，缎子上还附着枝枝鲜花。宾客随意在花丛中挑出自己想要的女孩的号码，就可以立刻揽上自己想要的女孩。

那时候，佑海这种大型夜店也叫夜总会，里面的服务人员常被人称为公关小姐，后来就简称小姐。

建筑的底楼是个大型舞池与酒吧，边上都是卡座，这个中庭的圆形建筑让每一层楼的人都可以看见下面的风景，楼上的二三层分布了很多KTV包厢。最高层相对安静些，是一对一的按摩房。

很少有人想得到，这样一个知名的声色犬马的场所，居然是由一个不足30岁的年轻人在掌管，而这个年轻人，便是唐子风的大儿子唐焕。

成年后的唐焕身形高大，颇为壮实。他的眉毛粗粗的，透出几分凶狠，还留着一撮山羊胡，头发有点儿长，打扮得有几分时尚。

唐焕对朋友始终笑嘻嘻的，倒是很有亲和力。但一旦冷下来，就目露凶光，与平时谈笑风生的模样完全判若两人。

唐焕在唐家兄弟中，出道最早。他小时候读书不好，早早就辍学了。

有一阵子佑海流行滑旱冰，他也很着迷，一天到晚泡在佑海最大的溜冰场里。有一次，他正在场子里练习倒溜，看到一个人捂着肚子从门外匆匆进来，然后故作镇定地坐在吧台上，招呼唐焕过去。

唐焕疑惑着走近，坐在了他的对面，他看到对方的小腹在渗血。唐焕故意装作没看到，仍然与他谈笑风生。

过了没多久，这个人长出了一口气。

原来，就在他们的不远处，走进来两个拿着凶器的人，他们不能确定坐在唐焕对面的男子就是他们要找的那个人。如果唐焕大惊失色，或是询问起来，他们就会走过来。但他们环顾了一圈，没有发现可疑目标，很快就走了。

那个被追杀的人是秦笑的手下，而秦笑，正好把这一切都看在了眼里。他发现，这个年轻人处变不惊，有种与生俱来的江湖气。他相信，无论遇到什么事情，这个年轻人都能行事仗义冷静。

当然，要跟着秦笑混，这些还远远不够。

秦笑在业务拓展初期，培养了一批打手。最初，秦笑涉及的娱乐业主要包括保龄球、溜冰场、赛车行，还有当时正在兴建的大型夜店。

商业竞争中，雇用打手乃兵家常事。娱乐业又是门槛比较低的行业，只要同一区域有门店与秦笑竞争，就一定会被砸店。

一次，有个人自恃练过拳击，不肯将他在某繁华地段的保龄球馆撤出，结果被秦笑的手下打得面目全非，但仍口口声声说要找人报仇，口气强硬。后来便被秦笑的手下带到了一个空旷的仓库，交给了秦笑处置。

那阵子，唐焕才刚刚跟随秦笑不久，主要帮他做一些杂事，诸如打打电话、找找资料之类。他当年也不过20出头，那种血肉模糊的场面还是第一次见到。

秦笑问唐焕该怎么办。

唐焕咽了一下口水，说了四个字："赶尽杀绝。"

秦笑满意地笑了一下，点点头。

打手们就当着秦笑的面，将这个人活活打死了。就在他们要按常规焚烧尸体时，秦笑看了唐焕一眼，拍了两下手，意味深长地说了一声："慢！"

打手们停了下来。

这时，秦笑在唐焕耳边吩咐了几句，并递给他一把剪刀。

唐焕有生以来第一次感觉到难言的崩溃，但他还是径直走到了那个人面前，当着众人的面，剖开了那人的肚子……

这么做让唐焕的胃部一阵绞痛，强烈的恶心感瞬间袭来。他一边呕吐，一边跪在地上，失态地哭着、叫着……

秦笑走上前，摸了摸唐焕的头，说："过后就好了。"接着大笑了几声，扬长而去。

唐焕倒了下去，不省人事，被送回去之后，一直高烧不止，梦中还在哭叫，大病了一场。等他醒来之后，就好像从鬼门关爬出来的一样，他不知道自己什么变了，总之就好像死过一次，什么都不怕了。

依秦笑的说法，这就是出师了。他说，人成熟的过程就是学会沉着应对禁忌的过程。成熟应对的方式有三，一是长驱直入，二是绕道而行，三是退避三舍。不管是什么方式，判断是否成熟的唯一标准，就是看能否获得内心的平静。

唐焕后来才知道，他那天做的还不是最狠的。过去曾有打手们把尸体丢到后院的太阳底下，暴晒一番，到后来，尸体的脑袋已经溃不成形了。就算警察发现了尸体，也无法辨认死者的脸。唐焕不知道这么损的招秦笑是怎么想出来的。

尽管唐焕以为自己当时已经吐得不成人样，但还是给在场的打手们留下了冷静、镇定的印象。

唐焕也发现，自从做过这件在他眼中算是极度残忍的事情，他之后做任何事情都可以为所欲为，好像胃口打开之后，就扩大了自己的极限一样。

唐焕很快在秦笑的圈子里平步青云。

秦笑在资本市场的一番能耐，倒是唐焕完全没有想到的。

秦笑长相虽然不敢恭维，但霸气十足，在女人眼里堪称风流倜傥。

有人透露，秦笑与朋友喝酒赌博，只要往那里一坐，过来的女人总是会忍不住往他身上瞟，经常有女人说第一次见到秦笑就有心跳的感觉。

秦笑有一次跟那些女人开玩笑说，你们眼力不错，你们心跳就是因为你们发现我身上有赚亿万元的潜力。结果话没说多久，他就登上了中国首富的宝座。

秦笑自己还有一个如花似玉的老婆，叫贾琳，对他的花心睁一只眼闭一只眼。据说这个女人对秦笑算是“一帖药”，他喜欢在家被管的感觉。

然而在“5·29事件”后，秦笑因涉嫌操纵股价而锒铛入狱。

秦笑的一些资产如花天酒地，也顺其自然地交由得意门生唐焕掌管。这种掌管，并不是简单的职业经理人的职责，而是直接入伙。目前，唐焕单是在花天酒地的股份，就有27%。

唐焕接管之后才发现，原来他之前看到的，或是说公众眼中的秦笑资产，仅仅只是冰山一角，往下搜寻，更是深不可测。

唐焕为了将事业做大，心狠手辣的事也注意了分寸，迅速成为佑海滩出名的黑帮老大。江湖人称，唐焕是“最危险的男人”。

在江湖上，还有一个故事广为流传——当年有个外乡过来的朋友邀请唐焕吃饭。朋友想，唐焕顶多带个女人或两个下属过来，于是定了五人位。没想，唐焕出现时，一群兄弟在他身后整齐排开，加起来有十来号人，走起路来也是浩浩荡荡。朋友不由得大惊，迅速讨好般地加了个大圆桌。

他的“危险”，在于他的不动声色。初识他的人，还以为他是个健谈有趣的人，因为唐焕爱讲笑话。

他会说，公关公关，就是“把公的关起来，母的放出来”。

这个晚上，唐焕与往常一样，与一群朋友说笑话：“我那次去武汉，一下飞机就上了一辆‘插头’（佑海话，出租车之意），我对司机说，我要去天上人间。没想到对方说，不好意思，先生，我们这里没有。我想，哟，看来这个司机还是懂行的。于是我又说，那就去金碧辉煌吧。没想到对方说，不好意思，这个也没有。我这下没办法了，只好使出撒手锏了，我说，兄弟，那就带我去花天酒地。果然，这位兄弟马上就点点头说，马上走。我发现，我去任何一个城市，只要报出这四个字，就是通杀。花天酒地，就是所向披靡……”

“说了半天，还是在给你的花天酒地做广告。”一群人都笑起来，“喝酒喝酒。”

“好。”唐焕快速拿出24个小马赛克杯，娴熟地摆成了方阵，只见酒瓶在杯子上方游走。

唐焕把酒瓶收起来时，众人都惊呆了，每个酒杯里的威士忌都不多不少刚好斟满。

做酒店老板，唐焕可以说是得心应手，尽管这原本可能不是唐焕的本意。

他也不知道以自己的家境，怎么会走上黑道这条路，但是他进入圈子之后，反倒如鱼得水。夜总会是暴利行业，凡是暴利行业，若非垄断，都不会是什么容易的买卖。

他同时还在经营一些地下钱庄和地下赌场。他很快就发现，地下钱庄、赌场与夜总会里都是一路人马，其中有太多不可言传的关联。道上混，待人处事尤为重要，要粗中有细，粗就是讲义气、上路，归根结底就是大气，久而久之，自然得道多助；细就是周密，想他人所想，甚至比他人想得更体贴周到。而这些，仿佛是唐焕与生俱来的。

唐焕的心思并不全在店上。每次遇到重要的客人，他还是要打个招呼，上去摸清底细。从某种意义上说，夜总会也成为唐家的一个重要的交际中心，这里充满了与资本市场密切相关的种种信息。

就算不是消息集散中心，唐焕也已经将其发展成了一条盘根错节的产业链。从最下游说起，很多出租车司机会直接将客人拉到这里，甚至一些原本想去其他夜总会的客人，司机也会说，佑海最好玩的地方是花天酒地，因为这里有最高的返佣。从上游而言，这里很多小姐同时也是很多权贵人士的二奶，她们会故意带他们去各种奢侈品多的地方消费，甚至是南昌路上的潮牌店，每一个消费过的地方，它们都会返回扣给花天酒地。

很多行业暗语也从花天酒地流散到各处。诸如 1 元钱就是 100 元，一般地方一个晚上消费 8 元钱已经算是大户，但在花天酒地，以一块板砖起价，一块板砖就是 1 000 元，上不封顶。据说，板砖还是唐焕自己发明的，因为他曾到过澳门一个很有名的红灯区，看到妓女站在街头，前面摆着几块板砖，嫖客会试探性地推倒一两块，进行讨价还价。

久而久之，花天酒地又扩展出一个天庭。那里是真正的贵宾（VIP）区，不仅汇集了各路政要，电影明星、体育明星也随处可见，他们相互抬升人气，花天酒地在佑海的名声也越发扶摇直上。

对唐子风而言，他早先完全没有想到唐焕会这么成气候。原本他最担忧的就是这个大儿子的前途，毕竟他那么早就辍学，只是个闲散的社会小流氓。

然而现在，唐焕的人脉与资源也帮唐子风的事业积攒了很多人气。唐子风逢人就说，自己这几年生意之所以发展得那么快，至少一半归功于自己的大儿子。

每到周末，花天酒地都会搞一个主题性的超级模特评选，类似于一场小型的选美比赛，选手都是非工作人员。唐焕做这个事情主要有两个用意，一方面是将优秀者纳入小姐资源，另一方面也是增加周末人气。

这个周末也不例外，三个超级模特穿着比基尼闪亮登场。

唐焕坐在楼上一个透视包厢里，一边关注着比赛的动静，一边请一些朋友“溜冰”，然后进行集体狂欢。

这时候，他的手机响了起来，他一看号码就乐了，是自己的弟弟——唐煜。

“哥，你知道佑海有哪几家比较大的夜店吗？”唐煜问道。

“怎么，三弟，想过来了？”唐焕说着，心想，三弟前两天还挺正经的，怎么突然开窍了，“夜店，数我们的最大了。”

“好了，我就知道你会这么说。对了，你还记得袁得鱼吗？他现在就在我身边……”唐煜有些兴奋地说。

“哟，这小子！”唐焕狡黠地笑了一下，心想，不知这小子回来做什么，“很久没见到他了，你带他一起过来玩玩吧。”唐焕冠冕堂皇地说完，挂了电话。

“得鱼，我们先去唐焕那里。没想到吧？现在他在经营全佑海最有名的夜总会——花天酒地，就在长寿路上……”唐煜邀请道。

袁得鱼后来才听出唐煜是在给唐焕打电话，自觉不妙，心想得找个理由先避开。

“你过去吧，我还是先到百乐门找找。”袁得鱼推辞说。他记得小时候有谁跟他提过这个声色场所。

“那这样，我先过去，你晚些时候来花天酒地和我们一起喝酒。我想我哥还不至于把苏秒招过去，其他地方找到苏秒的可能性肯定更大。到时候你打我这上面的电话。”唐煜掏出一张名片给了袁得鱼，“一定过来，我们要好好叙叙旧呢。”

袁得鱼点点头，飞也似的跑了。

唐焕挂了电话，安顿好客人后，迅速走到了底楼的主赛场。

长寿路距离火车站不远，果然没过多大会儿，唐煜就出现在走廊入口。

唐焕看到弟弟后，向他挥了挥手。

唐焕拍了一下老弟的肩膀，邀请他到前排入座。他猜想，这个超级模特的评选，应该差不多符合这个刚从美国回来的弟弟的口味。

这是唐煜第一次到这里，他好奇地打量着场子周围：“哥，这里不错啊，绝对不比拉斯维加斯逊色。”

虽然唐煜在海外也算见多识广，但并不是很喜欢这样的场所。在美国上高中时，他曾虚报年龄，与同学混进酒吧一起去看脱衣舞。当他看到那些女人赤裸裸地在钢管上表演时，他总觉得缺了些什么，算不上真正的诱惑。

但看到哥哥一番热情的样子，唐煜也自觉盛情难却，在哥哥身边坐了下来。

很快，唐煜被其中一名气质超凡的女子吸引住了。唐焕在一旁看着唐煜一脸专注的样子，忍不住偷笑，心想，这小子不知道在美国都干什么了，一副还没开化的样子。不过，当唐焕的目光转向T台的时候，也被其中一名女子的光芒闪耀到了。这些年来，唐焕也算是阅女无数，但直觉告诉他，这绝对不是一个平常的女子。

四

风尘仆仆的袁得鱼好不容易从佑海火车站一路摸索至安中寺的百乐门。

他抬头看了百乐门一眼，发现这个20世纪90年代末期的百乐门已经不再有人们脑海中老佑海30年代那般的辉煌。

他曾听说，百乐门为避嫌，一直对外声称是个舞厅，走进去一看，果真只是个舞厅。

袁得鱼偷偷溜进场子，里里外外找了一圈，没有找到苏秒。

这时候，一个中年门卫看到在里面瞎转、还背着大包、一副外来民工样子的袁得鱼，粗鲁地叫道："小赤佬，侬西侧来。"（佑海话，意即小家伙你死出来。）

袁得鱼点点头，觉得在这里只有这句佑海话还有点儿那个味道。显然，百乐门已不再是曾经的那个百乐门了。

袁得鱼歪了一下脑袋，想了想，从包里掏出一张报纸递给门卫，指着照片问道："你有没有见到过这个姑娘？"

门卫盯着袁得鱼看了老半天，心领神会一般地点点头，说："你跟我来。"

袁得鱼很是欣喜，心想，此行倒是顺利，说不定马上就可以打道回府了。

没想到门卫从楼下一个纸箱里掏出几张碟，问道："买吗？新出来的视频压缩碟片（VCD），很刺激的，你想看什么都有。"

袁得鱼差点儿晕了过去，说："不瞒你说，中间的这个女孩是我的妹妹，我是来找她回家的。"

门卫不好意思地笑笑："哦，原来这样。"他又让等等，从一楼门卫室拿出一副老花眼镜，仔细端详了报纸半天，说："这个小姑娘，从来没有看到过。你找错地方了，这里可不是长寿路。"

"百乐门不是最有名的声色犬马场所吗？"袁得鱼想起来，他最早是听弄堂里的老邻居提到百乐门的。

"都是旧佑海时期的事了。"门卫还算有点儿见识，"长寿路上要数花天酒地最有名，你可以去那里问问看。"

袁得鱼谢过门卫后赶紧出发。看来佑海的门卫还不错，乍一看凶神恶煞，其实蛮热情的。不过这样一来，他的方向也成了长寿路，很快又要与唐煜碰头了。

袁得鱼穿过华山路和愚园路路口的时候，一辆红色的单车飞驰而来。尽管袁得鱼灵活，但还是被撞了个正着。

他摸着腿，一瘸一瘸地走到路边坐下，卷起裤管，只见鲜红的血流了下来。他仔细看了一下，发现小腿处有一道拇指大小的切口，血正是从那里流出来的。

“哎呀呀，这么严重！”一个女孩充满关切的声音传来。

袁得鱼抬起头，这才注意到，单车的主人一直在自己身边。这个女孩20岁上下年纪，皮肤白皙，头上戴着一个红色的大头箍，一双大眼睛很认真地看着伤口。她虽然身材高挑，但有几分瘦弱，看起来很温柔的样子。

袁得鱼一看到这个小姑娘就萌生出欺负欺负她的念头，立即厉声道：“你这个小姑娘，看着挺善良的，怎么那么杀人不眨眼！”

“啊，杀人？你在说什么啊？”女孩明显被吓到了，一时之间有些不知所措。

“你看，人家杀人不见血，你的功力怎么那么差，都见血了。”袁得鱼其实自己也不知道自己在说什么，“不管怎样，你必须得为我的下半身负责。”

“啊，没那么严重吧？我怎么负责啊？”女孩似乎快要哭出来了。

“你说我的下半身有什么？”袁得鱼一阵坏笑。

“啊？你说的是这条腿吧。要不我给你买创可贴？”

“你以为你说去买，我就相信你了啊？我怎么知道你会不会临阵脱逃？”袁得鱼显得凶神恶煞。

“那我留这个车子在这里好不好？药店就在马路对面，我马上就回来。”说着，女孩就飞快地跑到了马路对面。

袁得鱼转身看了看，那里果然有个药房。他看到车钥匙还插在锁口上，心里想，这个女孩人倒是不错，也不怕他把单车骑走。正想着，突然一个念头闪过，于是他一脚跨到车上，用力蹬了起来。尽管小腿有点儿肿痛，但幸好伤口不是很大。这种擦伤，对袁得鱼而言，只是不值一提的小伤。

女孩买好药，正站在马路对面等红灯，突然看到袁得鱼猛地跨上车，蹬起脚踏板，马上大叫起来："你个死鬼，快等等我！有人偷车……"她细弱的声音很快就被稀释在车水马龙的街道上。女孩索性甩开脚丫子追赶起来。

袁得鱼很久没有在城市里骑车了，他一边骑一边看路边的风景，觉得很是开心，不由得吹起了口哨。他一路骑过胶州路、常德路、西康路……这些马路都很幽静，两边栽着梧桐树。

他动了个念头，或许可以就这样一路骑到长寿路的花天酒地去。正当他停下来打算问路时，没想到一转头，脑袋就被什么东西撞了一下。

袁得鱼眼冒金星的当儿，分明看到，那个戴红色头箍的女孩正稳稳当当地坐在单车后座上。他大惊道："你，是什么时候坐上来的?"

"就在你很得意那会儿。你是在夸我身轻如燕吗?"女孩顺手擦了擦头上的汗珠，"我当年也是学校里的长短跑冠军，不管是50米、100米还是800米，都不在话下。不过，你这个流氓，骑车技术还行，坐在你的车后面，还算稳当，挺舒服的。"

袁得鱼很惊讶，这女孩竟然没有一丝责备他的意思。她是神仙姐姐吗？他更没想到的是，女孩俯下身来，迅速为他贴上了创可贴。他觉得女孩的手指触碰到自己的时候，心里有个地方被撩拨得痒痒的。

"好了！"女孩拍了拍手，心满意足的样子。

袁得鱼低下头，发现女孩用的竟然是卡通创可贴，上面是几只熊猫头，很是可爱，他装作很生气："这个，这个让我怎么见人！"

女孩嫣然一笑，袁得鱼不小心被电了一下，他觉得这个女孩笑起来的样子特别美。

"对不起。"袁得鱼也不知道自己为什么突然脱口而出这么一句，以前他跟姑妈、表妹吵架的时候，尽管有时候他也知道是他的错，但也从来不会说这三个字，毕竟"对错是小，面子事大"。

“没事，做个朋友吧。我叫许诺，许多的许，承诺的诺。”女孩歪着头看着他，仿佛在她眼里袁得鱼就是一个顽皮的孩子。

“我叫袁得鱼，得到的得，一条鱼的鱼。”袁得鱼大大方方地说。

“很有趣的名字，你爸肯定不简单。”许诺点点头。

“对了，你知道长寿路怎么走吗?”袁得鱼问道。

“不是很远，应该是沿着这条路一直向北。”许诺有点儿紧张地说，“其实我是一个路痴，正巧上周刚去那里买过东西，有一点点儿印象。”

袁得鱼眼珠一转：“许诺，你喜欢坐在单车后面，是吗?”

“对呀。”许诺很开心地点点头。

“你还想试试吗?”袁得鱼小心翼翼地说。

“想呀。”许诺立刻就坐到了车后面。

于是，袁得鱼一路向北骑去。

“我明白了，袁得鱼，你怎么那么坏啊!”许诺好像想明白了什么，一路都在打他的后背，“我还以为你好心带我玩，没想到你是想借我的车去长寿路啊。”

袁得鱼故意晃了两下车把：“再说，我把你甩出去!”

“你下来，我不要你带我了。”许诺受到威胁，很是不高兴。

这时候袁得鱼只是一声不吭，把车骑得飞快。许诺吓得牢牢抱住袁得鱼的腰。袁得鱼笑了一下，立即刹车，许诺整个人都往袁得鱼的后背撞去。

袁得鱼玩得很开心，继续飞快地往前蹬去。许诺只好使劲地扭他的背。

许诺觉得很奇怪，自己好像一点儿都不讨厌这个男生。秋风将袁得鱼的衬衣吹得一鼓一鼓的，许诺觉得周围的空气好像也旋转起来。

这是袁得鱼第一次来长寿路，他记得这里最早出名的是沪西工人文化宫，站街女是文化宫前一道独特的风景。他可以想象这个资源在往后的岁月中得到了充分的利用。到了长寿路后，他来到一个灯红酒绿的十字路口，周围坐落了好几栋金属质感的高楼，这些楼都有一个共同特点：名字响亮，外表金碧辉煌，但整个建筑给人感觉密不透风。

他很快就注意到一座榴梿形状的大楼，上面闪着四个大字——“花天酒地”。他笑着说：“找到了，就数它的名字最不闷骚。”

“谢谢你啊。”袁得鱼将车还给许诺，就一头冲向花天酒地。

许诺恍然大悟，立马抓住袁得鱼的衬衣：“不准去。”

“为什么?”袁得鱼觉得许诺的反应很奇怪。

“呃……”许诺自己也说不出任何理由，只好顾左右而言他，“那地方太贵。”

袁得鱼不怀好意地朝她上下扫了两眼：“你是说有便宜的?”

“哎，我不是那个意思啦。”许诺哭笑不得。

“我真的有事。今天多谢你了，再见。”袁得鱼对她挥挥手。

“好吧。我每天都在襄阳北路上的菜场，有时间来找我玩啊。”许诺用力地摆摆手。尽管她不知道，袁得鱼是否会在意。

许诺依稀感觉到，这个男生身上有一种特别的东西，但具体是什么，她也说不出来，也不确定以后是否能再见到他。

五

邵小曼走在 T 台上，镁光灯打在身上微微发烫，她的嘴角禁不住上扬。她想起在美国留学的时候，大学辅修艺术课的老师告诉她，模特最重要的是自信。听到这句话时，她当即就不可一世地笑了，心想这还需要修炼吗? 女人如果没了自信，那还叫女人吗? 她邵小曼天生就有取之不尽用之不竭的自信。

泳装秀的第一关就淘汰了 5 个人，原本只有 10 人的舞台上，一下子冷清了不少，但也让剩下的选手愈发光彩夺目了。

邵小曼从一登场便进入了唐煜的视野。看到邵小曼的一刹那，他的大脑仿佛停止了运转，耳朵仿佛也听不见任何声响。他的心脏仿佛被一根线牵引着，而线的另一头就挂在邵小曼的嘴角。她的嘴角只要上扬一下，就会轻轻扯动唐煜的心。他从来没有见过这样的女子，明眸流盼，神姿清发，每一个眼神都摄人心魂，每一次转身都翩若惊鸿，让人看得心醉。唐煜第一次明白，原来惊艳也能不停，他竟一次比一次上瘾。

模特大赛的第二关是自由问答时间，这一轮有两道题，一道是是非题，一道是自由发挥题。

屏幕上出来了一组广告。唐焕微微一笑，他有些得意，自己掷重金购买的背投机还可以派上这个用场，而且有模有样，差不多能赶上电视直播了。

大家都在敛声屏气地看广告——一辆越野车载着四个人前行，大家正欢声笑语间，突然传来巨大的撞击声，原来是发生了车祸，车内的四人危在旦夕，四个灵魂从四具身体飘出来，这时前排一个人的灵魂好像被什么东西勒住，又回到了他的身体里。最后一个镜头，这个人的肤色开始鲜活起来，眼睛蓦地睁开……

主持人问："这是什么广告?"

场下的人议论纷纷，在场的模特们似乎都很为难，但由于是抢答题，有人碰运气似的回答道："是车子的广告吧。"

"可能是电影片断，是电影预告片。"

四个人抢答之后，主持人都遗憾地摇摇头。

主持人把目光投向邵小曼，她用平静而甜美的声音说："是安全带公益广告。"

唐煜一直在等她开口，就是为了听一听她的声音。听完之后，他彻底醉了，这个声音不只是黄莺出谷，更像是一件神秘乐器发出的空灵美妙的声音。他想到了一个词，叫作气若幽兰，原来好听的声音，就好像闻到花香一样，可以那么清新，那么甜，那么动听。

这时候，主持人带头鼓掌，台下的人也齐齐鼓起掌来。

深谙女人心思的唐焕心想，这个女人不简单，分明是很有把握的回答，偏要等到其他人都说完才说。他这一刻终于明白这个女人哪里不一样了。她很自信，这种自信是由内而外的，不是受过职业训练的普通女人可以展现出来的。

很多美女在走台步的时候都很自信，但一到回答问题，不自信就不自觉流露出来。这个时候，再美的女人也变得不怎么完美了，就像剥开一只熟鸡蛋，如果晶莹剔透的蛋白上有道即使很小的裂缝，那总归还是有点儿缺憾。

第二个问题是开放式的，问题设计得比较恶俗："女人什么时候最美?"由选手轮流回答。

选手回答得大同小异，基本都说"善良的女人最美""有知识的女人最美""自信的女人最美""有道德的女人最美"等等。

轮到邵小曼了，她先是粲然一笑，然后慢慢地说："我觉得少妇最美。我现在脑海中有这么一幅画面——在有着微微凉风的初夏，一个少妇微微隆起的肚子正孕育着新的生命，她满足地微笑着，一缕阳光洒在她白里透红的脸上，额头上的卷曲头发俏皮而可爱……"

台下爆发出一阵热烈的掌声。

唐煜同样感到十分惊喜，也跟着拍起手来。

这时候，袁得鱼也溜了进来，他不知道刚才发生了什么，趁人不注意，踩到了一张椅子上张望。只见台上站立着一个异常美丽的女子，他也不自觉地笑起来，他觉得这女孩笑的样子甜美可人，就像早晨从旷野吹来的一阵清新的风。

袁得鱼打量着这个 T 台，目光很快就扫到了两根钢管，他回想了下报纸上的那张照片，发现这个地方与照片完全吻合。

他想马上问一下工作人员，有没有看到过他的妹妹苏秒。

此时此刻，他的妹妹苏秒正在化妆室闹情绪。

袁得鱼完全没有想到，唐焕居然收下了他的妹妹。

其实也不能怪唐焕，那时苏秒被一个小白脸拐到佑海，很快被抛弃，走投无路后，才决心投奔唐焕的。苏秒早就听朋友说，唐焕在佑海的娱乐场所很有势力。当然，苏秒一开始也没想过做小姐，但唐焕一眼就看出了苏秒的潜质。

通过一系列的洗脑，苏秒与唐焕签订了协议，并马上适应了这种生活。她还凭着自己的悟性，几个月内就以同行望尘莫及的钦点量成了头牌。

苏秒刚才其实也坐在主赛场上，陪着一个有钱的大老板。但是她很快就发现，所有男人的眼睛都齐刷刷地看着邵小曼，这让她有些不舒服。她看得出来，这些男人眼睛里不仅流露出一种欲望，更有一种对仙女似的迷恋与信仰。她故意打翻了盘子，希望借此吸引她身边的男人的注意力，但丝毫没有用。她第一次感觉到这么妒忌一个女人，甚至妒忌得想要杀人。后来她实在忍无可忍，便冲进了化妆室，抽起了烟，一根接着一根，她真的气得肺都快炸掉了。她担心这个女人会被老板马上签下来，而此前她一直是“台柱”——她才是花天酒地坐台费最高的头牌花旦，她才是这个地方的王后。

她在化妆室焦虑地来回踱步，听到外面热闹的嬉笑声，终于还是忍不住出去看看，她躲在一个角落里，静观比赛发展。

此时，正好是众评委讨论完公布比赛最终结果的环节。

主持人宣布：“从来没有这么一致的投票，恭喜艾玛小姐获得超级模特冠军！请主办方给艾玛小姐颁奖。”

艾玛就是邵小曼参加比赛用的艺名。

唐焕一直在投入地看比赛，听到名字时才回过神儿，马上配合着掌声走到台上，亲手给邵小曼戴上了皇冠。他近距离地看了一眼这个女人，面容娇嫩，嘴巴微翘，娇嗔可爱，几乎无懈可击。他很想把她签下来，这个女人无疑可以成为佑海滩最出色的头牌花旦。他寻思着如何把这个女人搞定，是不是要动用他演艺经纪人的关系。

不过，接下来邵小曼的获奖感言令唐焕大吃一惊，但他很快又觉得这会让很多男人更爱这个女人。

邵小曼说：“从一开始，我就觉得冠军会是我的。”她又自信地笑了一下。

台下安静了片刻，马上又掌声雷动。

袁得鱼听到之后，觉得很好笑，他没想到邵小曼接下来一句话更好笑——邵小曼随即又说："谢谢大家，我今天玩得很尽兴。"

比赛结束后，很多人还不甘心散场。

唐焕跟着邵小曼来到后台，说："你能不能跟我到里面的一个房间，我有事情要和你说。"

站在角落里的苏秒看到唐焕与邵小曼进了底层总经理办公室，她耳朵嗡嗡直响，感觉天崩地裂了一般。

邵小曼听到唐焕说要签她，笑着摇了摇头，说："对不起，你误解了，我来这里纯属觉得好玩，不为名不为利，更不是为了到这里做小姐。"

"你可以做我们的头牌花旦，你只需要陪酒，不用那种出台……"唐焕希望尽可能地说服对方，但惊讶自己在这样的女人面前竟然信心不足，"我会找演艺公司，让你成为明星。这里有名流、有黑道、有权贵……我会介绍很多有身份的人与你认识。"

"不好意思，我没有兴趣。"邵小曼不咸不淡地说，但语气中透出一点儿理直气壮，"我是哥伦比亚大学的学生，上周放假，听说这里很好玩，就报名了。很遗憾，在遇到你之前，我觉得这里还蛮好玩的。"说罢，邵小曼就扬长而去。

唐焕很少在女人面前碰壁，他嗅出了这女人身上的贵族气。

邵小曼万万没有想到的是，她刚走出总经理办公室，就有一个女人扑了上来，在她身上又咬又啃。邵小曼一边大叫救命，一边往人多的地方逃去。

两个女人在地板上扭打在了一起。一些男人想上前，但一时不知该从何下手，也有人幸灾乐祸地拍手直呼好看。

人群中的袁得鱼也被吸引了过来，突然眼前一亮，其中一个女人不就是自己的表妹苏秒吗？他马上冲了上去，将自己的表妹死命扯了出来。苏秒还是一副张牙舞爪的模样，显然没有看清拉住她的是袁得鱼。倒是大家都看清了，另外一个竟然是刚才那个冠军得主。

邵小曼有些惊魂未定，但还是伶牙俐齿地骂道："你这个傻女人，你只会在地板上滚来滚去吗？哈哈哈。"

苏秒还想上前抓对方两下，但一直被袁得鱼揪着辫子，前进不了，这才回过头来，发现是袁得鱼，惊喜地说："哥，你一定要帮我，我都受欺负了，赶紧替我收拾这女人去！"

"好，老哥这就帮你收拾。"说着，袁得鱼就悍然朝邵小曼走去。

邵小曼不知道这个男孩要做什么，旁边围观的人也打算随时拦住袁得鱼。

不过，当他走到她面前的时候，她隐约感到一丝不安，有些慌乱，自己的嘴角竟然不由自主地微扬了起来。她很奇怪自己为什么会这样，依稀嗅到一个足以俘虏她的气息。

男孩身材高大、匀称，小麦色的肌肤看上去极为健康，眼睛如黑宝石般清澈明亮。他双手塞在裤兜里，有些顽皮，像是随时都会从口袋里掏出什么怪东西来。与自己周边衣冠楚楚的潮人型男迥然不同，他只穿了一件简简单单的条纹平领衬衣，但骨子里透着一股风流倜傥的气息。他慵懒顽皮却不颓废，给人的第一印象竟是古代在田野间放牧的美少年，绝对的美少年。"春日游，杏花吹满头。陌上谁家年少足风流？"他眼角眉梢都带着笑意，却仿佛又有一种恍若隔世的孤独感夹杂其中。

"艾玛，你是叫这个名字吧？"袁得鱼落落大方地自我介绍，声音厚重动听，"我叫袁得鱼，第一天来佑海，目前没工作没目标没女朋友，就是想把妹妹带回家。见到你之后，我发现自己终于有目标了，想问你一个问题，愿不愿意做我的女朋友？"

"老哥，你这个变态，你不是要收拾她吗？怎么向她求爱了？真是气死我了！"苏秒气急败坏地坐在地上撒起泼来。

"傻瓜，收拾女人的最好方式就是把她变成自己人。她都是你嫂子了，还有什么解不开的结？"袁得鱼一脸无辜地说。

邵小曼看了袁得鱼一会儿，吐出一句话："没想到今天晚上越来越好玩了。好吧，我告诉你电话号码。"

很多人兴奋地竖起耳朵。

"我的手机号码恰好是一个数字的12次方，如果你现在就能猜出是什么数字，我就答应做你的女朋友。”邵小曼头仰得很高，满满的高傲。

袁得鱼盯着邵小曼的眼睛看了一会儿，突然生出一种征服的欲望。

“哥哥，别理她！”苏秒叫道。

很多人私底下窃窃私语：“唉，简直自讨苦吃！”“是啊！”……

“谁有手机借我一下？”袁得鱼突然大声说。

有人将手机递了过来，只见袁得鱼不假思索地在手机上按了一串数字，这时全场安静下来，不知从什么地方传来悦耳的手机铃声，邵小曼愣了一下，拿出手机来，果然是自己的手机在响。

袁得鱼耍帅一般晃了晃手中的手机：“这个数字是 7，号码是 13841287201，你家肯定很有钱，全中国 12 次方的手机号码只有这一个。”

顿时一片哗然。

邵小曼原先只是想刁难袁得鱼，她用这个方法已经拒绝过无数男生。

这个号码是她年前过 20 岁生日的时候，她叔叔送给她的，据说花了 5 万。她无法想象这个男生是如何在这么短的时间内计算出来的，这完全不亚于数学天才高斯对于 1 加到 100 计算方法的突破性解答。

“我哥是数字天才。”苏秒得意道，“他初中时就拿下了全国奥林匹克高中组数学冠军，但他没有去读大学，因为他要帮我们家送外卖……”

袁得鱼嬉皮笑脸起来：“我刚才只是戏弄这位妹子一下。走吧，妹妹，我们回家。”

袁得鱼扶起苏秒向花天酒地的大门走去。

这时，苏秒看到袁得鱼的腿在渗血，惊讶地说：“哥，你怎么啦？”

袁得鱼迅速将自己腿上的创可贴扯掉，说：“刚才不小心蹭到了，一点儿小伤。”

兄妹俩很快就消失在大门外，邵小曼迟迟没有反应过来。

唐煜看到袁得鱼，刚想冲上去，被唐焕一把拉住了。

唐焕有点儿愠怒地说："苏秒这棵摇钱树还欠我10万元……哼，我不和袁得鱼计较了！"

"哥，你怎么连苏秒都签？"唐煜有些不相信自己的耳朵似的问道。

"因为是苏秒，所以我才帮她。你以为她真的可以凭自己的实力做头牌吗？"唐焕一脸看破红尘的样子。

唐煜正想问清楚，突然看到唐焕身后邵小曼的身影，马上跑到邵小曼跟前说："你好，能认识一下吗？你太美了，在台下都这么光芒四射。"

唐焕也跟过来，向她笑了一下："邵小姐，这是我弟弟，刚从国外回来，毕业于普林斯顿大学经济系……"

邵小曼看都没看这两兄弟一眼，披上外衣，匆匆离去了。

"算了，好姑娘多的是。"唐焕拍了拍唐煜的肩膀。

"唉，难得我一见钟情！"唐煜还是有点儿失落。

六

袁得鱼很久没有看到苏秒了，她已经离家出走了8个多月。

袁得鱼少年时期曾想过最好自己有个亲戚是风尘女子，这样他的"货源"就可以源源不绝，但真的看到苏秒化着一脸浓妆，衣着暴露地在那么多男人中间挤来挤去，他就觉得老妹像是一块敲满红红绿绿图章的猪肉，这多少有些影响他旺盛的性欲。

他记得，苏秒过去好像不是这样的，在帝北的时候，她扮演的冯程程就算偶然出格一下，有些狂放与夸张，但终归还有着大家闺秀的气质。

当然，让袁得鱼最生气的是，唐焕怎么能做这种事情！

他有点儿闷闷不乐，一个人走在前面。

苏秒跟在老哥后面，不知道老哥为何不说话，只好习惯性地拧一下哥哥的屁股，嗲嗲地说一句“真翘”，随后发出一阵淫荡的笑声，她觉得所有男人都爱这样。

奇怪的是，袁得鱼再也找不回之前那种被骚扰的乐趣了，于是作金刚状朝她“吼”了一下。苏秒吓得马上把手缩了回去。

不过，苏秒很快就变换了策略，从自己的小手提袋里拿出不少“好东西”给哥哥“欣赏”。她一边解释其中的奥妙，一边说这是她的“吉祥三宝”。袁得鱼那时候还是个雏儿，看得一愣一愣的。苏秒不免得意起来。

苏秒突然想到了什么，疑惑地对袁得鱼说：“那么大半天了，为什么你既不问我为什么要做这一行，也不问我为什么跟这个女人打架？”

袁得鱼嘿嘿一笑：“家里的禁书《金瓶梅》已经被你翻了无数遍，这完全可以暴露你一贯的志向。”

“别损我了，我怎么可能天生爱做这个？不过，我觉得自己还蛮有天赋的，才 8 个月，我的照片已经贴到花天酒地走廊的最前面了。你知道最前面意味着什么吗？头牌！唐焕也真是聪明，想得出这么个艺名——苏小小……”

“你这是头脑简单，你以为你做头牌，是你一个人可以决定的吗？其他不说，我看走廊上贴着的那些姑娘，还有店里与我打照面的姑娘，姿色绝对与你不相上下。”袁得鱼冷笑了一下，“还有，你居然打架，你也不看看谁是你的对手！那个女的，不用说，真要出什么事，肯定有很多男人会顶她。”

“哥，你真的很没劲！”苏秒尽管感觉受到了打击，但老哥说的话也在理，她只好转移话题，“哥，你有没有想过留在佑海呢？你总不能一直在老家送外卖吧？”

袁得鱼打了个哈欠：“送外卖有什么不好？又自由又有钱赚。”

“那算什么钱，这里随便一个公子哥就可以送辆法拉利跑车给我，这里的游戏规则很简单，谁出的钱最多，谁就是今晚的大爷。

我有一次去客人家里玩，他给我看一个房间，里面装满了钞票，就算是让我搬，我一个人都搬不过来……”

苏秒说着说着，发现袁得鱼对自己说的东西丝毫不感兴趣，只好说：“不过，你送外卖的速度真的好快，同样的量，人家要送两个小时，你半小时就都搞定了。我一直很好奇，送外卖主要就上午 7 点到 9 点半，中午 11 点半到 1 点，其余大把的时间，你都在做什么呢？”

袁得鱼笑笑，故意在苏秒耳边轻轻说：“我也把《金瓶梅》翻烂了……”

“哇！”苏秒惊叫道。

“快回家吧。”袁得鱼觉得此番来佑海的办事效率还算高。

苏秒瞬间低落起来。在袁得鱼来自己家之前，她的父亲就过世了，母亲与现在的继父在一起后开了家餐馆，但生意很一般，若不是袁得鱼送外卖，生意估计还会更加惨淡。

继父成日酗酒，醉了就把苏秒按在地板上打。家里所有的事情几乎都是母亲一个人操持。苏秒一想起这个支离破碎的家，以及破烂不堪、每次下雨都要上楼去修补的房子，就觉得很难过。她有点儿后悔在唐焕面前离开，当时自己一定是被冲昏了头脑，她必须得马上回去。她琢磨着，唐焕是否还能给她一次机会。

“在你带我离开佑海之前，我想再去洋滩走一走，也算是我在佑海最后的纪念。”她楚楚可怜地望着袁得鱼——由于刚打过架，苏秒还是鼻青脸肿的，额头上还有几道清晰的抓痕。袁得鱼看得心里有点儿发毛，一眼也不想多看，马上答应了下来。

他们俩坐在出租车后座，司机娴熟地开着车，上了南北方向的高架路后，车子一下子飞驰起来，拐过一个弯道，前方的视野突然一下子开阔起来——一条明媚的河流、璀璨发亮的佑海万国建筑，就像一个巨幕电影画面，突如其来地跃入他们的视线，美不胜收。

“太美了！”袁得鱼与苏秒同时发出赞叹。

苏秒心想，自己来佑海这么久，都没看过这样美丽的洋滩景象。

佑海，不愧为真正的不夜城。

司机得意地吹了一下口哨："你们挺有眼光，这是天下第一湾。我当年就是这么泡到我老婆的，我让她先闭起眼睛，一转弯就让她睁开眼睛，她还以为我在变魔法。"

袁得鱼觉得这个司机挺浪漫，心想，这个魔法以后我也可以用。

凉风习习，兄妹俩徜徉在东江旁的洋滩大堤上。

袁得鱼很久没有到洋滩了，他上一次来这里还是跟父亲散步。一想到父亲再也不会回来，有些酸楚泛上心头。

"哥，我去那里买个甜筒。"说着，苏秒欢天喜地地往甜筒车跑去。只有这个时候，袁得鱼才觉得苏秒是个与真实年龄相符的女孩。

袁得鱼转过身，趴在铁栏杆上，出神地望着夜色朦胧的东江。

他总觉得，父亲不应该这么早就离开自己，父亲对他而言，比任何人都重要。

袁得鱼还记得，第一次从父亲口中听到"股票"这个词的情景。那天，父亲心情奇好，他们从四川北路一路散步到洋滩。走到洋白渡桥的时候，父亲一下子将袁得鱼举到了自己的脖子上。

那年袁得鱼才 8 岁，骑在爸爸脖子上之后，视野豁然开朗。占据了绝对高度的袁得鱼，兴奋得手舞足蹈。

他指着万国建筑高兴地说："爸爸，我们来这边那么多次，今天这些房子看起来怎么不一样啦？"

袁观潮问："有什么不一样？"

"我可以看到屋顶了。"袁得鱼摸着脑袋说。

"哈哈！好看吗？"

"嗯！"袁得鱼很快就把注意力放到了一座雕像上。

"爸爸，这人是谁？为什么要把他放在这儿？"

"这是佑海市第一任市长，是中国十大元帅之一，还写得一手好诗。毛主席当年还说过，自己写词还可以，写诗就不如他了。当年，他还封锁了佑海证券交易所。"袁观潮的思绪飘到了远方。

“爸爸，什么是证券交易所?”

“就是买卖股票的地方。”

“什么叫股票?”这是袁得鱼第一次听说这个词，尽管他忘了父亲当时是怎么回答的。估计那时候他也无法理解什么是股票，但他能感觉到当时父亲复杂的心情。

那年是 1986 年，中国第一只股票正在酝酿。作为为数不多的中国证券留洋人才，袁观潮希望自己能迅速加入证券大潮中，他已经看到了这个历史时刻。

“那你教我炒股票好不好?”袁得鱼喜欢那些新事物。

“少安毋躁。”袁观潮故弄玄虚地说，“你还小，不过迟早有一天，我要把自己的武林绝学全部传授给你。”

“好!”袁得鱼很是兴奋。

“得鱼，中国资本市场的大时代已经到来了，你会是未来的明日之星，你有希望做真正的‘证券教父’……”父亲若有所思，这句话似乎是对袁得鱼说的，又似乎是对他自己说的。

“哇，‘证券教父’……”袁得鱼对未来一脸憧憬的模样，“爸爸，你会做‘证券教父’吗?”

“哈哈……”袁观潮笑笑，没说话。袁得鱼后来才明白这笑声中的含义。

回忆到这里，袁得鱼心里竟不禁有些酸楚——那样的美好时光已经一去不复返了，而自己心中对父亲的怀念竟是那么强烈。他想起父亲的那句话，“人最深沉的痛苦是无法与自己最心爱的人分享”。但自己眼下并没有什么可与人分享的，应该就没什么好痛苦的，可为什么还是那么难过呢？他在海边小城的那段时间，都快忘记什么是难过了。

在小城的时候，一想到佑海，袁得鱼就头痛。他在海边小城生活得很滋润，做什么事情都游刃有余，怎么又鬼使神差地回到佑海了呢?

对了，苏秒呢？他四处张望，苏秒早已不见踪影。

“你有没有看到一个女孩，穿着风衣、短裙……”袁得鱼跑向甜筒车，对售货的小阿弟比画着。

“好像到马路对面去了。”小阿弟回忆了一下，将手中的甜筒递给了另一个顾客。

袁得鱼想了想，他强烈预感到，苏秒应该是逃走了。

他有些不甘心，跑到马路对面，一路寻找下去。袁得鱼走着走着，走到了一个丁字路口。他顿时有些恍惚，觉得这个地方似曾相识。尽管这里与多年前有些改变，马路也拓宽不少，四周的路灯也是新装上去的。

再往前走，他惊呆了，这样的黄金地理位置，任凭岁月怎么流逝都不会改变——不管是这个安放在转角处年久失修的石墩，还是那个丁字马路两个弯道切得刚好的角度；还有从路口望去的洋滩独特风景——西有洋白渡桥，东有市长雕像，正前方是一览无余的东江胜景。

袁得鱼下意识地抬起头，果然不出他所料，这个犹如古罗马建筑的环形洋楼的大门上方，挂着四个古铜色的浮雕大字——海元证券。

与过往不同的是，他发现铜字上积满了灰尘，整栋大楼的外墙大理石也有些磨损，显得历经风雨，陈旧不堪。

他微微摇了摇头，这个当年金融界人士竞相追逐的证券地标，江湖人称的“洋滩小白宫”，竟然破旧成这般模样。

这栋三层的白色洋房，曾引无数英雄竞折腰。有风水先生曾说，东江携着东西南北的灵气汇聚此角，从空中俯瞰，洋楼的大门正好面朝东方，贯通了洋滩龙脉，汇聚了佑海精华。当年盛行一种说法，哪家证券公司能够驻扎于此，这家公司无疑就是佑海的证券之王，而公司的主人自然就是响当当的“证券教父”。

后来，袁观潮击败众多对手脱颖而出，让海元证券一举夺下此地。

袁得鱼对挂铜字的情景还记忆犹新——

“海元证券”这四个大字在空中摇摇晃晃。

“慢点儿，好，对准了……”父亲指挥着两个脚手架上的工人。

看老板亲自指挥，证券公司的员工每个人也都干劲十足，脸上喜气洋洋。

中华人民共和国成立后的第一家股份制证券公司——海元证券就在这栋粉饰一新的洋楼中高调问世了。这栋洋楼最早为一家日本人开的证券公司所有，海元证券把日本人从这里赶走了。所有海元人一想到这个，便觉大快人心。

袁得鱼还记得10年前父亲出席揭幕式的情景。当时的海元证券不愧是具有划时代意义的证券公司，会场上挤满了有头有脸的人物。

当时袁得鱼才10岁，觉得一大帮人在场子里跑来跑去很好玩。主持人紧张得连彩带都不知道放哪里去了，在尴尬的气氛中，揭幕式终究完成。

他父亲忙里偷闲，在人群中找到了正捡鞭炮的儿子。报价牌高高竖起的一刹那，他摸着袁得鱼的头笑道：“你知道这个是什么吗?”

“电子黑板?”袁得鱼摸了摸脑袋。

“真聪明。”

袁得鱼想到，过去人们都把交易数字写在一块黑板上，每次有新的交易价格就立即擦去，再不断写上新的数字。

不过，中国最早的交易大都是在公园里完成的，就像地下党接头一样。在证券交易所成立之前，股票交易都在东江公园进行，每个人胸前挂个小胸牌，上面写着报价。人们在公园里走来走去不说话，只盯着对方的报价胸牌，对上眼了，如同兄弟一样上前勾肩搭背，去树林里面聊聊。

以至于在很多年后，袁得鱼回忆起这个场景时，总是不由自主地联想到一些声色场所。

眼前的这栋白楼，不知道是不是因为易主的关系，在袁得鱼眼里多少显得有些陌生。

但或许是父亲曾经在这里工作过的缘故，在这样一个普通的夜晚，袁得鱼神不知鬼不觉地走到这里，他感觉到冥冥之中与这个地方有种说不清道不明的缘分。

正在这个时候，天空变得阴暗起来，乌云集聚，漆黑一片。突然间，电闪雷鸣，像在酝酿一场暴风雨。

袁得鱼抬起头，一颗大大的雨点狠狠砸在了他脸上。

“哗啦啦”，天空很快就下起暴雨来。

袁得鱼心想，这个夜晚，恐怕是走不了了。

他也不想走了。

第三章　新资本游戏

你到神的殿要谨慎脚步。因为近前听，胜过愚昧人献祭，他们本不知道所做的是恶。

——《圣经·传道书》(*Bible Qoheleth*)

一

在镇宁路与愚园路的交叉口，坐落着一座低调而奢华的别墅。每到夜晚，经常能见到一些人从愚园路上一道看守严密的铁门进出，行踪神秘。

放眼望去，铁门里是一个偌大的花园，杂草丛生，犹如古堡般的尖顶洋房在夜色中有些诡异。花园里有稀疏的小树丛，院内高档车云集，有传说中的B牌照，也有凯迪拉克与加长型林肯。围栏雕琢精致，光影错落中，洋房显得更加神秘。

镇宁路位于长林区与安中区交界地带。这条街上集聚了不少佑海顶尖楼盘。而镇宁路近华山路一段，过去曾是法租界，坐落着不少佑海最知名的老别墅，是闻名遐迩的洋房群大街，与天乐区的天平路和湖南路齐名。然而，拥有这样大院落的洋房并不多见。

这里正是邵小曼的家，邵家的府邸——佑海第二大的花园洋房。

邵小曼知道，佑海市中心最大的花园洋房在帝北路上，那里曾是澳门赌王何鸿燊先人的故居。

民国时期，商人通常有两条发财途径，一条是做民族资本家，另一条则是做买办，相当于现在的贸易商，代销洋人的品牌，从中牟利。

邵小曼记得，爷爷最早是民族资本家，做的是轻工业，拥有好几家生产日用玻璃的工厂，人称“玻璃大王”。爷爷的邻居，则是一个知名买办，曾代销德国一个知名品牌，人称“油漆大王”，也过着深居简出的生活，住在他们家对面的一座漂亮的大洋房中。

然而，“油漆大王”不及他们家幸运，在中华人民共和国成立初期与“文化大革命”时期，受到了两次大的冲击，一家老少都奔赴海外了。而邵家，顶着民族资本家的红色抬头，反倒平安无事。不过，据邵小曼的妈妈说，爷爷当初为了留下洋房，没少花心思——直接装了两箱“大黄鱼”，装饰成中秋月饼，送到相关负责人家中，才幸免于难。

不过，邵小曼出生时，爷爷已经很老了。在她印象中，还没见爷爷几次，他就过世了。爷爷一生前前后后一共娶过 9 房太太，共有 28 个孩子，邵小曼是他第 8 个太太生下的第 3 个儿子的独生女，是这个家族中年龄最小、辈分最小的一个。

不过，邵小曼并没有因此受到特别的宠爱。她刚刚学会走路那会儿，院子里热闹非凡，尽是大大小小的孩子。当她出落成一个亭亭玉立的少女时，院子里却越来越冷清。很多亲戚都迁居国外，偌大一个庭院无限悲凉。

她印象比较深刻的事，就是另一名富商——建筑世家的崔老爷子有一次亲自登门拜访她的爷爷。崔老爷子在工商界一直很出名，他的经历与何鸿燊的祖父相似，一只脚在商界，另一只脚踏入了政界。

那阵子，他正协助政府做第一个信托——爱建信托。多年之后，邵小曼与人提起时，很多人都已经不记得中国金融市场上竟然还有这段历史。

爱建信托在 1986 年 8 月就已经成立，是经由中国人民银行及国家外汇管理局批准的全国第一家民营非银行金融机构。

当时，募集资金是第一道关口。崔老爷子奉命来到邵家，那时候，邵家在老洋房的人已经不多。邵老爷子一听上面要募集资金，想都不想就点头答应了。

那时候，人民币面值中还没有百元，最大的面值就是 10 元。她看到很多人将堆成小山状的 10 元纸币一捆捆地往一辆面包车上扔，由于车装得过满，最后几捆几次都从面包车的门缝里掉了出来，是几个叔叔伯伯硬把这几捆钱塞了进去。

这是邵小曼第一次对金钱有了概念——160万元现金可以装满一辆面包车。

邵小曼的亲生父亲在尼克松（Nixon）访华的第一年，就成为首批移民，去美国定居了。本来要把邵小曼接过去的，但他在那里很快有了新的家庭。

目前，邵小曼也不知道这个屋子究竟属于谁，在她的印象中，财产分割大战爆发已经不是一次两次了。目前，她就像一个守林人一样，照看着房子。如果需要办理与房子有关的事务，她只要打个电话给律师就行。

她回国后的一段时间，就一个人住在这个偌大的洋房中。

她在美国时，叔叔邵冲总喜欢在这里搞秘密聚会。她回来后，一切活动仿佛都没有了。

邵小曼从花天酒地回到家后，躺在空空的房间里，觉得有些寂寞。她觉得自己像宫崎骏电影《天空之城》里那个寂寞的机器人，一个人看守着这个空中城堡。

每到夜深，她总是会回忆起童年时光。她记得那天妈妈回家，一进门后便哭着跑出去了，随即就离家出走了。邵小曼当时不明白发生了什么，现在才明白，那天妈妈正好撞到爸爸与另一个漂亮的女人在卧室，这或许也是自己没有选择与爸爸一起去美国生活的原因吧。

邵家在外人眼里，是一个人丁兴旺的大家族。邵小曼的哥哥姐姐众多，但他们基本只顾自己，尤其在邵小曼家发生变故后，他们更是对邵小曼避之唯恐不及。她想起了在花天酒地里无意邂逅的袁得鱼，他对妹妹那么照顾的样子让邵小曼羡慕不已。

她想，或许有一天，这个男生会给自己打电话。

没想到这时候手机响了起来。

“嗨，是艾玛小姐吗？”传来一个陌生的男声。

邵小曼记得这个声音，她很惊讶，自己的小心愿那么快就实现了：“在下正是，数学男先生？”

“呵呵，难得你还记得。麻烦你一件事，你还在花天酒地吗？有没有看到我妹妹？”

“啊？你不是带着她一起离开的吗？怎么，走散了？”邵小曼有些惊讶，“我早就出来了，还真不知道。”

“哦。”袁得鱼有点儿失望，又突然想起来什么，继续问道，“你知道佑海哪里有便宜的旅馆吗？算了，不问你这个了，你这样养尊处优的女孩，不太可能知道的。”

“袁得鱼，你现在在哪里？”邵小曼突然生出了助人为乐的念头，她感觉到对方需要帮助，而自己正好也闲来无事。

“洋滩……”袁得鱼挠挠头，心想，对方是不是在帮他判断就近的旅馆方位。

“洋滩哪里？”邵小曼追问道。

“靠近延安路吧，有个电话亭……”

“你站在原地别动，我马上就过来。”邵小曼说着就挂了电话。

“别啊，正在下雨……”袁得鱼不知道邵小曼要做什么，他只是想问一下妹妹的下落。唐煜的电话打不通，他才突然想到自己有邵小曼的号码，没想到女人那么麻烦。

不到10分钟，一辆红色法拉利停到了袁得鱼面前，溅起一片水花。

袁得鱼抬头一看，开车的竟是邵小曼。

“你快进来吧。”邵小曼对他喊道。

袁得鱼跳进车内，扫视了一遍车内：“拉风是够拉风的，就是座位少了点儿。”

“你个土人，很多跑车都两个座。”邵小曼哭笑不得，“唉，可惜下雨了，害我不能敞篷。”

袁得鱼盯着邵小曼使劲看：“请问，刚才那个花天酒地的女孩是你吗？我怎么觉得不像呀？”眼前的这个女孩脸上没有半点儿妆容，一副青春逼人的清秀模样。他又凑近看了一眼，眼前这个女孩显得年轻很多，鼻子、眼睛依旧精致耐看。

“有没有人跟你说过，你很美？”

邵小曼被他看得有点儿不好意思了：“你还要不要找宾馆？”

“哎呀，我都忘了！”袁得鱼这才明白邵小曼是过来帮助他的，“你是不是看出我在佑海无依无靠？说真的，我真没想到佑海女孩这么热心肠，有个成语我以前一直觉得挺假的，但形容你却恰到好处——完美无缺。”

邵小曼脸上刚浮现出一丝笑意，对方又扔来一句话：“话说，如果去你家我也不会介意的。”她这才意识到对方是个极不正经的家伙，不由得暗暗后悔：“我真想把你从车上推下去。”

“饶命！”袁得鱼赶紧求饶，“我是第一天来佑海，真的很高兴认识你，我就是特意来找妹妹的，没想到又给弄丢了。”

“你妹妹都那么大了，你就别担心了。”邵小曼劝慰道。

“你不知道我与我妹妹的感情，我们从小玩到大的。”袁得鱼笑了笑，“没想到她长大后入了这一行。”

“这一行怎么了？”邵小曼摇头笑他保守，“你知道日本银座吗？很多入流的女子还抢着做高档会所的台柱呢。”

“难怪你也出现在那里。”袁得鱼若有所思地点点头。

“我只是去玩一下，想认识些朋友，这不是认识你了吗？”

“哎呀，真是幸会，还不知道你大名呢！”

“邵小曼。”

“哦，重新认识一下，我叫袁志摩。”袁得鱼想起了徐志摩的女人叫陆小曼。

“袁得鱼，第一次见你的时候真没想到你这么变态。”邵小曼说着，抬头看见洋滩上到处霓虹闪烁，“陪我喝点儿酒吧。”

袁得鱼虽然有些累了，但美女有要求，只好作陪。

他们来到一家街角的小酒吧，站在了露天的平台上。天还下着雨，平台上几乎没有人，他们就站在一把大伞下。

袁得鱼发现邵小曼一直盯着不远处的一栋大楼看，不解地问：“你在看什么？”

“我在想，洋滩什么时候能够更时尚一些，万国建筑在全球也找不到第二处。你面前的这栋楼是佑海唯一一座钢结构建筑，看起来很新古典主义吧？它是1916年建造的。我熟识的一个朋友正在对它进行改造，未来可能叫‘洋滩3号’，他之前改造过故宫护城河边的一座叫四合轩的四合院。”

“你对建筑还挺熟悉的。”袁得鱼暗暗惊叹。

“我爸爸是很早的美国移民。”

“懂了，有钱人。”袁得鱼喃喃道。

“其实，那些刚移民去美国的中国人，在美国地位并不是很高，中间有个很痛苦的过程。但是他们中的不少人，是中国的第一批贵族，就算战火纷飞，也会保持精神的高贵。”邵小曼说道，“他们继续保持从容而雅致的生活方式，即使死于枪下。”

“我发现你还挺有精神洁癖的。”袁得鱼笑着。

“精神洁癖？你还知道这个？真让我惊喜。”邵小曼嘲讽道，“不过我从小到大的朋友确实只有两类人，一类是贵族，一类就是天赋异禀的人。”

袁得鱼摇摇头，对她的交友方式颇为不满。

“不过，我后来因为一直转学，转着转着就没有朋友了。”

“应该的，你们这么势利，根本就称不上贵族。”

“哎，我早与家里人切断关系了。”邵小曼喝了不少酒，不由得伤感起来，“我想我妈妈了，但我现在都不知道她在哪里。”

袁得鱼察觉到邵小曼有些异常，他没想到这样的富家女竟是个性情中人。

邵小曼猛地冲到了围栏上，有点儿想不开的样子。袁得鱼赶紧紧张地拉住她。

“我不会那么傻的，你真是可笑。”邵小曼半开玩笑地说，“袁得鱼，我觉得你挺可爱的。要不你到我家去吧？”

“你是在收留我吗？”袁得鱼意识到邵小曼喝多了，“你真是说到我心里去了，不过，你觉得我像那种趁火打劫的人吗？你这样主动让我太没成就感了。”

“哈哈，你会不会觉得我特无聊？我经常觉得人生没有目标。”

“竟然有人跟我比无聊！你丢了妈妈，我呢？我丢了妹妹，也丢了我的妈妈，我还把我的爸爸也丢了。”袁得鱼声音低了下去，“你至少还有家，我至今还无家可归。”

“你不想找他们吗？”邵小曼对眼前的男孩好奇起来。

“嗯，我一直在寻找。”每接近真相一点儿，袁得鱼就会觉得自己与父亲更近了一点儿。

“或许在某种程度上，这就是你生活的目标与意义吧？”邵小曼小心翼翼地说。

“可以这么说吧。”袁得鱼肯定了。

“那我懂了，那我也有目标了。”邵小曼眼睛亮了起来。

“嗯？”袁得鱼反倒迷惑不解。

“我记得最后一次见到妈妈，是跟她一起去看宫崎骏的电影《天空之城》。我当时想，天哪！这样温暖的画面，就是我的梦想！”

风刮进来的雨水把他们两个都淋透了，同时有种别样的情绪在雨中漫延开来。

“好吧，我发现认识你之后，对富家女改观不少。”袁得鱼笑起来。

“你挺特别的。我想起来附近有个宾馆，我带你过去吧。”

开到广东路后，邵小曼恢复了原来的精神气：“你到了宾馆就好，我去找我叔叔了。”

二

一些中年男人围坐在唐子风府邸的客厅中，激烈地讨论着一只股票——申强高速。

有一个头发秃顶像“地中海”的男人掏出一把三角尺，反复在申强高速的K线图上来回比画。“在这个位置，还有那个位置，发动进攻。至于上攻力度嘛，我看这个角度还不错，你们觉得呢?”他丈量了一会儿，抬起头对大家说。他是某国有公司投资部主管，他的这个动作，让众多见过不少世面的投资高手都面面相觑。

还有某证券报纸的金融部主任，他自己也在股票上投掷了重金，而要做好一只股票，媒体力量不可或缺。在座的还有几个大户和一个地下钱庄的大主顾。

晚上 11 点左右，七八人散去，客厅里只剩下两个人。其中一个便是东道主唐子风；另一个男人身材高大，穿一袭黑色的中山装，40 岁左右。

“目前，申强高速流通股最大的机构持有人是海元证券自营部，你选中这只股，定是有备而来。”“中山装”娴熟地剪开唐子风递来的雪茄，看穿了唐子风的心思似的说。

“知己莫如君。当年，海元证券差点儿就落入我的手中，我怎么会想到半道杀出个程咬金杨帷幄来!”唐子风狡黠地笑了一下，“不过，这段时间，我对杨帷幄里里外外的状况已经了如指掌，入主洋滩小白宫只是时间的问题。”

“看来，这次你对海元证券志在必得，你终于可以得到你想要的东西了。”“中山装”说道。

“光阴似箭，整整五年了，希望这次能如我所愿。”唐子风声音沙哑，嗓音低沉，笑着说，“对了，我还没来得及恭喜兄台高升呢。”

“哈哈，真是什么消息都躲不过你的耳目，批文今天上午刚下来。”“中山装”笑得更深了，“不愧是杯中酒常满，桌上无虚席。”

“中山装”很喜欢杜月笙，在他看来，这个上海滩的青龙帮老大，是真正的厚黑学大师，是真正的上海滩教父，所以，他说话时总会不自觉地引用杜月笙的名言。

唐子风也爱引经据典，这句话让他想起形容孔融的话“座上客常满，樽中酒不空”，颇有一番风采，他说:“建安七子的孔融当年博闻强识，聪明过人，但过于恃才而骄，以致招来杀身之祸。这是杜月笙与之截然不同的智慧。”

“唐兄才学甚高。”“中山装”赞许道。

“不过，我这次酝酿的计划能够最终成形，也离不开你的帮助。”唐子风笑着举起杯子，“如果这些人知道你的身份，估计也会吓得魂飞魄散。”

“这些技法，早该用《证券法》伺候了。”“中山装”哈哈大笑，“现在都什么年代了，还这么做股票？”

“是啊，做股票一分功夫在盘面，九分功夫在盘外。”唐子风点头称是。

“中山装”觉得这话很是耳熟，想起来什么，说：“当年袁观潮这么说你还不信。”

“是啊，他很有前瞻性。我无法想象，如果他还在的话，海元证券今天会是什么样子。”

“唉，天妒英才！”“中山装”仰天感叹了一下。

唐子风泡了一杯茶：“你尝尝这个竹叶青，是今年清明前的第一批新茶。”

“嗯，味道不错，根根清爽，口有余香。”“中山装”喝了一口，赞许道，“对了，听说你的小儿子回来了？他那么年轻，就在美国对冲基金公司做投资，真是青年才俊。”

“呵呵，回到中国就完全是个门外汉。”唐子风说道，“这次让他火速回国，一来是为了让他迅速适应一下中国的资本市场，二来我想让他赶紧承担起申强高速的主操盘手的工作。”

“主操盘手？”“中山装”又呷了一口茶，“你还是最心疼你的小儿子。如果此战如愿以偿，想必他也会迅速成为资本市场的红人。”

“正是。虽然做资本市场的红人要冒不少风险，但比起快速搭建一个新的投资平台的重要价值，也就不足挂齿了，毕竟未来的资本市场是机构博弈的市场，证券公司本身束缚太多。而这个平台，注定需要有向心力的人才，我现在最大的心愿，就是让唐煜迅速转型成为这样的角色。”唐子风眼睛里闪闪发光。

“哈哈，怎么这样的口气，难道你想退隐江湖了?”“中山装”揣测道。

“抛头露面的事情，不再适宜我这样的老人了。”唐子风呷了一口茶，“你肯定也猜到了，我对申强高速已经有了一套详细周密的计划。”

“呵呵，你不用隐退，你肯定会使出最拿手的‘双保险’。”“中山装”笑着说。

“这次与双保险还有点儿不同，为了稳操胜券，我还加了一道撒手锏。”唐子风眼神中透出一股坚定。

“你有撒手锏，想必会出奇制胜。”“中山装”试探道。

“其实还多亏了你给我灵感。”唐子风神秘地说。

“哦?”“中山装”若有所思。

“今晚让几个大户来，只是预热一下，宣告我唐子风将有这么个动作，他们到时候自然也会明白。”

“嗯，醉翁之意不在酒。他们怎么会知道申强高速只是你的一个幌子。”

“真正的开幕大戏在下个月正式启动，名曰第一计——‘请君入瓮’。”唐子风有些得意地说。

正在这时，唐煜推门而入：“爸，我回来了。”他看到爸爸对面还坐着一个客人，便朝他示意地点了一下头，心想，这么晚还在，一定是爸爸的贵客。

唐焕随后也进了屋，转身对门外说了两句，让打伞的两个手下离开了。

唐焕也很快看到了爸爸对面的客人，他自然认得“中山装”，马上走过去说道：“哎哟，邵叔，我想死你了。你什么时候来我店里坐坐?”

他又马上向唐煜介绍道：“来来，你小子运气真好，邵叔我有一年多没见了，你一回来就给遇到了。我介绍一下，这位是大名鼎鼎的邵局长，邵叔，我的偶像。”

唐焕坐在邵冲沙发座的旁边，随手摸出两盒限量版“黄鹤楼”，塞到了邵冲兜中，然后又拿出法国拉菲年份葡萄酒给邵冲斟上，笑着说：“这是我的弟弟唐煜，以后还请您多多关照。”

唐煜马上上前，敬了一杯酒：“早就听父亲提到您了，真是荣幸啊。”

邵冲也回敬了他们两位，心想，唐家儿子真是个个精明能干，都可以独当一面。

这时候，邵冲的电话响了起来，他看了一下，是邵小曼。

“干爹，你现在在哪里，要不我过来吧？”

“这……你要不还是先休息吧。”邵冲连忙推辞说。

“你们不是周末经常搞聚会吗？我也要过来玩！”

这时候，唐子风仿佛已经猜到了什么。他听说，邵冲有个“女儿”上周刚从美国回来。他早就了解到，邵冲对这个“女儿”很是溺爱，现在看来，果不其然。

他马上对邵冲轻声示意道：“没关系，就让她过来玩玩吧。”

邵冲听邵小曼这么坚持，只好同意。

他挂了电话，有些不好意思地笑了一下：“我对任何人都很有原则，唯独对女儿一点儿办法也没有。”

“听说你女儿是公认的大美女。”唐子风接着说，“女人嗲一点儿，男人找得好。”

“其实不是我的亲生女儿，但胜似亲生女儿。这个死丫头，到现在还没有找男朋友，在外人面前一股傲气，一见到我就爱撒娇……”邵冲哭笑不得。

唐子风原本只是习惯性地寒暄几句，所谓美女帅哥多是同行之间夸赞子女的玩笑之词，但当他看到邵小曼本人的时候，也被惊艳到了。

大约 10 分钟后，邵小曼就来到了唐府，她身上是一件简简单单的百褶裙，尽管全身几乎湿透，但她一进屋，唐子风就感受到了一种惊世骇俗的美。他很惊讶，这个女孩的穿着一点儿都不花哨，却如此光芒四射，邵冲的干女儿的的确确是个大美女。只是他没有想到，自己的儿子对这个姑娘早就一见倾心。

邵小曼进屋后，亲昵地与邵冲并肩坐了下来：“干爹，外面的雨好大，早知道就不出来了。”

“淋这么湿，也不知道回去换身衣服！”

“夏天嘛，很快就干了。”

邵小曼甩了一甩长发，三个人顿时都呆住了。

唐煜没有想到邵小曼还有如此女孩气的一面，他发现自己越发喜欢她了。

“原来你是邵局长的千金！”唐焕对邵小曼的身份惊讶万分，顿时鞠躬道歉，“今天的事，对不起了……”

可能是考虑到干爹在场，邵小曼对唐家兄弟也客气了很多，但还是透着一股傲气，只是看了唐家兄弟一眼，没说什么。

“大哥也是觉得你超凡脱俗，想把你打造成娱乐明星……”唐煜马上解围，但看到父亲与邵冲惊奇地望着自己，意识到说错话了，“邵小姐，今天晚上能够见两次面，真是缘分啊。”

“是啊，没想到又遇到了你们，真是冤家路窄啊。”邵小曼微微嘟起了嘴。

邵冲看到邵小曼这样说，感觉又好气又好笑：“你们好像很熟，什么时候认识的？”

邵小曼一时语塞，因为去花天酒地的事她对邵冲也有所隐瞒，她只好说自己去参加了一个比赛，没有提及花天酒地这四个字。

唐焕马上说：“哈哈，今天晚上正好有个兄弟过生日，在那个地方碰到的。”

邵冲松了一口气，不过，显然原本他们想谈的正事也谈不下去了，但唐子风已经说了下个月就开局，他自然也就心领神会，便道：“女儿都来找我了，我带她出去转转，就先告辞了，祝你早日如愿以偿。”

唐家父子都露出遗憾的表情。

外面的雨很大，父子三人打着伞，亲自将两人送到车门口，目送车子离开。

“把你二哥叫下来吧。”唐子风回到客厅对唐煜说道。

唐焕对父亲暗道：“三弟还是那么机敏，二弟还是这么内向，哪个做投资更好些？”

“每个人都有自己的一套门路。”唐子风低着头说，“你们兄弟要取长补短，相互扶持。”

长大后的唐烨，仍然一脸青涩模样，面容很是白净，透着一股学生气。

唐烨刚刚跳槽到一家基金公司。1998 年，中国第一批基金公司成立，唐烨就像要做第一个吃螃蟹的人一样，去了佑海成立的第二家基金公司——万富基金。这家基金公司由几家券商联合控股，由于唐烨有投资经历，就与另外一名基金经理一起掌管一只新基金，也算是基金经理中的后起之秀。公司向他承诺，只要表现出众，他短期内就可以单独掌管基金。公司为了完善产品线，新基金的发行一个接着一个。但由于市场缘故，募集状况不是特别理想。不过，这并不影响基金经理供少求多的整体局势。

唐子风摊开申强高速的计划书，讲述了一些要点。四个脑袋在闪闪发光的水晶灯下晃动，又是一夜长谈。

三

袁得鱼在此起彼伏的叫卖声中睁开双眼，他看了看时间，吓了一跳，自己居然一觉睡到了中午 11 点。

昨天晚上，他在广东路上的一家小旅馆住了一夜。尽管旅馆的花费不是很高，但袁得鱼觉得待在旅馆不是长久之计，必须先得找个糊口的活儿。

袁得鱼想了想，觉得这方面找许诺最为合适。这个小女孩很是热心，心地也很善良。最关键的是，跟她在一起的时候，还可以逗她玩玩，这绝对是件锦上添花的事。

他凭着记忆，跑到襄阳北路菜场。放眼望去，菜场里人头攒动，摊位密密麻麻，各种蔬菜堆得高高的，袁得鱼很少到这样嘈杂的菜场，他也不知道许诺会在哪个摊儿。

他摇了摇脑袋，也不知道许诺这样柔弱的小姑娘会卖什么东西，只是觉得像许诺这样年轻的姑娘在这样一个充满腐烂菜叶味道的环境里应该是另类。

菜场门口有一个门卫，袁得鱼便抱着试试看的心态问道："请问，这里有没有一个小姑娘，20岁左右，眼睛大大的，皮肤很白……"袁得鱼朝门卫比画着。

门卫诡异地笑了一下，也不说话，直接看了一下手表，嘴巴里还叼着根烟："快了，等个10分钟。"

袁得鱼很是纳闷。

没想到门卫又接着说道："你说的小姑娘叫许诺吧，不仅这个菜场里的人都知道她，住在这里方圆三公里的人也都知道她。"

"为什么那么出名，因为她很漂亮吗?"

门卫立即数落道："臭小子，她好歹也是我们这里的卖鱼西施啊!"

"卖鱼?"袁得鱼挠挠头。

他突然想到刚刚好像看到一个水产摊位是空着的，当时还觉得这个摊位有点儿特别，因为摊位旁挂着一块小黑板，上面写着接连三天各种鱼的价格，奇怪的是，每天的价格浮动都很大。

正在这时，袁得鱼听到有个吆喝声由远至近传来："贱卖贱卖啦，今天的黄鱼跳楼价，两块钱一斤啊……"他一阵惊喜，这个声音非许诺莫属。

他循声望去，只见许诺穿了一件普通的黑色衬衣，头发上还是有个显眼的红色头箍，她推着红色单车，匆匆穿过人群。

这时候，有个卖黄瓜的中年女人问道："小姑娘，今天股票涨上去啦?"

许诺也不多说话，娴熟地将车扔到摊位的后方，然后更改了黑板上几个主要水产品的价格。这时候，也不知道从哪里一下子冒出一群人，先是盯着黑板看了一下，随即摊位前便排起了长队。

许诺神速地套上了一个黑色的橡皮围裙，双手戴了一副黄色胶皮手套，接着打开后面的冰柜，然后在其中两个盆中倒上水……整串动作一气呵成。

她抬起头，好像对排着长队的人群并不惊讶，她笑着，同时娴熟地从身后掏出一条条带鱼。

袁得鱼吃惊不小，这个看似文静的女孩竟然是卖鱼的。

他不明白为什么会排那么长的队，于是好奇地问了一个正在排队的人。

那人指了指小黑板："她家的鱼今天特别便宜，你看别家的小黄鱼，都要3块钱一斤，她的只要两块。你看她旁边那家的带鱼，要8块钱一斤，她这里只要5块。"

"那为什么她卖得这么便宜？"袁得鱼挠挠头。

"呵呵，这个小姑娘很奇怪的，她只要哪天炒股票赚到了钱，就会把鱼低价卖掉。"

"这是个什么逻辑啊？"

"可能心情好就想早点儿收工吧。我也不知道，反正只要能买到便宜点儿的鱼就好了。"

袁得鱼点点头，心里默默算了一下，发现许诺也不至于完全吃亏。因为许诺基本是卖海鱼，不是当日鲜，便宜的时候，就多卖点儿，贵的时候，少卖点儿，估计跟其他铺子赚的钱也差不多，但有了特点，倒是搞得很有人气。

袁得鱼趁许诺不注意，偷偷上前捂住了她的眼睛。

"啊……"许诺一声惊叫，用手往后一拍。手套上的鱼腥味让袁得鱼躲闪不及。

"是你？"许诺看到闪在一旁的袁得鱼很是惊喜。

"哈哈，没想到吧？我来看你了。"袁得鱼得意地说。

“来来，给我二斤小黄鱼。”有顾客不耐烦地叫起来。

“谈情说爱就晚上谈，对吧？”有个老头起哄道。

许诺对袁得鱼吐了吐舌头。

“我帮你吧。”袁得鱼在一旁撸起袖子。

“你快躲开，这儿鱼腥味太重了，要不你帮我收钱吧。”许诺把钱箱推到袁得鱼面前。

“你不怕我把钱拿走就行。”袁得鱼坐下来。

他们两个配合着，一会儿就把鱼卖完了。

“嘿，有你在，速度快了好多。要平时，至少要卖到下午 1 点。”

“怎么可以这么慢，再怎样也不能影响你炒股票吧？”袁得鱼向她眨巴了下眼睛。

“你怎么知道？”

“你这个小黑板，不就是最近的股票走势图吗？”袁得鱼得意地笑了起来。

“啊，你也炒股票？”

“呃，平时凑合着看看。”袁得鱼谦虚地说。

“我觉得吧，卖鱼发不了财，只有炒股才有可能发财，你说是吧？”许诺眼睛亮了一下，“本来这里有个卖白菜的，就在我边上做生意，不知道买了什么股票，一下子就赚了好几万，现在菜也不卖了。”

“对了，你这么小，怎么就出来卖菜了啊？”袁得鱼有些疑惑。

“怎么说呢，我们家是卖菜世家。”许诺大大咧咧地说，“我奶奶卖了快一辈子的葱，轮到我就升级搞水产了。”

“嗯，有前途。”袁得鱼点点头。

“不过，我奶奶生病了，我还得兼职卖葱。”

“你是高中毕业后开始搞这行？”袁得鱼问。

“初中毕业就干上了，市重点高中没考上。”许诺说，“唉，差了 0.5 分。”

“不容易啊。”袁得鱼继续问道，“那你爸妈呢？”

许诺似乎不屑回答这个问题，反问起他来：“你炒股炒得怎么样啊？”

“我很久没看股票资金明细了，不知道呢。”袁得鱼想了想说。

“不知道为什么，我炒股票从来就没有赚过钱。”许诺伤心地说，“我卖葱卖多少钱，就把多少钱投进去；卖鱼卖多少钱，也把多少钱投进去，但每次钱都很快就没有了。我很想搞明白怎么回事，每天都去营业大厅，每次去都忍不住买卖，但还是没弄明白。”

“那你不炒股票不就行了？”袁得鱼不解地问道。

许诺脸色暗了下来，说道：“我爸爸很早就炒股了，算是中国第一批股民，当时赚了好多钱，但没过两年就全部赔光了。我妈妈说股票就是赌博，不让他炒股，他死也不肯，倾家荡产也要炒，还动手打了我妈，我妈一怒之下就离家出走，再也没有回来过……”

“后来呢？”

许诺声音放低：“后来，我爸爸说要孤注一掷，于是就向别人借了好多钱，买了一只股票，就是五年前大家都看好的那个什么医药。”

“帝王医药……”袁得鱼默默地说。

“嗯，对，就是这只股票。后来，这只股票暴跌，我爸爸就往里面填钱，但它还是一路暴跌，我爸爸当时欠了一屁股债，就在我考高中的前一天……”许诺突然哽咽起来，“他，就从我们家的顶楼跳了下去……”

许诺突然不能自已，一下子扑到袁得鱼身上痛哭起来。

袁得鱼轻轻拍着许诺的背。

“你相信吗？我本来真的可以考上的。但是我考试的时候，耳朵一直在嗡嗡地响，怎么也答不下去。”许诺一边哭一边说，“初中毕业能做什么？就只好女承父业。”

袁得鱼点点头：“既然知道股票这么害人，为什么你还要炒股呢？”

“我不是说了女承父业吗？”许诺哽咽了一下，“最重要的是，我奶奶得了心脏病，我想赚钱给她治病。我现在只有奶奶一个亲人了。但是，我不知道，我卖葱、卖鱼什么时候才能赚够钱治好她的病……”

袁得鱼没想到许诺有这样的家庭，竟和自己同病相怜。虽然当年自己的爸爸身居高位，但与这些股民又有什么区别？还不是遭遇了同样的命运？

“袁得鱼，你不是炒股吗？”许诺渐渐停止了哭泣，“我有个办法，不知道你愿不愿意？”

“你说。”袁得鱼不知道许诺葫芦里卖的什么药。

“如果你能在证券公司工作，就能得到很多内幕消息，这样我就能赚钱了。”许诺很认真地说道，一副得到真传的样子。

“我真不明白，你要打听那么多消息干吗？自己买不就行了？”袁得鱼不解地问道。

“哎，你还炒股呢？”许诺摇摇头说，“你看，现在市场上有几百只股票，你怎么知道哪只股票第二天会涨呢？这些都是事先被安排好的，你知道吗？你看这个……”许诺将电子秤翻过来，上面赫然贴着一块磁铁，“到处都是猫腻，股票也是一样的。”

“我只是自己炒股玩玩，凭什么进证券公司呢？”袁得鱼疑惑道。

“来来，给你看个东西。”许诺朝袁得鱼招招手。

只见许诺从钱箱里掏出一张垫在里面的报纸。

她翻开报纸，指着报纸上的一行小字——“20 世纪暴富的最后机会。”

袁得鱼顺着题目读下去，原来是海元证券诚征业务员的信息。

“这是什么时候的报纸？”袁得鱼有些吃惊。

“怎么啦？这可是昨天刚出炉的报纸。”许诺看了袁得鱼一眼，说，“我看你样子还算周正，也有点儿机灵，你想想办法混进证券公司嘛。这样，我就有用不完的消息啦。哈哈哈，我真聪明。”说着，许诺便开始激动地摇袁得鱼的肩膀。

袁得鱼拿着这张鱼腥味的报纸有些发愣，他回想起父亲曾经的心愿，这个梦想距离目前的自己是这么遥远。

但他又有一种奇怪的感觉，仿佛眼前这份报纸，就是为了等待他。

四

“许诺，赶快回家！你奶奶犯病了！”有个阿婆匆忙赶到摊位旁，对许诺大声说道。

许诺迅速把围裙撤掉，匆匆忙忙地推出扔在后面的单车。

袁得鱼看她紧张得身体有点儿发软，示意她坐上后座，自己跨上车飞快地骑了起来。

“这里，那边转弯……”许诺一边指挥一边哭着自言自语道：“奶奶，你坚持一下……”

袁得鱼随着许诺来到一个弄堂口，跟着她七拐八拐上了一个黑乎乎的老阁楼。

许诺推开楼梯口的一个“鸽子笼”的房门，屋子昏暗，许诺一进门就跪倒在床前。床上躺着一个奄奄一息的老太太，双眼紧闭，脸上也灰灰的。

许诺趴在老人身上，大哭起来：“奶奶，醒醒呀，奶奶！”

不一会儿救护车赶到了。一个医生拿听诊器听了听老人的心跳：“还可以救，你是不是她的家人？先准备好5 000元钱。”许诺看了看旁边有点儿迟疑的担架手，咬咬牙，点了点头。他们这才把老人迅速抬上担架，抬进了救护车。

一直站在门口的袁得鱼，看着眼前的一切，陷入了沉思。

许诺还在一个劲儿地哭。袁得鱼一着急，抱起许诺，一起进了救护车。

在救护车上，袁得鱼把许诺搂在怀里，安慰着她：“别哭了，卖鱼西施，你奶奶还好端端的呢。你奶奶现在肯定在想，谁那么吵啊，再吵我就死给他看！”

“你怎么那么损啊！”许诺的哭声稍稍止住了。

“我给你讲个故事，从前，有个丈母娘，想试探一下三个女婿的为人，于是就故意分别与女婿单独去购物。与第一个女婿在路上走时，经过一座桥，她跳了下去。第一个女婿马上把她救了起来，她虽然呛了两口水，但还比较满意。第二天，她故技重演，第二个女婿比较强壮，在她还没下水前，就把她救了起来，她更是满意。第三天，第三个女婿已经听说了前两个女婿的遭遇，在丈母娘第三次跳下去的时候，他心想，看来她是求死心切，于是就任她漂走了，这个丈母娘就再也没有回来，真是冤啊……”

许诺明白了袁得鱼的意思，哭笑不得，眼睛闪着泪光，点点头说：“嗯，奶奶一定能好的。”

这时候，在一旁拿着盐水瓶的护士调侃道：“你们这对小夫妻感情真不错。”

许诺这才意识到自己正靠在袁得鱼怀里，马上弹开。

“误会误会，他只是我朋友啦。”许诺脸红地说，“我的王子，至少是千万富翁吧。”

“哎，我的资产不就比千万富翁少几个零吗？”袁得鱼不爽道。

奶奶推进急救室之后，家属就要付钱，许诺急得焦头烂额。

袁得鱼把口袋里仅有的800元钱拿出来暂时解了许诺的燃眉之急。

“谢谢你。”许诺抓着头发，“接下来的钱怎么办？我明天就去‘割肉’。”

“你这么皮包骨头的，割下的肉也没多少。”袁得鱼笑话她。

许诺叹了一口气，说：“唉，醉过方知酒浓，爱过方知情深，穷过方知富好！”

袁得鱼紧紧捏了一下手中的报纸。

奶奶打了针后，基本稳定下来。袁得鱼看安顿得差不多了，许诺在奶奶身边也已然安心地睡着，便悄悄离开了医院。

五

花天酒地走廊尽头的一个总统套房内，苏秒低着头跪在唐焕面前。

苏秒的回归，似乎是唐焕意料之中的事。

美女对于唐焕来说，“呼之则来，挥之即去”，只是个挥挥衣袖的事。他私下里，轻蔑地称店里的女人为“马子队”。

唐焕当时看中苏秒，除了一些自己不愿意承认的原因外，还有就是苏秒确实活泼开朗，就像机敏伶俐的黄蓉，又不失俏丽。

苏秒的这种聪明，很是招人喜欢。她也很快就凭借自己的优势，搞定了很难深交的重要人物，如大型银行的副行长，实权在握的官员，还有一掷千金的大富豪。

然而，此时此刻的苏秒，泪眼盈盈，楚楚可怜地跪在他的脚下，一脸的悔意。

唐焕心中也有些纠结，在夜总会，店规就是立店之本、振兴之道，这是谁也破不了的。

苏秒看他在犹豫，就喊道：“哥，再给我一次机会吧！”

唐焕想起多年前在部队大院里，与苏秒、袁得鱼一起玩的时光。当时，年少的自己对苏秒也有过一点儿动心。但那种很容易满足的感觉，仿佛再也找不到了。尽管他依稀知道自己对苏秒那份特殊的感觉依然存在，但他宁可把这份感情压抑在一个不为人知的角落。

几年前，他与一个在外界看来颇为神秘的女人结了婚，这件婚事还是秦笑做的媒人。那个女人倒也并非不漂亮，只是不是他喜欢的类型。但秦笑的好意唐焕从来不会推却，他应承下来之后才知道，原来这个女人有个颇为殷实且复杂的家庭，她妈妈表姐的爸爸是中国最高政治机关里一名地位显赫的官员。

此后，唐焕把这层关系用得淋漓尽致，花天酒地多次被查，顶多关一个多月就能重新开张，一直安然无恙。他几乎是延续了秦笑的发展路线，一路顺风顺水，成为中国最年轻的富豪之一。

据传，唐焕名下有很多豪车，最豪华的一辆是加长型宾利，曾是某届车展最贵的一款车——888 万元，为了这个彩头，唐焕一掷千金，把车买了下来。而且，唐焕的车均是在中国境内有特殊身份象征的黑色牌照。

有一次，唐焕的奔驰600轿车不小心撞到了一辆老式皇冠轿车。车上的司机跳下车来，张狂地说："你知道我们是哪里的人吗?"唐焕扫了对方一眼，直接让司机朝皇冠撞了过去。结果，对方虽然很生气，但只能眼睁睁地看着唐焕的奔驰扬长而去，因为他看到了唐焕的车牌。

很奇怪的是，尽管唐焕对妻子总是不冷不热，甚至婚后还周旋于各路女子之间，妻子对唐焕却是痴情不改。他们结婚两年后，她因患癌症过世，只留下一个女儿。唐焕在妻子重病期间，基本不闻不问，但妻子过世当天，他在妻子的床前哭了一天一夜。

从此以后，与唐焕交往过的女人都发现，唐焕变得更加铁石心肠，谁也不知道他过世的妻子到底对唐焕意味着什么。曾有一个与他交往过的女明星说，她在佑海只见过一个真正的"花心大萝卜"，就是唐焕。

唐焕本来倒也并非是滥情之人。记得刚谈恋爱时，他也有过忐忑，但时间一长，遇到的女人多了之后，他便习以为常了。他能感觉到女人对自己的深深依赖，上床后都比上床前更加小鸟依人，唐焕更加确信了张爱玲的一句名言："通向女人内心的最短通道是阴道。"

苏秒对唐焕也一直有种特殊的感觉。唐焕生得高大，又爱称兄道弟，很符合苏秒对爷们儿的定义。她记得有一天晚上，她一个人回家，遇到两个小流氓把她堵在胡同里。正好唐焕打完球经过，直接把球扔到流氓头上，一声大吼，就把流氓赶走了。

8个月前，苏秒跑到佑海后的第一件事情，就是找唐焕。当时，她还不知道唐焕是当地有名的黑社会人物，更不知道他在经营一家名声不小的花天酒地。

让苏秒做小姐，一开始也并非唐焕的本意。

他只是为炫耀才将苏秒带进了店中。苏秒尽管是第一次到这种场合，但没有一点儿不适应的感觉，反倒是又新奇又兴奋。

苏秒很快与唐焕一直想搞定的银行副行长相聊甚欢。

唐焕还没提，苏秒就自告奋勇要做小姐。

苏秒的第一次给了唐焕。

这里的小姐，并非第一次都给她们的老总。然而苏秒的第一次，唐焕志在必得。他对苏秒有种强大的控制欲，甚至已经变相为蹂躏。他不知道这是一种什么心态，但是，看到苏秒痛得皱起眉头的样子，他既心疼又兴奋，好像很久没有这么投入过了。

苏秒用仿佛可以看透他的眼神怔怔地盯着他，慢慢地说："我觉得自己就像你小时候在野地里捉住的小兔子。"

唐焕已经想不起来自己小时候是什么样子了，苏秒则清清楚楚记得，他们当年在河边一起抓野兔子的情景。当时唐焕好不容易逮到了一只野兔，玩了很久最后才依依不舍地把兔子放走了。那时候的唐焕，充满了孩子气，心地善良。而现在她眼前的唐焕却是那样凶残与霸气。

唐焕看着楚楚可怜的苏秒，不知怎的，身体起了变化。

他把苏秒从地上拖起来，一把甩到床上，按捺不住地将苏秒扑倒，狠狠地扇了苏秒几个耳光，嘴里含糊地念叨着："让你走！"

完事后，唐焕疲惫地倒在床上，很快便进入了梦乡。

苏秒知道，唐焕早先有个妻子，尽管他长期夜不归家，妻子死在病榻上的时候，他也依然在外面风流快活，但唐焕对他们的女儿却一直关怀备至。虽然很多人都说唐焕无情无义，但一个人的时候，唐焕会时不时地给亡妻上炷香。

唐焕似乎只有在她面前才有这样的发泄。苏秒不知道，这到底是为什么。她也不知道，过去究竟发生过什么事情让唐焕与自己之前认识的那个人判若两人。

这个时候，苏秒会觉得唐焕极其可怜。她对他的感情，也在不知不觉之间，又增加了一分。她自己都觉得这种感情很变态。

一阵急促的电话铃声把唐焕从梦中惊醒，他接过电话——是手下打来的。

挂掉后，唐焕一边穿衣服，一边对苏秒说："你可以不用走了，但我暂时不会给你派台。”说完便匆匆离开了。

唐焕是去接出狱的秦笑的。

他先去秦笑的府邸接贾琳——秦笑的妻子。

平时，他经常找贾琳打麻将，两人无话不谈。在他看来，贾琳绝对不是个简单的女人。秦笑在外面做的事情，贾琳了如指掌，但从不干涉。

贾琳还拿秦笑的钱在外面开了一家餐馆，专做佑海菜，生意红红火火。贾琳的能干不仅仅在于一家餐饮店，据称秦笑在服刑期间，他的公司——“汇星系”也主要是因为贾琳的打理才得以保住了元气。

贾琳最大的本事是，与所有男人都若即若离，让很多男人都对她心存爱慕。唐焕觉得，这绝对不输于他平日里在女人堆中逢场作戏的功夫。

帝王医药的牢狱之灾，算是秦笑经历的第二次。第一次是因为他在全国各地倒卖商品，被告投机倒把罪而入狱。

唐焕与一拨兄弟正守候在看守所外面。看到秦笑从门口出来，慌忙迎了上去。他们不敢相信自己的眼睛——五年过去了，秦笑看起来反倒年轻了不少。

“秦总，你在里面是不是吃了什么灵丹妙药？”唐焕马上说，“跟在疗养院一样。”

秦笑说：“你小子安排的吧？别以为我不知道。”

确实是唐焕贿赂了监狱长，搞定了监狱里的核心关系，秦笑才可以独自享用一间有空调的特殊牢房，一般劳改也不用参加，他还有一个专门的看守。那看守看起来十分老实，对秦笑唯命是从，有时候还给他递手机，以至于很多人觉得，这个看守反而更像秦笑的私人秘书。

很多人当时就判断，秦笑很快就会离开监狱。果然，才五年时间，秦笑就离开了这里，名头是“释前就业计划”，其实就是有人帮他提前假释。

“里面好多兄弟都是金融犯，不少还是第一代的券商老总。敢情这批人可以在一起开一次中国证券业开创者大会了。”秦笑笑道。

“老公，看到你真高兴。”贾琳激动地冲上去抱住了他。

这个晚上，基本上就是秦笑的个人演出。

他们聚在花天酒地最大的一个包房里。

秦笑自负地说：“赚钱的事情是这样的，当你赚到了第一个100万后，就算后来你输了，你还是会有办法赚到下一个100万。因为你永远比那些没有赚到过100万的人先知道，100万是怎么赚出来的。赚过1亿的人也是一样的，你的钱袋子已经修炼到那么大了。”

当底下两个做期货的属下说做亏了200万的时候，秦笑不由得大骂他们“白痴”。不到一周，秦笑就把他们亏损的200万赚了回来。

六

20世纪90年代中后期，金家嘴是全国金融高手必定要抢占的高地，不少金融机构纷纷迁往那里，盘踞在佑海新证券大厦附近。

杨帷幄所在的洋滩小白楼里的海元证券仿佛成了一个另类，但也成就了其特立独行的金融贵族身份，就像旧佑海20世纪30年代的十里洋场，处处都透着一股佑海独有的性感与风情。

杨帷幄尽管出身小券商，但才华出众，担任海元证券的总裁后，经纪业务也有了很大起色。在并购了重阳证券后，海元证券已经成为佑海最大的证券公司。

有着雄心伟略的杨帷幄，这几年一直在打造一个规模巨大的“百人”计划——他希望能培育出100个投行精英，他的手下已经开始在全国排名前十的顶尖名校中网罗人才。但即使是有了这样的天之骄子，在挑剔的杨帷幄看来，他们大部分也都不尽如人意。

与此同时，杨帷幄正在秘密进行一个事关海元证券未来的重要项目。这个项目显然给了杨帷幄不少压力，尽管他已经历过不少风雨，但这次却感觉不一样。他坐在办公桌前，时不时抬起头，看一眼落地窗外的东江。

杨帷幄发现，这个自己酝酿了多时的项目，最复杂的部分在于股权关系，而最难以拿捏的就是股权背后的利益平衡。

最近，杨帷幄学到了一个新名词，叫“一致行动人”，他觉得这个词设计得很好，很有同心协力的意味。他将财务数据整理好之后，交给了财务总监阿德。

阿德是个驼背的中年人，他的佝偻病来自父亲的遗传，可能是因为阿德本身习惯性自卑的关系，他的性格有些乖戾与捉摸不定，在单位里的人缘也不是很好。

杨帷幄心想，其他地方或许很少会招募这样的人，但他的标准就是唯才是用。阿德在财务方面的才能，自己深为欣赏。尽管阿德也犯过一些错误，但他对阿德充分敞开了宽容的胸怀，阿德对此也感恩戴德，更加忠心耿耿。毕竟，自己对于要全盘托管财务的下属，最重要的一点就是“疑人不用，用人不疑”。

杨帷幄能够感觉到，当前圈内很多人都因为一个千载难逢的地域性机会而在关注着他的一举一动，他自己也已经被这个机会吸引住了。

佑海计划在江东建造一个机场，这不只是机场那么简单，同时还将开发一个以机场为中心的商务航空港。有内部消息称，佑海将通过重组整合当地上市公司的资源，专注于江东机场的开发。这也就意味着，佑海将会有一家新的上市公司，不仅涉及 110 亿元的直接项目收益，还将面临最好的重组机会，单是地皮收益，就将给这家公司带来至少每股 20% 的收益。

于是，江东机场花落谁家成了众人瞩目的焦点。

佑海有六家上市公司参与了竞标，据外界推测，这六家都有可能成为最后的赢家，因为它们都有政府背景，且对开发类似项目有一定的经验。

这有点儿像一个轮盘赌——这个才开始的资本游戏，就像一个大转盘游戏，但转盘中只有一块后面藏着丰厚的奖品。指针在飞速旋转，决定结果的究竟是运气还是谋略？

在目前市场确定性不多的情况下，花落谁家，无疑是当下极佳的炒作素材。

恰好那段时间，中国股市正起伏不定，大起大落间，谁将拔得头筹极其引人注目。

市场上最早的一批博弈者在经历了1997年香港回归概念股的冲击后，不敢再轻举妄动。倒是资产重组旋风越刮越起劲，在1998年达到高峰。“特别处理”（ST）帽子，这个1998年4月出现的新产物，反倒成了一种投机符号，市场呈现出另一派热闹的投机景象。

与海元证券隔江相望的佑海证券大厦二楼的证券交易中心，是各路高手会战的圣地。这是个典型的金融战场——红地毯、大电子屏幕，红马夹在场内忙碌奔波，不停接着外线电话，手指在键盘上飞快敲击，操作着一笔笔巨额交易。那里，充斥着纸醉金迷的奢侈味道，到处都有投机与尔虞我诈。

尽管各自都忙碌异常，但所有人还是不由自主地将目光聚焦在了082号、032号与066号三个席位上。082号是海元证券的交易席位，032号是泰达证券的交易席位，066号席位则属于韩昊的新凯证券。这三家券商并称“佑海三大券商”，也是国内历史最悠久的券商，所有人都在等待它们在江东机场项目上的选择。

海元证券交易室中，有一个瘦瘦高高、相貌不凡的年轻人，他是海元证券自营部总经理常凡，人称“少帅操盘手”。尽管年纪轻轻，但因为常凡技术非凡，很早就被海元证券委以重任。

常凡正在娴熟地加仓六大公司之一申强高速的股票。

海元证券的行踪很快暴露，与此同时，被曝光的还有新凯证券，奇怪的是，杨帷幄与韩昊都不约而同地选择了申强高速——尽管这只股票此前在六大备选上市公司的股票中只属于冷门股。

人们奇怪，为何佑海另一大券商——唐子风的泰达证券迟迟没有出手，难道想鹬蚌相争，渔翁得利？

杨帷幄不知道新凯证券为什么也看好申强高速，他回忆了一下海元证券加仓申强高速股票的契机。最早的时候，他是看好申强高速的现金流充沛，本来高速公司就是“现金奶牛”。买的时候正好是年报出台之际，他们预计会有 10 送 10 的分红预案，按经验，不管是不是真的会分红，至少可以在资本市场上炒作一把。此后，该股走势一直强于大盘，于是他们也没有抛弃它。

申强高速公司旗下的地皮可能与江东机场有关，这他倒是后来才知道的。

早在一年前，申强高速就买了一块地皮，当时为了买这块地皮，申强高速还融资扩股并发布了公告。但不知为什么，拿下这块地皮之后，申强高速一直没有大兴土木，那块地仍旧是一块荒地。杨帷幄当时只是觉得地皮资产可以增加每股预期收益率，于是加了仓位。

七

这天上午，他完全没有想到，佑海竟然爆出一则消息，说江东机场的选址可能就是距离申强高速 9 000 千米左右的一块地，也就是早先申强高速购买的那块地。

尽管杨帷幄也认为，在任何正式消息出来前，申强高速还只有 1/6 的可能性。但显然，如果江东机场项目选址真的在那里，对于申强高速来说，这是一个绝大的利好。不管是将地块卖给江东机场相关机构（按融资书上推算，这块地的成本是平均每公顷 4 800 元，而现在早就涨为 15 000 元），还是参与政府的重组计划（这显然是让公司转型成地产类股票公司的契机），申强高速都将获得巨额收益。

果然，选址消息一出，申强高速股价连续飙升。但同时又有消息传出，说由于价格关系，江东机场也可能选址在佑海其他地方。

不过，当时做惯投机的操盘手们都还小心翼翼，因为这些消息随时都可能被宣布为假消息。如果是假消息，当事方顶多就是出个辟谣公告，但对于操盘手而言，却可能是数以亿计的损失。

当天，泰达证券被交易系统跟踪爆出，它购入的是六大候选公司之一的海达控股股票。这家公司是消费型上市公司，主要做轻工业产品，旗下有两块地皮，也有转型做地产公司的打算。

因此，杨帷幄让常凡放缓节奏，静观其变。

大概上午收盘前 30 分钟，证券大厦的消息屏上就发布了一则公告——海达控股与某银行签署战略合作协议，主要内容是银行将在未来一年内向海达控股意向性授权 60 亿元人民币的授信额度，用于加强海达控股在佑海川沙地区房地产开发贷款、商用物业抵押贷款、搭桥贷款、并购贷款等方面的合作业务。

消息一出，场内经纪人议论纷纷，难道江东机场已经花落海达控股？有信息源的经纪人开始打电话给那家银行，一个经纪人打完电话后大叫道："银行的人说，政府官员上周刚去过海达控股。"

申强高速股价应声而落，早盘还剩 20 分钟时，下降幅度更加明显，随机指标（KDJ）这类最简单的反趋向指标已经快速形成了死叉。多头尽管想绝地反击，但似乎只是在做垂死挣扎。股价直线下落，量线飙升，直接向跌停板冲去。

尽管久经沙场，杨帷幄心里多少还有些困惑。毕竟泰达证券的人脉广，不可能不知道江东机场最终花落谁家。

"怎么办？要不要抛？"一直在快速操盘的常凡有些不安，他看到盘中申强高速的乖离率（BIAS）与布林线（Boll）组合已经发出了卖出"指令"——布林线价格明显地跌破下轨，乖离率已经由 +30 转成 -20。白线指数平均数（EXPMA）也已经下穿黄线，形成明显的下跌趋势。在这种快速的变化趋势中，常凡纵然有三头六臂，也难以把握安全买入的负乖离点。

一贯讲究交易原则的常凡转头对站在他身后的杨帷幄说："下跌已经出现了可怕的集聚效应，人一旦不理性起来真是恐怖。"

杨帷幄摇摇头："不要慌，你怎么知道海达控股肯定就有戏？"

“市场上很多人都认为唐子风后台硬，他们出手购入什么股票，就应该是什么股票。”常凡分析道。

“你不要忘了，一直与唐子风站在同一战线的韩昊，近期买的也是申强高速，可见他们内部还是有分歧的。”杨帷幄冷静地说道，“选股的关键是自己购入的理由是不是充分。”

杨帷幄一向不按常理出牌，股市有股市的弹性，杨帷幄也有自己一套改变局势的套路。至少目前看来，这个套路也不是那么轻易就可以被复制的。

此前，杨帷幄仔细读过申强高速那份扩股说明书——该地皮主要是用来建设一个大型的交通枢纽。地皮位于佑海远郊川沙，之前川沙长期得不到发展，而以交通枢纽带动周边商业的构思，相当于将这块地皮打造成一个卫星辐射城。而这个设想正好与江东机场计划书中推崇“和城市一起发展”的“阿纳海姆模式”不谋而合。依靠机场带动周边地区发展，显然是希望快速获得政绩的政府乐于看到的。

另外，杨帷幄还从地产谍报中心那里获得了一些资料——地产谍报中心总是掌握着一些开发商的交易内幕，以此来讹诈开发商。开发商不会将地产谍报中心除掉，因为它们也需要通过谍报中心得知竞争对手的招标信息。

杨帷幄手中那份资料称，申强高速获得那块地皮的成本并非扩股书上写的4 800元一公顷，而是1 600元一公顷。这也就意味着，如果申强高速将此地转卖给江东机场，除了可以实践已经获得政府认可的“阿纳海姆模式”构想，更重要的是，其获得的利润远不止圈内所说的3倍，而是将近10倍。这个利润，分给任何一个相关利益者，都将是很可观的。

杨帷幄猜不透泰达证券葫芦里卖的是什么药，但他加仓的速度却不由自主地放缓了。

上午收盘，申强高速股价微调1.2%，一切都在控制范围之内，杨帷幄与常凡相视一笑。

泰达证券总部。

唐煜抬起头笑着说："爸爸，要不试探一下他们的底线？你觉得他们对申强高速的忠诚度如何？"

唐子风慢慢地说："目前看来，他们也就是投机一把。任何人买股都有理由，所谓市场中人，也就是买股的理由充分一点儿罢了。"

"那如何诱敌深入呢？他们应该没有发现我们'醉翁之意不在酒'吧？"唐煜问道。

"接下来，他们的命运将与这只股票息息相关了。"唐子风嘲讽地说道，"这可不是简单的六色大转盘，在这里，赢的概率不是100%，就是0。"

第四章　高人在潜伏

不尚贤，使民不争；不贵难得之货，使民不为盗；不见可欲，使民心不乱。是以圣人之治：虚其心，实其腹，弱其志，强其骨。常使民无知无欲，使夫智者不敢为也。为无为，则无不治。

——老子《道德经》

一

袁得鱼来到海元证券的白楼前。这里白天的景致与宁静的夜晚如此不同，周围很热闹。尽管这栋大楼承载了袁得鱼很多回忆，但如今显得有些陌生。

袁得鱼踏入营业大厅的一瞬间，红红绿绿的报价牌便跃入了他的视野。

数字在他眼前飞快地跳动，儿时的影像开始回放。他看到一个孩子从旋梯上跑下，奔到报价牌前，敛声屏气地盯着看起来，那快速变化的数字让他着迷。他总是试图去记忆前一组的数字，并不停地思考，究竟是什么力量让这些数字忽大忽小。他希望透过庞大的报价牌，洞悉背后那个错综复杂的世界。儿时的自己总幻想着能有种力量，预知未来。那时候，报价牌上才几只股票，他似乎真能感觉到某些规律，事后很多次都被验证是正确的。现在，袁得鱼也正看着上下滚动的数字，试图找到儿时如闪电般划过脑际的那种灵感。

海元大楼的一至三层是公司的工作区。一楼是营业大厅，散户们都聚集于此。二楼是大户、中户区，里面摆放了很多电脑，中间有块很大的空地是咖啡厅与运动休闲区，摆放了几张乒乓球桌。这一层还有几个私募公司的办公室，低调地挂着门帘。三楼是海元证券的办公区，有一道铁门，上面贴着四个大字——“闲人莫入”。

袁得鱼径直走到大厅里的一个客户经理面前，直截了当地说：“我要见你们总经理。”

客户经理一脸不屑：“什么意思？你找他做什么？”

“我来应聘。”袁得鱼说。

“我们应聘要经过层层面试，总经理是你随便可以见的吗？走吧，走吧！”客户经理没好气地打发他道。

“我的账户就在海元证券，这里哪里可以打印交割单？”袁得鱼灵机一动，说道，“我可是你们的客户，我要在你们这里开个交割单证明。”

客户经理尽管不是很乐意，但还是带他来到打印机旁，让他在一台电脑上打开账户。

客户经理看了一眼他的账单，不由得目瞪口呆，深深吸了一口气，过了半晌才说：“原来你……你就是我们这里在找的最牛散户！你，你等一会儿！”他话都说不利索了。

他打了个电话给自营部：“常总，你上次想找的那个客户，现在就在营业大厅。”

“好的，我马上过来。”电话那头儿的常凡有些兴奋。

转过头，客户经理对袁得鱼马上笑着说：“兄弟，赶紧给我推荐一只股票。”

很快，常凡就从走廊走了过来。他看了一眼袁得鱼，脸上闪过一丝惊讶，第一句话就很直接：“这些都是你自己操作的吗？”

袁得鱼点点头。

“你的风格是？”

“右侧交易。”

他们又就一些股票的细节讨论了片刻，常凡心中基本有了数。

袁得鱼很快如愿进了总经理办公室。他有些莫名地兴奋，环顾办公室。这是多么熟悉的地方，墙上挂着的书法作品还是10年前的，只是落了些灰尘，连位置都没换，那是杨慎的《西江月》：“滚滚长江东逝水，浪花淘尽英雄。是非成败转头空……”

而眼前的主人让他陌生，尽管他知道这人的名字——佑海鼎鼎有名的证券高手杨帷幄。

“袁得鱼，这个名字不错，以渔得鱼。”他默默念道。

袁得鱼有些好奇地望着他，觉得他好像并没有传说中的那么严厉。

杨帷幄看了看常凡递给他的资料："这位面试过你的自营部经理对你印象很深。听说你直接给了他一份交割单，三个月翻了五倍？"

"呵呵，正好运气还不错。"袁得鱼笑道，露出洁白的牙齿。

"你过来看看，这只股票怎么样？"杨帷幄打开电脑，招呼袁得鱼过去。

袁得鱼愣了一下，笑着走了过去。新洋科技，自己做过的一只小盘股，题材已尽。他摇摇头，说不行。

"那你看这只呢？"杨帷幄敲了两下键盘。

袁得鱼扫了一眼，明显是一只庄股，还是恶庄，他不假思索地说不行。

"那这只呢？"杨帷幄接着问道。

袁得鱼索性看都不看就说不行。

杨帷幄又随机找了几只，袁得鱼都纷纷摇头。

杨帷幄疑惑了一下，手从键盘上放了下来，仔细地打量着眼前这个年轻人。尽管这个人比自己想象的还要年轻些，一副乳臭未干的模样，但语气却十分坚定，不容置疑。他觉得这个年轻人身上有种与众不同的气质："你为什么看都不看就说不行？"

袁得鱼回答说："首先，如果现在的行情可以赚钱，我就不会空仓。你属下也从我的交割单上看到了，我在一个多月之前就空仓持币了。其次，我三个月已经赚了五倍，这是多么惊人的速度，我觉得已经足够了。最后，我是个人投资者，进出比大资金要自由得多。如果从大资金的角度考虑，起码要保守一成。"

杨帷幄想了一会儿，继续问道："那你怎么看申强高速？"他想听听袁得鱼对这只热门股的见解。

袁得鱼歪着脑袋，想了想："不好说。"

杨帷幄眼睛一亮："你难道不觉得申强高速是一只潜力股吗？"

"潜力股不是关键，问题是不是所有人都觉得这是一只潜力股，这才是关键。”袁得鱼挠了挠头说，“现在投机成风，假消息一个接着一个，就算我们知道它是潜力股，也未必会有人跟着我们买单，而我们肯定也不想等个半年才实现收益。我听一些大户说，国外的书说到什么价值投资，虽然有点儿道理，但我觉得时下并不可行。目前政策多变，投机成风，法制不健全，国外的这种风险要低得多，对我们而言，时间是最大的风险，所以我们的习惯是落袋为安。”

常凡也忍不住插嘴说：“申强高速随时可能发布公告宣布这个利好，毕竟，这个政府项目已经提上议程。”

“我以前是送外卖的，我们餐馆有很多老客户，他们要吃什么，就打个电话给我们。打过电话，算是个口头订单，而且他们又是老客户，我们也信任他们。但送过去的时候，我还是会遇到客户不认账的情况。有时我送到，客户已经出门吃饭了，或者在吃其他餐馆的外卖，还理直气壮地说，‘我们打过电话吗’？”

“他说的是中国的契约成本。”杨帷幄对常凡说，又转头问袁得鱼，“那一般遇到这种事，你会怎么办呢？”

“没有办法，我就请朋友吃，算是我自己的。”袁得鱼耸耸肩，“请别人吃饭，我很开心，老板也开心，开心就让我送更多的外卖，钱很快就又赚回来了，我心情也会很好。”

“那你说申强高速如何让人跟盘呢？散户线是往下走了。”常凡认真地说。

“他们会骗人，我们也会骗人。俗话说，‘无毒不丈夫’。”袁得鱼眨了眨眼睛说，“我不想知道他们到底是什么目的，对于我来说，他们的目的不是关键，我只关心关键的问题。只要我们能快速赚到钱，落袋为安，大家都跟着我们做，我们就成功了。”

杨帷幄点点头，心里想，这小子倒是有股邪气，这与正直、保守的常凡迥然不同。杨帷幄对袁得鱼的为人，心中基本有了数，便道：“你先回去吧。”

袁得鱼也不觉得突然，便起身告辞了。

杨帷幄打开桌上的《孙子兵法》翻到《九变篇》，轻声读了起来："途有所不由，军有所不击，城有所不攻，地有所不争，君命有所不受。"

袁得鱼的判断与自己对大势的预想差不多，他甚至很喜欢袁得鱼的反面回答。如果要正面论述市场，不是三言两语就可以讲清的。多数年轻人看到现在这种异军突起的反弹行情，会跟着疯狂，甚至一些经验老到的人，也会尝试着小博一把，下注赌个反弹。他没想到，袁得鱼如此年轻，就选择了如此决绝的"休息战略"。

坐在营业大厅的袁得鱼觉得肚子很饿，但是他口袋里只有 50 多元钱了。他想了想，便加入了"斗地主"的队伍。

袁得鱼打牌时总爱上蹿下跳，还大呼小叫，引来不少人围观。

输了，袁得鱼就两只手臂向上一伸，顺势往椅子上一靠，一副懊丧的表情："哎呀呀，抢钱啊。"

与他打牌的几个老人听得直乐。

袁得鱼摸了一下口袋，只剩 10 元钱了。他立马坐正，挺了挺背，然后看也不看牌，就把钱扔了出去，说："这底牌我要了，输了就输了，就当是最后一把吧。"

老头儿相视而笑，纷纷抛下重注，平均都押了 50 多元。

没想到，这把袁得鱼赢了。

袁得鱼激动地跳了起来："哎呀呀，绝处逢生啊！"

老头儿们输得很不服气，拖着袁得鱼还要赌，袁得鱼马上摆摆手说："算了算了，上一把运气太好，我好不容易赢一次钱，'大哥们'就放了我吧。"他的表情也马上变得可怜起来。

老头儿们看他傻乎乎的，故意说道："运气好的话，说不定一路好哦，再跟我们玩一把。对，都押下去。"

袁得鱼把钱放下去，然后又拿起来，说："你们不要骗我，你说的，我运气会很好吧？"

"会的，会的。"一个老头儿说道，心里却想，这个傻小子，你运气好，还跟你玩什么。

袁得鱼对这个没有逻辑的说法似乎很满意，又将钱放了下去。

围观的人都在偷偷笑他。

这时，走来一个头发乱蓬蓬、衣衫褴褛、胡子拉碴的人。与大多数人的表情不太一样，他一边掏着耳朵，一边出神地盯着袁得鱼看。

很多人都认识这个“疯子”，他是海元证券一个行踪诡秘的大户。

在海元证券二楼，有一间大户室经常房门紧闭。尽管这个大户的交易量很大，足以换一间敞亮的大户室，但他似乎只对这间位于角落的大户室情有独钟。

这个大户一般也很少出现在营业大厅，人们看到他的时候，他常戴着墨镜、胡子拉碴、头发凌乱、穿着蹩脚的西装。很少有工作人员与他交往，他就像一个独来独往的独行侠。

“哇，我怎么运气真的这么好！”袁得鱼又赢了一把，激动得都快哭了，“‘大哥’，真的好感谢你啊。”他作势要亲刚才那个坚持让他把钱放下的老头儿，老头儿嫌弃地推开了他。

“这死小子，真的走运了。”旁观者也评论道。

“对了，我刚才是不是应该先打‘王’？”袁得鱼虽然赢了，但完全摸不着头脑。

“神经病，你打‘王’，我这里有个‘怪’，你不就输掉了。”老头儿说道。老头儿疑惑地看着袁得鱼，很想跟这个牌艺不精的小子再玩一轮。

那个形似疯子、神情诡异的大户笑了一下，走开了。

两天后，大盘经历了100点左右的小反转后回转直下，凡是新近入市的进场者无不被套。

大约一周之后，正在营业大厅与人打牌的袁得鱼被海元证券的工作人员一把抓住：“总算找到你了！老板问，你怎么还不来上班?”

袁得鱼听到消息之后，高兴地跑到大马路上蹦得老高。

袁得鱼马上跟着他跑到总经理办公室，只见杨帷幄一副完全没有距离感的样子，唤他过去，对他小声吩咐了一番。

杨帷幄是想让袁得鱼再摸一下江东机场落户的路子，他希望找到更确切的理由。

袁得鱼没想到一来就接到一个奇怪的任务，点点头，很快就出了门。

常凡看杨帷幄目送袁得鱼出门，有些诧异，不由得开口道："杨总，我觉得你对这小子真是煞费苦心，你只想让他求证一条消息？"

在这个圈里，求证消息有很多种方法，一是直接找上市公司求证，这个方法看来最靠谱，也最不靠谱，因为如果没有交情，它是不会将真实信息透露给你的，反而可能误导你。二是找公开数据，如财务报表、交易所公告，还有交易数据等，这个要求有实战经验，不然你无法站在公司管理层的角度找出内在逻辑。三是靠资源，因为一家公司不管是做项目，还是被牵涉进什么案子，肯定会有第三方参与，如资产评估公司、律师事务所，或政府的审查机构，毕竟没有不透风的墙，这些第三方也早早形成了自己的产业链。但不混几年，谁也建立不起这样的人脉。

"我们分析出申强高速最终会获得这个项目，是综合运用了好几个方法，你指望这小子用什么方法呢？"常凡接着说。

"我不知道，但我有种直觉，他还会有其他路数，而且那个路数也会让他得到正确答案。"杨帷幄肯定地说道。这几年来，杨帷幄也算是阅人无数，他觉得这小子身上有股势不可当的灵气，这是其他人所没有的。

常凡点点头："我也有同感。"

看到袁得鱼从大门出去，营业大厅里还有几个老头儿在唠叨："这下没有那么好的牌搭子了。那小子总是输得多，赢得少。"其中一位老头儿心血来潮，想算一下这两周赢的牌钱，发现钱都被袁得鱼前天那次好运赢了去，甚至还小赔了一笔。对这个结果，他有点儿丈二和尚摸不着头脑。

二

得到工作的袁得鱼为了犒劳自己，在路口买了一个烧饼，大啃起来。这时，袁得鱼感觉后背被人拍了一下，他转过身一看，发现是一个穿得破破烂烂的疯子。这个疯子眼睛直勾勾地盯着他的烧饼看，袁得鱼只好把烧饼掰给他一点儿。

疯子啃了一口，随即把烧饼扔了。

袁得鱼觉得疯子很奇怪，就想走开。

“小阿弟！”疯子开口了，声如洪钟，倒是把袁得鱼吓了一跳。

袁得鱼转过身，问道：“你是在跟我说话吗？”

疯子点点头。

袁得鱼发现，他好像就是在营业大厅里出现过的疯子，便说道：“大哥，你刚才是不是一直跟着我？不过我也不是什么有钱人，指不定过两天我就要跟着你混。”

疯子哈哈一笑：“你刚才只是扫了我一眼，就认出了我是谁，真是好记性。兄弟，你长得有几分眼熟。”

袁得鱼挠挠头，想不出自己与这个疯子会有什么关系。正在发呆的当儿，疯子一下子跑开，消失得无影无踪了。

袁得鱼有些莫名其妙，想到自己还有任务在身，好像又无从着手，心想，索性就去几块地皮现场碰碰运气吧。

由于是综合性公司，申强高速从外观上看像一个很大的工业园区。而它在距离其大本营三公里的地方，刚刚新开发了中央商务区。

袁得鱼来到商务楼门口，却被两个门卫赶了出来，碰了一鼻子灰。

他只好又跑回公司园区，这里也戒备森严，门卫比中央商务区的还健硕。

“大哥，我是来租办公地的。”袁得鱼临时编了个理由。

“看你这样子！”门卫一脸轻蔑。

袁得鱼颇有些无奈，只好在园区里转了起来，看到有一道后门，便偷偷溜了进去。没想到路过办公区的时候，正好被人看到，对方马上让门卫把他赶了出去。

这时候，正好有一拨人走进公司园区。

“他们怎么进来了？”袁得鱼纳闷地看着那拨人。

“哦，那是泰达证券的人，人家有介绍信，来交流工作。你看这个。”经门卫指点，袁得鱼看到申强高速公司园区门口还竖着一块牌子，上写：“欢迎泰达证券莅临指导”。

“刚才我怎么没看见这牌子？”

“人到了，我们才拿出来的，就为了防止你这种人。”门卫振振有词。

“其实我也是证券公司的。”

“那你有介绍信吗？”门卫说，“他们这是来做调研，你呢？”

“什么是调研？”袁得鱼有些丈二和尚摸不着头脑。

“你连这个都不知道，就说自己是证券公司的？”门卫嘲笑道。

袁得鱼不知道，从20世纪90年代后期开始，其他公司对上市公司的调研就已很普遍。这是金融黄埔军校“五道口”从海外引进的一种了解上市公司价值的方式。

最早的时候，很多上市公司鲜有人登门造访。袁观潮将这股风潮带动了起来，他成立研究部的目的就是想引进调研，这是了解上市公司的最好方式，只是后来调研慢慢成了一种变相的内幕交易。

正在这时，袁得鱼听到门口有人在笑。他转过身，看到一个衣衫褴褛的男子，嘴巴上叼着一根狗尾巴草，看起来有点儿疯癫。

“有什么好笑的！”袁得鱼有些不高兴。

“我笑你无知。”疯子说完，转身就跑了。

袁得鱼这才想起他就是那个在交易大厅外遇到的疯子，他懒得搭理他，一心想混进去。他灵光一闪，心想，不如等到泰达证券的人出来，或许可以套到一点儿信息，自己也好坐享其成。

于是，袁得鱼拐进附近的一家面馆，养精蓄锐。没想到，疯子也在，正坐着吃面，看到他进来，乐呵呵地朝他笑。

过了一个多小时，泰达证券的人才出来，嘴里骂骂咧咧的，似乎也没获得什么有价值的信息。袁得鱼开始怀疑起来，泰达证券已经进货另一家上市公司股票，怎么还有兴致对申强高速进行调研？

袁得鱼刚想上前，就被疯子拉住。疯子轻声说："跟我来。"

袁得鱼将信将疑地跟着疯子，觉得这个疯子很亲切，好像对自己并没有敌意。再说，他相信自己的应变能力，也不怕疯子会把自己怎么样。

疯子仿佛运动高手般不停地往前跑，袁得鱼紧随其后，累得气喘吁吁。疯子跑到一个地方突然停了下来，袁得鱼认出正是他刚才来过的中央商务区。这个商务区由一家五星级酒店、一家商场与一栋写字楼组成。由于还没竣工，商务区没有对外开放。

疯子趁门卫不注意，娴熟地翻过了伸缩钢门，袁得鱼也跟着翻了进去。

疯子很快就跑到了商场，上了顶楼。袁得鱼跟随他来到商场顶楼的平台。"你看！"疯子有些得意地说。

袁得鱼环视四周，并没有发现什么。

疯子摇摇头，爬上一架梯子，接着从一扇玻璃窗翻身进入商务楼。进入商务楼后，他们坐电梯到了15楼。

15楼是样板房，袁得鱼跟着疯子来到了南面的一个房间。疯子向窗外一指，袁得鱼顿时惊呆了——这不就是他刚刚到达的商场屋顶吗？屋顶居然是一个"A"的标志，而那个大项目的名称简写正好是"A"！毋庸置疑，这个标志就代表着那个项目。

"天哪！这是不是意味着，这个项目注定是申强高速的？"

"他们这个商务区的图纸是八个月之前设计的，与项目对外招标的时间正好相隔一周。有时候，你不需要认识任何人，靠自己的观察与分析，就可以知道答案。"疯子坐在一把椅子上，跷着二郎腿说。

“谢谢你。”袁得鱼知道遇到高手了，“你怎么知道我在寻找这个？”

“我已经跟踪你很久了。”疯子点了根烟，“而且，杨帷幄肚子里有几条蛔虫我怎么会不知道？”

“难道你是……”袁得鱼盯着疯子看了一会儿，发现他神情涣散，疯疯癫癫，脸的大部分都被凌乱的头发遮住了，但透过头发，他发现这眉眼竟然有些眼熟，他恍然大悟，“你……你是……魏……”

“对，我就是魏天行。”疯子点点头。他的神志也好像恢复了正常，露出整齐的牙齿，开心地笑了起来，“调研是我的老本行。”

“对啊，你原来可是海元证券的投资总监兼研究主管。”

“当年我们出来调研的时候，很多上市公司把我们当作贵宾，还专门开车接送我们，请我们吃饭，现在它们恨不得向调研的人拿钱，知道他们都是玩票的。调研的人也经常不择手段。记得以前，市场的调研氛围还是相当正的。”魏天行回忆道。

“魏叔，这几年你在哪里？为什么穿得这么破破烂烂的？”袁得鱼好奇地问道。

“我嘛，四处游荡。”魏天行答道。

三

杨帷幄一直在办公室等着，过了很久，电话响了起来：“杨总，我是袁得鱼，我刚跑到川沙去了，还撞到了泰达证券的人。”

“他们去那里做什么？”杨帷幄一头雾水。

“他们好像并没有得到什么，但我获得了一个重要信息，那个大项目应当是申强高速的。”袁得鱼将自己的发现娓娓道来。

“既然如此，为什么唐子风那么早就撤了？”杨帷幄想不明白，“对了，你说它的研究员并没有什么收获，难道唐子风真的搞错了？”

杨帷幄放下电话，转身对常凡说："你猜那小子用了什么办法？他刚才告诉我说，他翻墙进了申强高速投资的商务区，在人家商务楼楼顶看到了商场上方有个A形的标志。"

"'A'不是那个大项目的标志吗？"常凡惊讶道。

"是啊，这个方法是不是很独到？整个市场关注的江东机场花落谁家的问题，就这么容易地解决了。"杨帷幄赞许道。

"是有点儿独到，但是不是不可持续？你总不能指望所有上市公司都搞个建筑标志走漏风声。"常凡笑道。

"常凡，这个看起来似乎没有必然性，实则很接近现代刑侦技术中的痕迹学。"杨帷幄娓娓道来，"痕迹学的理论基础是，你做任何事情都必然会留下痕迹，就连一滴水蒸发，也会留下痕迹。在美国，有个很知名的华人神探叫李昌钰，他当时就用痕迹学知识破了一起罕见的杀人案。当时，有个凶手将尸体拖到海边，用绞肉机将尸体绞成细丝，并抛入了大海。凶手本来以为，这样做就会神不知鬼不觉，执法机关更无法举证。然而，李昌钰侦探根据痕迹学，用细密的网仔细地过滤海水，硬是把尸体找到了，这让凶手都吃惊不已。"

常凡盯着杨帷幄的眼睛看了一会儿，说道："杨总，我有个猜测，不知道是否方便说？"

"你说。"

"我怎么觉得，这个方法那么熟？你有没有想起一个人？"常凡说道。

"魏天行？"他们异口同声地说道。

杨帷幄哈哈大笑起来："是啊，我也觉得这小子就像魏天行的灵魂附体。"

"魏天行不是失踪了吗？难道是我们的错觉？说实话，他不仅是个理论高手，在技术上也堪称一流，如果他复出，我倒愿意跟他再赛一场。"

"原来你现在还惦记着那年的比赛。"杨帷幄说的是中国首届实盘炒股大赛，"要不是那场大赛，你也不会被我'招至麾下'。"

常凡点头称是，随即分析说："不过，关键是目前袁得鱼也确定了这个申强高速会有些作为，难道是唐子风真的搞错了？"

"我倒不这么想，既然是块好地皮，而且市场上至少一半人还不知道，可能与那个董事长不在佑海有关，你上次是不是也没联系上他？"

"对，听说是出国了。这么说来，申强高速岂不是更志在必得？我看现在就是入主的最好机会，再等下去恐怕就来不及了，要不要再战？"常凡跃跃欲试。

"关键看怎么切入了。"正思忖着，杨帷幄忽然接到一个电话。

电话那头的声音比较急促，尽管对方故意舒缓语气，但还是难掩焦虑："杨总，很冒昧打扰您，我是申强高速的吴新，请问您今晚有空吗？我有个十分重要的事情想与您商量。"

杨帷幄一听是申强高速的人，顿时警觉起来："啊，原来是吴董事长，很久没见了。慢慢说，有什么急事？"

吴新在电话那头叹了口气："实不相瞒，前一天我还在美国度假，秘书告诉我，我们公司昨天一早就被举牌。我今天匆匆赶到办公室，发现是我原来的副手勾结了一家公司，他已经密谋了很久，就是想把我挤走。我看过了，他们的资金马上就要接近第一大股东的上限，这个我想你可能也听说了。我知道整个佑海就数你们资金实力最雄厚，特意过来问问你有没有什么办法。"

没想到这家老牌儿的本地上市公司居然会出现这样的内讧。"办法？你是说……"杨帷幄进一步问道。

"虽然申强高速是全流通股，但在公司上市之前，我个人就以低于市场50%的价格认购了3%左右，也就是160多万股。目前，公司总股本是8 000万股，公司的第一大股东是申强高速，第二大股东是申强资产。其实申强资产原先是申强高速的子公司，为了财务独立核算才单独运作的，没想到竟然养虎成患。现在，申强资产作为独立机构，勾结其他外援，已经向我下达了并购书。我跟他们推说要考虑一下，然后就想到了你们，你们是我最后一根救命稻草。因为你们本身就是申强高速的第三大机构股东，持有3%的股份。如果我们同心协力，绝对可以制服他们！”

杨帷幄想了想说：“听起来确实不错，但是，你的意思是让我把申强高速的股份都倒仓到你们母公司的名下吗？”

“对我而言，与其让背叛我的人控制，不如让一个我信任的盟友控制。我愿意出让自己的股份，支持你们做第一大股东，以你们目前的资金实力也并非难事。而申强高速的股份，我将用协议转让的形式，以20%的折扣打包给你们，如果你们嫌协议转让太慢，我们可以大宗交易。我只有一个条件，你们要保住我董事会主席的位置。”多年资本市场打拼的经验让杨帷幄很快就意识到，这是个比江东机场项目更加千载难逢的机会。

“话说，江东机场项目是不是早就是你们的？”杨帷幄想验证自己的判断。

“我完全不知，这些都是底下人在操作。”吴新有点儿窘迫地说。

杨帷幄冷笑了一下，遇上吴新这样昏庸无能的董事长，心想不知是祸是福：“我明白了，你先让我考虑一下。要不一个小时后你再给我电话？”

“好的。”吴新匆匆挂了电话。

作为一个大型金融机构的老总，杨帷幄时常会碰到很有诱惑力的机会。有时候是未上市公司的股权投资，就算一个月后就要上市，也照样能以低于市场价40%的价格买到。不管是新上市公司还是新基金的首次公开发行，对于参与认购的资金，都有不菲的返佣。这种帮忙性质的资金其实也只是走个过场，并不需要承担太大风险，也不可能有太高的回报。当然，在杨帷幄的心中，当下最好的投资对象就是转配股，然而，这也有一些赌博的性质，就如同后来的法人股与定向增发一样。不过，像目前这个对方拱手相让的上市公司项目，不用通过借壳等复杂流程，真的是百年难得一遇。

这家公司的股本结构杨帷幄此前也研究过，是佑海“老八股”中唯一一家全流通股。众多机构之所以没有办法绝对控股，是因为第一大股东申强高速以26%的股份额稳如泰山，除了前三大控股机构，其他股本均十分分散。如果出现其他机构对公司股权造成威胁，那就意味着前三大股东中有人将股份故意稀释了出来，这与吴新说的是吻合的。

杨帷幄迅速查找了股东的资料，敏锐地发现，申强资产的总经理曾是董事会成员，原先是申强高速的副总。杨帷幄料想此人应该是吴新说的副手，这也就意味着，该副手以申强资产为基础，勾结其他机构意图达到反收购母公司的目的。

他看了一下举牌的信息，发现与申强资产勾结的机构名不见经传，叫凯强资产，乍看上去与申强资产像对兄弟。从举牌来看，凯强资产达到了首次举牌的5%的股份上限，若申强资产与之联手，将股份完全协议转让，总持股量将达到11%，直逼第一大股东的控股上限。

难怪这几天申强高速的走势“风起云涌”。若不是因为这个电话，他可能还以为那个举牌只是常规的十大股东座次替换，恐怕就会错过这出绝妙的资产好戏了。

杨帷幄大致估算了二级市场的收购成本，目前自己持有该公司3.2%的股份，要联手申强高速成为第一大股东，至少得先吃下申强资产的股份，再加上吴新个人转让的股份，可以实现一定的控盘，与对手角力的时候，也必须随时掌控5%的举牌空间，争取将股份达到26%。如果按目前市场价的9.2元进行收购，以股本8 000万股计算，要达到绝对控股，至少要准备2亿元的现金。

这显然给杨帷幄出了道难题。

如果不是因为要进行另一个项目，这笔资金对于海元证券来说是小菜一碟，但很巧的是，杨帷幄手上另一个项目的资金量也刚好是2亿元，目前公司的现金存余才1.5亿元。若能想办法成功压低股价，就有希望将两个项目都收于囊中，而他有勇气铤而走险。

实现对上市公司的绝对控股，是杨帷幄长期以来的梦想——他另一个项目也正是朝这个目标在做。

他希望能与吴新再好好谈谈。

吴新的电话准时打了过来："想好了吗？我和我们几位董事还是觉得，你们海元证券是最合适的。"

"我们今晚 6 点东湖路东湖宾馆见面吧。"杨帷幄胸有成竹地说。

"好的，不见不散！"对方的声音听起来似乎有点儿激动。

四

晚上 6 点，吴新与杨帷幄在佑海东湖路准时见面。

东湖路原名杜美路，是佑海的一条风情街，这里的 17 号曾是比利时领事馆，70 号曾是一位大军官后代的公馆，也是他们约定吃饭的东湖宾馆。

杨帷幄喝了一口茶，显得十分淡然。

他看了一眼吴新，觉察出了一些什么："吴总，您 40 多岁吧？什么时候担任申强高速董事长的？"

"我 30 多岁就已经是公司的一把手。实不相瞒，我爸最早在相关部门担任要职，不过，他前几年已经退休了。"

"不错，年轻有为啊。"杨帷幄早就猜到此人应该有点儿背景，果不其然。

"真的很感谢你。我这两天都没睡好，前两天还在度假，没想到公司居然出了这档子事，我听秘书一说就马上回来了。"吴新强作镇定地点燃一根烟，"我今天上午就问他们，掌控凯强资产的究竟是什么人，无论如何都要先考察一下。于是，我亲自去凯强资产摸了一下情况，没想到他们急着向我摊牌，直接在我面前摆出了他们事先已经拟好的几份文件，而且有一半董事都已经在上面签了字。这不是倒戈吗？气死我了！"

"不过，你说的这些，市场上目前并不清楚，只知道凯强资产可能对你们进行收购。"杨帷幄不慌不忙地说。

"杨总，我知道你是玩资本的，与我这种只会做实业的人不太一样。一般而言，如果要反收购，都有什么办法？”吴新耐心请教。

杨帷幄想了一会儿，说：“有很多方法，国际上一般较多采用的是‘毒丸法’，就是用增资扩股的方法迅速稀释股权，以此分散对方的持股比例。还有一种就是进行反收购，说穿了就是‘声东击西’，你们公司旗下应该有很多现金吧？立即调动资金围攻几只小股票，把水搅浑，分散凯强的注意力，进则可实现对被攻击股票的控制，退则可获得一笔反收购资金。”

“杨总，你不愧是佑海第一高手，说出来的办法都那么独特。那你觉得按我现在的处境该怎么做呢？”吴新顿时觉得自己找对了人。

“尽管这些办法在很多时候都是行之有效的，但恕我直言，现在的情况毕竟不同于一般的外界恶意收购，而是一起内讧事件。我刚才说的两个办法都需要管理层对股权充分地控制。”杨帷幄继续说，“你之前跟我说的办法，的确是目前击退他们的唯一办法。”

“嗯。”吴新手指颤抖了一下，内心像是在进行艰难的挣扎，“是啊，我一直希望你们也能同样看好申强高速，在我们困难的时候，支持我们公司。最重要的是，我们也欢迎你们长期入主申强高速。”

杨帷幄点点头：“吴总，我们很了解目前申强高速的处境，关键是我们更看好公司的发展和未来。只要你吴总开口，需要我们加入，我们今后也会将好的优质项目引入申强高速，保证使申强高速成为中国最好的上市公司。”

“有个事情想直接问一下，以后董事会你们会进入多少人？希望担任什么职务？”吴新有些小心翼翼，这是他的谈判底线。

杨帷幄自然知道他的心思，爽快地说：“治理公司最擅长的还是你们，我们的目的不是来改变你们的经营。海元证券并不是什么实业集团，我只是一个投资者，我最大的心愿就是股票能赚钱。你也看到了，我们海元证券在投资方面是很有实力的。”

吴新满意地点头称是，开始进入正式议题。

杨帷幄心想，收购一家上市公司是他长期以来一直酝酿的事。

而收购上市公司对他的好处不言而喻：一方面，可以借此在二级市场赚钱；另一方面，也可以在不远的将来打造他的伯克希尔 - 哈撒韦［Berkshire Hathaway，由巴菲特（Buffett）创建］帝国。他从来没有觉得自己与这个梦想如此接近过，一种久违的兴奋漫过眉梢。

杨帷幄是一名优秀的谈判者，此前他经常作为第三方，介入僵持的谈判，而且只要他一介入，谈判就会顺利进行下去。杨帷幄曾总结过，成功的原因在于他舍得放弃眼前利益，毕竟达成项目才能获得最大的利益，机会日后总是会有的。这一风格，让他初期的资本积累顺风顺水。

接下来，杨帷幄与吴新就公司的一些情况商讨起合作细节来。在这个过程中，杨帷幄好不容易抓住了几个异常重要的信息。接近晚上 11 点半的时候，两人都松了一口气。

杨帷幄知道时不可待，他们效率奇高地秘密签订了一份协议。

当天晚上，杨帷幄就给自己的得意门生常凡交代了任务，常凡被吓了一跳。

“杨总，这是不是太冒险了？”常凡不由得问道。他对公司可以动用的资金了如指掌，粗略地估算了一下操盘成本，就算铤而走险，打足客户保证金，凭借目前的这些资金量都未必能够得心应手地操作。

“常凡，我在资本市场这些年，发现一个规律——‘撑死胆大的，饿死胆小的’。这是现在行走江湖的一条颠扑不破的真理，你想想我们这几年的扩张之路就知道了。”

五

“爸爸，我们的人跟踪到吴新与杨帷幄碰头了，还看到两人私下签了一份协议。”晚上，唐烨打了电话，直接告诉唐子风，“爸爸，你真是料事如神。要说吴新去找杨帷幄，我想很多人都能猜出来，但是杨帷幄在那么快的时间内就有兴趣而且还答应了，就只有你很肯定。”

作为基金经理的唐烨，也在时刻关注着申强高速的进驻时机。换句话说，既然有这么多资源，做一把“老鼠仓”是水到渠成的事，任何人都会这么做。

唐子风哈哈大笑，说：“不是我料事如神，是杨帷幄自己告诉我的。”

“杨帷幄告诉你的？怎么可能？”唐烨自然知道杨帷幄是父亲的死对头，他很快就意识到父亲是话中有话，“赶快说说，你怎么猜出来的？”

“一年前，杨帷幄在海元证券的内刊上，发表了一篇长约一万字的论文——《论中国证券公司的伯克希尔－哈撒韦战略》。有人说巴菲特不是二级市场高手，是股权投资家。因为他不仅买卖一家公司的股票，还参与这家公司投资的决策。我不知道杨帷幄的真实想法是什么，究竟是想更好地控制股价还是实现伯克希尔－哈撒韦战略，但至少，控制一家上市公司是杨帷幄长期以来的梦想，机会就在眼前，对他的吸引力是毋庸置疑的。”

“伯克希尔－哈撒韦，有点儿意思。爸爸，你连他们的内刊都看，真有你的。”

“要战胜对手，必须知己知彼。”唐子风停顿片刻，继续分析说，“接下来，就是判断他是否会铤而走险。这一开始对我来说确实是个难题，因为大部分人都以为海元证券资金充裕，但我知道，杨帷幄私底下还在搞一个项目，我初步估计，这个项目至少占据了他 2 亿元资金。也就是说，如果他要控股申强高速，就必须再拿出 2 亿元资金，这样一来，海元证券的资金链就随时都会断裂，也就命悬一线了。”

“那他为什么还敢铤而走险？”

“我研究过杨帷幄的发展路线，发现他做成的每个大项目都是铤而走险的。你看他最早依靠‘老八股’发家，获得了第一桶金。后来他恶炒小盘股爱新股份，炒到 3 倍时，很多人都劝他收手，但他还是继续炒。这个时候，正好海元证券出现空当，他最后入主海元证券，一下子把爱新股份炒到了11倍。”

“爸爸，他当时完全就是无名小卒，谁会知道他能在爱新股份上赚那么多钱。本来海元证券应该是你的，谁都没想到标书上他只比你多100万元。”

“一个人成功，你不能只说他运气特别好，肯定还有别的因素。”唐子风心平气和地说，“佑海原本有那么多证券公司，这么多年也死伤无数，也就数他的海元证券发展速度最快。在中国资本市场初期，就是撑死胆大的，饿死胆小的，这就是必然规律。”

“爸爸，杨帷幄炒‘老八股’的时候，正好是1992年的大牛市。他炒爱新股份的时候，也正好是小盘股炒翻天的时候。若放到像现在这样的平衡市，他怎么可能还屡屡得手。”

“人一般总是有成功的思维惯性。总之，杨帷幄的性格决定了他还是会铤而走险。”唐子风笑着说。他心想，这就叫请君入瓮，接下来的事情，就由不得杨帷幄了。

“爸爸，这次较量，你怎么可能不赢呢！”唐烨由衷地感叹道。

“对了，阿煜在楼上吗？”唐子风问道。

唐烨挠挠头：“他好像出去了。”

正在这时，唐煜推门而入。

他看到唐烨在沙发上正襟危坐，就预感到有重要的事情发生了。

果然，唐烨直接就说：“杨帷幄同意合作了。”

“哇！”唐煜一下子蹦了起来，他觉得自己一展身手的时候到了。

唐子风最喜欢的就是这个小儿子，唐煜聪明、单纯，有韧性。

唐煜表现出一副跃跃欲试的样子：“爸爸，我们现在第一步就是抬高申强高速的股价吧？我有的是办法。只是我也发现，在中国做股票真的好麻烦，我在国外主要是用各种方法衡量上市公司本身的价值，你们还要找那么多因素与市场呼应。中国的操盘手简直都是通才，政策、数学、法律、心理学等都要懂，还要避开行政监管，我真佩服中国的操盘手。”

“唐煜，你能这么想，说明你已经开始适应国情了，爸爸相信你。”

“好的，你就等着看我导演的好戏吧！”唐煜兴奋地说。

唐煜上楼时，唐子风向唐焕使了个眼色，他自己的人马也要同步行动了。

六

在与魏天行重逢之前，忘记一切应是袁得鱼最想做的事。

魏天行对父亲的感情，也非三言两语可以说得清道得明的。毕竟，魏天行曾是爸爸在海元证券的得力干将，他也曾有过一段不堪回首的痛苦往事。袁得鱼知道，父亲袁观潮对魏天行有知遇之恩。在此之前，魏天行一直干苦力活，在海元证券周围扫马路。

早起工作的袁观潮撞到一大早就在扫地的魏天行也是常事。

魏天行是个孝子，母亲久病过世之后，他没有钱安葬母亲，在找过所有可以帮助他的人未果之后，突然想到了待人谦和的袁观潮。

袁观潮得知此事后，很爽快地拿出了一笔安葬费。魏天行表示愿意在营业大厅负责清洁工作，以此偿还欠款。尽管袁观潮将安葬费的借据当着魏天行的面直接撕掉了，但魏天行还是坚持要在营业大厅扫地。等到20世纪90年代后期，电脑与网络已普及，魏天行便做了网管。魏天行到海元证券的时间是1992年，那年他29岁。

他原本对股票一窍不通，但久而久之便知道了是怎么一回事。他经常向工作人员请教，慢慢形成了自己的一套心得。后来，他便常常给营业大厅的一些散户提意见，而且大部分都说得很准，渐渐地他就有了名气。

袁观潮知道后，就鼓励他转型做证券经纪人，让他辅导散户开户并普及普通股票的知识。从此，魏天行摆脱了苦力活，穿上了西装。

也许是因为长期干苦力活的原因，魏天行的身体特别好。一般同事不想出差时，常会让他代劳。海元证券建立之初，也与很多券商一样，经常利用差价，在全国各地收购国库券。有一次，他把从湖北采购来的30万元国库券搬上了火车，在当时，30万元绝对不是一个小数目。他站了一晚的岗，一个小盹都没打。国库券的事情令袁观潮对魏天行这名部下更加喜爱。

袁观潮还发现，魏天行的优势不止于此，他对很多事情的细节有种异乎寻常的敏感。

一次，袁观潮带着魏天行去拜访一家制造公司，这家公司正在寻求上市。回来后，魏天行对袁观潮说："袁总，那老板好像在吹牛。"

袁观潮问其原因，魏天行说："他说自己的产品没有受到市场影响，工厂一直在马不停蹄地加工产品，但是刚才我路过厂房走廊的时候，看到了厂房的电表，电表是今年3月统一更新的。电表上的数字是2 405，现在是6月，一般一条这样的生产线用电量是每天20度，可以推测，这三个月以来，不可能三条生产线一直都在工作。"

袁观潮听得很诧异。他自己也推测到，该公司的生产量并不够，而且财务报表上也隐瞒了公司的销售量，没想到魏天行会通过这个方法找到答案。

"魏天行，你很适合做金牌研究员，你应该去研究上市公司。现在投机风盛行，事实上，我们应该了解的是上市公司本身的价值。"袁观潮一直以来都想成立一个研究部门，国内都是以技术派为主，所以，成立研究部门一直在袁观潮的考虑范围之内。

魏天行将袁观潮送给他的选股投资方面的书翻了又翻，他的学习能力很强。有一天，他很高兴地对袁观潮说："之前，我自己炒股，但一直发愁没有方向，不知道股票什么时候会涨，什么时候会跌。明明一家很好的公司，但它的股票可能就是滞涨股。但现在我知道了，股票是可以研究的，因为它有个基本的价值区间。这个准则对有些股票可能并不适用，但对于大部分股票是有意义的。"

尽管当时投机风盛行，但魏天行已经潜心于价值投资的研究。

那时，袁观潮经常依靠魏天行对上市公司的判断，决定自己的资产配置。

魏天行很快成为研究部总经理。很多人看他没念过大学，之前还是个清洁工，很是不服。但由于袁观潮的坚持，以及魏天行后来展现的才华，争议声也渐渐少了。

魏天行很怀念当时与袁观潮一起讨论工作的日子。那时，他经常去袁观潮家，总会带一些好吃的给袁得鱼，袁得鱼当时与他关系很是亲密。他们一起看足球，一起玩电子游戏，当然，还会对少年袁得鱼进行关于女人的启蒙教育。

袁得鱼完全没有想到自己会在这里遇到魏天行，他更没有想到，曾经一起嬉闹的精干魏叔叔，竟然变成了这般模样。

魏天行也感叹，才几年，袁得鱼已经长成一个大小伙子了。他回忆起袁得鱼从小就对股票有一种天生的兴趣，慢慢说道："你还记得吗？你第一次买股票是 11 岁那年，用的还是我的账户。当时，你跪在椅子上写了你的买单，还是我抱着你递上柜台的。你买的第一只股票叫金牛石化，第一次买了 200 股，买后就很紧张，第二天就问我要不要抛。"

袁得鱼当然记得这些，魏天行的这番回忆，使他心里有些感动，当时自己那种对股票痴迷般的热爱一下涌上心头。"你还记得吗？你最喜欢看的是《佑海证券报》，你还收藏当时在街上分发的所有《股票内参》，叠放在自己的椅子下面。那报纸才四个版，时间一长，居然堆了一米多高，现在想来还是非法刊物。还有一次，你买了包糖炒栗子给你爸爸，其实当时你也没吃东西，肚子很饿，但一看到报价显示器，就望出了神。"

袁得鱼终于忍不住了，这几年的隐忍，失去亲人的痛楚，当下的忍辱负重，各种情绪交织在一起，他一改顽劣模样，一下子抱住了魏天行，仿佛一下子回到了毫无掩饰的童年，泪水夺眶而出："魏叔叔……"魏天行娴熟地抓了一下头上的虱子，说道："我一直待在海元证券，看着很多熟悉的人离开，他们都没能把我认出来。"

袁得鱼点点头，他想起当年魏天行曾在父亲的葬礼上大呼冤枉，佑海的主要券商为此都对魏天行进行了封杀，甚至还有黑道中人口口声声说要做掉魏天行。让人万万没有想到的是，最危险的地方也是最安全的地方，魏天行居然一直待在海元证券。

袁得鱼一直盯着魏天行看，希望能从魏天行的表情中，看出他与以前的相似之处。一分钟不到，他就找到了答案。

“得鱼，你有女朋友了吗？”

“还没。”

“赶快找一个。相信叔，天下最好的东西就是女人。”魏天行舔了一下嘴唇说道。

魏天行听到袁得鱼说居无定所，就拍拍胸脯说：“你算是找对人了，吃的我不敢保证，住宿嘛，我真的有的是地方。”

袁得鱼将信将疑，跟着魏天行往前走。魏天行很快就在一个地方停了下来，说：“这里便是。”

袁得鱼左看右看，只看到一些沿街的商铺，没有可以住的房子。

“在这里。”魏天行用手一指。袁得鱼只看到半截破车露在铺子外面，而且沾满了油灰。魏天行直接走了进去，袁得鱼紧随其后。

进来之后，袁得鱼才发现里面别有洞天，家具一应俱全。

这个地方，一般人很难想象会有人住在里面——那是距离海元证券不远的一个废弃车库。这个车库不大，大概能容纳两辆汽车。车库虽小，但五脏俱全，所有的东西都被魏天行收拾得井井有条。门口这辆车是魏天行自己捡来改装的，是他心爱的坐骑。

袁得鱼看到，魏天行的床头还放着海元证券多年前的集体照，袁观潮站在中间，很是神气。还有一张照片是他与袁观潮的合影。

魏天行倒了一杯酒，敬了一下袁观潮。“潮哥，我今天遇见你儿子了。他看起来很机灵，是个聪明的孩子。”他抓起旁边的一个酒瓶，自己喝了一口，“不过，真正的大战马上就要开始了。”

“啊，这不是爸爸吗？”袁得鱼看到了酒瓶后的照片。

“嗯，这是我们在湖北抢国库券的时候拍的，你看你的嘴巴、鼻子，跟你爸爸长得一模一样。”魏天行又喝了一口酒，“想当初，你爸爸说要把海元证券做成中国的美林证券（Merrill Lynch），那时候，全国1/3的股票公司的招股说明书，都由我们经手。你爸爸很有远见卓识，当时，企业分析只在一些专业的投资公司才有，券商还是以技术分析为主，是你爸爸将这道程序引入了券商，后来券商纷纷模仿。他当时就知道，投资和企业分析是密不可分的。”

袁得鱼听魏天行说起父亲的事，觉得十分亲切。魏天行口中的一些事，袁得鱼依稀有印象，但从来没有像现在这么清晰过。

“袁得鱼，你要记住，你是袁观潮的儿子，你不是一个简单的人。”魏天行突然又像一个疯子一样，跳到了破旧的沙发上，好像在仔细聆听着什么，“嘘，轻一点儿，你有没有听到什么声音？就像波涛，慢慢涌向那栋白色大楼。”

“你是说海元证券吗？”

“你过来看。”魏天行突然抓住袁得鱼的手。他的手指冰凉，把袁得鱼吓了一跳。袁得鱼乖乖地站到沙发上。

他看到车库的里墙上，有一个后窗。袁得鱼疑惑地接过魏天行递过来的望远镜，发现后窗正好对着海元证券一楼的一扇窗户，透过窗户可以看到股票报价牌。他不由得乐了：“这里真是风水宝地啊！”

“你没看到风浪吗？”魏天行显得很生气，把袁得鱼从沙发上推了下去。

袁得鱼用力才得以迅速站稳。

袁得鱼突然想起什么，对魏天行说：“魏叔，当时你在我爸爸葬礼上，好像说另有隐情？”并随即拿起一杯酒迅速倒入嘴中，“爸爸去世后，我一度流浪街头，也听说了很多事情。”

“还没到时候，还没到时候……”魏天行喃喃地说着，仰起头，不知道在看什么。

“魏叔，这里可以上网吗？”原来袁得鱼发现了这个车库里的宝贝——一台电脑，他打开显示器开关，“太了不起了，你这里简直应有尽有。”

“嘘，轻点儿声，我从后面的居民楼偷偷接了一根网线。”

袁得鱼发现电脑本来就开着，他看到申强高速的分时走势图，猛然警觉起来，又打开一些技术分析指标反复观察：“这只股票很奇妙啊！魏叔，你怎么也在看这只股票？”

“好是好，但你现在最好不要碰。”

“为什么啊？你看这只股票量价配合得当，明显是一只潜伏了很久的高控盘股票，我打算扔点儿小钱在里面。或许，我面试时就应该告诉杨帷幄，申强高速这只股票可能藏着现在弱市下难得的一次以一搏十的机会。”

魏天行叹了一口气：“一切还不好说。”

“那你觉得这只股票明天会怎么走？如果你说对了，我就听你的话。”袁得鱼的言语中带着几分挑衅。

七

尽管开战在即，但唐煜这几天一直浑浑噩噩、心神不宁。一个女孩娇美的样子，在他脑海中一直挥之不去。

他一直以为自己是很理性的人，但他现在发现，这是因为之前他从未动过真情。

他也不明白邵小曼究竟哪里那么吸引自己，是因为她的美若天仙，还是那种冷若冰霜？总之，自己就是一见钟情了。

尽管父亲已经反复交代，他将是这场至关重要的大战中的总指挥、灵魂人物，但是，他渴望听到她银铃般的声音，渴望她的目光停留在自己身上，渴望握住她的纤纤玉手。

在海外长期生活的唐煜怎么可以忍受“压制”，如果不尽快表达自己的感情，注定会成为阻碍他事业进展的一个结。

他拨通了邵小曼的手机。

“喂？”一个轻灵悦耳的声音传来，这无疑是邵小曼，唐煜不由得心跳加速。

“知道我是谁吗?”唐煜问道。

邵小曼正好百无聊赖，“我需要关心你是谁吗?”

“以后就难说了。我是唐煜，你还记得吗?前阵子，我们在花天酒地见过面。”

“我对你真的没什么印象，我有些困了，拜拜。”那次去了花天酒地之后，很多无聊的男人给她打电话，她正考虑自己是不是该换手机号码。

电话那头猝不及防地传来嘟嘟声。唐煜第一次给邵小曼打电话就被泼冷水，心情低落到了极点。

正伤心着，他又听到手机响，上面显示的是一个陌生的座机号码。

他心想该不会是邵小曼吧?他猛地接起来，兴奋地大叫：“哇，是你!”

是袁得鱼打来的，袁得鱼与唐煜开玩笑说：“哥，老弟在佑海混不下去了，十万火急地需要你接济。”

唐煜不假思索地很仗义地说道：“你现在在哪里?你的事就是我的事，我来全盘搞定。”

其实，袁得鱼只是想问一下唐煜，苏秒是不是还在花天酒地，但他感觉到唐煜说话的时候十分真诚：“跟你开玩笑呢，我找到工作了。”

“太好了!看来今天我要请你吃饭庆祝一下。”唐煜开心道，“对了，哪个地方运气这么好，招到了你这么个人才?”

“海元证券。”

唐煜心里猛地一沉，替袁得鱼捏了一把汗。他们的计划，就是将海元证券置于死地，但他又不能对袁得鱼明说什么，只能说：“听说海元证券内部管理混乱，要不你再考虑考虑?你来泰达证券吧，我帮你物色一个职务。”

“别客气了，海元证券还是不错的。”袁得鱼坚持道。去泰达证券，他自己是无法接受的，泰达证券当年对他爸爸做的无耻之事，至今仍历历在目。

“听我的，不要去。”唐煜有点儿着急。

“哥，我就是混口饭吃，到时候再找你也不迟啊，哈哈。”袁得鱼心想，唐煜这个“海龟”一定是在习惯性地“挑三拣四”，“对了，我想问你，最近看到苏秒了吗?”

“没有。”唐煜仔细想了想，“自从那次之后，我也没去过花天酒地。”

“哦。”袁得鱼突然想到了什么，“话说，那个得冠军的美女还真是倾国倾城。”

这句话说到唐煜心里去了，他们小时候的眼光就相似，没想到，尽管两个人在完全不同的环境中长大，但对女人的审美还是那么一致：“真想再见见那位美女。”

“这有何难？约她出来呗。”袁得鱼不解道。

“说得容易，你试试?”唐煜不服气地说。

没想到袁得鱼还真的来劲了：“你出来吧，保准美人到场。”

唐煜准时来到了约定的地点——礼查饭店夜排档，透过层层热气，他看到袁得鱼与邵小曼已经在那边等候了。

唐煜再次看到了自己心仪的女孩。这次，她穿着粉色卫衣，长卷发，青春逼人。

正看得入迷时，袁得鱼挥了挥手，唐煜才回过神来。

“你怎么请出这位大美女的?”唐煜惊讶道。

邵小曼与袁得鱼相视一笑。袁得鱼按两人事先对好的台词说：“我就打了电话，问是不是艾玛，我说我是玉树临风、风流倜傥、英俊潇洒、才高八斗、貌似潘安、人送绰号‘玉面小飞鱼’的袁得鱼呀。你晚上有时间吗？好了，我就是那个不小心把你手机号码公之于众的小哥呀。哎呀呀，这个事情我需要跟你赔礼道歉，不然我魂不守舍、夜不成寐、心神不宁啊，求你给我一次机会。这样吧，我与一个朋友在礼查饭店前面的大排档等你。”

邵小曼接着道："我倒是一直在找佑海好玩的地方，于是我就问，那大排档有什么好的？他就说，大排档里有一种很好吃也不贵的贝类叫毛蚶，轻轻剥开，厚厚的肉嫩滑可口，还淌着血淋淋的汁水，一口咬上去，鲜味扑鼻而来……这里的招牌面叫雪菜肉丝面，有个拉面师傅特别厉害，甩面条的时候面条能飞到头顶。一根根面条下去，锅里的水清澈见底，是真正的清汤挂面。不一会儿，一碗面条就被端到你的面前，一条条肉丝在面条上面，香喷喷的。最绝的是面条上还有一层绿绿黄黄的雪菜，细细密密的，吃起来就像清晨远处的山风扑面而来，让人舒爽不已……"

邵小曼心情不错，继续说道："后来我发现，这个袁得鱼根本就不是什么玉树临风。"

"不过你长得真是沉鱼落雁、闭月羞花、六宫粉黛无颜色。"袁得鱼笑道，"谢谢你来会我这个厚颜无耻的人。"

唐煜不由得对袁得鱼佩服得五体投地，他想起一句话——"劣币驱逐良币"，无赖的男人在情场上总是屡屡得手。

唐煜对邵小曼微微一笑："他小时候就这样，别理他就行了。我叫唐煜，唐焕的弟弟。"

"嗯，想起来了，在花天酒地见过。"邵小曼点点头。

礼查饭店是佑海金融市场的发源地，佑海证券交易所曾坐落在这里。很多券商把办公地点租在附近，甚至有一些就长期在饭店里办公。

佑海的这个角落，有些像鹏城的红岭中路——不少敢死队员很喜欢在红岭中路进行交易，因为他们深信那里距离鹏城交易所最近，肯定与交易所共用一个内网，下单速度也势必最快。在另一些券商眼中，近水楼台先得月，可以省下跑会的成本，不管自己的模样是否招人喜欢，在监管层那里露个脸，还是十分必要的。

这里的夜排档向来热闹。除了券商人士会聚于此，一些佑海本地的老人也喜欢在这里吃海鲜、面条，议论一下股市行情。甚至还有一些有钱的佑海"老克勒"（old clerk，最先受西方文化冲击的一群人），也会出现在这里，一起遥想当年百乐门歌舞升平的夜晚。夜排档的传奇时候要数1992年，当时，佑海的三大猛人都是这里的常客，这里也由此渐渐有了人气。

但自从帝王医药事件后，各个圈子的势力开始分化，逐渐形成新的格局，原本融洽的气氛也烟消云散了。现在不少过来吃面的小券商人士，还会缅怀那段岁月。当年，佑海的券商还在发展初期，势力均衡，追求和平共处与协调发展，最关注的是如何发展中国的金融事业，积极开拓各种各样的业务模式。现在回忆起来，那简直是一段遥不可及的“太平盛世”。

他们找了一张油腻腻的桌子坐定，邵小曼环顾四周：“得鱼，你不是刚回佑海不久吗？怎么想到来这么一个鬼地方的？”

袁得鱼挠挠头：“我也好久没来了，主要是想给你换换口味。”

邵小曼开怀大笑起来：“哈哈，你怎么知道我重口味？我倒是很喜欢这里，佑海好玩的地方太少了。不过，以后应该有好玩的去处，除了洋滩那里会大搞一番，听说，佑海要建一个叫作新天地的鬼地方，在马当路那里。它的老板今天还打电话给我，问我有没有兴趣买翠湖，开价18 000元一平方米，我觉得好便宜，就一口答应了。”

“便宜，便宜。”袁得鱼拍着手。

“就你一个人说便宜。”邵小曼有点儿惊讶。

“我去过那里，它前面在挖一个湖，说明今后视线无阻，这很重要。我对东江那一带很熟悉，如果你买了东江的房子，开始可能还以为是江景房，结果没过多久，前面就造起来一排房子，还要搬家，那才不值呢。”袁得鱼慢慢地说。

唐煜心想，邵小曼看似刁蛮，实则天真，就算房子再好，佑海楼盘的均价也只在3 000元左右，这是明摆着的事实，况且她买的还是期盘。他只好岔开话题：“顶层是不是可以俯瞰淮海中路了？”

“嗯，顶层只要14 000元，因为大嘛。不过，我想那么大也没意思，一个人住多恐怖。”邵小曼噘了一下嘴，“但是我回来后发现，中国很多东西的定价真的是不合逻辑。”

“比如呢？”唐煜有些共鸣地问道。

“有一次，我去书店买书，问老板目前最畅销的书在哪里，我要买。老板说，正好有一批畅销书在打折，让我去看看。我很奇怪，问他畅销书为什么要打折，他说，因为没多少了，索性便宜卖掉。我就说，物以稀为贵，这些剩下的更值钱，应该提价才对。老板当时就像看外星人一样看着我。”邵小曼疑惑地说。

“哈哈，我也觉得要提价，如果是好书，人们是不会在乎价格的。”袁得鱼点点头。

邵小曼继续疑惑地说道：“我在国外的时候，他们都说佑海男人最好，但我回来一看，发现自己完全不懂中国男人。”

“怎么这么说?”这种话题唐煜最感兴趣。

“我有一次看到一个长得不错的男人，就冲上去说，能成为我朋友吗？对方居然吓得逃掉了。后来我又看到一个很年轻的绅士，也直接问他，能成为我朋友吗？这次对方倒是很镇定，把我前前后后都看了一遍，我很好奇他怎么跑到我后面去了。没想到对方又绕了回来，问多少钱一个晚上。”邵小曼一脸很失望的样子，“难道我这么令人讨厌吗?”

“哈哈哈!”袁得鱼与唐煜不由得大笑起来。

邵小曼对这个环境适应得很快，啤酒一杯一杯地喝下去，话也多了起来：“我们家在海滨小镇有个别墅，我上个暑假去那里玩过，跟几个朋友每天都在海边吃海鲜，喝的是黑色标签的啤酒，他们说是比利时的技术，味道很像欧洲的浅色贮藏啤酒（pale lager beer）。”

“许多啤酒厂为了加快发酵速度提高产量，在啤酒里都添加了甲醛。自从我知道后，发现市面上常见的牌子，酒里都有股类似但欧洲和美国啤酒里没有的味道。后来我费了很大劲才在超市里找到没有这种味道的啤酒。”唐煜接着说道。

“说来听听。”邵小曼兴趣十足。

“麒麟一番榨和朝日银色标签版。”唐煜像个专家一样说道。

“就算这样，我觉得跟比利时福佳白啤酒（Hoegaarden）和艾丁格啤酒（Erdinger）也没啥区别。”袁得鱼一口喝了下去。

“对，和我曾在慕尼黑狂饮时喝的皇家啤酒坊啤酒和班贝格的烟熏啤酒也差不多。”邵小曼开心地与袁得鱼碰了一下酒杯，然后又向唐煜敬道，“不过，还是要敬一下专业人士。”

喝着喝着，邵小曼好像想起了什么，指着唐煜说：“对了，下午是不是你给我打的电话？你干吗不说？你长得很帅，竟让这小子占了便宜，哈哈！”

邵小曼这些话，让唐煜心花怒放。

唐煜不由得得意起来：“做投资的人都比较低调。”

“做投资？”

“嗯，我原来在美国的一家对冲基金公司工作。”

“那你为什么不继续留在美国呢？”邵小曼似乎对投资并不感兴趣，反而对唐煜的个人经历兴趣十足。

“爸爸说，如果我会做中国的投资，做全球的投资就没有问题了。”唐煜回答道，“也可能，他是为了让我理解资本市场吧。海外一做投资，就建立模型，模型也是需要理解的。”

“哈哈，为你爸爸有这样的觉悟干杯！”袁得鱼心领神会地笑了起来。

“对了，袁得鱼，你不是送外卖的吗？你们怎么会这么熟？”邵小曼好奇地问道。

“他现在也成了投资圈的人，得鱼马上要去海元证券上班了。”唐煜补充道，“我们父辈是世交，我们小时候曾经在帝北住过一段时间。那时候，我们俩几乎无话不谈。你看，就算那么多年过去了，小时候的那种熟悉，现在也还在。”

“无话不谈？小时候有什么东西好谈的？”邵小曼笑道。

“比如邻居家哪个女孩最美啊，下棋什么战术最厉害啊。不过，我们不能一起搓麻将，因为我们每次做的牌几乎都一样。”唐煜回忆道。

“真让人羡慕呢！我就没有这样的朋友。”邵小曼说，“什么样的经历都不会改变你们之间的友情吗？”

“我们就好像遇到了世界上另一个与自己相同的人一样，不需要太多时间，只要相识，就可以成为最好的朋友。”袁得鱼觉得，这些年自己似乎与唐煜也没有太多的交往，但就是对很多事情可以心照不宣、不谋而合。

“羡慕，羡慕。”邵小曼想起自己家里那些冷淡的关系，除了羡慕还是羡慕，“我从小就被爸爸送到美国，但我发现我跟美国的同龄人根本无法交流。后来，我语言流利了，但文化差异终究存在。就算我有认识的朋友，也只是一个同伴，一起吃饭，一起购物，但没法进行心与心的交流。有一次，我坚持做什么，对方就摸着我的头问我是不是生病了。在那里，我根本没有好朋友，只有不停认识的新朋友。”

“从现在起，你就有朋友了，希望我们不是你那些不停认识的新朋友。”袁得鱼伸出小指说。

三人在一起狠狠地拉了钩，邵小曼眼里顿时泪光盈盈。

“怎么啦？”唐煜发现了她的异样，关心地问道。

“我觉得与你们特别投缘，你们就像是我认识很久的朋友一样。”

“哈哈，我们真是得了便宜还卖乖。”袁得鱼与唐煜心照不宣地开怀大笑起来。

喝完酒，三人心血来潮地跑到一个商场顶楼的游乐场，仿佛在逛童年时的游园会。

邵小曼饶有兴致地走到一个“抓宝”游戏台前面。这是一个运气游戏，每次投币后可按三次键，装满礼物的“摩天轮”随着显示屏跳出的数字转动，只有当“摩天轮”上的小车正好移动到随机移动的“烟囱口”才能拿到礼物。

邵小曼三键刚按完，就有怪声传来，“摩天轮”发出炫目的亮光，然后，只见小车缓缓地倾斜90度角，倒出了礼物。礼物是两根漂亮的红绳，还是当下十分流行的款式。

邵小曼取出一根绑在自己手腕上。“好看吗？”她问道。

袁得鱼和唐煜点点头。

邵小曼看了他们一眼，计上心头，跑到游乐场的工作人员跟前好说歹说，那个好心的大哥就又送给了她一根红绳。她欢快地拿起红绳，命令袁得鱼与唐煜将手臂伸出来。

他们对视一下，乖乖地听从。只见邵小曼白皙细长的手指在他们手腕上“飞舞”，不一会儿，就将两根红绳绑在两个大男生手腕上。两个大男生看着自己手腕上的红绳都有些出神。

邵小曼心满意足地拍了一下手：“没想到男生戴着也那么好看！这个可以避邪，送给你们，就算是我们伟大友谊的见证！”

“哇！”三人伸出手臂，三根红绳显得分外鲜艳夺目。

他们又去喝了很多酒，然后就一路谈笑风生地沿着西藏路走，不知不觉逛到了淮海中路。

袁得鱼走到淮海公园前的水池边突然不动了。邵小曼和唐煜走过来看他，没想到袁得鱼一个转身，把水泼了他们一身。

三人在水池旁追逐打闹起来。邵小曼很快逃了出来，她在一旁看着兄弟俩在水池旁互泼，狼狈闪躲的样子，笑得肚子都疼了。

看着看着，邵小曼哼唱起歌来，尽管只有单调的“啦啦啦”的“歌词”，但正在打闹的袁得鱼与唐煜都被她动听的嗓音吸引了。

邵小曼哼唱完，唐煜与袁得鱼还沉浸其中。

“真好听。”袁得鱼说，“这是什么歌？”

“《天空之城》的主题曲。”邵小曼说这些话的时候，袁得鱼发现她眼睛里有一种亮光。他想起第一次与邵小曼在大雨中喝酒的情景，那时她也提过这部电影，还说每次看都觉得既温暖又寂寞。

唐煜兴致颇高，唱了《黄色潜水艇》（*Yellow Submarine*）。袁得鱼唱起了他爸爸曾经教他的《寂静之声》（*The Sound Of Silence*），让唐煜与邵小曼颇感“惊艳”。

这是袁得鱼唯一会唱的英文歌。他心想，有时候就是拼“少而精”，关键时候有一个拿得出手，就很管用。

他们继续漫无目的地走着，前面出现了一块空地，建筑队好像也刚刚驻扎。

“这里什么都没有，不过，这里是我未来的家。”邵小曼兴奋地挥舞手臂说。

“大宝、二宝，你妈叫你回家吃饭！”不知谁冒出一句。

“哈哈！”愉快的笑声在夜空中回荡。

很多年后，袁得鱼都忘不了这个开心的夜晚。

第五章　申高保卫战

在巨大财富的背后，都隐藏着罪恶。

——巴尔扎克(Balzac)

《人间喜剧》(*Human Comedy*)

一

第二天一大早，袁得鱼就起床了，他觉得前一天发生的事情犹如做梦一般。他出门前推了推魏天行，魏天行仍睡得很香。

他看距离上班的时间还有一个小时，便打算把自己进入海元工作的事告诉许诺。

袁得鱼来到菜场外的一条马路上，很快就发现了许诺，于是悄悄跟在她后面。

许诺推着一辆单车来到路口，红灯都变成绿灯了，她仍然呆呆地站在原地一动不动，袁得鱼便悄悄地坐到了她单车的后座上。

直到大部分人都往前走，她才反应过来，却发现车子很重，一回头，就看到袁得鱼一张大脸凑到了自己眼前。

“啊！”许诺惊叫了一下，立刻笑逐颜开，“来得正好，帮我一起卖菜吧。”

到了菜场，许诺一边利索地把葱扔到摊位上，一边开心地说：“嘿，你说我厉害不？我开始卖白菜啦，最近我刚学到一个新词——多元化经营，是不是很牛？”

袁得鱼大笑道：“既然这样，我也给你个惊喜。”

“什么事情？难道是……”许诺刚想说出来，随即又用手捂住了嘴。

“你猜对了！”袁得鱼得意地点点头。

“那你知道哪里可以批发白薯吗？”许诺高兴得手舞足蹈，“我想了很久了，我一直想做白色蔬菜系列，什么白薯、白萝卜、藕……”

“这样啊，我真是白费那么大力气了。”袁得鱼有些沮丧。

“难道你进海元证券了？”许诺突然如梦初醒。

“哈哈，正是！”袁得鱼说。

只见许诺马上开始收拾东西。

“怎么了？”袁得鱼不知道为什么。

“今天不做生意了，这么大的事，我要为你好好庆祝一下。”许诺说着，就对隔壁摊位的大叔说，“今天我这个摊子就交给您了，谢谢张叔。”

许诺一蹦一跳地挽着袁得鱼的手臂，像是要重新认识袁得鱼一样，反复看了他好几遍，看得袁得鱼都不太好意思了：“我真是没看错人呢！我以后赚钱有指望了！”许诺一脸激动。

“好事不止这一桩呢，我还遇到一位高人。”袁得鱼高兴地说，“有兴趣的话，我介绍给你认识一下，他当年可是佑海响当当的人物。”

“哦。”许诺好像对这类事情并不感兴趣，她突然想到了什么，“话说那天奶奶生病，我的钱不够，我就在医院里祈祷，说上天啊，保佑我奶奶平安，如果现实点儿的话，请给我点儿钱给我奶奶治病吧！结果你猜怎么着？”

“医生说，你已经支付了800元。”袁得鱼接着她的话说道。

“哇，你怎么知道的？”许诺突然停住了，恍然大悟道，“天哪，原来是你帮我付的！”她突然抱了一下袁得鱼的手臂说，“你真好。”

“没什么，你奶奶怎么样了？”

“已经脱离危险了。”许诺继续说，“看奶奶病情稳定了，我就出来卖菜了。今天是自奶奶上次生病以来，我第一次来菜场，没想到那么巧。”

袁得鱼也说：“嗯，也是我头一天上班。”

“你早饭还没吃吧？”许诺看袁得鱼点头，马上说，“这怎么行？来来来，我请你。”

许诺把袁得鱼拉到巨鹿路上的一家面馆，帮他点了一份腊肉面。

看袁得鱼吃得津津有味，许诺有点儿出神。

袁得鱼诧异地问道：“你赶紧吃啊，看我做什么？”

许诺不好意思地笑笑，吃起了馄饨，轻声说：“看你吃得那么香，我在想，不知道看你吃饭还能看多久。”

袁得鱼停了下来，像是不认识许诺一般地打量了她一下：“你不是要当千万富翁吗？怎么口气跟我老婆似的？”

“哼，你进了很多人挤破头都没能进去的海元证券，所以我已经嗅到了‘土豪’的味道。”许诺开心地说。

“你知道难进还让我去？”袁得鱼恍然大悟，原来这个小姑娘还蛮懂行的。

“你要相信我的眼光！”许诺得意道，“果然如我所愿啊，记住，你是我安插的小卧底，一定要给我透露消息哟！”

一吃完，袁得鱼就被许诺拖着狂奔，感觉自己就像小时候元宵玩的兔子灯一样，简直要被拉得从地上飞起来。

“到了！”眼前正是袁得鱼即将上班的海元证券。

许诺一下子冲进营业大厅，站在椅子上大声说道：“大哥大姐大叔大姨们，你们听好了！这位同学，就是股坛明日之星——袁得鱼，他今天第一天来海元证券上班，你们可以向他多多请教。”

很多目光齐刷刷地投向袁得鱼。

袁得鱼只好鞠了一躬：“初来乍到，还请多多关照。”他微笑着，当看到前几天一起打牌的老头儿正对他怒目而视时，就笑得更灿烂了。袁得鱼很快又被许诺拉到大户室，介绍了一圈。

袁得鱼被许诺拉着到处跑，感觉许诺就像这里的老板娘一样。许诺正介绍得起劲时，突然转过头来问：“对了，忘了问你，你在海元证券做什么？”

“呵呵，我也不是很清楚。”袁得鱼擦了擦汗。

看到许诺满场子乱跑，袁得鱼很是激动，心想，自己找到一份工作，这个女孩比自己还激动，真是义气啊！没想到，许诺很快就绕到自己身边，在自己耳边悄悄地说："记得要给我内部消息。"在三楼的杨帷幄正在走廊抽烟，对于马上要来的暴风骤雨，他有些焦虑。此时，他正好看见了在一楼乱串的袁得鱼，以及在旁边为他造势的许诺。

他认得这个小姑娘，知道她是海元证券的常客，在营业大厅的散户中间很有人缘。他察觉到了她与袁得鱼之间非同一般的交情，心中暗生一计。

这时，常凡刚到公司，见袁得鱼在营业大厅站着，便招呼他上楼。

许诺看着袁得鱼消失在贴着"闲人莫入"四个大字的拐角处。

常凡将袁得鱼带进电梯的时候，袁得鱼问道："常总，你们放着那么多名牌大学的研究生不选，为什么让我来上班?"

常凡用冷峻的眼神扫了一下袁得鱼："你有没有听过一句话，是约翰·肯尼恩·加尔布雷思（John Kenneth Galbraith）说的，金融天才是那些在熊市结束时持有现金的人?"

袁得鱼笑得很开心，继续问道："对了，我来这里做什么工作呢?"

"你负责与客户沟通，从现在起，你就是客户经理。"常凡大致给他介绍了一下工作内容，说完便进了杨帷幄的办公室。

"给他安排好工作了?"杨帷幄问道。

"嗯。"常凡点点头。

"好的。有些事情比预想的还好。"杨帷幄笑着说，"我们开战吧!"

"好!"常凡坐下来，摆开架势。

袁得鱼在大户室旁边转悠。

刚到9点15分，大户们就拿着泡好的咖啡火速冲进大户室。

早盘开盘后15分钟，申强高速走势已很强劲。

在申强高速股价到达9.8元附近时，强大的抛盘出现了。然而，没过两分钟，股价又被人强势拔起，此后，股价起伏呈现出奇异的大波浪状，就像心律不齐的人的心电图。

营业大厅内，马上有人拍大腿说："申强高速这等股性，如果是权证，做几个波段该有多爽，一小时之内赚它个 100%。"

袁得鱼转了一圈，看到一个大户室的门开着，于是厚着脸皮走了进去，里面的大户是个上了年纪的女人，她正在操作申强高速。

他站在一旁安静地看着。开盘时，尽管大盘萎靡不振，低开低走，但申强高速还是跳空高开，且以锐角 30 度斜率急速上升，就像黑暗夜空中划出的一道闪电。

袁得鱼见这位大户在其他股票上的资金进进出出，却对申强高速一往情深，不断加仓。屏幕上，申强高速呈直线状往上冲。

袁得鱼下楼，来到营业大厅，发现身边很多老头老太看起来心情很好，上前一问，才知道原来他们都买了申强高速。

他心里顿时产生了疑惑，怎么大家都买申强高速了呢？很多散户看到前一天申强高速被一家公司举牌，认为该股有短线机会，一开盘就往里面冲也在情理之中，但他还是觉得有些诡异，于是问道："你们为什么都买了申强高速？"

很多人卖关子不肯说，有个好心的阿姨递给袁得鱼一份报纸："你看这个。"

袁得鱼拿来一看，发现是泰达证券出的《股票内参》，上面头版头条就在吹嘘申强高速，主要的推荐理由是，申强高速正遭遇恶意收购，对照之前，中国也发生过一起类似的并购案，该股前后反复的过程中，让很多人赚得钵满盆满。现在，同样的情况引发了市场的兴奋。

不过，这只股票很快又呈现徘徊状态，不少机构觉得走势稍显怪异，不由得都停下来观望。

在海元证券三楼的杨帷幄有些按捺不住了，只好使阴招，他马上打了个电话给吴新："赶紧放出消息。"

很快，一个消息马上被传得沸沸扬扬，申强高速董事长吴新前段时间飞往美国，与前去芝加哥奥黑尔国际机场考察的江东机场项目经理秘密会晤。不知道是谁在网站上上传了吴新去美国的照片，照片上的时间正好是半个月前。

受这一消息刺激，申强高速又涨势凶猛起来。

10点15分，如杨帷幄他们事前策划的那样，申强高速宣布停牌一个小时。

当营业大厅里很多人骂骂咧咧，纷纷询问的时候，佑海证券交易所发布了上市公司最新公告——申强高速陷入专利案，相关机构正在调查。

11点15分，申强高速复牌后，股价应声而落。

很多人见股价猛跌，嘘了一口气。难怪这只股上升乏力，果然另有隐情，这势必会给收购造成阻力，于是纷纷抛出，静观事态变化。

然而，就在距离早盘收盘还有5分钟时，一笔强大的2 000万元特大买单强势将申强高速推至涨停板位置，卖了申强高速的操盘手们叫苦不迭。

常凡对于申强高速的操作得心应手。他看到能量技术指标的人气指标（AR）已经上穿意愿指标（BR），而动态买卖气指标（ADTM）也显示出超卖信号。尽管常凡用了不少拖拉机账户，但还是呈现出主力的资金量。他想起一个朋友说，BR、AR总是分不清，现在，应该把代表散户的BR颠倒顺序，因为他们总是不合时宜地割肉。

历史总是重演，股海大战中，也有庸才、蠢材与天才，常凡觉得自己属于天才，尤其在技术面上，初入股市半年，他就能做到融会贯通，并且总结出一套自己的中性交易理论，且屡试不爽。没有一个人能在股市中一帆风顺，但天才总是可以吸取经验，举一反三。有人向他请教，如何掌握技术，他就说了两句很简单的话："K线技术就是一句话'放量大阳线买入，带量大阴线卖出'，技术分析也是一句话'买点买，卖点卖'。"很多大户看他操作行云流水，指着走势图说哪里是买点哪里是卖点，自己听得清清楚楚，回去看图依旧不明白，方知自己是庸才，于是都交给常凡打理。最后一类是蠢材，以为自己找到了头绪，坚持己见，屡战屡败。

上午 11 点 30 分，早盘终于收盘。常凡嘘出一口气，申强高速下跌了 4 个多点，如果下跌 5 个多点，抛盘会呈几何级数砸出。

唐煜操盘的地方是泰达证券的核心部门——总经理办公室。这个总经理办公室是套间，里面是个神秘的操盘室，操盘室有扇沉重的门，中间是一个密码键盘。唐煜正在这间不足 10 平方米的密室内。

看到专利纠纷案的唐煜“嘿嘿”一笑，赞叹父亲料事如神。他们早就有了对策——专利案是陈年旧案，涉及的项目也已停产。另外，他们早先买通的股评家们，也开始在这一天的电视与广播中纷纷鼓吹申强高速潜力巨大，同时，一篇名为《收费公路业——“现金奶牛”彰显投资价值》的新闻稿也在中国最大的证券报纸上登出。报道称，1998 年前 8 个月，公路旅客周转量和货物周转量保持稳定增长，增幅却有所放缓，主要是受年初的雪灾以及另一些天灾的影响，但行业稳定增长依然可期。收费公路行业的投资亮点在于其充沛的现金流和稳定的分红收益，具有较好的防御性。根据股票获利率的高低，推荐申强高速等个股。

下午一开盘，年轻气盛的唐煜乘胜追击，继续向申强高速砸钱，股价又被强势拉起。不少跟风盘看到一笔接着一笔的四位数买单，信心大增，继续冲了进去。

时间很快就到了下午 3 点。坐在操盘位上的唐煜，顿时松了一口气。电脑屏幕上的数字显示，申强高速已经稳稳地站在了 10.01 元的涨停板位置上。

袁得鱼看着变化着的数字觉得可笑，心想，今天可以说是多头占了上风，尽管买盘强势，但并没有出现举牌，估计是另有资金在争抢。

海元证券的主盘手常凡，此时的脸色已经变成惨白。他目不转睛地盯着屏幕，额头渗出汗。常凡是一个操作大胆、策略保守的人，他在使用资金时，总是将所有的资金分在三个银行账户上，并按照重要性将数额按金字塔排列，目前第二个账户的资金已经告急，这也意味着已经用完了 85% 左右的资金。一般而言，他操作其他项目，只会用到第一个账户。

在营业大厅的许诺也发现了申强高速的强劲走势，她看到扫入申强高速的散户越来越多，马上也用最快的速度进行扫荡。

这时，许诺见到袁得鱼正在大厅四处转悠，便把他叫了过来，颇有些兴奋地问道："军情打探得如何了？"

"申强高速确实可以关注。"袁得鱼说。

"哈哈，我早就买好了！其实我来这里，一是为你助阵，二是要买一只牛股。嘿，没想到我今天运气不错，真的遇到了牛股！"

"你为什么会买它？"

"你看它一开盘，走势多猛烈啊。而且，我一到这里，就有一个老头儿让我买，现在想想我还后悔。如果我当时听他的话买了，能比现在多赚 3%。不过，我已经火速吸取了教训，在两分钟前全仓杀入。"

"你的全仓是多少？"袁得鱼问道。

"真的很多。"许诺偷偷地说，"你不要告诉别人，有——3 000 元呢！"

"那你为什么不赶快拿出来给你奶奶治病？"袁得鱼说道。

"不行，这样我就没有本钱，没法翻身了。"许诺极快地摇着头，"如果我刚才买，现在就有 3 450 元，如果更早买，说不定就是 4 000 元。"

袁得鱼爱怜地望着许诺，发现她心算能力还不错，计算的还是复利。

"哎呀，今天我心满意足了！"许诺高兴地转着圈。

杨帷幄在楼上走廊抽烟，正好看见了在一楼的袁得鱼，想起面试时袁得鱼对大盘的判断，可以说是准确无误。如果按照他的说法做，海元证券旗下的很多自营盘也不至于出现那么多亏损，此时此刻的杨帷幄很想听听这个年轻人的想法。

袁得鱼很快就被人叫进了总经理办公室。

“大户们最近在做什么股票?”杨帷幄假装关心地问道。

“挺邪门，都在搞申强高速。”

“他们为什么那么看好申强高速?”杨帷幄好奇地问道。

“他们显然在跟主力的风，跟消息灵通的主力，因为主力往往拥有特殊信息渠道。他们坚信，申强高速就是主力手上最活跃的个股。”袁得鱼回答道。

“现在风传谁是主力?”常凡心想，难道自己已经不小心暴露了?

“其实谁是主力不重要，当前市场无股不庄。大家更关心的是，这个主力是不是够坚挺，而一般坚挺程度与公司放出的正面消息成正比。”袁得鱼分析着，停顿了一会儿，接着说，“我之前说过，现在没什么可以选择的品种，但这只股票最近可能会提供一些机会，尽管我也不知道机会是什么样子。”

“怎么说?”这句话吊起了杨帷幄的胃口。杨帷幄听了暗笑，这小子说得不错，只是他怎么会知道自己的一番苦心?

“我发现消息的来源基本都是泰达证券，今天的《股票内参》上，它重点推荐这只股票。基本可以判定，泰达证券已经参与其中，这么一来，自然会有很多消息快的资金跟风。”

“你既然那么清楚，为什么不买一点儿?”杨帷幄问道。

“因为这只股处于徘徊状态，盘面上阴阳之气缠绕。当然，最重要的是，如果答案那么简单，那不是谁都能赚钱了?其中应该另有蹊跷。”

正在这时候，常凡接到一个电话，挂下后直接对杨帷幄说:“有朋友告诉我，机构频频传出消息，说今天的主力是泰达证券。”

见杨帷幄没有正面回答，常凡继续问道:“杨总，局势越来越复杂了，你看我们明天还要继续收购吗?”

“别急，先分析一下资金情况。”

从技术层面上，常凡分析了泰达证券的意图，就是提高自己的筹码成本，但是，提高筹码也是有限的，一般的资金运作周期是一个星期，成本顶多提高10%。然而，对于一个每股净收益可以从负值变成两元左右的潜力股而言，这不是10%的对抗，而是至少200%的胜券在握的预期收益。

泰达证券的出现，让杨帷幄感到有些骑虎难下。

“现在收购了多少?”杨帷幄问道。

“4%左右，平均成本在9.8～10元之间。”

“对方大概多少?”

“如果继续徘徊，我们只有死路一条。今天申强高速的股价一会儿上，一会儿下，一定会得到更多机构的追捧，这么下去，局势对我们只会更加不利。我想了一下，目前只能采取一个操盘方法，这个方法可以说是压低股价的绝杀。”

“你是说……”常凡惊异道，他脑海中立即闪过一种凌厉的手法。

“没错，就是跌停板洗盘吸筹法。”

“但是，这个操盘法难度很高，不仅需要指法飞快，而且对人的心理与生理都是极大的挑战。在证券市场上，我也只听说两个人用过这招绝杀。但这两个人一个不在世，另一个早就失踪了。请原谅我常凡无能，目前还没修炼到这一程度。”

“是的，证券江湖上原来只有两个人拥有此项绝技，一个是曾名噪一时的‘证券教父’袁观潮，另一个就是袁观潮的爱徒魏天行。”杨帷幄点点头。

“你也是那次大赛时知道魏天行的吧？直到现在，我每次想起那场大赛，背后都阵阵发凉。”常凡握紧了拳头。

“嗯。不过，就我所知，魏天行很难接近。不管怎么说，请出这位高人是我们成功的关键。我们目前没有办法，必须得孤注一掷了。”

“杨总，你怎么察觉到魏天行的动向的?”常凡觉得不可思议。

“气息。”杨帷幄故弄玄虚地说。

他回想起，有一次进海元证券大门的时候，与一个衣衫褴褛的人擦肩而过，那人尽管穿着破旧，神情疯癫，但看起来有一种不同于常人的超脱气质。他问身边的工作人员，那人是否经常在这里出入，工作人员说他是这里的大户。于是，他查了一下账户名，是个上一辈女人的名字，心中就有了大概。他跟踪了几次那个账户，操作都十分精准，关键是他交易记录中操作帝王医药的时间与当年海元证券的操作时间完全吻合。当杨帷幄再次与疯子相遇时，基本确定了他就是魏天行。

"如果我没记错，江湖上一直有人在追杀他，他出来势必会暴露行踪。你有把握请出这位高人吗?"常凡问道。

"我只能亲自出马了，只要能请到'诸葛亮'，'三顾茅庐'又算得了什么?"杨帷幄感慨道。

二

杨帷幄眼前仿佛又出现了那场实盘炒股大赛的场景。那是1996年年初，常凡一战成名，从此被称为"少帅操盘手"。他也庆幸招募到这么一个非同一般的人才。

当年由于市场过于沉寂，为了激发股民热情，相关部门主办了这场炒股大赛。公平起见，相关部门指定了一家相对中立的券商承办该比赛，这家券商就是当年刚刚资产重组的海元证券。因为其有军工背景，也有一定的政府传声筒的职能。

当时，业内有很多炒股大赛，然而，像这样官方支持的比赛还是第一次，所以不仅吸引了全国股民的注意力，更吸引了全国股坛高手竞相参加。

这样一个炒股大赛，给券商带来的利益是不言而喻的：一来可以鼓励更多人在指定券商那里开户，二来可以炒作一个证券类的门户网站。最重要的是，博眼球的比赛，可以得到知名汽车公司、手机生产商，以及炒股软件公司的赞助，这绝对是一场多赢的比赛。

同时，不少选手都出自地下私募基金，他们也希望通过这场比赛，聚拢更多的资金。

于是，一场规模不小的炒股大赛在各种利益、欲望、恩怨的交织下拉开帷幕。

当时杨帷幄有个私心，希望通过比赛招贤纳士，提出了一个近乎疯狂的要求——选手必须在一个密闭的空间内操作，即在指定宾馆操作，周围是摄像头，不能与外界交流。这也就意味着，在交易时间，选手的一举一动都将被记录下来，比赛历时一个月。有人形容它如牢笼，也有人说像集中营，用常凡的话说，那可以当作半军事化的封闭式训练。

杨帷幄当时还做出了一个决定，冠军将被邀请到海元证券实习，起薪每月 10 万元，这在当时是一件不可想象的事。

这也可能是全中国炒股大赛中，最受关注的一场赛事了。佑海电视台最有名的财经节目，每天下午 4 点，即收盘之后的一个小时在电视上对比赛的全程进行直播。尽管该节目播出的时段很多人都在上班，但很多股民都忍不住偷看单位的电视，或是聚集在营业大厅观看，证券交易所为此还推迟了下班时间。

这场比赛过后，魏天行声名大震。

要在那么短的时间内获胜，操盘术是决胜的关键，因为选手的交易十分频繁。有人跟踪过魏天行的换手率，日换手率高达93%，平均每 20 分钟进行一次调仓，每天换一轮股票。他的收益在持续上升，几乎每一只股票都能给他带来微薄的收益，即使选错了股票，他也会迅速斩仓卖掉，似有严格的止损纪律。

最让人惊叹的，就是他的涨停板平台突破法，这也是世人第一次欣赏到一套娴熟的涨停板敢死队技法。

魏天行紧紧盯着盘面，观察哪只股票有突破的可能，就好像一个神龙庄家突然变成跟庄大鳄一般，没有不可能的事。

很神奇的是，他下单的股票，不是当天就是第二天必然会冲击涨停板。尽管媒体猜测是不是有人里应外合，但股民才不管这些，以至于看到电视里一说魏天行在买什么股，也赶紧追过去，可惜的是，很多股民还没追进去，魏天行就已经全盘出手了。

“不积跬步，无以至千里。”杨帷幄暗自叹道，这是必赢的短线法，前提是技术精湛。

令人印象深刻的是，魏天行将其全部资金都押在了一只小盘股上，而这只小盘股，在魏天行买进之前，已经出现了三个涨停板。

魏天行指着摄像头，很有表现欲地说：“看到三个涨停板，你们都不敢买了，是不是?”

谁也没有想到，这只股票在他买入后又一路猛涨，连续五天持续涨停，很多人都暗暗后悔没有早点儿跟进。

这才是魏天行的真功夫，也是令业内闻风丧胆的手法——涨停板平台突破法。涨停板平台突破法经后人总结，确实有理论可循，鼻祖是西方投资大师欧奈尔（O’Neil）。这位大师曾经说过，投资者应努力选择一个最佳买入点，即在股价突破前期平台但还未大幅度飙升的时候买入，而这就要结合个股的基本面亮点，根据大盘背景来判断个股拐点。据他研究，一年中，涨幅最高的80%的股票，都有连续突破平台的过程。在中国国情下，就算其中有庄家，涨停的股票的涨幅也没有止境。

顿时，人们认为魏天行的涨停板平台突破法与曾经震惊江湖的跌停板洗盘吸筹法不相上下。

魏天行甚至在镜头前表示，涨停板平台突破法与跌停板洗盘吸筹法是同一个路数，他将显示器翻转过来，人们惊讶地看到，涨停的股票K线图与用了跌停板洗盘吸筹法的股票K线图几乎可看作轴对称。这让魏天行声名远播，也让更多人知道，他的技术至少在跌停板洗盘吸筹法之上，几乎与袁观潮达到了同一水平。

市场上顿时掀起一股学习涨停板平台突破法热潮。当时市场上有一只股票叫作天大天材，人们就叫它“天天涨停”，以至于“追涨杀跌”套路应声而起。之后人们总结，涨停板平台突破法有很多限制，普通的“追涨杀跌”根本达不到相似的效果，多数都是“形同自杀”。

就在人们以为魏天行以绝对优势稳坐冠军宝座的时候，一匹黑马在炒股大赛进行到第三周时神不知鬼不觉地一路杀了上来，而且紧追不舍。

最令人诧异的是，这匹黑马在前两周根本没有买入任何股票，这显然与大多数选手的风格迥然不同。

镜头开始关注这名选手。人们看到，这名选手长得白净秀气，就像古龙笔下风流倜傥的公子花无缺，他就是常凡。

在第三周的第一天，这名选手的账户有了一只总股本仅为7 000万股的超小盘股洛江环保，这一股票公司是做防水材料的。该股票的流通股只有2 700万股，常凡午后抄入，成本价是8.8元。

营业大厅里，一名资深的老股民一边看电视，一边做讲解，就好像当年韩乔生说球一样：“这名长相超凡脱俗的选手，终于忍不住买了洛江环保，为什么选择这只股票呢？显而易见，因为这只股票股本小，容易拉升。成本价是8.8元，请注意是8.8元，中国很多有名的庄股都是从9元开始启动的。为什么呢？因为这个价位既有拉升空间，也拥有相对价格。他之前为什么没有买呢？为什么直到现在才发动呢？是不是有什么信号呢？要知道，大盘不举多日已是众人皆知，然而，今天大盘终于挺起来了！”

这名老股民的解说引来众人的注意，他继续说着：“尾盘撬动了1个百分点。相信在今天之前，很多人会怀疑，难道这名选手会因为错判大势而踏空吗？是不是有其他左道旁门呢？不过，就在万念俱灰的时候，这位风格迥异的选手终于出手了。截至收盘，洛江环保已经上升了2个百分点，虽然不是很生猛，但绝对是一个好的开端……”

第二天，洛江环保就跳空高开了4个百分点。很有趣的是，第二天，与魏天行眼花缭乱的超短线路数不同，常凡往往只操作一只股票。

由于常凡只押一只股票，对操作的精准度要求更高。他第二天买的是一只小盘高科技股，该股在当天也涨了3.21%，在弱市的涨幅榜上，涨幅绝对靠前。

“可以看到，这名种子选手出手不慌不忙，颇有大将风范。”这名老股民在接受电视台采访时说道，“天哪，这才是最伟大的高手的选择！获得超额收益的精髓在于，你有足够的眼力找到一只带来超额收益的股票，并且放手一搏。”

后来人们才知道，这名老股民是中国第一批股民中的一位，原来是书店卖书的。不久以后，他就被请去做了电台主持人，专门主持股评节目，很快便以亲民、犀利的风格走红。当然，这是后话。

常凡在镜头前表示，自己之所以操作得如此精准，全靠他采用的三点式爆破买卖法：“在我看来，没有庄家，有的只是赢家与输家。”

他一边操作一边演示：“每只牛股都有三个重要的买点，第一个是在趋势转折点时买，第二个是在第一次回落不创新低时买，第三个是在回落不破前一个中枢区间时买。卖点也有三个，出现顶背驰时卖，不创新高时卖，回抽不破第二个中枢区间时卖。”

只见他拿出一张报纸，遮挡住行情系统上的股票代码。他看着一只只股票的走势图，仿佛在观察一幅幅美妙的几何图。

终于，他停了下来，对着屏幕上的图端详了一番，摸了摸下巴，说：“完美！”然后，他直接从行情软件上拉出委托系统开始下单。

股民注意到当时是10点05分，在下午3点收盘时，常凡下单的股票跳升了9.6%，而当时他早就不在宾馆房间了。有人说他去找人打台球了。直到这一刻，大家才发现，该股是当日的第二大涨幅牛股——新沧煤电。

大家都发出惊叹，是什么神奇的技巧可以捕捉到如此精准无误的爆发点？

接下来，人们看到，常凡开始勤于换手，换股速度令人眼花缭乱。

常凡一路紧追，在比赛结束前一个星期，他的重仓股直冲涨停，日收益率是9.95%。此时，常凡距离魏天行仅一步之遥。第二天操作之后，常凡已经反超此前排名第一的魏天行0.6个百分点了。

有趣的是，当时股市持续低迷，上证综指从1 125点微升至1 151点，属于典型的震荡市，考验着选手的耐心与意志力。

常凡提出的三点式爆破买卖法刹那间成为技术派最热衷的话题。他还说："所谓三点式爆破买卖法，就是一点式买卖法，只是级别不同。所谓背驰与盘整背驰，前者是基础，两者不同的是分辨级别罢了。"

一个散户在接受电视台采访时说："常凡说三点式爆破买卖法，就是一点式买卖法，只是级别不同。这句话我很能理解，我也很赞同。女人的终极，就是一个点嘛。"

财经大学的一名数学教授也开始研究常凡的理论，他说："常凡的操盘理论本质上是形态学与动力学的结合。形态学的实质是几何，包括中枢、走势类型、笔、线段之类的。动力学包括背驰、中枢、走势等能量结构之类的。但用于交易有两个前提，就是价格有效市场与建立在这个条件下的非完全绝对趋同交易。运用形态学，我们可以抓住买卖段，判断中枢级别。运用动力学，我们可以判断中枢震荡，从而把握第一类买点。"

听众们集体晕倒。

比赛即将达到高潮，所有人都在期待两大高手在最后一周的冲刺。

尽管常凡的三点式爆破买卖法与魏天行的涨停板平台突破法都给人们留下了深刻的印象，但是两大高手在最后一周却仿佛殊途同归了。

镜头里，魏天行的手指敲过数字键盘后，在其打开的交易委托系统界面上，原本一长串的股票资金数统统消失了。有人不由得暗自叫好："凌波微步!"

另一个镜头里的常凡，也给人们展示了他的交易系统。他一下子将软件系统里满满的股票信息全部删除，轻声说了一句：

“垃圾。”

魏天行直接躺在了床上，不久传出鼾声。

常凡也盘腿而坐，双手放于腿上。

那名讲解员在电视上口若悬河：“不愧是高手，最高境界比拼的不再是技巧，而是心境。此前，大盘连续暴跌，出现极端行情，然而，这两名选手依然能够持股不动，未受其他参赛者影响，这种泰然自若，足以让人惊叹。如今，他们清盘之后，大盘反而有所回升，作为右侧交易的他们，完全没有抄底的冲动，可以看出他们非同一般的心境。”

倒数第三天，这两名选手几乎同时来到自己的电脑前，手指“翻飞”，交易系统上的股票名在长长短短不停变化。

有人大叫，终于明白为什么两名选手敲键盘的动作如此让人陶醉：“我学过钢琴，这两名选手都在弹奏俄罗斯作曲家里姆斯基·柯萨科夫（Rimsky-Korsakov）的《野蜂飞舞》（*Flight of the Bumble Bee*）!”

有人拉来一个大音箱，播放《野蜂飞舞》，电视镜头里两人在键盘上运盘如飞，手近乎若隐若现，还真像技艺精湛的钢琴家。

“对了，常凡好像会弹琴。”有人说道。

“钢琴10级?”观众中有人问道。

那人轻蔑地看了一眼：“演奏级!”

两人的指法飞快，身体一前一后的摇晃韵律也恰如其分，似配合默契的四手联弹。曲子仿佛又变成了《土耳其进行曲》（*Turkish March*），快速的手法让人觉得颇为畅快。

“迅猛!”杨帷幄不禁总结道。

倒数第二天，人们看到魏天行用所有资金买入了一只家电股——秦虹彩电。这时，大家才终于看清了他完整的投资脉络。

最后一刻，才是真正决定胜负的时刻。然而，他买入的时候，这只股票的股价还在往下跌。擅长捕捉短线的魏天行，在股价下沉到11元就要勾头之际迅速买进，成交均价10.98元，收盘11.2元，受跟风盘影响，秦虹彩电尾盘上扬了2%。

魏天行孤注一掷的做法引来一片哗然。

神奇的是，秦虹彩电当晚传出并购行业内其他公司的消息。该家电股第二天开盘即遭到疯抢，同板块的股票价格也受到哄抬。

魏天行的收益率一下子提升到28%，第三天，这股热潮继续，家电股彻底热了。就在该股一路狂飙之际，魏天行毫不犹豫地迅速脱手，将收益率牢牢封死在6%，总收益率达34.86%。

这时候，常凡开始着急了。他看到家电板块雄起，猛然想起应该跟风，本来自己还处在领先优势，但现在已经来不及了。魏天行的收益率已经比自己高出了1%，况且，人们把风头聚焦在同类板块的补涨股上，这些正是魏天行在一天前迅速补仓的冷门家电股。

在1996年1月31日收盘后，大赛统计交割单，主办方惊愕了，众多投资者也为之震惊，更对他钦佩不已："没想到，真没想到！魏天行如此重押一只股票，而且这只股票的价格最后几天还在往下跌，居然也能赚大钱。"

魏天行最终以35.22%的成绩，超出原本居于领先位置的常凡1.19%，夺得了中国首届实盘炒股大赛冠军。而同期大盘，一路跌跌停停，综合惨跌了7%。

最让人称奇的是，在历时一个月的比赛中，魏天行所买的股票有80%曾于当日或次日涨停。而比赛期间，大盘几乎是一路惨跌。

纵观10多年来的全国性的股市大赛，即使在模拟比赛中也没出现过如此奇特的操盘手法，犹如行云流水，一气呵成。

魏天行最后买进的秦虹彩电成了此后一段时间里涨幅最猛的超级大黑马，一度被称为"中国第一妖股"。当时，魏天行对爆发点的估计让人惊叹。他还把握了最好的买点，即爆发的前一天，这让人拍案叫绝。

不少人为魏天行的独门绝技，以及最后对买点的掌握所折服。魏天行一下子成了红人，他走出酒店的那一刻，很多镜头都对准了他。

有人问魏天行："你当时差点儿被小将常凡抢到冠军宝座，你认为他最后输掉的原因是什么?"

"他的心态变了，不过依旧是个高手，希望有机会再战一次!"

常凡从宾馆走出来时，也被人团团围住，询问他获得亚军的感受。

"我说过，市场只有输家与赢家，我现在就是输家!"

从此之后，常凡就被杨帷幄招至麾下，"少帅操盘手"的声名也渐起。魏天行则再次失踪。很多人猜测，正是因为封闭式操盘，才能见到魏天行，他通过那场比赛，仿佛向潜在的对手宣告：他并非金牌研究员那么简单，他的操盘技术已炉火纯青。

直到很多年后，杨帷幄还能从克罗地亚知名钢琴家马克西姆（Maksim）的钢琴演奏中体验似曾相识的爆发快感。

三

袁得鱼在回家的路上，还想着那些数字，他没有想到魏天行那么神。他自己已经很久没有买股票了，但是他不愿意错过这个平衡市中难得的走势。

许诺几乎陪了他一天，她急切地问袁得鱼，明天要不要卖出这只股票，她对自己的股票很不放心，但又担心会错过一轮更好的走势。

袁得鱼眼睛一转，说："要不你跟我去一个地方，问问高手明天这只股票的走势会如何。"

许诺将信将疑地点点头。袁得鱼健步如飞，许诺骑着单车跟在他身后。

许诺看到破车库的时候有点儿犹豫，她完全没想到这里还可以住人。刚钻进卷帘门，她就看到一个邋遢的长发男人睡在地上，被子已经被他踢开了一半，他的腿毛很长。

接着，许诺就闻到了房间里的臭味，一看，原来有很多方便面盒子被扔在一边，似乎很久都没有清理过。

“你现在就睡在这里？”许诺捏着鼻子说。

“嗯。”

“这位，就是你说的高手？”许诺指着睡得昏天暗地的魏天行说。

许诺看了看时间，已经是下午3点20分：“一个人不看盘怎么做得好股票？”

“稍等。”袁得鱼先给许诺看了一下黑板，然后飞快地打开电脑，一张分时走势图立即出现在许诺面前。

许诺目瞪口呆，开始收拾房间里的东西：“天哪，股神啊！你别拦着我，我要好好巴结他一下。”

袁得鱼看着许诺忙里忙外，不一会儿，许诺不仅把“房间”收拾好了，就连饭菜也都做好了。

“哪来的饭菜香？”魏天行吸了吸鼻子，闭着眼睛爬了起来。

许诺痴迷地看着魏天行，脸也越凑越近。

魏天行一睁眼，被这个女孩凑近的脸吓了一跳。

“大师好，大师是不是饿了？要不要吃东西？”许诺马上端来饭菜。

魏天行睡得迷迷糊糊的，也不管三七二十一，拿起筷子就扒拉起来，他心满意足地感叹道：“哇，很久没有吃到这么可口的饭菜了，女人就是好啊！”酒足饭饱后，他又倒了下去。

这下许诺不太高兴了，袁得鱼逗她：“嘿，他就是这样，估计还在做梦。”

袁得鱼也吃得很香：“这下我沾光了，真好吃！”

许诺看袁得鱼吃得津津有味的，心情舒畅了很多：“这都是我奶奶教我的。她说，女孩可以不读书，但一定要做一手好饭菜。”

“嗯嗯，太有道理了。”袁得鱼又盛了一碗饭。

“我以前想，我要嫁的男人，只要我能看他吃饭吃得很开心就行，那样的日子我就很满足。”说着，许诺抬起头，开始浮想联翩，

“他一定要长得英俊，有天使一般的微笑，还要有两个酒窝。”

袁得鱼摸了摸自己的脸，恨不得抠两个酒窝出来：“酒窝有什么好，口味低俗。”

正在这时，车库外传来了敲门声。

袁得鱼与许诺一下子警觉起来，他们觉得很奇怪，这个连他们自己都可能会错过的地方，居然还有人敲门。

敲门声越来越清晰了，没错，还是敲打在卷帘门上那种声音。

魏天行示意袁得鱼从后门走。袁得鱼只好拉着许诺躲在后门处，透过门上的小洞观察里面的动静。

魏天行不太情愿地套上外衣，打开了门。

让袁得鱼惊讶的是，来者竟然是杨帷幄，就他一个人。

杨帷幄看到魏天行，不敢确认，说：“请问魏天行魏先生住在这里吗？”

“我就是。”魏天行低着头说，他看到杨帷幄站在自己面前的时候，并不是很吃惊。“请坐。”他镇定地说。

坐定后，杨帷幄直接问道：“你可能也知道了，我现在正在做申强高速这个项目，但是，我们却遭遇了强劲的对手，希望你能助我们一臂之力。”

“知彼知己，百战不殆。你现在只看到了自己，还没看清敌人，对方是有备而来的。”

杨帷幄的汗差点儿滴了下来：“那我应该怎么办？”随后他将自己的资金困境也说明了一下。

“你很有诚意。”魏天行想了想说，“资金是你目前最大的软肋，很难找到人与你一起冒这个风险。”

袁得鱼看到，杨帷幄给魏天行看了一份资料，并且小声说话。两人似乎在谈重要的事情，他听不太清楚，只好先送许诺回家。

袁得鱼在外面逛了很久，回来的时候，房间里只有魏天行一个人，他似乎陷入了深思。

“杨帷幄刚才找你是为了什么事？他怎么知道你在这里？”袁得

鱼好奇地问道。

“我的对账单地址写在这里，我还以为没有人会去看。杨帷幄果真是个将才。”魏天行说，“他请我出山。”

“魏叔，你不要去，你已经藏了这么久了，万一别人知道你在这里，就太危险了。”袁得鱼劝说道。

“箭在弦上，不得不发。”魏天行神色严肃。

四

第二天，魏天行穿着一身破衣裳来到海元证券，眼神依然涣散。

魏天行见到杨帷幄也没多说什么，直接问：“你们这里下单最快的大户室是哪间？”

“就是这里。”杨帷幄激动地将他引入总经理办公室里隐秘的操盘室。他知道，有魏天行的加盟，自己可以说已经成功了一半。

看魏天行重振雄风，袁得鱼不禁有些兴奋，希望自己能帮他做些什么，于是向杨帷幄请缨。

杨帷幄似乎早就料到袁得鱼会说什么：“看你机灵，今天就先协助我们操盘吧。”

袁得鱼有些喜出望外，问道：“你是让我直接操盘吗？”

杨帷幄摇摇头，向他招招手，示意他过来。袁得鱼疑惑地走上前去，杨帷幄对他耳语了一番。

距离开盘，只剩下 10 分钟了。

袁得鱼来到营业大厅，心里想着如何完成杨帷幄交给自己的任务。

这时候，他看到许诺正好高兴地进门，便召唤她过来，对她耳语了一番。

许诺抱了一下袁得鱼：“太好了！我这就把所有的钱都砸进去，魏大师都加入了，我没有什么可担心的！”

袁得鱼进入操盘室，轻声对杨帷幄说："消息已经放出。"

杨帷幄满意地点点头，袁得鱼的行为完全在他预料之中。

袁得鱼瞬间被魏天行的操盘技术深深吸引。

只见键盘上十指翻飞，若隐若现。

袁得鱼不由自主地走上前，只见魏天行的电脑屏幕下方是打开的很多账户。袁得鱼知道账户之间在来回翻倒，循环杀空，但他也只能看见账户在屏幕上翻腾，眼花缭乱。袁得鱼发现，海元证券的资金账户，几乎每隔 10 分钟，账户资金就少千分之一，精准无误。

买盘力量强大，任何挂出的筹码都被一扫而空。在大家还没反应过来时，买入的机会就已经没有了。

在营业大厅的许诺很是兴奋，因为她听了袁得鱼的话，一开盘就用剩余的资金买了申强高速，买在了一个底部的价位。目前，她的账户在满仓操作申强高速。

她很惊喜地看到，申强高速开始强势朝上狂拉："好个袁得鱼，消息果然很准，一上班就搞老鼠仓。"许诺偷偷笑道。

此时，申强高速的股价在一个大的压力位上顶着，接了所有的解套盘。显然，对手是不会接解套盘的，别人就更不会了，他在那个位置上不断地做假突破。在强压力位上，一般人是不会拼命给魏天行冲关的。

此时此刻，魏天行顶了巨大的风险，还要精准无误地计算成本，因为除了历史上的高位套牢，所有人的成本都要比他现在拿的成本低。

魏天行的精湛技法就是用于不断的做假突破，骗取所有技术派的人把筹码交出来。最直接的就是他能在最低的位置把该拿的全拿了，这是最考验功力的。而且，后面的任务十分艰巨，一要抢到足够的筹码，二要成本不能太高，三要把老鼠仓洗出来，四是时间还不能太长。怎么看，这都是一个不可能完成的任务。

没想到一开盘，申强高速的股价就开始跳水。

前一天旗开得胜的唐煜笑得十分开心，转头对在身旁观战的爸爸与二哥说："杨帷幄这不是送死吗？好不容易拿了那么多高价筹码，这样砸盘，以为我会被吓跑吗？兵来将挡，水来土掩，他下多少，我照单全收。到时候全部转给凯强资产，让它提早实现全收购，哈哈！"

唐子风扫了一眼档口，发现大量挂单非同一般，立即说："好像不是简单的诱骗，这个廉价筹码我们不好收！"

他话音刚落，申强高速股价直接砸在了跌停板上。

"爸爸，我好像真的快顶不住了。"唐煜大叫道。账上资金告急，对方不管多少筹码出来都一个劲儿地往下砸。

唐子风在另一台电脑上运作，他发现申强高速的挂单如山洞里的蝙蝠一样密密麻麻，顿时后背发凉，觉得这种场景似曾相识，马上声色俱厉地说："不管怎样，你先坚持住，不要轻易交出筹码。"他缓了一口气，胸有成竹地说，"赶紧使出第二计——'引狼入室'。"

很快，相关证券门户网站就发出消息，说前两天举牌的凯强资产背后是银波敢死队老大韩昊。

银波敢死队是游资中一支不可忽视的力量，况且江湖上也都知道，韩昊与泰达证券的唐子风交情极深。很多人对此消息将信将疑，开始动摇起来，跌停板被巨量的资金打开，跟盘资金又蠢蠢欲动。

杨帷幄直接问魏天行："怎么办？"

魏天行想了想说："目前已经没什么特别的办法，只能挑拨离间。"

"但是，唐子风与韩昊的关系已经跟铁打的营盘一样。"

"下面不是还有一句'流水的兵'吗？"魏天行笑道，"英国的帕麦斯顿（Pa Max Don）勋爵说过，'没有永久的朋友，也没有永久的敌人，只有我们的利益是永恒不变的'。我从来没看过联合控股会没问题。"

杨帷幄知道，魏天行说出这句话的时候，心里定是有了主意。

这时，魏天行打开一些特制的交易软件看了起来，他基本可以猜到对方的意图——伺机而动。尽管他们上午拿到了相对廉价的筹码，但也只是在目前的流通盘中高度控盘。银波敢死队的持股比例一直没变，可以说他们是市场上最不可忽视的主力。

杨帷幄心想，不知交代给常凡的事办得怎么样了。

五

常凡去的地方是新凯证券杭城解放南路营业部，这里是全国知名的敢死队大本营。有趣的是，这个营业部原来是泰达证券的，足见二者之间的微妙关系。

银波游资素以凶猛、疾速见长，江湖上有道，“炒股不跟解放南，便是神仙也枉然”。传言，只要跟敢死队搞好关系，里面的保安一年都能赚到几千万。

第一次来到敢死队大本营，常凡还是有些激动。

今天一大早，魏天行就吩咐了他一些事情。尽管他开始也被魏天行的样子吓了一跳，但他很快就不得不佩服魏天行确实是一名难得的军师。

若不是魏天行，这次行动十有八九会输，而在遇到魏天行之前，常凡还以为这是件很容易的事。有时候，一位高人不仅可以打开你的视野，还能使你的判断变得更为客观。

敢死队大本营所在的解放南路，与佑海的水城路、鹏城的红岭中路、帝北的杭萧路并称中国敢死队“四小龙”。

事实上，新凯证券是泰达证券分离出来的一支。泰达证券原本是一个小券商，凭借帝王医药一役才成为全国三大券商之一。

有关泰达证券，圈内人印象最深的一件事，就是唐子风初到泰达证券做老总时，很多人并不服气。

上任一段时间后，唐子风出手不凡，直接从帝北空运来一辆宾利汽车。这时候，圈内人才开始意识到他的背景并不简单，再加上他后来言出必行，大家强烈感觉到，只要是唐子风想做的事，基本没有做不成的。

唐子风的成功，少不了敢死队的帮忙。

海元证券倒掉后，敢死队的资源对于当时处于发展初期的泰达证券而言更是弥足珍贵。敢死队不是一个人，而是由三四人组成，且各司其职。往往在一个队伍中，一个人负责调用资金与倒仓，一个人负责操盘，还有一个人负责与其他营业部配合。

获得敢死队资源的好处自不待言。券商自营部经理可以看到每个账户里的股票，对敢死队的行踪了如指掌，与敢死队形成默契。在坐庄的后半段，自营部经理往往会将股票推荐给自己的大客户，让大客户尝一些甜头。其中最精准的就是一些分红预案的提前披露，如“某某股1996年每股收益1.16元，分配预案10转增10，分红2元，明日发布”。如果当天买几十万股，赚十几万元可以说是小菜一碟。

当然，更重要的是唐子风与政府官员的关系，变得更加微妙。每年过节，这些政府官员都会收到一个股票代码，是泰达证券定制的。

一般而言，收到短信的第二天上午，该股股价必定萎靡不振，但下午会冲到涨停板。这种笼络方式，也是敢死队教唐子风的，他们管这个叫“红包”，此举在江湖上十分盛行。只是红包也分等级，价值较高的客户，红包至少是200%，会注明目标价区间。而对于普通朋友，唐子风会中午告诉他们股票代码，给他们半天时间把握。一般而言，他们有约5%的盈利。

很多人后来才知道，原来新凯证券的幕后黑手就是韩昊。传闻韩昊与唐子风分道扬镳，才有了新凯证券。也有人说，不是分道扬镳，他们只是为了谋取更大的利益。

不管有没有新凯证券，韩昊很早就被委任为一家民营集团旗下投资公司的负责人。说到底，就是民营集团将投资管理部直接成立为投资公司交由韩昊管理，这个公司便是之前已经掌控了申强高速大量资产的凯强资产。

新凯证券正是韩昊用凯强资产这一平台，在资本游戏中“变”出来的。

常凡此行约见的重要人物，正是银波敢死队首领韩昊。常凡听说，这个敢死队老大脾气十分暴躁。有一次，一个助手不小心将咖啡洒在了他的身上，他也不管自己正在打电话就破口大骂起来。

韩昊最传奇的一次经历是与当年一场有名的期货大战有关。当时黑伯省与帝北的一拨期货高手发现一群国有企业的“土包子”在做期货绿豆。由于土包子们身在中原产区，以做空为主，没有什么风险意识，于是“黑伯虎”与“帝北龙”提议，打算劫一票“生辰纲”。

他们集中了资金在一家新开的期货公司“埋下雷”，在绿豆现货上做了一些手脚。奇袭选在一个周一的下午，在土包子们毫不知情的时候，搞了一场闪电战。他们干完后直呼过瘾，觉得比抢银行还来劲。

大概两年后，他们估计土包子们又养肥了，就打算再扫荡一次。放的探子回来说：“中原除了多了几家商场，人们的观念没有什么太大的变化。”于是，他们就放心了，没想到刚刚满仓，不利的谣言立刻遍布市场，这次也是闪电战，不过是土包子们把他们打蒙了。后来一打听，原来是中原土包子们请了军师，一直在等待报仇的机会，而这个军师，便是韩昊。

韩昊虽然名义上是新凯证券的老总，但主要业务都交给手下打理，他自己还是习惯坐在超级大户室里操盘。

正在大户室忙碌的韩昊接起一个电话，对方急切地说：“大哥，你不是说申强高速近期会陆续推出利好吗？目前的力度还不是很强劲，而且股价一直在往下跌，很危险啊！”

“放心，这只股票够我们在熊市吃大半年的了。”韩昊很有把握地说。

“韩哥，你看现在这只股票一直有人在压。我很好奇，你怎样保证海元证券不提前出货？我们的持仓比例高，万一我们先锁死在里面怎么办?”其中一个敢死队成员一边看K线图，一边询问道。

“你说得没错，但据我跟踪，海元证券已经埋伏了半年之久，这也就意味着，它在拿到项目的准确消息前，已经开始埋伏。而我们持仓，只花了两个星期的时间，尽管成本比海元高出了10%，但我们省下的是时间。”

“我又不懂了，最近市场那么惨烈，这时间有什么意义?”

“亏你还是做投资的，资金周转时间需要成本。我们最近一直在压盘，而它为了控盘，一直在不停吸收筹码，已经超过了它的资金底线。据我估算，它已经产生了超过30%的透支，目前的出货欲望比我们还强烈。而且，如果一个庄家愿意等半年，不赚个200%岂能罢休?不然如何覆盖它的融资成本?对我们来说，赚50%也是赚钱，何况目前的主动权还掌握在我们手上。”

“好的，大哥，你操盘，我放心。”跟风资金愿意继续顶着。

挂下电话，韩昊目不转睛地盯着八个电脑屏幕。

常凡走进这家新凯证券营业部时，不由得骂了几句。

他为了上大户室，不得不从商务楼绕进去，还要乘一架已经年久失修的电梯。

穿过走廊的时候，他看到不少人正在打乒乓球。他径直走到一间大户室门口，看到这间大户室颇专业，一共八台电脑，显示着不同的交易数据。显然，这个大户除了做股票，同时还关心期货与外汇，屏幕上是全球交易系统。

常凡敲了敲门，顺势推开了门，见到一个年纪不大、剃着板刷头的男子坐在里面。他皮肤黝黑，浓眉大眼。尽管他看起来只有30多岁，但两鬓已经斑白，正是魏天行此前向他描述的韩昊的样子。

韩昊听见敲门声，转过身，看到一个冷峻儒雅的高个子男人走了进来，自己从来没见过。

“你好，我叫常凡，是海元证券的自营部经理。”常凡递上了名片。

韩昊完全无视他，继续在座位上操作，一语不发。

常凡能够感觉到韩昊的气场，仿佛在对他说："滚出去。"尽管感受到对方的不友好，但常凡认为还没有被赶出门，就应该先忍着。

韩昊十分忙碌。

常凡见韩昊正在操作一只小盘股，他将横抛的资金拦腰截断，股价仿佛随着他的心思死命往下跌。等到对方退缩后，他开始大肆洗盘，看筹码吸收差不多了，就立刻巨幅拉升，手法干净利落。

常凡在一旁暗暗叹服。

这只股票从下跌到被牢牢封死在涨停板上，前后不过15分钟。韩昊显然放下心来，抽出一支烟，看看其他股票，丝毫没有将等着的常凡放在眼中。常凡看了下表，已经过去了一个多小时，但对方依然没有搭理自己的意思。

常凡只能继续默默等待。又过去了大概半个小时，已然收盘，韩昊才慢悠悠地转过身，冷漠地说："你不知道，交易时间不适合会客吗？"

常凡微微一笑："这次的确十分冒昧，不过有幸领略到了您的风采。"

"无事不登三宝殿，请问这位同行，你今天过来有何贵干？"韩昊想起，他曾在一些公共场合听说过常凡，圈内人都说他是青年才俊。

"我不是拐弯抹角的人，这次来，主要是想与您合作。"常凡直截了当地说。

韩昊冷笑了一下："想请我的人太多了，你们有什么地方可以吸引我？"他又冷笑了下。

常凡知道，韩昊近几年发展速度很快，入主新凯之前他已经是身家20亿元的最牛散户。江湖上的人也知道，韩昊带领的敢死队一直在做一些见不得人的生意。

"我找您，是因为我们最近也在操作申强高速。我们已经控制了12%左右的流通盘，我知道您这里有20%，不如一起坐庄，我们绝不会亏待您，事成之后，五五分成。"常凡笑着说。

“你来晚了一步。”韩昊笑着说，“我昨天晚上做了个梦，梦见自己在一片森林里，忽然刮起一阵大风，很多树摇晃起来，掉下很多果子。你说我是不是有点儿迷信？”

常凡知道“森林”正是泰达证券的标志，韩昊的立场已经表明了。

韩昊随即又回到正题：“兄弟，如果我没记错，这是你第一次给我名片。至于合作，我想我们应该需要一个慢慢了解的过程。”

常凡只好赔笑道：“有时候，你亲密无间的战友，未必把你当作最亲密无间的朋友。我给你看样东西，是我从一个朋友那里得到的。”

说着，常凡递给韩昊一个牛皮资料袋。

韩昊拆开资料袋上的绳线，疑惑地看了常凡一眼。看了资料，韩昊头顶就冒出了冷汗。

资料里记录了凯强资产曾经做过的勾当。坐庄的基本条件很简单，就是要有资金实力。发展初期的凯强就拼命寻找资金、拆借资金，哪怕要付巨额利息。为了筹钱，凯强利用国债回购的虚假空单到处去抵押融资。当年，它把目光瞄准了武田证券交易中心。

1994年，武田证券交易中心旗下成立了武田有价证券托管中心，在全国设立了30个分库，成了全国最大的资金拆借市场。不少个人和机构借国债回购之名，非法拆借资金。而一些金融机构与证券公司，看到有年15%、年20%以上的回报率，就都开始拆借资金。

凯强资产当时招聘了大量业务员，骗取了很多券商的信任。他们拿着一批所谓的武田证券交易中心分库的入库通知单，填写了巨额的国债，拿去给各地的证券公司和证券登记公司做回购融资。

短时间内，凯强先后拆借到资金约几十亿元，这笔资金让凯强有了坐庄成本。由于坐庄手段凶狠，凯强很快就归还了利息。

事实上，这件事情的风险很大，就像当时很多大户，都做融资交易，把自己的钱全放进股市就算了，还以1∶1的比例向券商借钱。券商自然也愿意放这样的高利贷，对一些诚信度高的客户，它们甚至连利息都不收，因为最理想的合作就是分成。

对于券商而言，拉拢这些大户，也有助于自己自营部的发展，毕竟一些头寸还是要靠大家扶助，俗话说得好，“一个好汉三个帮”。但是，获利还好，一旦失败，就永无翻身之日，还有可能受到法律制裁。

不要说金融行业，当时很多行业都是靠胆子大做起来的。房地产业、煤矿采掘业、进出口业，都是靠一个融资接着一个融资滚动起来的。或许，一个行业在发展之初，都有这么一个过程。经济学家管它叫“泡沫”，没有泡沫，也谈不上繁荣。

常凡拿出的资料清楚地记录了凯强资产的诈骗行径，有虚假空单、业务员资料……涉及犯罪人员数百名，牵连的金融机构、证券交易中心、证券公司几十家，涉及金额达数百亿元，亏损数十亿元，形成了中国最大的金融债务链。罪名也赫然在列：凯强资产董事长韩昊等人，采取私刻公章、伪造证书和票据等欺诈手段，在武田等地大肆进行非法融资等活动，负债98.66亿元，给国家造成巨大的经济损失……

“这是泰达证券整理的资料，它想在最后分赃的时候，拿出来威胁你。”

韩昊一下子慌了，融资数目之大，以新凯证券目前的资金实力根本难以偿还，一旦东窗事发，监管部门一定会将股票账户上的股票强行平仓，以补资金缺口。

他曾经为了抹平这个数据，有过一段不堪回首的往事。这段往事，市场上只有极少数人知道，但都只字不提。韩昊不知道常凡从哪里搞来这份资料，但他依稀知道，可能与海元证券有些关系。

“如果你与我们合作，我不仅将这份资料销毁，还会把所有的资料都销毁。你想，既然我有办法拿到这些东西，自然也有办法让这些东西在泰达那里不见踪影，不留一点儿蛛丝马迹。”常凡仍然不带表情地说。

常凡看对方仍在沉思，继续说道：“我们需要你的帮助。你现在有两个选择，一个是将你们账户的申强高速股份都转给我们。我已经研究过了，一半是拖拉机账户的，这部分我可以都买下来。另一半是你们公司账户的，希望你们能直接倒仓给我们，由于时间紧迫，我不建议直接通过场外转让的方式进行，我比市价加 5% 的利润一次性付钱给你。另一个是我们最希望的，你亲自操盘，获利盘五五分成。"

"给我一点儿时间想一想。"韩昊一屁股坐在椅子上，呆呆地说。

六

离早盘收盘还有 10 分钟的时候，魏天行已经把账上的钱快用光了。"海元证券目前的透支资金比例最高是多少？"魏天行直接问杨帷幄。

"1∶1的资金都可以放。"杨帷幄咬了咬牙说。当时，这样大比例且无利息的透支是需要当天平仓的。

魏天行用剩下的钱，借了透支资金，然后疯狂地买，很快就把剩下的钱加透支资金全用完了。很快，他看到盘面上有少量跟盘。前面有多次的假突破，但跟的量不是很大。

袁得鱼开始担心，但他发现，魏天行一直镇定自若，而且仿佛这就是他需要的效果。

到了下午，透支的资金需要平仓，主力好像哪里不对劲了。

魏天行发现资金量不够，于是问杨帷幄是否可以不平仓。杨帷幄说不可以。

袁得鱼也不清楚怎么回事，这个消息不胫而走，盘面上，申强高速的走势也开始绵软无力，原先的冲刺仿佛就像一个扶摇直上的风筝遇到狂风，掉头向下。

"完了，听说申强高速的主力资金'青黄不接'，马上就要崩盘了。"

"好像真的上不去了。"

……

袁得鱼看到魏天行开始痛苦地进行平仓，瀑布一样，股价下来了，把早上买的亏损着全砸了出去。

许诺也紧张起来，由于她不断加码，她的账户顷刻间就没有了任何盈余，再这么下去，早上赚的钱马上就要都交出去了。

她马上跑到楼上找袁得鱼，只见袁得鱼正在二楼走廊上来回踱步。

“是不是主力真的没资金了?”许诺焦急地问道。

袁得鱼一脸纠结的神色，他望了许诺一眼，沉痛地点了点头：“主力必须平仓，这是铁的规定，我亲眼看到杨帷幄下令的。”

许诺顿时崩溃，一下子坐在了地上：“为什么主力崩盘的事，你没有早点儿告诉我？我所有的钱都投进去了！尽管我也早就听说海元证券会做申强高速，但我一直当它是普通的消息，直到你说之后，我才真的完全相信。我还傻乎乎地以为你在这里，自己总算有赚钱的希望了。我是骗你的，我投的并不是只有几千元卖葱的钱，为了救奶奶，我这次真的把爸爸妈妈留给我的嫁妆钱都扔进去了，一共是3.5万元！袁得鱼，你让我怎么活下去！”

袁得鱼愣在那里半晌，才说出一句话：“对不起。”

许诺哭着跑下楼。海元证券整个营业大厅都沸腾了，他们从许诺那里再次确认了主力崩盘的消息，很多人马上把自己的资金撤了出来。许诺也只好把自己前一天的资金撤出，她眼睁睁地看着账上的资金急速缩水，急得哭了起来。

主力崩盘的消息以迅雷不及掩耳之势从海元证券，传到了其他机构那里，整个市场顿时躁动起来。

“不行了，我有自己的交易纪律，亏损5%必须止损。我已经忍不住，交出去1/3了。”唐煜额头上开始冒汗。

“没关系，他们这么砸下来，自己也伤筋动骨，我们只要尽最大努力挺住就行。”

“好。”唐煜重重地点了下头，他想到的是马上控制住敢死队，最好能够让他们往上拉。

电话那头，韩昊坚定地表示："申强高速，我已经锁仓16%。该暗示的，我也已经暗示兄弟们了。对了，你的资金准备得怎么样了？"

"我已经都安排好了。如果事情能成功，你们绝对是功不可没啊。"唐子风笑道。

"盘面砸得很凶啊。我对控制他们公司才不感兴趣，你最好再具体一点儿告诉我，怎样配合大家出货？"

"知道知道，我们这不是借力打力嘛。如果不是你们顶着，他们怎么可能有办法绝对控盘！"唐子风宽慰道。

"哈哈，谁让我们本来就有11%的底仓，哈哈哈。"韩昊豪爽地笑道，但他内心依稀感觉唐子风这次对消息的控制力并不够，而且只是控盘，这无疑不是他要的答案，他忍不住继续说道，"你知道我们敢死队都是玩短线的，你不要玩火自焚，把我给兜进去，到时候，我也只能不客气。"

唐子风一时语塞，他还没反应过来，就听到对方挂电话后的"嘟嘟"声。他意识到情况有变，马上紧急看了一下盘面，本来还有资金在角逐，现在的盘面如断了线的风筝般直线下跌。前面来不及逃跑的人，还依然抛着，仿佛全天下的老鼠仓，都在蜂拥而出。

这时，魏天行也沉痛地甩手离开键盘，结束一天悲惨的交易。收盘即最低价，这个价格已经跌穿了申强高速此前一直坚持的水平。

唐煜从来没有觉得操盘时间如此漫长，他坚持了整整一天，每分每秒，他都希望快点儿过去。收盘时，申强高速牢牢砸在跌停板上。唐煜松了口气，备受煎熬的交易时间终于过去了。他在操盘时，从来就没有这么惊慌失措过，以往他总是胜券在握，今天他分明感觉到自己遇到对手了。

唐子风接到一个电话，是一个资深券商人士打来的，说江湖已有传闻，主力目前被人追债，问唐子风是否有这么回事。

唐子风觉得莫名其妙，主力难道不应该是他自己吗？他说："请相信我，目前不知道是谁在搅浑水。”

“唐子风，你看今天申强高速收盘后还有那么多巨量卖单，这难道不是主力溃败出逃的前兆吗？不管怎么样，有什么消息及时通知我。”电话被粗暴地挂断了。

“幸好逃出去了不少。”唐煜嘘了一口气，“市场上的人目前只知道砸盘，第二天形势会更加惨烈。”

许诺一个人站在营业大厅的电脑前面，发呆了很久，她从来没有在一天内亏损过这么多资金。她好不容易鼓起勇气看了一眼资金明细，足足损失了1万元，她感觉天都要塌下来了——她每天卖葱卖鱼只能赚80元，她不知道奶奶的医疗费该怎么办。

袁得鱼远远地看着她，看着她一个人呆呆地离开，心里很不是滋味，于是追了上去，许诺一下子将他的手甩开：“我真的不想看到你！”

第六章　巧破大阴谋

域中有四大，而人居其一焉。人法地，地法天，天法道，道法自然。

——老子《道德经》

一

第二天，申强高速跌势依旧，一开盘，股价就牢牢封死在跌停板上，迅速打击了一些人买入的信心。

这时候，唐子风接到很多机构人士的电话："你在做什么？给我们下药不是？"

多年的经验让唐子风有一种强烈的预感，但他并不确定，只让唐煜静观其变："先不要出，这可能是个计谋。"

唐煜对爸爸的分析有几分不解："如果消息是假的，那么海元证券这么砸盘，放出那么多筹码，不是自找苦吃吗？它的目的不是要拿到更多筹码吗？这么操作不是搬起石头砸自己的脚吗？"

"太复杂了，但至少它把价格压低的目的已经达到了。"唐子风若有所思地说道。

"对不起，爸爸，我坚持不住了。"唐煜感到一阵恐慌，他再也无法容忍内心的恐惧与无法战胜对方的煎熬，痛苦地放出了几乎所有的筹码。是的，这样的洗盘，留给参与者的已经不再是失去金钱的悲痛，而是精神上的无限恐惧。

"爸爸，幸好我逃得早。"唐煜松了一口气。没想到，就在所有出逃的人都在庆幸的当儿，唐子风惊奇地发现，最佳买点早在神不知鬼不觉的时候来临，就在唐煜说完那句话的短短 15 分钟后，申强高速的价格就迅速地跳过了套牢区，一路狂飙到了一个高处。

唐子风一下子倒在椅子上，这几天他大气都不敢喘，目前可以肯定的是，自己一开始的猜测都是对的。他自己也知道，就算可以早点儿肯定，也无法改变自己把廉价筹码交出去的命运，因为自己目前根本无法与对方抗衡。

而他的对手只有那一个人，如果他没有猜错，应该是神奇操盘手魏天行。在操盘上能够控制魏天行的，江湖上也只有一个人，但那人已不在人世。

唐子风不知道魏天行怎么会以这样的方式出现，但确定的是，魏天行看破了他的招数，并将自己置于无望的境地。

唐煜似乎也察觉到什么，突然眼睛一亮：“这莫非就是江湖上快失传的跌停板洗盘吸筹法？”

“你说得没错。”唐子风有气无力地说。他想起当年，袁观潮为了击败恶庄，曾经用过这个技法。很多市场人士至今还记得当时的惨烈，跟盘的人几乎无一幸免。

唐煜显然并不在乎得失，他对技术更感兴趣：“爸爸，这个跌停板洗盘吸筹法究竟怎样才能做到？跌停的话就是出货，如何做到同时吸筹呢？”

“这是个十分复杂的艰巨工程。”唐子风一想起当年自己第一次见到跌停板洗盘吸筹法的情景就毛骨悚然。

唐煜自言自语道：“在砸盘的过程中，操盘手如何保证自己同时吸到廉价筹码？如果要谨防对手进入，必须把砸盘节奏完全控制在自己手中，他又是怎样做到放出的量能恰到好处地砸出跌停板呢？”

“这个办法最早由袁观潮首创。”唐子风叹了一口气，一边指着盘面一边说，“你知道围棋大师吴清源吗？吴清源 20 岁与秀哉对战的时候，他起手就使用了‘三三、星、天元’的布局。第一子下在右上角‘三三’的位置，这在当时的棋派来看，无异于禁忌的‘鬼门’走法，然而，他却自创出一番情境。他不按常规路数走棋，但每次都能突破原有的围棋棋谱，自成一派，运筹下来，比多年来的程式还要高出一筹。袁观潮也是这样的人，所有人都认为跌停板时要砸盘，就是出让筹码，他却反其道而行，利用的是人们的惯性思维与心理弱点。要达到这样的操盘法，需要的已经不是胜于一般的技巧，而是超凡的心理承受力与非同一般的计算能力。”

唐子风平时很迷围棋，最佩服的人就是棋圣吴清源。他觉得自己与吴清源有一个共同点，就是出其不意，可以做到心中无棋，随意改变既定的套路，自成一体。

唐煜点点头：“袁观潮是我一直尊敬的前辈，但是他不是已经英年早逝了吗？究竟是谁那么厉害？”

“如果我没有猜错，海元证券可能请到了另一位失踪了很久的高手——魏天行。”唐子风仰天长叹。

唐煜仍然有些不甘心，终于按捺不住，开口道：“爸爸，目前还有没有其他办法？请相信我，我会尽力而为的。”

唐子风沉思了许久：“目前，杨帷幄不仅已经高度控盘，而且迅速赢利。但我们还剩下最后一个办法，就是迅速调集这几天分散的资金做最后一次集中行动，齐心协力把杨帷幄砸死。目前人心涣散，当务之急就是稳定军心，只有齐头并进，才能严防死守在第一线。”

“好的，我这就联系项目书上的几家机构的负责人。”只见唐煜打了好几个电话后，面色越发凝重起来，“爸爸，他们早在前两天就被迫交出了大部分筹码，我们手上已经没有筹码迎战了。”

“事到如今，只能问问其他机构的负责人，看看他们是否愿意交出筹码。”唐子风自己很惭愧，作为主力之一，他自己也被迫抛出筹码而明哲保身。

“韩昊，这个盘出现了什么状况？”唐子风希望韩昊不要失控，他已经快控制不住自己的情绪了。

“对不起，正好有另一个项目要做。”对方匆匆挂了电话。

唐子风气急败坏地给律师打了一个电话：“赶紧把新凯证券的旧账翻出来。”

没想到律师回答说：“我正要打电话给你，资料袋昨晚不翼而飞了。”

这天，申强高速震荡剧烈，整体呈现倒 V 走势。直到收盘时，股价又回到了 9. 2 元。

然而，申强高速当天举牌公告：“至交易结束止，海元证券通过佑海证券交易所系统买入并持有的申强高速发行在外普通股票占该公司总股本的5.045%。根据《股票发行与交易管理暂行条例》的有关规定，特此公告。”

唐子风感觉自己太累了，此时此刻的自己浑身发软，不过意识还算清醒。他知道，杨帷幄的基本目的达到了，就是控制申强高速。但是在吴新转手自己的股份之前，杨帷幄目前还差最后一步棋，整个战役还没有完全结束。

唐子风目前还有一计，也是他计谋系列的第三计——“釜底抽薪”。

另一边，魏天行在海元证券的操盘室中已经忙碌了整整四天。在这天收盘后，他直接在地上躺了下来，很快就进入了梦乡。

袁得鱼一直沉浸在操盘中，他开始思考魏天行几日来的动作。

这个操作，最直接的就是能在最低的位置把该拿的全拿了，但难度太大了。因为主力还没动手之前，就会有很多老鼠仓先出手，毕竟很多机构之前也埋伏了很多底仓，随时都可能抢先得手。

袁得鱼回忆起魏天行在键盘上行云流水般的动作，就像抚琴，这让他想起了当年在学校里看到的一个表演——钢琴的四手联弹。难怪很多操盘手原先就是弹钢琴的，手法异常迅速。

他知道，魏天行在这样短暂的时间内，至少从容不迫地完成了三件事情。第一件事情是始终保持自己的警戒持仓量，这需要多个账户的量价配合，还要有强大的心算能力。第二件事情是大部分人无法想象的，他必须用手上的资金以最快的速度击溃敌方的先手，就好像无数颗子弹如同弹雨般射来，然而他却在一秒内，不仅将子弹统统挡在身外，还要给每个敌人回射一颗子弹且一击致命，这需要操作娴熟。第三件事情是最难的，就是对市场情绪的把控。他用的武器是盘面走势，而这需要卓越的盘感与精准的控制力。这样的量价运作，除了超越常人的心算能力外，还要有精准的操盘手感，更要有一种突破传统思维的爆发力。

袁得鱼回过神来的第一件事，就是迅速查了一下许诺的资金账户，他想起已经好几天没看见许诺了。

账户显示，早在第二天下跌的时候，许诺就割肉出局了，像大多数股民一样。短短两天，许诺就赔了 1 万多元。

他尽管完成了杨帷幄交给他的任务，但是一点儿都不快乐。

杨帷幄也仿佛刚从惊涛骇浪中回过神来，他回顾了一下整个过程中自己最关心的部分，不由得惊叹魏天行对持股比例的把握——经过两次举牌，持股比例比先前整整上升了 10%，这也就意味着，他离正式入主申强高速不远了。

"袁得鱼，你干得好，我都看在眼里了，年轻人最难得的就是不感情用事。"杨帷幄拍了拍袁得鱼的肩膀，手里拿着一个信封，"这是我给你的奖金，你可以用它来弥补一下你朋友的损失。"

袁得鱼摇摇头："真的不用，我已经把自己账户上赚的钱全部给了她。"

"今天也没什么事了，要不你去告诉你的朋友？"杨帷幄通情达理地说，并把信封塞到了袁得鱼手中。

"好！"话音刚落，袁得鱼就不见了踪影。他去了许诺家。

还没到许诺家楼下，袁得鱼就听到远处传来此起彼伏的哭声。他看到很多人戴着白孝进进出出，心里顿时有了一种不祥的预感。

他上了楼，发现许诺家的门开着，有很多人围聚在那里。透过一群人，他看到许诺坐在床上，面容憔悴，眼神空洞。

有两个上了年纪的妇女坐在一旁哭着，还有一个男人抱着遗像。

袁得鱼几乎要崩溃，仿佛也感受到了许诺的无限悲伤。他感觉无地自容，想找个地方躲起来，但他看到许诺满脸无助的样子，还是走了进来。袁得鱼慢慢走到她面前，一向伶牙俐齿的他，此时却不知道该说什么好。

许诺看到他，很快把脸转了过去，没再看他。

袁得鱼在她面前跪了下来："我知道说什么都太晚了，但你账户上的钱并没有少。这里还有一笔钱，或许能帮到你！”

许诺轻轻地摇了摇头：“奶奶死了，钱有什么用呢？”

“我也很难过，但就请你收下我这份心意吧！”袁得鱼继续跪着，把信封放在了许诺手中。

“我就不收，你这算什么意思？就算你帮了我，那么其他股民怎么办？哈哈哈，你们海元证券的主力真是厉害啊！我刚才听说，申强高速今天被拉上去了，前两天都在假跌。恭喜你，袁得鱼，你立下了汗马功劳，应该赚了很多钱吧？”许诺一字一句地说。

“我真的不是故意利用你。”袁得鱼低下了头，许诺清楚发生的所有事情。

“我觉得自己真的好傻，怎么听不懂你的话？”许诺继续说道，“你不是说主力在做申强高速吗？我只要放着就可以了，都怪我自己不好，还跑上去问你主力是不是崩盘了，我这不是自讨苦吃吗？”

“是我错了，我撒了谎。”袁得鱼的头更低了。

“你上班第一天，我还跟奶奶说，我们有希望了，有钱治病了。我有个很聪明的朋友进了海元证券，我可以赚很多很多钱给她治病。奶奶听到后很高兴，还说，从来没看过我那么开心，问我是不是喜欢这个男孩，我还傻乎乎地点了头。”许诺哭了起来，“我还说，奶奶，我从来没有这么喜欢过一个男孩，他的名字叫袁得鱼，他头发总是乱蓬蓬的，喜欢歪着嘴笑。我看到他的第一眼就喜欢上他了！”

许诺呆呆地停了下，又继续说道：“第二天，奶奶还向我问起你，我就一个劲儿地哭，她问，是不是你欺负我了。我说不是的，说你原来想帮我，但是有些事情不是你可以控制的。今天我知道了，原来你不是不可以控制，而是在欺骗我！下午奶奶看到我哭得厉害，还想起身，没想到一激动就……”许诺难以自控地大哭起来。

袁得鱼一把将许诺抱在怀中，感觉到她瘦弱的身体，在自己胸口微微颤抖。他喃喃地说：“你不是没有亲人的！”但许诺还是铆足全身力气将袁得鱼推开了。

这时候，有两三个男人走过来，把袁得鱼从地上拉起来，向门外拖去。

袁得鱼挣扎着要进去，几个人用力把他往外拖，他一个踉跄，在楼梯上摔了一跤，倒在了地上。他看到许诺把他留在床上的信封撕开，将大把的钱扔出了门外，一张张钞票就扬落在他眼前，像冰冷的雪花在纷飞……

袁得鱼一个人在大街上走着，走着，走着，他的眼泪流了下来。

二

袁得鱼在大街上不知道来回逛了多久，又走到了海元证券的大门口。

这时候，常凡也正好加班出来，公司既拿到廉价筹码，又赚到坐庄资金的大好消息，让他十分痛快。他在楼下撞到袁得鱼时兴奋地拍着袁得鱼的肩膀说：“来来，新同事，今天我正好没事，陪我一起去喝酒。”

此时，就在他们旁边，闪过一个身影，此人脸上有刀疤，看他们走远了之后，就马上打电话给一个人：“魏天行倒是没看到，但是我发现一个人，你应该也有兴趣。你还记得袁观潮的儿子袁得鱼吗？我曾经在江陵那个小城跟踪过他一段时间，绝对不会错！”

天色已晚，他们七拐八拐，来到礼查饭店旁的夜排档。

袁得鱼坐在油腻腻的小方桌旁，想起父亲挥斥方遒的时光。父亲曾经带他来过这里，透过蒙蒙的水汽，他仿佛看到父亲正坐在不远处，豪放地笑着，与身边的人相谈甚欢。

“老板，一份炒猪肝，小火翻一下就成，要嫩！”常凡又叫了两瓶啤酒、一碗螺蛳肉、一份腌毛豆，还有若干鸡翅和烤肉。

袁得鱼有心事，但和常凡一起喝酒，心情舒畅了不少。

“得鱼，我一见到你，就知道你会被老板聘用。”常凡一边喝酒一边说。

“为什么？”袁得鱼疑惑不解，他想起魏天行好像也说过这样的话。

“那段时间股市一路向下，其他人都让他赔了钱，你至少不会。”常凡呵呵一笑，“还有，我们一直少一个客户经理。这次，你也算是立了大功。”

袁得鱼一想到这个，心情又沉重起来，叹了一口气说：“我之前一直觉得股票很好玩，但今天觉得一点儿都不好玩。”他低下头，心想，就算赢了，但那么不快乐，又有什么意义呢？

常凡仿佛看透了袁得鱼的心思，说道：“输赢乃兵家常事，有人一夜暴富，自然就有人倾家荡产。你刚来，时间久了，就习惯了，来，喝酒喝酒。”

“常凡，他们为啥都叫你‘少帅操盘手’？”袁得鱼有些好奇地问道。

“可能我比较冷血吧。像我这样的年纪，应是有激情的时候，他们都说我心如止水，好像没什么东西能让我激动起来。不过，做一个操盘手，最重要的就是残酷无情。技术上很多人都实力相当，但能在热血沸腾的战场上懂得控制自己情绪的人就少之又少。这一点，我真的相当佩服魏天行，他简直是大师级的人物。此前我跟他交过手，那次他赢了我，我当时还有些不服，这次真的是心服口服了。”

“不过，我觉得你对我还是蛮好的，我并不觉得你冷酷。”袁得鱼喝了口酒说。

“你小子跟别人不一样，你不觉得的事情，就是大多数人都觉得的事情。我一见到你，就有一种高手之间的感应。我的直觉告诉我，你绝对不是一个简单的人物。”常凡真诚地说，“能与高手一起沟通、切磋，人生最痛快的事莫过于此！”

“对，喝酒喝酒！”袁得鱼不由得想起自己的爸爸当年与唐子风把酒言欢的场景，伤感起来。见常凡痛快地将杯中的酒一饮而尽，他也仰头喝酒。

“嘿，袁得鱼，你怎么在这里？”

正喝着，袁得鱼听到汽车的鸣笛声，他转身一看，是一辆红色跑车，跑车里一张熟悉的面孔，是邵小曼。

“小曼美女，是你啊。”袁得鱼说。

邵小曼正好经过这里，她开着车，远远就看到大排档有个眼熟的年轻人在喝酒，走近了看清是袁得鱼。

“上车吗?”邵小曼问道。

“这位美女是谁?”常凡小声问道。

“是我一个朋友，我先告辞了。”袁得鱼没多想，就跳到了敞篷的红色跑车里。

“坐好了。”邵小曼启动车的时候，眼睛盯着前方，仿佛不是在看红绿灯，而是在看世界一级方程式锦标赛（F1）赛道上的信号灯。邵小曼一下子把车速拉到时速 100 千米，袁得鱼听到车子发出“呜呜呜”的声音。随即，他看到车速已经蹿升到了时速 130 千米。

变成绿灯的一刹那，这辆红色跑车飞速冲了出去。袁得鱼感觉自己像是弹了出去一样。

车子飞速疾驰，邵小曼的头发早已乱飞。

“我敢说，能看到你这个疯子造型的，全世界不会超过三个!”

在此时此刻的南北高架路上，一辆红色法拉利在以 150 千米的时速飞驰，一路上轻松超过四部出租车、两部奥迪车、一部宝马车，全部是绕道超车。邵小曼超车时使用的是一个技术，就是开出外道，然后踩油门提速，转弯时也以基本时速 90 千米的速度超过。一个摩托车司机吹来口哨声。

“跟踪你的是什么人?我刚才看到他们也在隔壁桌看着你。”邵小曼问道。

“什么人?”袁得鱼一头雾水。

“你怎么那么不小心，你被盯梢了。”邵小曼摇摇头。

这时候，袁得鱼才看到有一辆黄色轿车紧跟着他们。“不知道，我也觉得纳闷。”袁得鱼说。

“是不是搞错了?”邵小曼打量了一下袁得鱼，实在想象不出袁得鱼会得罪什么人。

红色法拉利速度太快，“刀疤脸”追得力不从心，气得砸了一下方向盘。

这时候，他身旁有个黑衣人说道：“大哥，这个女的简直就是飞车队的，我们怎么办啊？”

“不过，这女的好像在哪里见过。”“刀疤脸”疑惑地说道，“对了，好像就是那天在花天酒地见到的，听老大说，来头不小，我们走吧。不过，这小子怎么可能跟这样的千金勾搭上？”

黄车掉头离开。“走了。”邵小曼看后面的黄车不见了踪影，才放慢速度。

袁得鱼朝后面看了一眼，发现黄车果然不见了。车子被开到了天乐，邵小曼不得不放慢了速度：“这里简直就是‘堵城’——堵车的堵。”

“这是不是你的最快速度？”袁得鱼吃惊地问道。

“应该不是。我开得最快的一次是在美国的费城，那里的路况很适合飙车，大段大段平坦的马路，而且路面有起伏，我喜欢那种感觉。”邵小曼看袁得鱼还有点儿惊魂未定，解释道，“我们去美国的一些中国学生平时没什么事情就喜欢飙车。”

袁得鱼不知道这个富家女还会给自己带来什么新鲜刺激的事情，不过，这个女孩让自己消除了此前的紧张。很快，邵小曼又给了袁得鱼一个刺激。

“你会停车吗？”邵小曼问道。她将车开到肇嘉路上，那里车位都停满了，好不容易找到一个空位，“我一停车就犯愁。我们很多人都这样，光是飙车厉害。”

“我试试吧。”袁得鱼想起以前父亲教他开车的一些情景。

“记住，这可是有技巧的。”他与邵小曼换了位置。

“我一般会扫尾入库，但是看你是个初级学员，我就只能放慢动作了。”袁得鱼有些显摆，“看好，车要与旁边的车身形成90度角，这样慢慢倒进去。记住，在倒车的时候，要把方向盘向左边打足，然后到快上街沿的时候，慢慢回调，要慢，方向盘放完的时候，正好是你车子放平的时候。好，奥特曼战船完美登陆。”法拉利十分精准地一次性停靠在空位中，与南边的车大约只相隔10厘米的距离。

“哇，perfect（完美）!”邵小曼愉快地拥抱了一下袁得鱼，“你知道吗？在美国的时候，我就对自己说，以后我的男朋友，他可以很多东西都不会，但必须会停车。”

袁得鱼心想，当年爸爸真是事无巨细，原来这招还可以用来泡妞。不过，邵小曼这女孩也很有意思，虽然很厉害，但每次都能在关键时候让他出出风头。

把车停好后，他们下了车，并肩走着，像是已经认识了很久的朋友。

“我很奇怪，那个夜排档为什么每次都有那么多人?”邵小曼诧异地问。

“投资者需要一个会聚的地方吧，我们现在这么穷，就只好混路边摊了。”

邵小曼笑起来：“记得有一回，老师带我们去美国的一个城市，在内布拉斯加州，叫奥马哈，美国很多地方名字都不太好记。有一次我要去莱克星顿，我问美国朋友怎么去，没想到对方问我，我要去哪个。原来有两个莱克星顿，一个是肯塔基州的城市，一个是马萨诸塞州的波士顿郊区的小镇。这还不算，还有个叫Bridgeport的城市，在地图上竟然可以找到6个。”

“难怪去了美国之后，很多人都说记忆力有所提升。”袁得鱼笑道。

“言归正传，说到那个城市，还真的很神奇，那里住了很多投资家，最著名的就是巴菲特，那里共有200位巴菲特级的亿万富翁。我们这些学生在那里的小餐馆，问他们巴菲特家住在哪里，却没人知道。”

袁得鱼摸了摸自己的脑袋，开玩笑道：“居然有人比我还低调。”

“巴菲特在美国的知名度很低，可能只有学投资的人才知道。美国人更关心迈克尔·杰克逊（Michael Jackson），因为艺人能够唤起他们内心的感觉，他们只关注自己的感受。”邵小曼无奈地说，“我跑到这里来，感觉很不一样，发现这里的人都忙忙碌碌的，所有人都很物质，都想拼命赚钱。”

“华尔街的钱怎么堆出来的？跟我们这里有什么两样！”袁得鱼不屑道。

“哈哈，我原来在国内读书的时候，他们说，资本家很坏，宁可把牛奶与面包扔到河里去也不给饥饿的人吃。虽然我们知道这是控制供给，但后来我去了美国，才知道那种情况下，更多牛奶与面包是过了保质期。”邵小曼继续说道，“这里的价值观是金钱至上，美国的价值观反倒是多元化的，人们不会太关注有钱的人。”

“这么说，我好像挺适合美国的。我就一直想做个邮差，无忧无虑的。”

“好呀！你来美国做邮差，只给我一个人送信。”

“送的信只有一个名字——情书。”

邵小曼笑起来：“对了，你怎么看都不像做投资的，怎么去券商了？”

“不过，我没想过自己会入这一行。”袁得鱼迟疑了下，“我当初主要是为了帮助一个朋友。”

“是个女孩？”邵小曼不知道自己为什么这么好奇，也完全搞不清楚自己为什么会生出一种复杂的情绪。

“嗯。”袁得鱼点点头，心里开始有点儿惦记许诺。

“她是你女朋友？”邵小曼问道，心里有点儿忐忑。

“我没有女朋友，不然，我怎么可能跟一个大老爷们儿在一块儿吃夜宵。”袁得鱼歪着头说，“说实话，我也不知道什么是女朋友。我总觉得很多女孩就像神经病，太麻烦！”

“哈哈，看你油嘴滑舌的，鬼才相信你！”邵小曼释然地笑起来。

袁得鱼忽然想到他走的时候，魏天行都已经累得睡着了，于是说：“我得回去了。”

邵小曼不太乐意，直接说：“能不能答应我一个条件？”

“嗯?”袁得鱼很纳闷。

“你明天上班的时候能不能带上我？我想看看你们怎么玩股票。”

“这……”袁得鱼面露难色。

“都说中国做股票就是坐庄，根本没什么技术含量。”邵小曼直言道。

“难道坐庄就不需要技术含量吗?”袁得鱼反问，“巴菲特最后都进入董事会了，那才是真正的坐庄。”

三

第二天一早，常凡就开始摩拳擦掌了。魏天行的操作已经完成，从今天起，常凡开始操盘。

杨帷幄见到魏天行在桌子上留下的一张纸条，上面写着几个字：“行到水穷处，坐看云起时。”杨帷幄不由得嘿嘿一笑道：“我们所向披靡的伟大时刻来了!”

常凡接了一个电话，放下后说：“老板，告诉你一个好消息，凯强资产开始撤出了。不过坏消息是，这部分资金是逐步转出，这也就意味着，泰达证券旗下的泰达投资也会与我们一起抢货，我们的成本还是难以控制。唐焕已经在外面放风，说这次他们下手会很狠。”

“没关系，比起两个势均力敌的敌人，我更欢迎一个强大的敌人。”杨帷幄胸有成竹。

“不过，尽管魏天行帮助我们打压了成本，让我们迅速获得了预期的持股比例，但是我们的现金已经不多了。泰达证券的人脉广，应该知道我们的底线。”常凡有些不安地说。

一开盘，申强高速的走势就很强劲。尽管大盘依旧萎靡，但申强高速跳空高开3%，股价一下子就蹿到了9.8元。从交易软件上可以看到，特大买单已经积累了300万单。

另一边，唐煜也在疯狂地接手凯强资产倒来的货。

唐子风微笑道：“真让我意外，不过凯强也够意思，临走了还送个礼物给我。”

正在这时，申强高速宣布停牌，仅开盘一小时。

常凡吓了一跳，定睛一看，原来是申强高速发布公告，说即将搞定向增发，理由是要追加佑海郊区的一块地皮投入。

定向增发无疑会稀释股权比例，增加控股难度。杨帷幄不知道吴新此举的用意，这并不是他们计划中的部分，关键是他此前没听吴新提起过。更重要的是，申强高速原先就有很多现金，怎么还要搞定向增发？还恰好在乱时这样，如果按常规处理，应该撤销才是。

杨帷幄马上打电话给吴新：“吴总，这个定向增发我怎么事先不知道？”

吴新语气肯定地说：“我跟你沟通的时候忘记这件事情了，提交定向增发的申请是三个月前的事，投资地皮这个计划倒是早就定下并进入程序的，这有利于扩大公司收益。这一点公司上下意见一致，包括那些平时爱唱反调的。”

“但这么做会增大我们的控股压力，这是变相的‘毒丸’，你懂不懂？”

吴新无奈地说：“我知道这个事情后，也希望你们能在定向增发前控股。事到如今，这样固然会稀释原有股份，但定向增发对二股东而言也是一样的。如果你们能顺利接下定向增发的部分，岂不是更容易控股吗？你放心，只要你接，我肯定会拼尽全力给你最低的价格。”

杨帷幄叹了一口气，心想，如果这么容易，还需要那么麻烦打压股价吗？不就是因为资金太紧张吗？再说，如果他早点儿把计划说出来，或许自己早就换持股方案了。

“这个定向增发是谁提出来的？你们给哪家投行运作？”

“是新凯证券。这个定向增发其实也是我的副手一直在操作，原先他们找的定向增发客户是几家基金，还有凯强资产。我们有系统显示，凯强资产这几天正在撤资。既然如此，你们就有希望成为最大的接盘者了。还有一点，之前市场走势可怕，定向增发的评估价比现价要低，这不是变相降低你的收购成本吗？”吴新振振有词。

“事到如今，也只能这么想了，记住你的承诺。”杨帷幄放下电话，宽心不少。

他心想吴新的话也有道理，他计算了一下，定向增发2 000万元，约是公司全部总股本的25%，目前，自己已经持股15%，其中约有4%是从凯强资产那里抢来的，差不多已经是公司的第二大机构股东。如果以定向增发上个月的平均价计算的话，应该比现价平均低2%左右。或许，可以拿原本打算持股的成本参与定向增发，这不仅可以迅速扩大控股权，还能实现成本上的套利。更重要的是，控股者本身也希望上市公司在业务上能取得可观回报，如果投资公路能对公司产生实际利益，无疑股票收益也会增加。

问题是，再过两天就是定向增发日，如何让自己的资金在竞争者中脱颖而出？从自己现有的资金来看，实在太紧张了，他必须得想办法筹钱，况且这也是魏天行提出的解决方案的第一条。

常凡也与杨帷幄想到一块儿去了：“杨总，目前一切都还算顺利，唯一的软肋还是资金啊！你想，如果泰达投资与我们一起抢夺，我们未必有把握。”

杨帷幄想了想，目前已经别无选择了，只能用地下钱庄的资源，尽管这是万不得已的下下策。

杨帷幄对常凡说：“不用担心，地下钱庄不是有资金吗？到目前为止，我们都在消耗自己的本金，这块隐性资源还没有用到。”

常凡有些忧虑：“杨总，这样做是不是太冒险了？”

“抓不住眼前的机会才是最大的风险。”杨帷幄用一种不容置疑的语气说道，“这部分资金只是垫背，拿到后，我们还可以伺机而动。”

常凡点点头。只不过他知道，佑海滩掌管黑道资金的主要是佑海滩黑势力——唐焕控制的地下钱庄。所幸，地下钱庄的资金都是趋利避害的，海元证券要稳操胜券，也必须从地下钱庄那里引入一些资金。这是当下获得巨额资金最快速与最便利的方法，甚至是唯一的方法。

常凡想起韩昊与地下钱庄关系不错，便打了个电话给韩昊。

听明白意思后，韩昊死也不肯接受这个新的任务。这让他想起一段不堪回首的往事，他一想起这段往事，身体就发抖，比看到常凡拿出自己的违规证据还要害怕：“兄弟，你别得寸进尺了，我都已经撤出这个项目了，你还要我怎么样？”

杨帷幄思忖了一会儿，深深理解韩昊的苦衷，便对常凡说：“要不你带着袁得鱼去试试？”

常凡想了想，点点头。一般而言，向地下钱庄借钱，也有很多门路，如果想简单一些，可以直接去银行附近挂着典当行、拍卖行、投资公司这样招牌的有门脸儿的公司。只要一踏进门，有经验的工作人员就能迅速分辨出你的来路。只是这样的渠道，已经不知道盘剥了多少层，注定拿不到合适的利率。最好的方式就是直接去地下钱庄大本营，但这无异于铤而走险。杨帷幄让聪明机灵的袁得鱼陪着自己，估计也是基于这种考虑。

“这个钱庄是唐焕管理的，从某种程度上，也算是唐子风的嫡系，你说他会借给我们吗？”常凡忧虑地说道，“这么一来，不是让唐子风彻底看清楚了我们的底线吗？”

杨帷幄叹了口气：“你以为我们不借钱，他们就不知道我们的底线吗？唐焕只不过是个谈判代表，资金还是那些大主顾的。若消息传出去，说明明有那么好的一桩生意，唐焕却故意不接，对他的声誉也不好。他当了那么多年老大，理论上目光不会那么短浅。”

商量了半天，常凡决定前往位于佑海复浦区江湾镇的一家地下赌场。依杨帷幄的说法，佑海的地下钱庄都已由唐焕全盘控制，不如找一家与唐焕这个上游最近，但又不用直接与唐焕接触的场所。

打定主意后，常凡马上就带着袁得鱼上路了。

袁得鱼一走出门，就遇到了刚到的邵小曼。邵小曼惊讶地说：“你怎么走了？不是说好今天来看股票的吗？”

“都收盘了，大小姐，你睡过头了。”袁得鱼耸耸肩。

“不对呀，9 点半开始，现在也才 11 点，至少还有下半场吧？”邵小曼说。

“我们的个股收盘了。”

“那我明天早点儿来，你们去哪儿？我能一起去吗？”邵小曼忍不住问道。

袁得鱼见邵小曼企求的眼神，望了常凡一眼。

“跟我们一起去吧，关键时刻把她哄开就是了。”常凡悄悄地对袁得鱼说。

“走吧，不过你要跟我们坐公交车，红色座驾太醒目了。”袁得鱼没好气地说。

邵小曼嘟了一下嘴，但也没办法。

江湾镇位于佑海的东北角，在袁得鱼的记忆中，这里他最熟悉的莫过于那个废弃的江湾机场，他曾经在那里与父亲一起钓过龙虾。

袁得鱼记得，钓龙虾与钓鱼的方法截然不同。钓鱼讲究的是心平气和，很大程度上比的是耐性，最难的是“静如处子，动如脱兔”，游标一动就得快速提竿，不然鱼没钓成反倒会牺牲诱饵。钓龙虾提竿的时候，则要小心轻放，因为龙虾上钩，靠的是它那两个大钳子把诱饵死命夹住。最好的诱饵就是鸡肠，既有腥味，又总是夹不断。袁得鱼最喜欢的就是看到钩子上的龙虾悬在空中骑虎难下，他心想，这么勇猛的动物，反而没有鱼儿那般古灵精怪，令人难以捉摸。

他最感兴趣的，不只是这里的龙虾，他还经常跟爸爸一起到长海路上的一座蓝瓦高楼楼顶眺望，据说这栋大楼是旧佑海特别市政府大楼。在楼顶上，他们发现这个机场竟然是一个大大的“米”字形，就像麦田怪圈呈现出的密码。

他们对照着地址，找了好久才找到目的地。这个赌场在一家网吧的地下室，网吧在一条窄小的弄堂的尽头，也不是很好发现，幸好晚上的时候，有霓虹灯闪烁。

赌场从表面上看，很像一个大型的综合游戏厅，外面放着很多台老虎机，里面摆着各种赌桌。比较复杂的是百人幸运转盘，每轮下来，都能听见哗哗的筹码下落的声音。

袁得鱼抬头看了一眼，赌场顶上是绚丽多彩的浮世绘底灯，映衬着蓝天白云的花纹。这个密闭的空间，只要一进入，便没有了白昼与黑夜，赌徒也没了时间概念。

这里是赌场的大众区域，真正的贵宾室在楼上。过去常凡有个朋友，在马来西亚云顶赌场一下子赢了200万元后，马上就有一个西装革履的工作人员上前，将手臂放在胸前，对他弯腰行礼说："先生，您想不想去楼上，舒舒服服地玩两把？"

袁得鱼正与邵小曼玩得开心，两人在玩最简单的赌大小，也赢了好几把。

常凡想着如何悄悄地找到关键人物，他假装在买大小的赌桌上押了几把，他最喜爱的还是纸牌类游戏。接着，他玩起了百家乐，连赢了好几把。

常凡摸牌的时候，时不时有啤酒小姐走来，摸摸他的手与胸部说："先生，你的手真好看，来瓶啤酒吧！"

赌场深处一个黑黑的大屋子里，唐焕正看着电视，他一边抽着雪茄，一边问助手："这，这什么破门将，技术太差了，这么简单的球都抓不住！"

"老大，这届世界杯新球材料很奇怪，可能手感不对。"

"对了，英国的BET365那边有没有什么新消息？"

袁得鱼正与邵小曼相谈甚欢，忽然邵小曼惊讶地张大了嘴巴，袁得鱼也顺着望去，只见一个留着胡子的高大男人，从人群中走过，一副盛气凌人的模样，所有工作人员都对他行礼。

"唐焕！"袁得鱼不由得脱口而出。

常凡看到唐焕后，面部也有些不太自然："奇怪了，这个主子怎么有空跑到赌场来了？"

"来赌球了，今年法国世界杯。"有个赌场的常客提醒他们。

“要不我们先回避一下？我们应该能找到更合适的主子。”常凡一边说，一边拉着袁得鱼往外走。

万万没有想到的是，邵小曼竟然大声叫起来：“唐焕！”

唐焕猛一抬头，看到了邵小曼，虽然惊讶，却还笑逐颜开：“小曼，你怎么跑这里来了？”

“你猜谁带我来的？”邵小曼对正在偷偷往后门走的两人望去，“是袁得鱼！”

这时候，袁得鱼恨不得挖个地洞跳进去，他只好转过身来，对唐焕摆了摆手。

唐焕的目光不仅扫到了袁得鱼，还扫到了他身旁看起来颇为儒雅的常凡。他愣了一下，有什么记忆闪回。如果没有记错，自己应当在多年前见过他。常凡那时候还留着长发，浑身上下散发着艺术家的气息。不过，他打击了这个男人的尊严，这个男人当时跪在他面前，求他把女朋友还给自己：“我是真的爱她，求你放过她。”

常凡尽量保持冷静，其实，自己转型做金融，很大程度上是受了曾经的那件事刺激：“得鱼，要不你直接跟他提吧，毕竟资金是当务之急。”

袁得鱼只得点点头：“大哥，很久不见，我看你来了。”

他们三人被领进了一间黑黑的大屋子，屋子的一侧悬挂着一只巨大的沙袋，另一侧则是很多监控显示器。办公桌在中间，正前方有两台电脑，正上方还有一个壁挂电视，在重播刚才的球赛。

袁得鱼看见沙袋，很想上去打两拳。

唐焕的高脚椅转了过来，他若有所思地盯着邵小曼看了一会儿，用眼睛示意身边的助手。

助手走到邵小曼面前：“小姐，请先上楼喝杯咖啡。放心，一会儿就回来。”

邵小曼只好离开，不解地瞥了袁得鱼一眼。

“无事不登三宝殿，来找我借钱的吧？”唐焕早就猜出了对方的来意，“可惜……”

他刚想拒绝，袁得鱼立即上前指着电视说：“今天晚上，是德国队与克罗地亚队的比赛，我跟你赌一场球，如果我赢的话，那你就借钱给我们，你看如何？”

“我就是不想借钱给你，你来这招没用。”唐焕笑笑，他知道袁得鱼自小就是机灵鬼。

“难道还有你怕的时候？”常凡在一旁冷笑。

“你们还是快走吧，我不会中你们的激将法。”唐焕耸耸肩。

正在袁得鱼与常凡悻悻走出门时，邵小曼出人意料地出现在了门口。

她径直走入房内，袁得鱼和常凡颇为惊讶，又跟着她一同走了进去。

唐焕看到邵小曼后，诧异地望着她身后的助理，那个助理不好意思地说：“她执意要下来，我拦不住。”

唐焕冷笑了一下，邵小曼就有这样的本事，男人对她粗暴不起来。

“小曼，你不去参加选美，跑这里来干吗？我的花天酒地在长寿路。”唐焕笑道。

“谁让我认了一个哥哥。”邵小曼抱住袁得鱼的胳膊，“我从来不求人，你就看在我干爹分儿上，帮他们一下吧！”

袁得鱼愣了一下，他从来没有听邵小曼提过什么干爹，但看到唐焕面露难色，心想那人肯定是个角儿，不由得问道：“你干爹是谁？”

正在这时，又进来一个瘦瘦高高的男人，他才是地下钱庄资金的真正管理人。唐焕对他耳语了一番后，直接向常凡他们问起钱的用途。

常凡只好大致讲了一下。

“说实话，我们最近对地产项目更感兴趣。”这个男人言辞间开始拒绝，不感兴趣地摇了摇头。

“要不还是赌一场球？”袁得鱼看希望渺茫，只好重新提出这个建议。

“对呀，赌球吧！”邵小曼也跟着起哄。

唐焕仔细想了想，既然已经买通，索性就让他们输得心服口服，于是点点头。他知道，在球场上，要一个球进去不是很容易，但要判一个球失效就太容易了。

在比赛开赛前10分钟，两人分别选定了目标。唐焕押了德国队，袁得鱼则押了克罗地亚队。常凡与邵小曼很担心，克罗地亚队是很多人都不看好的球队。

比赛结束后，唐焕走到门外。

那个瘦子问他们借多少钱。

常凡不由得激动起来，他报了1亿元。

双方开始讨价还价，谈的都是日息，之前常凡了解的底价月息两分早已是过去式。

“我们这里赌资的日息3~5分，你看呢？”

“日息0.7分？”常凡先出价。

“0.7分？你太可笑了，这是一百万的利息，我们的利息是累进制的，你交过税吗？”

“为什么我借的钱越多，反而利息越高呢？”常凡不服气地问道。

“如果我拿这1亿元去开发房地产，就能给我带来更可观的回报。你想想，小钱能做什么？”瘦子说道，“还有，资金都分给了下线，我们还要再汇聚起来，这也是需要成本的。”

常凡想想确实有道理，往往一个资金上升到一个规模才能产生可观的边际利益。

“还有，你是不是从来没有借过钱，0.7分怎么计算呢？”瘦子比画道，“如果你先还一部分，我们会将你的日息酌情再计算，我们一般只接受6、8、9之类的数字。”

双方没谈几个回合就成交了。常凡最终拿到了比自己预期稍低的利息，日息0.9分，借款期限是3天。

在他们即将出门的时候，唐焕停下了对沙袋的进攻。他坐下来，擦了擦汗：“知道行规吗？在我这里借钱的，除了借条，还要签一份卖身契。小子，你已经很幸运了，在我们这里，这么大的数目，是不可能借给陌生人的，所以卖身契是必不可少的。”

常凡犹豫了一下，心想，如果项目能按计划完成，这些利息算不了什么，他们之前唯一担心的最大风险不就是没钱吗？

他也没怎么看卖身契，就草草签了自己的名字。

袁得鱼一直若有所思，他开口问道：“唐焕，我的妹妹来找过你吗？”

“这我不能告诉你。”唐焕轻蔑地一笑。

袁得鱼哼了一下：“你既然都这么说了，我就知道了，你就好好善待她吧！”

袁得鱼走出门，邵小曼见他们能够顺利借到钱很是高兴，便问袁得鱼是如何赌赢的。

“我看新闻说，这场比赛有克罗地亚首相坐镇，德国原本看球的首相正好出访去了，克罗地亚肯定会全力获胜，怎么会有假球存在呢？”袁得鱼不屑地说，“再说，他原本不借，机会就是零，同意赌，机会一下子上升到50%，最关键的是，我本来就喜欢克罗地亚队。”

邵小曼往后看了看：“对了，常凡人呢？”

“大概在里面玩上了，我先回公司了。”

此时的常凡陷入兴奋之中，他握了握拳头，感觉胜券在握。他路过吧台时，看到一个浓妆艳抹的女孩正好在问服务员要水喝。

“怎么这么烫？”那个女孩抱怨道，推开水杯。

常凡走过去，对服务员说：“再给我一个杯子。”

这个女孩好奇地打量着常凡，只见常凡娴熟地将一只杯子的水迅速倒入另一只杯子，水在空中变换着形状，两只杯子在常凡的手中来回翻转。

女孩完全看呆了，还没反应过来，常凡就将杯子递到她面前：“好了，水温正好。”

他刚要出门，就发现那个女孩从身后追上来，并马上问：“你就是与袁得鱼一起来的朋友？袁得鱼人呢？”

“他比我先出去，应该在外面了。”

“谢谢你。”女孩认真地看了常凡一眼，不知为何，或许是刚才的举动，让她对常凡有种天然的好感，不由得冲他嫣然一笑。

他看了看眼前的这个女孩，弯弯的眉毛、细长的眼睛、白皙的皮肤、浅浅的酒窝，虽然化着浓妆，但看得出，眉眼是清秀的，与他的初恋女友竟还有几分相像。他仿佛回到了过去的时光：那段日子，他在一个白色教堂弹钢琴，那个女孩总是在角落忘情地注视着他，笑靥如花。

“你是？”

“我叫苏秒。我就不出去找他了，麻烦你告诉他，小心唐焕。”

她很快消失在这条狭长的走廊尽头。

泰达证券交易室。

“爸爸，好消息。”唐煜接了一个电话，心中一阵欣喜，“刚才大哥地下钱庄的朋友问我怎么看申强高速，说他们放了贷给海元证券，整整一个亿，还问我这只股票安不安全。我问他，还款日期是几号。他们说，因为目前资金紧张，只有三天缓冲期，到时候，海元不仅要还本金，还得交出日 0.9 分的融资利息。”

“好。”唐子风问道，“我们现在接了多少货？”

“按计划行事，拿到了凯强资产放出来的 200 万股。”唐煜确信地说。

“好的，再拿 200 万股，我们就反其道行之。”唐子风胜券在握，想了想说，“呵呵，他们真是过于乐观，日息 0.9 分，他们怎么还得起？我们对他们也真的够仁慈了。”

唐焕靠在赌场的沙发上得意地抽着雪茄，这个时候苏秒走了进来。

她看起来有些憔悴，眼神中带着一丝焦虑，刚才明显在门口听到了什么。

苏秒用颤抖的声音说：“你们究竟在做什么？”

唐焕笑着说：“你是不是以为你哥很聪明？其实，不管他赌球是否会赢，我都会借钱给他，我不借，我哥们儿也会借，这就叫套儿，懂吗?”

苏秒着急地对唐焕说：“求求你，放过我哥吧!”

“我们不是针对你哥的，谁想他自己卷了进来，不过，你既然听到了什么，就别怪我不客气了。”唐焕打了响指，两个彪形大汉走了过来，抓住苏秒的手臂，把她拖进了赌场后面的备用仓库，锁了起来。苏秒敲着仓库门哭喊着。唐焕拍了拍衣服上的灰尘，头也不回地走了出去。

苏秒在仓库里哭着，也不知道哭了多久，忽然，听到门锁打开的声音。

她惊讶地看到，那个刚认识的男子站在自己眼前，他用工具撬开了仓库锁。

那男子与她对视的时候，眼睛里还露出一些羞涩。“我刚才感觉你可能会不安全，所以，就偷偷躲在你身后，果然……唐焕真是个坏蛋!”他咬牙切齿起来，“现在正好没人看管，你赶紧跟我走吧!”

苏秒摇摇头：“你的好意我心领了，可我又能去哪里?”

常凡难得霸气地抓起苏秒的手，想带她出去。就在即将将她带出去的时候，苏秒将锁挂在了门上。

她抱住常凡的脖子，褪去常凡的衬衣，与他亲吻起来：“别管唐焕了，这一刻，我只在乎你!”

常凡完全没想到，自己会在这样黑乎乎的仓库里，与刚认识不到一小时的女子，激情燃烧，肆意释放着自己，他很久没有那么快活了。

鱼水之欢后，苏秒也满足地亲了下常凡的额头：“我喜欢你。”

“跟我走!”常凡恋恋不舍，他发现自己对她竟有些动心。

“我必须在这里，不然你们会更麻烦!”

常凡想了想，点点头：“看我如何将唐焕他们绊倒，我会带你出去的!”

“小心！”苏秒忍不住说道。随即，常凡匆匆消失在黑暗中。

四

杨帷幄在得到地下钱庄的资金后大喜，一切正朝着他期望的方向发展。

常凡的声音传出：“老大，现在我们怎么应对？”

“继续抢货。”杨帷幄掷地有声，踝了一下烟头。

常凡做了一个跷拇指的手势，表示一切胜券在握：“好的，那我们就出点儿狠招。”

唐子风在仔细研究了申强高速的资金面后，不由得倒吸了一口凉气。中午收盘时，申强高速的盘口挂着 1 499 笔巨单。久经沙场的唐子风知道，这个盘口语言就是黑道资金进入的意思。很多像他一样懂盘口语言的人，都会跟风进来。他能猜到，杨帷幄正在调虎离山，把重心放到定向增发上。市场上的人会认为，不只是泰达证券在抢筹码，还有黑道人物。参与主体越多，局势越混乱，无疑会给泰达证券钳制海元证券带来意想不到的麻烦。他心生一计，只能借力打力了。

下午开盘后不到 10 分钟，申强高速盘面出现了激烈震荡。

杨帷幄看盘后忽然有些吃惊：“本来我们主要与泰达证券死拼，刚刚胜利在望，怎么又出来一个程咬金，这个程咬金来势汹汹，看来非等闲之辈。常凡，你赶快查一下这个资金的来路。”

常凡在操作的时候，也发现了巨大的阻力——他根本拿不到货，不管多快，卖单只要一挂出来就被迅速扫走了。常凡脑门又开始渗汗，这样纯熟的技法，当是韩昊无疑。

常凡打开特殊的资金跟踪软件，不由得吃了一惊，果然是韩昊：“我查过了，是韩昊在进货，他们在下午开盘 5 分钟内已经拿了 5% 的货。杨总，韩昊怎么会突然倒戈？他不是已经放弃了吗？怎么又杀回来了？”

杨帷幄叹了口气说："敢死队就是这个德行，灵活、趋利避害，资金实力强大。"

"照计划，他们现在应该消失，他们这么做，岂不是打乱了我们原先的节奏？"常凡问道。

"这倒不用担心，我们只管拿到规定比例。我只是奇怪，这个韩昊怎么就死死盯上申强高速了呢？他们那么多资金，想围个 ST 公司是很容易的事，何必这么在乎这个乱局？况且，他也知道利害，你事前不是已经威胁过他吗？这次何必冒这个风险？到底中间出现了什么变数？"杨帷幄冷静地分析道。

"韩昊之前放言，从来不做自己不熟悉的项目。难道韩昊已经从其他渠道知道了申强高速内讧的消息？"常凡连忙说道，"这么一来，岂不是增加了我们入主的压力？既然这样，我们也只能奉陪到底。我先打个电话给韩昊，搞清楚他到底在搞什么名堂。"

韩昊在电话那头悠闲地敲着键盘："常凡兄，让你失望了，我又杀回来了。不过你别着急，你错怪我了，我不是要从你嘴里夺食。唐子风老奸巨猾，我想了想，你们确实不是他的对手。不管怎么说，我还是会选择实力强大的合作者。"

"韩昊，那休怪我不客气了。"常凡威胁道。

"太可笑了！你们都是在用同样的办法钳制我，你有办法让他们手上的证据消失，他们自然更有办法让你们手上的证据消失。"韩昊冷笑了一下。

常凡惊讶地发现，自己抽屉里的那份资料不见了，他顿时冒出一身冷汗。

"是不是无计可施了？"电话那头传来韩昊张狂的笑声。

原来那天中午，唐子风又让人把韩昊拉了回来。

"老弟，不瞒你说，我早就搞定了申强高速的副手，你以为他们能搞定老总吗？其实呢，我还不止这么一颗棋子……"唐子风向他摊牌。

韩昊听了之后，顿时换了口气："好你个兄弟！那我们就一起合力把杨帷幄置于死地，接着再大搞一把吧。”

挂掉电话，唐子风观察了一下盘面，有些得意地说：“你看，他们的控股线一直没有上去，这太搞笑了。现在第一大流通股股东还是韩昊掌控的凯强资产，海元还是没能抢到太多股份。”

“爸爸，这就是你的釜底抽薪战术吗？如果他们能够绝对控盘，也不影响他们操盘申强高速？”唐煜见状，有点儿震惊。

这时，常凡指着一个财经门户网站的页面说：“杨总，你看这个。”

财经门户网站传出消息：“董事长吴新宣布公司将启动 10 送 10 分红方案。”

申强高速股价应声飙升。这个正是杨帷幄与吴新串通好哄抬股价的，他想拿这笔资金去搞定向增发。

然而，申强高速随后又发布了公告，依据公司章程，以申强高速董事长、法定代表人的名义行使了特别裁决权和处置权，停职、免职了“篡位”的四名董事。

“这个吴新动作真快，一看我们的持股上限快到了，就马上处罚逆贼，也不等我们一下。”常凡敲打着键盘，“他难道不知道韩昊那里只差我们 5 个点？幸好我们上午抢得快，加上那些董事的股份，我们今天只有把所有资金全部放进去，才有希望超过他们 1 个点。”

“他可能也是除贼心切，我们的资金已经用了多少？”

“我们放在申强高速里 1 亿多，目前手上还有 5 000 万。你看究竟是赶紧出货，申购第二天的定向增发，还是加紧买入，打上地下钱庄的资金？这样或许可以一蹴而就，可能也是我们场内控股申强高速的最后一次机会。”

“赶紧换点儿现金出来，能省出多少成本是多少。”杨帷幄冷静地说。

没想到，他们出了不到 1/3 的时候，申强高速宣布停牌，筹备第二天的定向增发。

“嗯，留了一大半股份在里面，我也安心。”杨帷幄随机应变。

这天，海元证券顺利接过申强高速新增2 000万股中的800万股，一举成为定向增发大户，加上原先已经到手的15%，折合稀释股份，持股比例一下子上升到20%。第一大股东在定向增发后持股达到30%。

五

第二天一早，海元证券大门口敲门声不断。原来当日一早，唐子风就打电话给唐焕："你们应该去给杨帷幄一点儿提醒。"

唐焕心领神会，派了几个黑西装的壮汉守在海元证券门口，将门砸得嘭嘭响，要债声此起彼伏。

"呵呵，目前杨帷幄还不知道自己已经坐吃山空了吗？"唐子风看海元证券也在拼命拿货，暗自觉得好笑。

唐煜眼睛一亮："爸爸，难道你已经放出消息，说公安局去查地下赌场了？"

唐子风笑了笑，其实公安局查地下赌场基本都是例行公事。如果没有一点儿关系，地下赌场也无法正常营业。赌场每年都会投入很多公关费，至于公关费什么时候交，公安局有时候会找个合适的时间来提醒。事实上，海元证券手头的一些灵活资金，完全是从黑道获得的，而地下赌场则是地下钱庄的发源地。听到讨债声，杨帷幄感觉自己真的有点儿乱了阵脚，昨天他们已经吃成了20%，本来他们今天只要再一口气轻松拿下5%，就可以稳坐申强高速第一把交椅，然而，这突如其来的催债令局势紧迫起来。常凡一旦拿余下的垫背资金去抢筹码，如果被不速之客砸盘，处境会十分被动。

杨帷幄闭上了眼睛："资金明天就到期了，风险太大了。赶紧打电话给吴新，到他转让股份的时候了。"

泰达证券操盘室。

唐煜正提出疑问："爸爸，我现在开始担心，吴新会不会将自己3%的股份转给杨帷幄？"

“唐煜，你忘记了一个最重要的东西。”唐子风很有把握地说。

“什么?”

“人性。”唐子风一字一句地说，“这个吴新我了解过，公司发生了那么大的事情，他还在外面度假。你觉得，他可能将自己养老的股份拿出来吗？他与杨帷幄何亲何故？就算是亲兄弟都未必有如此信任。你看着，后面杨帷幄还得拿真金白银把股份争取过来，不然他就前功尽弃了。”

海元证券大楼。

常凡痛苦地挂上电话。果然，吴新看自己已经稳定了大局，不肯拿出股份。

当杨帷幄知道吴新单方撕毁协议后，生气地将茶杯摔在了地上。吴新的反目彻底乱了这场好局。

常凡有些可惜地说：“悲剧啊!”

袁得鱼来到营业大厅的时候，听到不少散户在议论申强高速。他下意识地看了一眼手表，已经是 10 点 02 分，暗暗叫道：“糟糕，已经开盘了。”

他刚要冲进去，有人拍了拍他的肩膀。他转身一看，竟然是邵小曼，她真的这么大早过来了。邵小曼不停打着哈欠：“真不知道你们操盘手怎么活的，要这么大早就起来。”

袁得鱼示意她低调些：“你就在旁边看，跟着我就行了。”

“申强高速目前什么情况，大伯?”他看到一群人聚在一台电脑旁，打开的正是申强高速的 K 线图。

“股价怎么不动了?”大伯怔住了。

“你怎么傻了？停牌了!”有人走过他身边说。

从电台里传出声音：“监管层发布举牌公告，1998 年 10 月 18 日，海元证券通过证券交易所集中竞价交易持有公司流通股，持股比例已经超过 8.00%，停牌半天。”

大伯叹一口气：“这只股票一开盘就跳空高开，没想到不出半个小时，就被庄家打到跌停板，股价封在 9.2 元。真是奇怪，最近这只股票消息不断，我以为有人操盘，故意放出利好，月初我就砸锅卖铁跟进去了，没想到亏了那么多，涨得那么慢。我买进去之后，一直跌跌停停，让人抛也不是，拿也不是，但好歹还是有点儿小赚，没想到今天一个跌停板，把我半个月来辛苦积攒的小钱都跌没了。”

袁得鱼快速跑到办公室，打开交易软件。他反复看了一下走势图，密密麻麻的挂单，心里一惊，难道是有人在出货？没理由啊。

海元证券办公室，杨帷幄与常凡也正在惊讶申强高速的走势。

“如果说前10分钟，是我们在接凯强资产的货，但之后挂单的那500万股从哪里来的？就算散户逃出，也没有那么大量，难道是泰达证券自己放货？”常凡分析道，他在办公室里来回踱步，“我估算过，它的成本是10.5元，跌停价是9.2元，这也就意味着每放1 000股，泰达自己就要损失1 300元，500万股，就相当于是650万元。它在目前还处在一定优势的情况下，就开始自杀，这到底是什么意思？”

“你再看一下，我们还有不少现金，是不是还要接它的货？”杨帷幄进一步问道。

“如果算上地下钱庄的资金，我们定能拿下最后5个点。”

“杨总，我一直有个问题，不知该不该说。”常凡犹豫了一下，说道，“你想，当时吴新为什么不找其他人，而找我们？从刚才韩昊的口气听来，似乎……”

“你是觉得，有人帮他们？”杨帷幄说。

“我是觉得此人是高手。他不仅找到了吴新，而且预料到吴新会临阵脱逃。如果说这一局的关键是人性的话，那么此人显然对人性了解透彻。”

“可能背后真有高手。”杨帷幄思考了一下，顿然惊醒，“天啊，是唐子风！这完全就是一场阴谋，凯强资产最后倒向的也是他们，我们已经腹背受敌！”

“但是，如果这样，唐子风老奸巨猾，怎么可能束手就擒？”杨帷幄一边思索一边说，“不知道他葫芦里卖的什么药。”

“是啊，如果我们处在唐子风的位置，肯定先骗一笔钱，他这么做有点儿不符合常理。”常凡觉得奇怪，进而分析说，“他们先前还有那么多高成本的货，现在这么做岂不是功亏一篑了吗？孙子曰：‘兵者，诡道也……实而备之，强而避之……攻其无备，出其不意。’难道他们知道是我们在拿货，开始有意避开我们？”

“对方好像不上钩了。”唐煜看到分时成交量出现了明显萎缩，“爸爸，这怎么办？”

正在杨帷幄犹豫的当儿，常凡打开一只迅速飙至涨停的股票，监控系统显示，把该股打到停的几处资金都来自泰达证券。

“这是什么意思？难道他们又开始转头做这只股票了？”

“你还记得吗？他们最早在六只股票中，选的也是这只股票。难道这家公司真的会成为江东机场的最后胜利竞标者？”常凡回忆了一下。

常凡翻了翻海达控股的最新新闻，有一条是江东机场项目负责人称，该项目目前推进难度较大，佑海国资委倾向于选择传统地产公司进行重组。

杨帷幄顿时放下心来：“或许申强高速在江东机场项目上真的没戏了，也算是解了我的疑惑。难道他们以为我的抱负只是觊觎江东机场带来的利益吗？我们怎么可能与普通的机构一样呢？”

常凡的疑虑也减轻了不少：“太好了，对手已经开始临阵脱逃了。申强高速现在这么廉价的筹码哪里去找，只能说这是老天送给我们的馅饼。”

正在这时，申强高速的复牌时间到了。

“开始拿货！”杨帷幄下令道，擦去了额头上的汗，“现在我们手上还有多少钱？”

“大概还有 1 亿元，早先魏天行用跌停板洗盘吸筹法做出了 1 亿多元可以达到的最高控盘。定向增发启用了地下钱庄的 6 000 万。这是我们所有的现金。”常凡说。

杨帷幄心想，现在大概还差 10% 的股份就可以超越第一大股东，以现价9.5元、流通股2亿股计算，1亿元差不多可以稳拿余下的股份，只能最后一搏了："继续买。"

10点32分，申强高速的股票跌停板上出现了缺口，K线图下的黄线飙升，交易量激增。

"有人开始拿货了，有机会。"营业大厅的大伯握了一下拳头。

下午，海元证券交易室热闹非凡。

"我们现在吃了多少货?"杨帷幄紧迫地问道。

"大概是一半，泰达证券还在抛，我们要不要继续接?"常凡敲了几下键盘说道。

"我们还剩下多少资金?"

"还剩7 000万，刚接货用了3 000万。"

"继续拿。我们原本就已经控盘20%，拿了凯强资产放出的1%，加上泰达证券刚刚放出来的2%，我们已经控盘23%。"

"大哥，我现在很激动。"常凡有些兴奋，"我们马上就可以做上市公司股东了，这个目标，实现得比我们想象的还顺利!"

"这就是我超级伟大的想法，继续拿!"对于科班出身的操盘手而言，将公司变成哈撒韦是遥不可及的梦想。眼见梦想就要实现，杨帷幄也有些兴奋，"战斗在第一线的全体将士请注意，全线冲刺，歼灭敌军!"

"一切都在计划之中，我们继续砸。"唐子风与唐煜相视一笑。

"爸爸，你的声东击西计划，让他们完全放松了警惕。"唐煜佩服地说。

"不是我们声东击西计划成功，是人性的弱点让他们失败。他们现在贪婪了，贪婪让他们的智商变低了，就像恋爱中的人一样。在这种情况下，任何东西在他们眼中都是浮云，他们很快就会从开心变成绝望。"唐子风得意地笑道。

照理说，一切都在朝着杨帷幄预想的方向发展，他们又以极快的速度拿到了3%，接着再拿5个点，就可以成为申强高速的第一大股东了，到时候吴新就会倒过来求他。这样一来，他们就可以直接进董事会。但事情的发展总是事与愿违。

杨帷幄也觉得这几天申强高速的行情过于顺利，每当操盘得异常顺利的时候，他总是要反省一下，中间是否出现了什么遗漏。这是他操盘多年养成的习惯，他自己觉得，这也是他能够从那么多操盘手中脱颖而出的原因，因为只有市场是正确的，必须通过与之前行为的反复验证，发现每次推演逻辑中疏漏的部分，才能慢慢无限接近可能的真相。

袁得鱼匆忙回到海元证券，邵小曼还在那里等他。他心想，这应该是最后一天交锋了，杨帷幄这里拿到足够的股份就直接可以举牌入主申强高速了。

这时候，袁得鱼看了一下时间，已经是 13 点 31 分。“海元又开始买了，常凡的操盘技术真是很精湛。”他由衷地赞叹道。

邵小曼在一旁饶有兴致地观看，一边看一边问：“为什么说他技术精湛？”

“你看股价呈现小幅震荡，好像在犹豫，前两天很多人难以忍受跌宕的煎熬，只能选择割肉抛出。而这个角度，不偏不倚，斜率正好 60 度。”

“哦，你有两下子。”邵小曼似懂非懂地点点头。

唐子风他们也分明看到了杨帷幄一往无前的气势。

“你看，他们马上就要变成第一大股东了，原本差 5%，现在只差 3% 了。”唐煜在屏幕前突然敛声屏气，只见控股红线正在上升，马上就要接近第一大股东的控股比例粗线了。

此前通过 10 送 10 分红方案的二股东也在电脑屏幕前抓狂，他马上打电话给唐子风：“只差一点点了，杨帷幄马上就要控股了，到底……到底有什么办法可以逆转形势？”

“他们的资金不是还有一天大限吗？真正的战役在明天。”唐子风大笑道，他已经进行过精准的计算。

果然，在杨帷幄只差 1 个点的时候，15 点的收盘时间就到了。

唐子风的办公室里有一台古老的唱片机，一张唱片在里面慢慢转动，放的是梨园老戏《空城计》，有个老生的声音激越刚劲：“我正在城楼观山景，耳听得城外乱纷纷。旌旗招展空翻影，却原来是司马发来的兵……”

他望着窗外，仿佛在回忆过去的事。

过了许久，他转过身，看着申强高速走势图。对于申强高速，唐子风手上还握着最后一枚棋子。不过不到万不得已，他不会轻易用。

唱片继续旋转，京剧从走廊尽头的办公室里飘出来：“我只有左右琴童人两个，我是又没有埋伏又没有兵。你不要胡思乱想心不定，来来来，请上城来听我抚琴……”

六

经历了一天激烈的角逐，袁得鱼大气都不敢出。尽管已经胜利在望，但他好像高兴不起来。袁得鱼路过杨帷幄办公室的时候，从门缝里看到杨帷幄一脸兴奋。

杨帷幄心情大好，他想，只要第二天将申强高速的收购一气呵成，自己酝酿已久的计划就可以实现了。尽管吴新那里出现了失控，但幸好自己也有一手准备，从地下钱庄那里周转了一笔资金。虽然第二天就是大限，但一旦收购成功，上市公司旗下的现金流就都是自己可以支配的。上市公司就如同杠杆，可支配的资金又何止 1 亿元？

袁得鱼总觉得哪里不对劲儿，就拿炒得最热的江东机场来看，唐子风为什么会听信市场谣言去买另一家上市公司的股票呢？这一切很像是一个欲盖弥彰的幌子。但是，他这么做的目的究竟是什么呢？况且还冒着众叛亲离的风险——事先有那么多跟庄，可想而知这个利益链有多大。关键是，选择在这个时间撤离，不是把自己好不容易积累的胜利成果拱手让人吗？袁得鱼总觉得逻辑上有一些没有理顺的地方，但他也不知道哪里不对。

袁得鱼回到家，一进门就看到魏天行在车库墙上涂鸦。他好像又回到了白天的疯癫状，嘴里说着："大难临头，大难临头……"

袁得鱼觉得魏天行好像精神病发作了。

魏天行一看到袁得鱼，就马上跳到他跟前，说："得鱼，我现在有一种不祥的预感，这种感觉跟你爸出事之前一模一样，所以我想最好还是离开一段时间。我必须得与你告别了，不知道我们什么时候才能重逢。"

"魏叔，你为什么这么说，是不是海元证券要出事了？"袁得鱼问道。

"我能感觉到唐子风这次来势汹汹，是有备而来。这次海元证券自身难保了，要不你也赶紧回避一下！"魏天行有些焦虑地说。

"能不能告诉我究竟是怎么一回事？不过，魏叔，就算海元证券倒下，与我们又有什么关系？我顶多少了一个供我吃饭的地方，而你转个户头就行了。"袁得鱼从魏天行惊恐的眼神中，察觉出一丝不祥，这种强烈的恐惧也让他很不安。但他还是个无名小卒，无法想象自己会如何卷入这个事件中。在袁得鱼心中，胜负乃兵家常事，成王败寇，愿赌服输。

魏天行看到袁得鱼异常平静，心想，这可能与袁得鱼的经历有关。

"在你我缘分未尽之前，我想将我的炒股绝学——《股市必胜法》传授于你，因为我们今生可能再也无缘相逢了。"魏天行的言语之中带着哀怨。

"师傅，请受我一拜，尽管我一直没有叫过你师傅，但在我心目中，你早就是我的师傅了。"袁得鱼不舍，"师傅，你去哪里，得鱼就跟到哪里。"

"别，你做我的徒弟，是我的荣幸。但这次，你就不要跟着我了，我要做一件很危险的事，可能会惹来杀身之祸。"魏天行语气仍然沉重。

"对了，师傅，记得你在我爸爸葬礼上说有冤情，我知道黑帮的一些人在追杀你，你这次出山帮助海元证券，是不是已经引起了他们的注意?”

“迟早的事！既然选择出山，就没必要考虑后果了!”魏天行说着，手颤抖起来，然后捂住头，不停说，“不要打了，不要打了……”

袁得鱼抱住魏天行的脑袋，魏天行突然哭起来：“他们是我的妻子孩子，不要烧！啊，大火!”袁得鱼可以想象当年魏天行经受的痛苦，他现在之所以疯疯癫癫的，与那些经历有关。

“师傅，你告诉我，他们为什么要这么对你？你是不是掌握了他们不为人知的秘密?”袁得鱼问道。他忽然意识到，这是他一直以来的心结。

魏天行怔怔地望着前方，慢慢恢复了平静，说道：“我会在该说的时候将所有的事情都告诉你。不过，明天海元证券还有最后一次机会，你要亲自来把握。”

“师傅，为什么你不亲自上阵?”袁得鱼疑惑不解道。

“已经到了你们的时代，这是一个属于你——袁得鱼的时代。”魏天行说。

“师傅，什么意思?”袁得鱼抓了一下头，“你刚才说，海元证券还有最后一次机会，究竟是什么？我能做什么?”

魏天行好像没听到他说话似的，突然神经质般地嬉笑起来，自言自语道：“就是这手猛棋。”他翻箱倒柜，最后从床底下掏出一样东西。

袁得鱼以为是什么宝贝，凑近一看，才知道是插卡游戏机。魏天行看到这个好像很高兴。

电视屏幕亮起来，袁得鱼当场晕倒：“师傅啊，我刚叫你师傅，你居然掏出这个小儿科的东西。你说的一手猛棋是这个棋吗?”屏幕上显示的是强手棋。

“很久没有玩了，你陪我玩两把。”

“你还没说明天申强高速会怎么样。”

“哎，来来，先陪我玩强手棋再说。”

“好吧。”袁得鱼只得挽起袖子，摆开架势玩了起来。

袁得鱼与魏天行玩了一个晚上的强手棋，整个人浑浑噩噩的。

天快大亮的时候，魏天行眼神又空洞了，不管袁得鱼跟他说什么，他都一个人自言自语。

袁得鱼只好打了120救护电话。医生赶过来的时候，只说了一句话：“正好处在换季，病人彻底崩溃了。”

医生们把魏天行带向救护车的时候，他还在那里一个劲儿地跳着，胡言乱语着：“袁观潮，你不要走啊，来来，我们也来下棋！今天你看起来好威风啊！啊，火！你们是一群流氓，你们是土匪……”

袁得鱼看着魏天行，顿时无限伤感。

袁得鱼离开精神病院的时候，想起魏天行在打针时，只对自己说了一个字：“空。”

七

第二天，袁得鱼刚到营业大厅，就听到不少散户在议论申强高速。

邵小曼也准时出现了，她被昨天申强高速的走势深深吸引了，觉得这很刺激。

袁得鱼打开操盘软件，只见申强高速股价变成了一条直线。

邵小曼问道：“哇，这是什么角度?”

“又停牌了。”袁得鱼说。

监管部门很快发出通告，内容为申强高速公司董事长向公司各位董事与监事发出通知，定于当天召开第三届董事会临时会议，并要求各位董事提交一份关于申强高速的经营策略、资产状况及管理水平的全面翔实的考察报告。

会议结果是，迫于各董事压力，董事长被迫锁定其所持的申强高速股票。他当场宣布自己正在与地方政府签订一个协议，要动用公司旗下80%的现金，原先的分红方案也可能有变。

消息一出，人们猜测不断，给控股方带来巨大压力。

袁得鱼暗自担心。他一直在思考魏天行所说的最后一手猛棋到底是什么，难道与强手棋有关？他百思不得其解。

他仔细想了一下唐子风的人品，也无果。时间不多了，距还地下钱庄的钱的时间只剩下最后几个小时，究竟还有什么办法？

他打电话给魏天行，但电话无人接听。难道眼睁睁地看着对手更强大，把自己吃掉吗？这简直就是一场灾难！

一小时后，申强高速开盘，股价下跌。这两天进入的大资金，无不深套其中。但对于杨帷幄而言，他要的并不是现金，而是股权。这一切来得正当时，他拼命进货。

"我们拿了多少货？距离目前第一大股东还差多少份额？"杨帷幄问常凡。

"我们现在已经把流通盘可以拿的都拿进来了，关键是韩昊他们没有放，还在跟我们抢筹码，难道他们还在等待最后的机会？奇怪，唐子风昨天不是开始撤了吗？果然跟我们预料的一样，想把我们震出去，可惜我们没有上当。"常凡分析着，"如果他们联手，加起来差不多是27%～28%，但我们与第一大股东只差1个点了，谁先抢到这1个点，谁就能做第一大股东。"

这时候，市场一看庄家坚决做多，跟风盘一下子又进了不少。

泰达证券那边，唐煜问道："我们要不要联合韩昊做第一大股东？"

"如果我想做第一大股东，早就如愿以偿了，不要忘记韩昊与吴新其实都是我们的人。不过，韩昊到现在还以为我是震仓，我昨天的股份有不少转给了韩昊。"

"那杨帷幄真的控股了怎么办？"唐煜小心翼翼地问道。

"先不要管，赶紧撤。"唐子风一副义无反顾的样子。

"这究竟怎么回事？唐子风开始抛了，他们昨天是9.1元左右进的，也没有赚多少，只是刮了一层皮。老大，我们已经套了5%了，还要不要继续买?”常凡着急地问道。

“5%算什么，他们扔了最好，我们正好可以廉价接盘。”杨帷幄毫不动摇，不过他心里也纳闷，照理说唐子风的震仓戏也该演完了，这么进进出出到底什么意思?

“唐子风，我们怎么才能获利?现在我们都套在里面，连最大利好10送10都泡汤了。”这时候一家大型国有企业的投资部老总按捺不住了，打电话催问唐子风。

“老兄，事到如今，听我一次，赶紧撤。”唐子风意味深长地说。

唐子风马上又打了个电话给韩昊:“撤吧，能撤多少撤多少，但不要打草惊蛇。我已经按照你们的进场价，补了10%差价到你账户了，就当是给兄弟们打打牙祭。”

“好的，唐子风，看在市场不是很好的份儿上，我就不对这个收益率提什么要求了。不过，这可是最后一次了，我毕竟不是做基金的，我的钱绝大部分都是自己的钱，不想玩火自焚。还有，你不要忘了你的承诺。”说完，韩昊那头电话传出忙音。

话音刚落，申强高速股价便如断了线的风筝般掉落，时不时震荡两下，给人一种庄家洗盘的感觉。

杨帷幄在底部捞进了大量筹码。

邵小曼看不懂这些，她想起了一件自己的事情，便自言自语道:“袁得鱼，今天我去银行办贷款，银行跟我说贷款比例提高了，因为查账了，你说我是不是一次性现金支付算了?”

“怎么办?怎么办?不过，师傅说过强手棋……”袁得鱼还在焦虑地思考着。

“什么强手棋?”邵小曼疑惑地问道。

“对了，你刚才说什么?”

“我问你，买房子付全款好，还是贷款好?”邵小曼不解地说。

“不是，前面一句。”

“银行查账。”邵小曼被袁得鱼搞糊涂了。

袁得鱼顿时灵光一闪，回忆前一晚玩强手棋的过程，他一拍脑袋说：“我好像知道了。”说着，连忙向营业大厅里的散户大声叫道，“你们手里有申强高速的都扔掉。”

“神经病！好几个大机构还在抢！”有散户说。

“时间差不多了，我们赶紧把资金抽出来。”唐子风一声令下。

“马上把资金撤出来！”袁得鱼激动地跑到常凡这里，“唐子风很快就要赢了。你想，强手棋中的通告牌（News）一共有三张，一个是交2%的印花税，一个是物业税，还有一个就是交两万现金，这说明会有政策牌啊。”

“什么意思？你怎么知道政府这个时候会推出政策？”

“什么事情都先有征兆再有导火索。征兆都已经有了，导火索就是管理部门要求银行自查资金来源，接下来肯定有相关政策出台啊！”

常凡马上娴熟地将手上的筹码分批抛出，幸好这时候有人在抢，出货还比较顺利。

刚刚抛出，电视里就播出新闻：“管理部门公告，股票交易印花税提高到千分之五。重点参与投机的券商，另外罚款1 000万元。……另通知，各家银行购房贷款进一步收紧……”最后一条将直接冲击地产股。

坐在办公室另一头的杨帷幄一下子从椅子上跌下来，仿佛听见自己心脏撕裂的声音。

这时候，两市股指暴跌，申强高速股价更是直接砸到了跌停板上。截至收盘，上证综指跌幅达8.36%，创下中国A股市场有涨、跌停板以来的最大单日跌幅。

“天啊，第一张提高印花税牌，第二张限制购房牌，第三张罚款牌，怎么都那么准啊！”营业大厅里传来兴奋的鼓掌声，他们都在向这个聪明的年轻人致意。

袁得鱼与邵小曼高兴地抱在一起。

常凡说：“袁得鱼，你真是料事如神啊！我们赢了，这下可以松一口气了！”

杨帷幄挣扎着跑到操盘室，才发现虚惊一场。

这时候，许诺在营业大厅的一个角落里看到袁得鱼欢喜的样子，也不由得露出惬意的微笑。

海元证券的职员沉浸在一片欢呼声中：“我们赢了！我们赢了！”大家击掌庆贺。

杨帷幄拿出办公室酒柜中收藏了很久的法国达菲红酒，递给袁得鱼一只杯子。常凡忙不迭地与他碰杯，庆祝胜利。这确实是一件令人高兴的事，如果按当天10.02元的收盘价看，海元证券在完全抛掉申强高速的情况下，小有盈余，而泰达证券则十分被动，本来设计将海元证券层层套住，没想到偷鸡不成蚀把米，自己倒成垫底的了。

常凡猛然笑出了声。

袁得鱼难得见常凡如此兴奋，好奇地问道：“笑什么？”

常凡不紧不慢地回答：“我想到了泰达证券的铁腕关系户们。这样的大手笔，免不了成就无数老鼠仓。本来他们胜券在握，等着我们送钱，没想到最后关头，还是让我们给搞砸了，哈哈哈！”

“哪个小子破坏了我的计划？”那头，唐子风气急败坏。

“刀疤脸”说：“这几天，我们按照焕总的意思，去海元证券找魏天行，结果没有发现他的踪迹，但我们发现了袁得鱼那小子。今天，也是他大叫出货。”

唐子风思忖片刻，用力摁灭了烟头，大概计算了一下这次大战的成本，骤然间大脑一片空白，身体晃了晃。

“爸，你怎么了？”唐煜马上扶住了他。

“没事。”唐子风虚弱地摇了摇头，低语道，“竟然是袁观潮的儿子，难道这就是所谓的宿命吗？”

海元证券大楼，欢呼声不断传出。

常凡让所有同事站成两排，形成长龙，手臂高举着。

袁得鱼弓着身子，从这两排人墙中间的小道穿过去，在他经过的时候，同事一边喊一边拍打袁得鱼的后背，像庆贺球星进球一样。

袁得鱼好不容易从人墙里钻出来的时候，杨帷幄出其不意地站在了前方，他“狠狠”地拍了一下袁得鱼的脑瓜。

经过一番“洗礼”，袁得鱼直起身，他摸了摸脑瓜，脸上浮现出幸福的笑容。经此一役，他恍然意识到，自己仿佛离揭开父亲自杀真相的目标更近了。他一直以为，只有站在足够的高度，才能看清纷繁的局面。他也从没有想过，自己来到佑海后，竟然有这样美好的开端。

在海元证券走廊的另一头儿，一个身影闪了一下。他默默看着楼下发生的一切，甚至觉得楼下的一切无聊至极。

很快，这个人就从后门离开了，没有人知道他去了哪里。

第七章　大意失荆州

死啊，你得胜的权势在哪里？死啊，你的毒钩在哪里？死的毒钩就是罪，罪的权势就是律法。

——《新约全书》
(*New Testament*)

一

这天晚上，唐子风病恹恹地躺在床上，思绪万千。

他在半夜惊醒，回忆起很多往事。不知为何，他眼前总是浮现一个年轻人张开双臂满场奔跑的场景。

10 多年前，他第一次见到袁观潮。那一天是 1987 年 10 月 19 日，星期一。他永远不会忘记这个日子，这一天几乎是全世界金融人士集体记忆中的日子。

那天是唐子风第一次到东京交易所学习，一个与他年龄相仿的同学已经先到了，一边喝着可乐，一边在数字板上看行情，同时还自言自语地说："很快就会出现股灾吧?"这个自言自语的同学就是袁观潮。听到这句，唐子风有些惊诧，只当是他随便说说。

没想到，袁观潮的话音刚落，就有交易所的工作人员惊呼："天啊！我一生中从没见过这么多的卖单，好像整个世界都没有一个人买!"

唐子风与袁观潮亲眼见证了举世震惊的股灾，所有人都在场子里疯狂奔跑，到处都是带着哭腔的叫卖声，但根本没有人接盘。日经指数如断了线的风筝般掉落下来，一天竟然跌去了 620 点。第二天恐慌更甚，又跌了 3 800 点，两天累计跌幅达到 16.90%。几个老交易员当场倒地，还有人呼天抢地地爬到窗户上，又被一群人拉了下来。有一个老伯嘴里念叨着"我的全部家当啊，我辛辛苦苦 40 多年的积蓄啊!"便往墙上撞去……那些场景，唐子风至今想来都觉得害怕。

唐子风感到好奇的是，袁观潮为何能准确地预测股灾的爆发。

唐子风问袁观潮，袁观潮笑笑说："如果有个富商，问你借钱，你会不会借？"

"应该会吧，他应该就是周转一下。"

"你或许还会想，对方那么有钱，你借给他，或许还能得到更多回报。"

"有可能。"唐子风点点头。

"但那个富商后来不仅不还你钱，还一直问你借，也不提还钱的事，你会怎么办？"

唐子风说："那肯定不借了，事情总是有限度的。"

"对了，那个富商就是美国。"袁观潮眨了一下眼睛。

唐子风若有所思地点点头，他突然又想到了什么，问道："那这次大跌，你肯定赚了不少钱吧？"

"我？"袁观潮耸耸肩，"没有啊。"

"你沽空，再加个杠杆，不就一夜暴富了？"

"暴富？你听到四周的哭声了吗？今天上午隔壁大楼还有人从顶楼跳下去了。我不喜欢这样趁火打劫，股灾也是灾难，是最大的人灾，转眼间，几千亿资金就烟消云散。我对发灾难财毫无兴趣。"袁观潮铿锵有力地说。

唐子风点点头，觉得身边的这个同龄人不简单。

自此，唐子风与袁观潮结下了深厚的友情。

那些恩怨究竟是什么时候产生的呢？唐子风回忆起一些不堪的往事，痛苦地闭上眼睛。

他摸了摸脖子，他们当年拜为兄弟时互换的"急急如律令"的信物还在，他觉得自己没那么容易就缴械投降。这时传来轻轻的敲门声，随后唐烨闪了进来。

唐烨进来时红光满面，显然，他带来了好消息。

等唐烨说完，原先还在床头病恹恹的唐子风一下子振作了起来。他万万没想到，自己觊觎已久的猎物，得来全不费功夫。

第二天上午，泰达证券的总经理办公室。

一个30岁左右的青年人恭敬地坐在唐子风面前，他的脸很瘦，嘴巴紧抿，背有些驼，看起来有几分内向，大家叫他阿德。他的年纪不大，在财务总监这样级别的同行中，显得分外年轻。

原来，作为基金经理的唐烨，与券商始终保持着交往。他和阿德是在一次圈内的聚会中认识的，没想到，在海元证券撤出申强高速的当晚，唐烨接到了阿德的电话。

唐子风翻了一下阿德交给唐烨的一份资料——一份海元证券的内部资料，重要的是几组财务数据，这几组数据直接揭示了海元证券关联公司的账目以及股东结构。

阿德一脸满不在乎的表情让唐子风有些惊讶。

据唐子风了解，出现这样的“内讧门”，与海元证券的企业文化有关。杨帷幄一向任人唯贤，为了发展业务，不惜提拔新人。但是，这也隐藏了风险，由于不是论资排辈，理想的结果自然是新人以实际能力与行动服人，但对于资格比较老的人来说，谁又会有耐心等待呢？

“你为什么把这份资料给我？”唐子风问道。

“如果我直接给监管部门，有人会安排我去国外吗？”阿德脸上挂着不符合他年龄的老练笑容。

“杨帷幄对你不好吗？”唐子风点点头，又丢出一个问题。

“怎么说呢？”阿德耸耸肩，“他起初待我很好，不然我也不可能这么快就坐到现在的位置。但工作中我遇到很多障碍，不管是老领导还是下属，都把我当作夹心饼的心一样，成天排挤我。我是一个务实的人，既然不快乐，那就给我点儿实际的，我也好心里舒服些。于是我就直接问杨帷幄要股权，你猜杨帷幄对我说什么？他说，这是天大的笑话。哈哈，天大的笑话！杨帷幄大概以为，给我这个职务已经算是赏赐我了，但他忘记了，这份管理者收购计划（MBO），我可是最早的参与者，他也采用了我的大部分意见。在财务方面，我可是行家。既然他把我抛弃了，那索性谁也不要得到。”

唐子风感慨了一下，心想，大大咧咧的杨帷幄哪会有这么多心思，到时候自己怎么死的都不明白。这也没有办法，谁让他在公司内部大力提拔年轻的员工呢？这些年轻人给公司提供了无限可能，同时也无形中制造了一个个陷阱。

“那你为什么不找你们的大股东华军资产好好谈谈呢？”唐子风问道。

“当年它成为大股东后，就直接在我们这里派驻了三个投资经理，这三个人原先都是它投资部的员工。说实话，不要说杨帷幄看他们不顺眼，连我们都觉得他们的投资观念与我们差距过大。他们动辄就想拿1亿元在一只股票上坐庄，以为只要有钱砸，别人就会死命跟过来。这是什么年代的落伍想法？杨帷幄很快让他们坐了冷板凳，把他们转到客服部与网络部去了。”

“那他们就甘心不做投资？”唐子风问道。

“有什么不甘心的？他们还是会指手画脚，但很快就收敛了。不过，他们也不是什么省油的灯，马上向集团打小报告，说杨帷幄搞独裁，不把母公司放在眼里。这么一来，自然得罪了大股东，所以军工集团对杨帷幄也是横竖看不顺眼。”

“原来杨帷幄的日子那么难过。”唐子风不禁叹了口气。

“局内人未必清楚。他不是还有很多宏大的理想吗？唐总，你还有什么疑问吗？”阿德抬起头问唐子风，“如果没有，我就去坐你给我安排的飞机了。”

“好吧，最后一个问题，你们进驻海元证券的时候，财务状况怎么样？”唐子风抽了一口烟说，这其实是他见阿德的最主要原因。

“亏损，巨亏，比媒体报道的数字还大，足足亏损了6亿多元。”阿德摇摇头，叹了一口气，“其实杨帷幄这几年还是很了不起的，但这又能怎么样呢？”

阿德想起杨帷幄刚兼并重组海元证券时招兵买马、挥斥方遒的情景，不禁暗暗感慨，当时杨帷幄对他们说：“让我们一起做点儿惊天动地的事情吧。”只可惜后来发生了那么多事情，如果让他自己重新选择，他宁可选择重回当初的时光。但是一切都不可能重来，他发现自己或许就是这样的人，不管是出于自私还是贪婪，自己骨子里都没法做到忠实与真诚，如今这一切似乎是注定要发生的。

“海元证券的账户都查过了吗?”唐子风紧追不舍。

“你是什么意思?”阿德惊讶道。

唐子风紧盯着阿德的眼睛，他察觉到，阿德的眼神中清晰地透露出四个字——“不明真相”。唐子风笑了笑，不禁对阿德生出一股怜悯，财务总监也算是身居高位，看来也只是徒有虚名罢了。

阿德离开后，唐子风陷入了沉思。

他完全能猜到，杨帷幄肯定不甘心自己公司的大股东权捏在别人手上。他才不信杨帷幄含辛茹苦了那么久，会选择一直沉默。谁都不是孙子，至少原来杨帷幄做重阳证券的时候，在董事会已经是一言九鼎，入主海元证券后反而人微言轻，他怎么甘心接受这样的倒退？况且，混迹金融圈多年的唐子风自然知道这个军工集团投资团队的实力。毫不客气地说，他们的确是一帮庸才，激进又锐意进取的杨帷幄，与他们产生矛盾是迟早的事。唐子风认为，只要有点儿自己想法的，就必然会做这样的管理者收购计划。

不过，唐子风很快就沮丧起来。从阿德提供的财务资料上，他无法摸透杨帷幄的财技，他看不出这个管理者收购计划目前的破绽，这个计划看起来每个步骤都是合法的。

他想把阿德叫回来再问一下，但又想起阿德拿到机票时，眼神里的那种放松。难道这是阿德故意留下的一个谜题?

唐子风叫来唐烨，唐烨一惊，马上打了个电话给阿德。

阿德接起电话，仿佛早预知到对方会打来电话。他的语气没了之前的毕恭毕敬，他说：“至于这里面的财技，等我安全到达美国后再告诉你们。”

唐烨把听筒猛地扔到了桌子上。

“他不肯说!”唐焕抽了口烟，“我曾听一个圈内人说起这小子，说他当年想私吞一块地，被杨帷幄发现后就一直怀恨在心。杨帷幄真是太不小心了，养了个奸人。”

唐烨继续愤愤地说：“爸爸，你说，他这次会不会也骗我们，只是利用我们逃到国外去？”

唐子风摇摇头：“不要着急，他既然已经背叛了杨帷幄，离开中国就不是他最终的目的，他肯定还是想报复杨帷幄的。我猜想，他这么做，只是出于自己行程的考虑而已。”

“真是老谋深算！”唐焕从鼻子里喷出一口烟，“等着，有机会我一定收拾他！”

“往往这些心思多又有才能的人，领导会有所提防，而他们也总是恃才傲物，在团队中不得人心，背叛团队，成为叛徒。”唐子风默默地说。随后，他又将注意力放到了这份财务资料上。

“爸爸，弟弟不是在美国学金融的吗？要不让他看看？”唐烨提议道。

唐子风点点头：“也好，顺便让他调整一下情绪。”

二

这几天，唐煜陷入沮丧之中，他没想到自己会在申强高速上失手，一直把自己关在办公室。

唐煜从小到大都是优等生，天生思维缜密，他不知道这次逻辑上哪里存在纰漏，竟然到最后都没有掌握好节奏。

他还有另外一种复杂情绪，他知道，最后破坏这个计划的人正是袁得鱼。“刀疤脸”发回来的照片上，他不仅看到了袁得鱼，还看到了邵小曼，这多少让他有点儿伤心。

正在这时，唐焕敲了敲门：“老弟，爸爸找你。”

唐煜来到了唐子风的办公室。

“我那个威风凛凛的小伙子去哪里了？”唐子风打趣道。

“爸爸，你身体好些了吗？儿子没做好，让你失望了。”唐煜强打起精神，对老爷子浅浅地鞠躬致歉。刚坐定，唐子风就递给他一份资料。

唐煜投入地看了起来。看了之后马上就不得不承认，这份管理者收购计划是他迄今为止看过的最让人眼花缭乱的一份。

在唐煜的概念中，违法管理者收购计划一般有三种。最常见的方式就是找一家信托公司做质押，进行反收购。还有一种是发行债券，进行反收购。针对这一方式，后来一些地方政府允许发行债券，让企业自身进行承债式收购，这就变得合法起来。最后一种是瞒着董事会，偷偷让员工持股，再成立新公司，把股权打包进去。从思路与操作上看，杨帷幄都像是采取了第三种方法。

唐煜通过研究资料发现，早在1998年年初，杨帷幄就开始计划并组成了一个以他为实际控制人的“海元联合体”，其中包括39名自然人、两名法人。同时，就在这个周末，杨帷幄将对海元证券在产权交易所挂出的60%的股份进行收购，与其他公司共同竞标。

可以看得出，这是杨帷幄一直在进行的秘密项目。杨帷幄希望通过海元证券的产权转让，顺利完成公开的管理者收购计划。而他筹划的“海元联合体”，则类似于上市公司股东持股变更的“一致行动人”形式。

所有问题都出在一个环节上，杨帷幄此前通过增资扩股等五花八门的财技，注册了海元投资公司，并暗度陈仓，让联合体渗入。事实上，这涉及管理者收购计划在进行过程中的最大问题——资金来源。

这也是杨帷幄不得已采取的“曲线”管理者收购计划方式。这也就意味着，对于杨帷幄来说，一切仅仅只是个时间问题。当他用3亿元把海元投资拍下来之后，只要让海元证券再次购入海元投资，就可以此理顺联合体，实现管理层对海元证券的控股。

这就与唐煜想的第三种非法方式不同，毕竟在很多细节上，杨帷幄的做法是有法可循的，诸如有“一致行动人”，有集团的签字，就连转让资产的方式也是通过合法、公开、公平、公正的拍卖方式进行，所以，这份管理者收购计划至少在外观形式上看是有据可循并且公开合法的。

唐煜埋头研究了一番后，分析道："这看起来是一份完整的管理者收购计划，一般而言，要完成管理者收购计划，中介机构的资料，如律师函文、资产评估书、会计公司证明、地方主管部门申请书等材料缺一不可。可以看出，杨帷幄都按程序做了。他采取的一致行动人持股的收购方式，在国内或许还算少见，也得到了上级部门的认可，甚至得到了佑海产权交易所的支持。不过，我有一个地方总想不明白。"

唐子风感兴趣起来："说说是什么？"

"就像所有管理者收购计划一样，资金来源往往是管理层最大的问题。通过信托方式收购，往往会打草惊蛇。最近爆出了几个非法管理者收购计划案子，都验证了这一点。我估计这也是杨帷幄极力避免的。然而，这份材料告诉我，杨帷幄收购的财力基本是源自那个'海元联合体'。在美国，这样的组织也叫'一致行动人'，而杨帷幄的'一致行动人'资金来源于他们掌控的海元投资 80% 的股份。但我看不清楚，他们掌控海元投资的资金是从哪里来的，这是个'黑匣子'。另外，既然他们只掌控了 80% 的股份，那么另外 20% 的股份在谁手里？我也没有看到。"唐煜分析说，"不过，有些事情很确定，杨帷幄一定会通过周末的股权拍卖会来理顺这份产权关系，让海元投资顺利持股。因此，一起参与竞拍的公司，也值得好好研究。"

"周末的拍卖会？"

"嗯，这应当是杨帷幄转股的最后一道收购程序。也就是说，如果他在这场收购会上收购成功，他的管理者收购计划就大功告成了。因为到那时候，谁也不会管海元投资资产是怎么来的，就算后来发现与海元证券的哪部分资产有关，但收购成功后，它们成为一家公司了，只要在财务上做一点点儿手脚，谁先谁后，根本就不可能被发现有什么蹊跷。我感觉，周末的拍卖会，是他们把一切理顺的最后一个环节。"

"是这个周末吗？那只剩下三天时间了。"唐焕急切地说道。

“唐焕，赶紧给产权所打个电话，说我们也要参与收购，加急办理，多少钱都可以往里砸。”唐子风命令道。

“但是爸爸，你都不知道他们的财技是怎么玩的。”唐煜疑惑道，“这么做是不是风险太大了？”

“不是还有三天时间吗？我就不信这三天，破不了他们的财技！”唐子风狠狠地说，“对了，阿德什么时候下飞机？”

“应该是明天晚上。”唐焕查了查说。

“爸爸，如果最后还是把希望放在这个人身上，也太不靠谱了。”唐煜焦急地说。

“哼，我唐子风什么时候是靠天靠别人吃饭的？如果真得到这一步，我就退出董事会。”唐子风怒道，“我只是在盘算，那人还有几天生路！”

唐煜被父亲怒目圆睁的样子吓到了，他深深地感觉到潜藏在市场背后的危险。同时，他身上仿佛也背负了强大的压力，他必须得破解这道谜题。

唐焕打完电话后，对父亲点了下头：“弟弟果然料事如神，周末的拍卖会确实已经被杨帷幄安排妥当了。原来，唯一公开挂牌的竞标者是杨帷幄的一个熟友，他肯定以为一切顺风顺水。后面的事情我重新安排好了，到时候他们会发现，偏偏在挂牌的最后一天杀出一个程咬金，哈哈！”

三

海元证券退出申强高速的第二天，正好是杨帷幄的生日。

当天晚上，袁得鱼、常凡，还有邵小曼一起为杨帷幄庆生。杨帷幄不想搞得过于高调，于是选择在礼查饭店门口的夜排档吃饭。

这天，杨帷幄心情不错，随意穿了一套运动服就出来了。

几个人吃得津津有味。

“杨总，这次多亏袁得鱼，不然我们肯定中了唐子风那老贼的连环计了。”常凡给袁得鱼敬酒。

“哎呀，运气好罢了。”袁得鱼痛快地一口喝了下去。

杨帷幄也很高兴，转过头问袁得鱼：“对了，我一直没问，你怎么会猜到这样的政策？难道你上面有人？”不过，杨帷幄基本不信，袁得鱼如果有这样的资源就不会如此大费周折地来求职了。

在杨帷幄看来，要理解股票这个东西，除了必须经历几轮牛熊转换的经济周期，天赋是最为重要的。到现在为止，他还没摸清袁得鱼这小子的路数。杨帷幄凭着多年的经验，往往能预判每个与他初识的人未来的命运，多年验证下来，往往八九不离十。然而，他从第一次见到袁得鱼，就无法想象这小子将来会怎样。他只是依稀知道，袁得鱼的能量远不只这些。只是这一点，这小子自己可能也不清楚。

袁得鱼挠挠头，说了四个字。

在座的人都惊奇地张大了嘴巴，异口同声地问道：“《华夏日报》?”

“嗯，就是《华夏日报》。”袁得鱼点点头，“就在前一天，我看到有篇社论说资本市场泡沫太大。所以我就想，市场肯定会暴跌。”

“你真是很奇特的人。”常凡不由得叹道。

“哈哈，这只是袁得鱼一种谦虚的说法，他看到的是宏观调控下的风云突变。其实，之前有不少征兆，只是我们当时的注意力都放在了这只个股上。不过，在中国做股票，必须得了解中国特色，就像鹏城很多人拿深发展做方向标，此前政府救市时托举深发展，就是所谓的定海‘深’针。”杨帷幄分析说。

“嘿嘿。”袁得鱼挠挠头。

邵小曼很喜欢这样的气氛，狠狠地亲了袁得鱼一口。

袁得鱼猝不及防，红着脸笑了起来。

常凡感慨地说：“虽然我们成功逃脱了，但我们伟大的哈撒韦梦想不见了。杨总，不是我说，我们当初就不该相信他。出了这么大的事，儿子还带着小情人去外面度假。”

“这确实是家破烂公司。在某种程度上，我们与那些二股东没什么差别，不过，我们不也正是利用这一点乘虚而入吗？”杨帷幄按捺不住内心的激动，几欲说出他的管理者收购计划，“只是，能收购申强高速毕竟是件锦上添花的事。”

“锦上添花？杨总，难道你还留了一手？”常凡惊喜地问。

“这个事情还蛮有趣的。你看，唐子风咄咄逼人地想加害于我们，目的应该就是彻底击垮海元证券，但是，你们想一下，我们海元证券是金融资本，我们要想收购产业资本，是不是也要通过一家投资公司去控股？唐子风这个不断袭击的外敌，让我迅速建起了一个碉堡。到后来，这个碉堡越砌越高，我发现，这不正是我本来就一直在建造的城堡吗？”

“你是说，殊途同归了？”常凡问道。

“哈哈，到时候你们自然会知道的。”杨帷幄高兴地说。

只是此时此刻的杨帷幄做梦也想不到，自己好不容易刚从申强高速一役中死里逃生，唐子风竟然又盯上了自己守着的另一个项目。

杨帷幄看他们满脸疑惑，于是给他们出了道题：“来来，我给你们出个题目，谁答出来有赏。”

“好啊。”常凡喝得有点儿多，拍手叫好。

杨帷幄不紧不慢地说道：“有三个人晚上去一家旅店投宿。这家旅店的房间一晚 30 元。于是，三个人每人掏 10 元凑了 30 元交给了老板。老板后来发现，他们到旅店的时间已经超过了两点，可以优惠，只要 25 元就够了，于是拿出 5 元，让服务生去退还给他们。服务生偷偷藏起了 2 元，第二天把剩下的 3 元钱分给了那 3 个人，每人分到 1 元。也就是说，一开始呢，这三个人每人掏了 10 元，现在又退回 1 元，也就是 10 - 1 = 9，每人花了 9 元钱，三个人加起来，就是三九二十七元，加上服务生藏起的 2 元，一共是 29 元。问题是，还有 1 元钱去哪里了？”

他看这几个年轻人陷入深思，便说：“这道题原来是新西兰一家公司的面试题，当时这道题出来后，曾引起巨大反响，你们不要着急，慢慢想。”

邵小曼打岔道：“原来是面试题啊。记得我当年去一家咨询公司面试前台，面试结束后，老板问我们，还有什么问题？大家都摇摇头，我随口就问，公司签了几家快递公司啊？其实是因为我正好有个亲戚是开快递公司的，我只是帮我亲戚问。没想到，老板直接对我说，我被录用了。我很诧异，老板等她们都走了后说，如果一个前台连问题都不会问，还算是好前台吗？”

“哈哈！”大家都笑起来。

常凡拍了拍脑袋，说：“我知道了。”

杨帷幄颇为欣赏地看着他。

常凡开玩笑地说：“是被服务生藏起来了吧？”

“切！”大家一阵哄笑。

唐煜在卧室里心神不宁，一直盯着海元证券的管理者收购计划发呆，他把目光放在了这个“联合体”上。根据中国《上市公司股东持股变动信息披露管理办法》对“一致行动人”的明确定义：“一致行动人是指就提高其对上市公司股份、股东权益的控制比例，或者巩固其对上市公司的控制地位，通过协议、合作、关联方关系、默契等方式，在行使上市公司表决权时，采取相同意思表示的两个或者两个以上的自然人、法人或者其他组织。”显然，这个“海元联合体”与“一致行动人”在内涵上并没有本质上的区别，甚至从拓宽持股主体形式、增加正规资金来源渠道等功能来看，二者更是极其相似。

然而，这个“一致行动人”除了39名自然人外，还有两名法人。唐煜进而细查发现，这两名法人分别是绿城控股集团有限公司与南都控股集团有限公司，都是圈内知名的投资公司，它们出资1 325万元各持有海元投资12.5%的股份。

唐煜看了看拍卖书，海元证券受让的股份是60%。然而，在股权书上，杨帷幄一个人就持有海元投资35%的股份。他盯着这几个数字看，这两家公司与杨帷幄持有的股份相加，正好也是60%。咦？

也是60%！这与海元证券转让的60%是不是存在某种巧合呢？

“哦，我想明白了。”吃完一只大虾的袁得鱼恍然大悟，“其实呢，这是一道迷惑题。这么想就对了——老板那有25元，服务生那有2元，加起来是27元。而这三个人，最后等于是每人支付了9元，加起来也正好是27元。关键是，这个服务生的2元，在描述的时候，其实被用了两次，自然不对。”

“太聪明了！”杨帷幄非常欣赏袁得鱼，他心想，这就是自己管理者收购计划设计的巧妙之处，并不是所有人都能一眼看出其中的玄机。

唐煜查了一下绿城控股集团有限公司与南都控股集团有限公司的详细资料，然后把股权关系按照自己的设想重新画出来后，不由得兴奋起来，这张图完全验证了自己的判断：“原来所有的奥秘都在这60%里面。”

他马上跑到唐子风书房，唐子风也没睡，正忙着翻找各种财务书。

唐煜将他的发现详细描述了一遍：“爸爸，我知道杨帷幄是如何运作的了！事实上，杨帷幄收购的海元证券60%的股份，就是他在海元投资的个人股份35%加上他联合公司的25%。而这部分资产是海元证券本身在绿城控股集团有限公司与南都控股集团有限公司的控股资金，他们是在空手套白狼啊，爸爸！如果按照招标书上所写，看起来就像是两部分资产，其实是同一个60%，这个60%用了两遍。爸爸，定性管理者收购计划是否非法的关键，就在于他并购时候所用的资金是否足够啊！”

唐子风听完后也恍然大悟，他激动地大笑了两声：“在国有资产转移中，文字游戏是最为常见的一种，诸如‘优惠85%通过《资产转让协议》进行国有资产的整体资产转让’，其实不是所谓的八五折，而是一五折。这起案子中，杨帷幄的创意还真是独具一格，阿煜，你真有两下子，爸爸为你自豪。”

“爸爸，答应我一个要求，好吗？”唐煜声音低沉下来。

唐子风望着他，仿佛猜到了什么。

“不要拿这个对付杨帷幄，我会想办法挽回败局，你给我一点儿时间，好吗?”唐煜好像想到了什么，对父亲认真地说。

唐子风深思了一会儿，说：“你放心。”

他看着儿子关上门，暗想：“还是太嫩了，为什么连这个天上掉的馅饼都要拱手相让?”

正在杨帷幄他们相谈甚欢的时候，一群人走了过来，问道：“请问，哪位是杨帷幄?”

杨帷幄点点头。这群人看着他，冷冷地说：“跟我们走吧。”

常凡站起来，马上又被对方的一个人压下去：“我们是专案组的，不要妨碍我们执行公务。”

杨帷幄愣了一下，但他很快反应过来，在起身的同时，他轻声在常凡耳旁说：“重要的资料在我办公室的第一层抽屉里。”

众人眼睁睁地看着杨帷幄被塞进一辆没有亮灯的警车里后，赶紧回到公司。

袁得鱼打开网站看到有一条消息已经不胫而走，所有的矛头都指向海元证券的杨帷幄，说杨帷幄正在秘密进行非法管理者收购计划，侵吞国有资产。

常凡打电话给圈内朋友，消息灵通人士告诉他，在海元证券撤出申强高速的当晚，就有一份详细的神秘曲线管理者收购计划与海元证券全部账目被交给了纪检监察部门办公室。

不过，杨帷幄之所以第二天才被带走，是因为爆料人在这一天有了更有力的证据。

常凡瘫坐在椅子上，两耳轰鸣。他想起杨帷幄跟自己说的话，迅速翻了一下第一层抽屉，是一份拍卖申请表。

原来在最后一刻，杨帷幄还希望打最后一场时间战。在没有正式立案之前，海元证券若能通过正规的程序完成拍卖，这次管理者收购计划还是有希望变得顺理成章。常凡随即翻了一下资料书，镇定地说：“我们还有最后一次机会。”

袁得鱼很快看出了拍卖的玄机——资料上分明显示，佑海只有一个拍卖对手，就是杨帷幄委托熟友设置的兄弟公司——九阳投资。按原计划，这家公司到时候会放弃竞标资格，或者只出一个底价，相当于直接把拍卖标的转让给杨帷幄。退一步说，就算杨帷幄的投资公司出现问题，让这家兄弟公司竞标，也能顺理成章将转让权接应下来。这场拍卖，不管怎么看，都是十拿九稳之战。

四

海元证券股份的拍卖日很快就到了。

这天早上，办公室的电话响了起来，是产权交易所的工作人员打来的——海元投资被通知竞拍资格取消，这是常凡意料之中的。

“那现在只有一个拍卖者，拍卖是不是不进行了？”常凡问道。

“不是，泰达投资替换了你们。”对方说。

这是常凡万万没有想到的。竞标不是多了一个对手那么简单，因为这个对手竟然是自己最不希望看到的泰达投资。

常凡怒气冲冲地说：“不是只有两个竞拍人吗？既然海元投资有不合规的嫌疑，那理应就是九阳投资接盘！”

“在正式拍卖前，只要下了保证金，谁都有资格。”工作人员认真地回答，“再说，海元投资已经犯规退出了，按惯例，我们也必须找到一个合适的竞拍者。”

“太过分了！什么侵吞国有资产，这一切就是泰达证券干的！”常凡生气地把电话扔了。

不过，常凡转念一想，他还有最后一次机会，现在股权还未落入泰达证券手中，自己还有争取的权利。因为在原计划中，海元投资可以说是稳操胜券，现在被取消了资格，但还可以用九阳投资扳回一局。就算泰达证券得手，也只是拿到了空壳，他还可以凭借资金雄厚的九阳投资重振江山。

常凡打好领带，准备出发。他想起了阿德，这种时候，财务专家理应随自己一同过去。他敲了敲阿德的办公室，没人应答。

常凡愣了两秒钟，顿时觉得有些异样，猛地将门推开。他惊讶地发现，阿德平时堆放文件的桌子上已经空空如也。他打开几个抽屉，里面所有东西也都消失不见了。

常凡倒在椅子上，他终于明白是阿德背叛了他们。他想不明白，阿德为什么会这么做。

他想起在拍卖资料上，杨帷幄还附了一张纸条，上面清楚地写着：考虑到阿德工作勤勉，将以个人名义转给阿德两个点的股权。杨帷幄特意提到，之所以这么做，是因为此前阿德有觊觎集团地皮的前科。如果阿德是“一致行动人”，难免会在企业内部打草惊蛇，为了不让这个环节横生枝节，就没有把阿德的股权写在“一致行动人”的合同上。

常凡抓了一下头发，或许，如果杨帷幄早把这些告诉阿德，将会是另外一个结果。但显然，一切都为时已晚。

常凡生气地砸了几下桌子。

袁得鱼听到动静跑了进来。“什么事情?”接着，他也发现了财务总监办公室的异样，“原来是阿德出卖了我们。”

常凡拳头握得咔咔作响：“我要是再见到阿德，一定一刀把他捅死!”

常凡、袁得鱼等人来到佑海产权交易所三楼，走廊中间有一个小型会议厅，也是海元证券产权转让的拍卖会现场。

常凡他们刚坐定，就看到泰达证券的一行人从大门口走进来，领头的是唐子风，身边是他的大儿子唐焕，身后跟着一大串工作人员。

泰达证券的人坐在会场后方，唐焕对唐子风耳语道：“奥迪 A6 已经送出去了。”

竞拍过程中的一切，仿佛都由泰达证券控制着。

一开始，常凡并没有感觉到太大压力，没想到一个秘书走过来，交给常凡一份传真，是来自国有资产评估小组的。这份文件称，海元投资的资金在相关法律规定下，将回笼到海元证券名下，即日起生效。也就是说，如果竞拍者获得海元证券的话，理应包含海元证券的所有资产。常凡顿时汗如雨下。他举牌到1.2亿元的时候，手臂有些颤抖，这是他的极限。

最后，泰达犹如囊中取物般，轻松获得了海元证券的实际控制权。

袁得鱼无法想象，海元证券欢呼胜利的声音仿佛还在耳边没有散去，才短短三天时间，杨帷幄怎么就成了千古罪人，唐子风反而成了最终赢家？

一股阴冷的罡风从产权交易所的窗户吹进来，袁得鱼浑身冰凉。

拍卖会结束后，常凡他们就一直坐在产权拍卖室，有个工作人员上前想让他们离开，但看到他们气势汹汹的模样，只好走了。

邵小曼不知从什么地方冲了进来，她见袁得鱼双手抱着头，预感到事情不妙。接着，她从常凡口中听说了事情经过，生气地说："原来杨帷幄被人带走是他们在背后搞鬼，他们怎么可以用这么下三烂的手段？不行，我去找唐煜评评理！"

袁得鱼没拉住她，只好看她一个人急匆匆地跑了出去。

"这也不能全怪唐子风，毕竟是我们的人……"袁得鱼转头问常凡，"不过，我有一点不明白，阿德难道能从一个陌生的老总那里拿到更大的回报吗？"

常凡心想，阿德恐怕是失去了理智，他考虑的早就不是回报了。道上混的都知道，最十恶不赦的就是背叛。杨帷幄恐怕不是最惨的，真正悲惨的是阿德，他的叛变，不仅断送了海元证券，也断送了自己的前程。

美国加利福尼亚州，阿德下了飞机。天气很热，但他心情十分愉悦。

他快步走到行李处，等待自己托运的行李。他等了很久，几乎同一班机的人都走光了，他的行李还是没有出现，很快，就只剩下他一个人。他吹着口哨，同时觉得哪里有些不对。他下意识地朝四处看了一下，空荡荡的，身后突然有清晰的脚步声越来越近，他警觉地转过身，一道凶狠的目光直射过来，他惊慌失措地跑了起来。

背后的身影很快压了过来，他只感到一个冰冷尖锐的东西刺穿了自己的背脊，紧接着，又在他背后搅动了几下，剧烈的撕痛感传遍全身。

他清晰地感觉到，一股热乎乎的黏稠液体流淌了出来。他想大声呼喊，但身体早就不听使唤，他绵软无力地瘫倒在地上。在倒地的一瞬间，他奋力睁开眼睛，意识到自己还活着——这是他有生以来第一次庆幸自己是个驼背，他颤抖地拿起手机，用剩下的最后一点儿力气，拨出了911。他有种感觉，自己的生命已经离终点不远了，他想努力记住那张脸，可惜一点儿力气也没有了，他虚弱地闭上了双眼……

五

看到父亲与哥哥凯旋，唐煜闷闷不乐。

唐焕一回家就开了一瓶红酒，说："今天是个好日子，庆贺一下。唐煜，过来拿杯子，这次多亏了你，我已经听爸爸说过你的辉煌了！"

唐煜猛地将唐焕递来的酒杯扔在地上。"你们觉得这么做光彩吗？爸爸，我上次不是跟你再三强调，给我一点儿时间，我们想其他办法战胜他们吗？"唐煜不满地喊道。

唐子风与唐焕面面相觑，不过"知子莫如父"，唐子风走到唐煜跟前："爸爸与你一样，也不想用这样的方法拿到海元证券，不然也不用煞费苦心地制订这么大的计划，爸爸是有难言的苦衷啊！"

"什么难言的苦衷？你不就是想快点儿拿下海元证券吗？"唐煜赌气地说道。

"左丘明曾经在《国语·越语下》中说过，'得时无怠，时不再来；天予不取，反为之灾'。时机，永远是第一位的。"

唐煜觉得很难说服父亲："这固然没错，但是，爸爸，君子爱财，也要取之有道啊！"

唐焕想了想，也插嘴道："唐煜，你看你，从小到大一路顺风顺水，几乎没有遇到过什么恶人，你根本不知道保护自己。攻击是保护自己的一种方式。任何人本性上都希望从善，但最后为什么又会作恶？就是因为遇到的恶太多了，人只有变恶才能生存下去。"

"要你这么想的话，只会形成恶性循环，世界上的恶人只会越来越多。"唐煜对这个论调很不屑。

"难道你觉得杨帷幄就是好人吗？你问问他当年是怎么把海元证券拿下来的？"唐焕也有些动怒了。

"对了，爸爸，袁观潮当时那么厉害，怎么会在帝王医药上亏那么多钱？"这句话一不小心点到了唐煜内心的谜团。

"这个你不用知道，我在某种程度上，也是为了替你袁叔叔讨回公道。"唐子风话锋一转。

"现在我们把海元证券逼上了绝路，你得答应我帮一下袁得鱼。"唐煜突然担心起袁得鱼来。

"唐煜，要不是那小子，这件事情怎么会搞得那么麻烦！"唐焕忍不住说，"你到底在想什么？还有，你不是喜欢邵小曼吗？你难道看不出人家邵小曼对袁得鱼……"

"不要说了！"唐煜大声说。他想起照片上的邵小曼与袁得鱼竟然那么近，痛心起来。

唐焕满不在乎地一边吃东西一边说："三弟，你怎么那么感情用事？女人就是工具，跟抽水马桶有什么区别？"

唐煜不想与唐焕多说什么，他已经在唐焕身上看到了"人至贱则无敌"的影子。他感觉有些憋闷，便独自一人出去了。

唐焕想拉住他，被唐子风制止了："让他一个人静静。"

唐煜一路走着，觉得满腹委屈。他一抬头，看到一双眼睛正怒视着自己。接着，他看到了豪车里的邵小曼。

"唐煜，你们怎么做得出这种事？"邵小曼坐在车里，大声问唐煜。

唐煜第一次看到邵小曼生气的模样，觉得她皱眉毛瞪眼睛的样子竟然有几分好笑，心情也多少好了一些。

邵小曼看唐煜反而笑着看自己，气更不打一处来，怒道："有你这样做朋友的吗？你们怎么可以对海元证券落井下石？"

"小曼，我对天发誓，我是今天起床后才知道爸爸他们去竞拍了。"唐煜做发誓状。

邵小曼不耐烦地按响了汽车喇叭："少废话，你给我上来。"

唐煜只好乖乖地坐到了邵小曼边上："好吧，你要怎么处置我都可以。"

邵小曼启动引擎，载着唐煜呼啸而去。

开了半个多小时，邵小曼一个急刹车，唐煜再也忍不住了，直接跳下车，在一棵树底下狂吐起来。

邵小曼在一旁得意："哼，目前还没有人逃得过我的'千里快风呕'！"

看唐煜吐得差不多了，邵小曼得意地说："上车。"

唐煜故作胸闷状："看你弱不禁风的，居然如此心狠手辣。"

"哼，对你这种人，我已经很仁慈了！"邵小曼得意地说道。

唐煜缓过一口气说："其实，我刚才上车的时候，就猜到你会来这招。当年在美国跟一帮少爷玩飙车的时候，他们也经常这么整人。"

"那你还上来？"邵小曼有些惊讶。

"我想，如果这样你能高兴，就当让你出出气。"唐煜脸色惨白，吐字艰难。

"唐煜，你还真是你们家的一个怪胎！"邵小曼颇感欣慰，自在地伸了一个懒腰，"走吧，陪我喝咖啡去吧。谁让我相信你呢？"

唐煜战战兢兢地爬上了车。这次车开得很稳，他们很快就来到了昌化路转角处的一家咖啡馆。

"意式浓咖啡！"邵小曼点完后就坐到了靠窗的一个深褐色的矮

脚沙发上。

“美式咖啡！”唐煜点完，心想，没想到邵小曼的口味那么重。

邵小曼从一旁的书架上随手拿了一本小说，书名《兔子，跑吧！》。

唐煜好奇地问道：“你爱看小说？”

“约翰·厄普代克（John Updike）的，我最喜欢的美国作家。兔子系列是四部曲，我最喜欢的是第一部，就是我手上的这部，但我不知道为什么有那么多人喜欢看《兔子富了》（*Rabbit is Rich*）。”

“好有趣的名字。我也喜欢美国小说，但我只看过马里奥·普佐（Mario Puzo）的《教父》（*Godfather*）。”

“唉，我们都被同化了，你看我，现在一天不喝咖啡就闷得慌。”邵小曼有些伤感地说，“其实我小时候，最喜欢去的地方是梨园。我爸爸经常跟他的两个朋友一起在包厢看戏。我爷爷与苏少卿私交很不错，就是那个曾经教过孟小冬的老师。”

“嗯。”唐煜道，“如果有条件，我真想跟你一起去一个谁都不认识我们的地方。”

“你难道想与你那个大家族恩断义绝？”邵小曼玩笑道，“就为了我？”

“说实话，为了你，我还真的什么都愿意。”唐煜再次赤裸裸地表达自己的爱慕之情。

“我是来教训你的，不是跟你谈情说爱的，你知道袁得鱼有多难过吗？”邵小曼声音低了下来，“看他那个样子，我好像情绪也低落下来。之前，我好像从来没有被别人影响过，真奇怪。”

唐煜心一冷，发现邵小曼的心思还完全在袁得鱼身上：“对了，那天海元证券撤出申强高速，你正好与袁得鱼在一起？”

“没错。唉，都不知道杨帷幄现在怎么样了。”

唐煜像是鼓起了很大勇气说道：“小曼，我问你一个问题。如果……如果换成是我，现在处在袁得鱼那个位置，受到一些挫折，前途一片迷茫，你会为我担心吗？”

邵小曼丈二和尚摸不着头脑，仔细看了唐煜一眼："不知道。你跟袁得鱼完全不一样，你是唐家少爷，他只是个穷小子。我看到他第一眼的时候，就觉得他与我见过的所有男孩都不一样，虽然他那天头发蓬乱，衣衫褴褛，像从20世纪过来的一样。"

"我宁可像他那样一贫如洗。"唐煜有些妒忌袁得鱼。

"你在说什么啊，唐煜？尽管你是个阔少，但我觉得你跟你爸和你的哥哥们不一样，我也蛮喜欢你这个不一样的。"

"'这个不一样的'能不能去掉？"唐煜听邵小曼这么一说，很快心花怒放。

"你家的人也太卑鄙了，连我这个外行人都看不下去了。"邵小曼摇摇头，"我真不明白，不就是抢一个券商，至于这么明争暗斗吗？"

"唉，我也搞不懂。我爸爸的意思，好像是为了给袁观潮讨回公道。当年的帝王医药事件，几乎所有人都怀疑我爸爸的为人，但我会永远站在我爸爸这边。"

邵小曼有些听不明白了："什么袁观潮？什么你爸爸的为人？"

"你不知道吗？海元证券最早是袁得鱼的爸爸袁观潮创立的，是杨帷幄把海元证券夺了过去。至于我爸爸，他与袁观潮是最好的兄弟，但在帝王医药事件上，他们的立场好像完全相反，后来袁观潮破了产，就卧轨自杀了。"

"袁观潮，袁得鱼的爸爸？"邵小曼无法想象，这个看起来吊儿郎当的男生，竟然有如此传奇的家世。"那你们家真是很过分！"她想明白了之后，更加生气道。

"小曼，我突然想离开国内了。一来，我觉得现在A股市场是弱市，没有太大机会。二来，我也觉得我与我爸爸他们志不同道不和，还是自己闯荡算了。现在想来有点儿后悔，我在美国其实发展得也不错，爸爸一说需要我，我也没多想就回来了。"唐煜有些低落地说。

"那你想怎么做呢？如果这是你最想做的事情，我肯定第一个支持。"邵小曼点点头。

"我可能会去香港，先做一把B股。我研究过了，中国这个市场很奇怪，你说制度不完善吧，但机会也往往在这种不完善中。A股市场不是很透明，内幕交易泛滥，很多A股都是由国内资本大鳄在操纵，所以国外的人一般不愿意投资A股。A股市场又没有与国际市场接轨，曾借着改革开放出现过一枝独秀的局面，所以与B股价格不太吻合。举例说，同样是华电国际，A股可能需要6元，B股只要2元，H股的溢价也很大。直觉告诉我，这其中肯定存在套利机会。”唐煜一板一眼地说。

“我倒是有个让B股重新活跃的好办法。”邵小曼灵机一动。

“嗯?”唐煜很好奇。

“让B股市场与A股市场一样有很多人参与不就行了?”邵小曼突发奇想道。

“你真聪明，这也是我看好的机会之一——调动国内股民购买B股。另一个机会，是A股与B股有合并的预期，就算不合并，也可以成为反复炒作的题材。”

“我也觉得中国市场很奇怪，一些名头从来没听过，什么法人股，股票不就是分享上市公司收益吗？跟法人有什么关系?”

“这也是制度套利，除了法人股，还有转配股，我也不是很喜欢这样的投资方式。”

“那你会怎么投资?”邵小曼好奇地问道。

“我印象比较深的一次是在美国的时候，我跟一个投资银行的经理对上市公司进行调研。我们好不容易找到了一家上市公司的两兄弟，他们的加工厂就是酒店后面一个不起眼儿的仓库。他们穿得很朴素，但很有干劲，说要做最好的比萨。我们问他们，每天他们的比萨店大约进出多少人，他们说，一个小时有三四十人，我们不信，就偷偷跑到他们的一家分店去蹲点，果然一个小时有30多人。我自己也品尝了比萨的味道，很喜欢，就投资了。后来这家公司果然成为黑马，四年里其股票价格涨了27倍，多么不可思议！我要投资，就投资那样的公司。”

“你说的是哪家公司?”

“Papa John’s，也就是我们说的‘棒！约翰’。”唐煜说。

“这么说，投资真是一件很有意义的事，大学老师怎么说来着，资源优化配置。”

“嗯，这应当是投资的本意，就好像我并不单单因为喜欢‘棒！约翰’的味道而投资，重要的是他们诚实，他们对事业的专注与热爱让我觉得这会是一家为股东负责的好公司。然而在国内，我最近去了鹏城一家公司，他们给每个参加股东大会的人都送了一件名牌衬衫，我就不高兴了，觉得他们没有好好处置股民托付给他们公司的资金。”唐煜有些伤感地说。

“或许在当下，有些事情是不能过于理想主义的。”邵小曼点点头。

“所以我在想，是不是能进一步完成我的量化投资理想。我始终觉得投资是有规律可循的，掌握规律的关键就是数学。”

“投资不是由人来进行的吗？你怎样将主观的东西量化呢？”

“这也是可以做到的。你不要小看了数学，这是一门终极学科。如果我将研究员的股票报告、大师的投资逻辑等，统统编入程序，问题不就迎刃而解了吗？”

“听起来不错哟。”邵小曼也兴奋起来，“看不出，唐煜，你也是个投资天才啊。”

“还有谁？”唐煜有些醋意地说。

“袁得鱼啊！他交易的时候，脸上有一种很吸引我的神情，很有魅力！”邵小曼说的时候有些陶醉。

“你什么时候有空，也来我的交易室坐坐吧。”唐煜看她那样子，心里颇不是滋味。

“什么？”邵小曼并不明白唐煜的意思，她继续说着，“对了，有时候我觉得你们两个很像，还一起玩到大，真是羡慕你们。我当年看《东京爱情故事》的时候，对赤名莉香的一段话特别有感触。她说，因为转学，所以要一直不停地跟朋友说再见，长大后几乎没有朋友。我也差不多，我刚回佑海的时候，一个人住在一间很大的房子里，心里一直空落落的，认识你们后，我就开心了好多。哎，我怎么对你说了那么多，我很少跟别人说那么多话，但看到你，就觉得挺亲切的，像老朋友一样，哈哈！”

“我可能马上就要离开佑海去香港了。”唐煜似乎已经做好了打算，“你……你会舍不得我吗？”

邵小曼很意外，下意识地说：“啊？你走了，那袁得鱼岂不是少了一个好哥们儿？”

唐煜稍有伤感，邵小曼总是时不时地提到袁得鱼。

“放心，袁得鱼命好，会得道多助的。只要我在佑海一天，都会一直支持他的。”

“唐煜！”邵小曼沉默了一会儿，看了看他，“今天本来找你兴师问罪的，怎么变成这样了？如果你一开始就告诉我，我肯定会说，走吧走吧，走得远远的。但现在，我的真实想法是，你真要走吗？你再想想。”

“啧啧，难得邵小曼对我那么有人情味。”唐煜舒心地笑了起来。

正在这时，唐煜的手机响了。他挂上电话时，神情有些严肃：“开始清理了。”

六

资产清理整顿有序地进行着，证券监管部门和审计机构派出工作组，进驻了海元证券。

1998 年 7 月，审计结果表明，杨帷幄等人“账外违法经营，隐瞒转移收入”的总额在 12.3 亿元左右，杨帷幄先后动用 5.2 亿元，获得海元证券约 77% 的权益。有关部门认定，杨帷幄涉嫌“侵吞国有资产，将国有资产变相转到私人名下”。

接下来都是程序上的事，海元证券的员工被集体遣散，部分员工联合向下一个东家请求留下，被唐子风一口拒绝。

袁得鱼也只好跟着一群员工一起离开海元证券。

有个自营部的员工一边抽烟一边与常凡说："兄弟，想当初我挤破头来这里，很多人很羡慕我，我感觉我比我们省的高考状元还要光荣。当年海元证券一骑绝尘，第二名券商不知道被甩到了哪里。没想到我一过来，就遇到了帝王医药这个事，第二个月的薪水就是800元。好吧，我忍了。杨帷幄也是个将才啊，好不容易又看到了希望，没想到又来了个非法管理者收购计划，你说老兄我是不是忒坎坷了点儿?"

"那你接下来去哪里?"

"找了家公募基金公司混口饭吃，很快就是基金的时代了。老兄，你呢?"

"还没想好。"常凡坦诚地说。

袁得鱼转身看了一眼海元证券，这几个熟悉的铜字前，又搭起了脚手架。他想起，就在八年前，他亲眼看着这四个大字被牢固地钉在这面历经沧桑的白墙上。没想到，才过了八年，这八年，真是"闲云潭影日悠悠，物换星移几度秋"。

他此前还有足够的理由说自己来佑海之后有多么幸运，然而，才一个月不到，自己就与这里无缘了。他最难过的是，自己好不容易争取到的一切，转眼间就消失了。追寻真相的那根线，随即成了断点，接下来都不知道如何继续，更别提为父亲洗刷冤屈了。

常凡一个人坐在门口，一根接一根地抽着烟，一直坐到正午，仿佛在等待着什么。

泰达证券的先行部队来了，他们正是常凡等待已久的人，他抑制不住地大喊起来："野狗，你们这群野狗!"

这时，泰达证券先行部队的方阵在小白楼前的不远处停了下来，整齐地从中间分开，恭恭敬敬地让出一条道来。

人们的目光循着中间那条道望去，四个黑色身影由远及近，中间两人大步流星，分外引人注意。

人群中发出细细碎碎的声音："唐家的人来了!"

走在最中间的是唐子风，戴着墨镜，头发斑白，身材伟岸，手里还拿着一个烟斗，脸上带着不可捉摸的笑容。在他身边的是衣着夸张的唐焕，趾高气扬，踏过大门的时候，还故意张狂地笑了两声。跟在唐焕身后的是内向斯文的唐烨，他好像有点儿不敢相信似的，在进门前还好奇地打量了下这栋小白楼。唐煜跟在他们身后，低着头默默不语，仿佛周遭发生的一切都与他无关。

走到大堂阶梯上的常凡冲上前去，抡起拳头就朝唐子风的脸上打去，没想到一下子被他身后的人敏捷地捏住了拳头。他转身一看，是一个满脸横肉的彪形大汉。只见这个彪形大汉轻轻地用手一挥，常凡就感到一阵晕眩，接下来脸上一阵火辣辣。彪形大汉又一推，常凡没能站稳，啪一下倒在了地上。

他摸着肿胀的脸，看到唐焕嚣张地朝他笑。常凡这下暴怒了，爬起来就要冲上去，被袁得鱼一把拉住。

“有种你跟爷单挑!”常凡骂道，气不打一处来。他更无法忍受唐子风投射过来的那种藐视的眼神，仿佛可以杀死人。

袁得鱼狠狠瞪了唐子风一眼。

唐焕笑了一下：“你们很喜欢瞪眼，那就让你们好好看看!”

唐焕对身边大汉耳语一番，大汉点点头。

两个猛汉过来，把常凡与袁得鱼带到小白楼前面，接着踢了他们的腿弯处，他们不由自主地跪了下来。

他们仰头望向正前方，脚手架上的两个工人被打手们赶了下来。打手们挥起铁锤，狠命地朝“海元证券”这四个大字砸去，那四个字痛苦地扭曲着，转眼就变得坑坑洼洼。常凡无法忍受，闭起眼睛低下头，又被猛汉硬把头扳了起来。袁得鱼看了常凡一眼，发现有两行泪水从常凡的脸颊上流淌下来。

袁得鱼想起多年前葬礼上的情形。越是在痛苦时刻，他反而越像一只八爪鱼，积极触摸周遭的一切，哪怕是细枝末节。他暗暗发誓要永远记住这一刻。

他歪着脑袋，看着“泰达证券”四个大字缓缓上升，被钉在墙上，在阳光下散发出熠熠金光。破旧的遮阳篷也被换了下来，窗户上也有了新玻璃，水泥工在修葺大楼正面那些被吊锥砸出来的坑坑点点。“这些原本是见证海元证券历史的独特之处。”袁得鱼心想。

没过多久，唐子风他们走了出来。

唐子风摇摇头看着他们，犹如打量丧家犬一般。经过他们的时候，他狂妄地抛下一句：“手下败将。”

猛汉们放开了他们，常凡刚想站起来，又被一个猛汉一下子推倒在地上，对方发出得意的笑声。袁得鱼摇摇晃晃地站起来，也被一个猛汉踢了一脚，再次摔在地上。

围观的人群开始散开，一个红色的身影闪动其间，她默默地将一切都看在了眼里。

粗暴的打手们将海元证券的东西扔了出来，很快，地上就堆起一座小山。常凡扑了上去，一叠纸正好砸到了常凡头上，他拿到手中一看，竟是杨帷幄亲手写的哈撒韦梦想的手稿。

一个打手站在“小山”旁，点燃了几张纸，扔了上去。很快，熊熊烈火就燃烧了起来。

“但得平安已为幸，孤灯残火过三更。”大火一直燃烧到晚上，小白楼显得格外孤寂。

常凡跪在地上，看着那堆将烧完的资料，半晌没有说话。

这里曾经是他与他最崇敬的老板杨帷幄一起开始实现梦想的地方。他至今还记得他们第一次将承销经纪业务做到全国第一时，尽情喝酒、醉倒路边的情景。他不明白，唐子风为什么要赶尽杀绝。

当初自己因为参加实盘炒股大赛而被杨帷幄看中，他怎么也没想到眼前的一切就是他的命运。

常凡摇摇晃晃地站起来，对坐在台阶上的袁得鱼说：“他们太小看我们了，就让他们好好等着吧！”

袁得鱼什么都没有说，目送着常凡直到他完全消失在视线中，然后转过头，呆呆地看着那些残火一点点儿暗下去，变成暗沉的灰烬。

那么多记录着海元证券辉煌的资料，就这样化作尘埃，随风飘散了。

七

袁得鱼一个人坐在马路上，异常地平静，看到地上有一张报纸，他拾起来，翻看着。

这是一份财经报纸，报纸边栏还有一篇评论，标题为《券商管理者收购计划，时代过错?》，文中说，在海元证券管理者收购计划失败之前，谁都愿意相信，这家近年来飞速成长的证券公司将成为国内第一个类似美林或高盛的金融帝国。

然而，美好的事物往往在历史大潮中只是昙花一现。或许推后几年，事情不会这样，而可能成为众人竞相歌颂的盛事。以历史眼光看，海元证券的发展已经到了股份制改革的“破冰”时刻。只怪造化弄人，“水能载舟，亦能覆舟”，海元证券崛起与消亡的原因恰恰为同一个——令行业侧目的“敢为”。无论如何，此时此刻，海元的脚步还是快了点儿，这个判断让袁得鱼感到似曾相识，资产市场的故事总是在不断重演。

他心头在滴血，什么快不快，管它新海元还是老海元，海元证券终究还是输了。

“手下败将”“手下败将”……唐子风狂妄的声音一直消散不去。

袁得鱼内心无限伤感，但他的伤感不是对失去的惋惜。早在少年时期，他就已经习惯了失去的心痛。他更多伤感的是，他觉得自己距离爸爸更加遥远了，想到这里，他不由得沮丧地蜷缩起身体。

“这个要不?”一个好听的声音传来。

袁得鱼抬头一看，一条红色纱裙映入他的眼帘。

“许诺!”他惊讶地唤出这个名字。许诺身着一袭红纱裙，眼睛也是红红的。让袁得鱼吃惊的是，她手上拿着几个空酒瓶。

“这个……空酒瓶?”袁得鱼疑惑地问。

“嗯，我从菜场的杂货铺拿来的。”许诺点点头，将空酒瓶递过来，“把它们当作不高兴的事，统统扔掉。”

她看袁得鱼不说话，便示范性地朝远处扔了一个空酒瓶，大喊道：“唐子风，滚开。”

许诺转过头：“就这样，懂了吗?”

袁得鱼慢慢地从牙缝里挤出一句：“其实，如果有酒的话，恐怕我更喜欢。”

许诺开心地笑了起来。

袁得鱼站起来，接过许诺的空酒瓶，一个一个狠狠地朝白色小楼掷去，好几个瓶子险些砸到“泰达证券”四个字上。

“幸好现在已经天黑了，不然他们会以为我们是暴徒。”许诺对袁得鱼的爆发力感到惊讶。

“好累啊，还不如扔石头，你跟我来。”袁得鱼牵起许诺的手。

许诺怦然心动，脸一下子红了起来，她暗暗祈祷袁得鱼没有看到。

袁得鱼带她来到西江湾路的铁轨旁。

此时，夜空如洗过一般，纯净的铅灰色，带有一点儿蔚蓝。铁轨上是一层灰蒙蒙的薄雾。

这条铁轨已经彻底废弃了，袁得鱼听说，这里要造轻轨了。

他摸索着，在枕木旁捡起了一块小石头，将石头用力朝夜空掷去。

许诺也不多说话，与他一起捡着石头，抬头问道：“你怎么知道这个地方的?”

许诺长这么大，还从来没有看到过真正的铁轨，她只是从电视里看到过。她没想到，枕木旁还有那么多细小的、被碾碎的石子。

“我小时候就住在那里。”袁得鱼用手一指，很快发现，他原来住的地方已经变成了一片绿地，只好补充说，“那块绿地原本是个弄堂，我就住在那里。”

许诺点点头，不自觉地多看了两眼。她不知道自己从什么时候起，对袁得鱼的过去那么感兴趣。她希望自己可以捕捉到他生活的所有细节，努力勾勒出一个完整的袁得鱼。

“我跟我爸爸，之前每个傍晚，都会在这条铁轨旁边散步。”袁得鱼说。

“你爸爸呢？”许诺脱口而出。

“死了，就在这里。”袁得鱼平静地说，“我留在佑海，很大一部分原因是为了爸爸。”

袁得鱼坐在铁轨上，沉浸在对父亲的回忆中。想到现在的自己是如此渺小与无力，他的情绪不由得低落下来。“爸爸，能不能告诉我，我现在该怎么办？爸爸，你为什么要这样抛下我？”他把头埋进了双臂中。

许诺在一旁温柔地抚摸着他的头发，轻轻地说：“我能理解你。”

袁得鱼不知为何，听到这句话，泪水不由自主地流下来。

许诺轻轻地拍了拍他的背。

袁得鱼转过身一下子抱住许诺放声大哭起来，他想起了自己的父母，想起了自己的孤独与无助，想起了自己长期以来的压抑。

许诺有些被吓到了，她从来没有见过一个男人在她面前那么伤心过，这个人与平时嘻嘻哈哈的袁得鱼判若两人。

过了很久，袁得鱼擦干眼泪，说：“许诺，相信我，我会变得强大。”

许诺认真地点点头：“你是说，变成千万富翁吗？”

袁得鱼这才想起许诺的口味，故意很不屑地说道：“千万富翁算什么？”

“哈哈，我很喜欢你这个样子，不过，你真是千万富翁就好了。”

“我是说，我会是亿万富翁哦。”袁得鱼开玩笑道，心情也好了不少。

“哈哈，自大狂！”许诺也开心地笑起来。

“如果每天都能与你开心地在一起就好了。”许诺坐在铁轨上说，“现在感觉自己好累，每天都活得很辛苦，看不到尽头，真希望自己就是小熊维尼（Winnie）。”

“小熊维尼?”

“嗯，这是我看过的唯一一部没有坏蛋的动画片。小熊维尼无忧无虑，最爱吃蜂蜜，还有好多好多朋友。他有个人类朋友叫克里斯托弗·罗宾（Christopher Robin），是个小男孩。”

袁得鱼想到了什么，说道：“小时候，我住在弄堂里，每天都听到火车开过的声音。当时我最喜欢的事，就是在铁轨上走路。记得有一年夏天，我去我家附近的虹门游泳池玩，出来的时候，发现放在更衣室的鞋子不见了。没有办法，我只好光着脚走回家，你猜我怎么走的?”

“用两条腿走?”许诺回答说。

“你真聪明啊！我当时就光着脚踩在铁轨上，游泳池大门与我家大门之间正好有铁轨相连，这样就踩不到地上的泥沙了。”

“好走吗?”许诺好奇地问道，大眼睛忽闪忽闪的。

“我没想到脚底下被晒过的铁轨竟然会那么烫。但我想，再坚持一下，沿着铁轨一直往前走，就可以走到家。快到家的时候，我正好看到爸爸出现在弄堂口，像是在等着我，我高兴坏了，就大声地叫爸爸。”

“听起来好像很寂寞。”许诺的泪水流了下来。

“怎么啦?”袁得鱼笑着说。

“袁得鱼，要不你先跟我一起卖菜吧?”许诺说。

“原来你是看我可怜，特意过来招徕廉价劳动力啊。”袁得鱼仿佛恍然大悟般。

“猜对了!”

“说正经的，你接下来打算去哪里?”许诺好奇地问。

“我也不知道，我的生活就像这铁轨一样看不到头儿，漫无目的。”袁得鱼抬起头，看了一眼越来越昏暗的天空。

第八章　虎口夺海元

天之道，损有余而补不足；人之道则不然，损不足以奉有余。孰能有余以奉天下？唯有道者。

——老子《道德经》

一

杨帷幄被专案组带走之后，将自己运作管理者收购计划的原委，一五一十地讲了出来，包括令人琢磨不透的财技。

之后的很多事情是杨帷幄始料不及的，他此前一直以为自己至少可以先回家一趟，没想到那么快就收到了传票，内容是专案组直接将他移交到检察院去核实案情。

坐在杨帷幄面前的是一个上了年纪的女检察官，她看了一下记录，对杨帷幄的交代还比较满意，但还是例行程序地说："有些问题，只要有两个人证明你说过，在法律上就可以被认定为事实。"

杨帷幄反问了一个问题："其实，这些事情，前前后后只有我一个人经手，也只有我一个人知道。我之所以这么坦白，是因为我并不觉得这其中有什么错误。"

女检察官微微一笑："很多人认为，法律没有规定的事情，就是可以做的，其实不然。在很多案子中，往往是你做了之后，要找出允许这样做的法律条文才可以证明你的清白。法律上也有一个顺延的逻辑，叫举证倒置。说实话，你目前做的事情，涉及一些比较复杂的法律制定。或许，未来这一切都合情合理，但目前为止，正式的国有资产管理办法还没有出台，运气不好也好，时机不对也罢，现在，你必须为你的所为付出应有的代价。"

"那相关法律制定后，可以用法律溯及的方式还我清白吗？"杨帷幄拼命搜索自己学过的那些有限的法律知识，关切地问道。

"清白？这件事情本身并没有清白不清白之分，它不是对一个案件既成事实不成立的翻案。我们只会关心两件事情，一件事是，你是不是确实做了。另一件事是，在这个事实发生的时候，法律环境是什么样子的。”

“你的意思是不是现在对管理者收购计划的审判，随着时代的进步，未来会出现另一种理解与景象?”

“你真的很幼稚。我想你可能中学就学过，法律是为国家机器服务的，你用手指头就可以想得出，国家机器是由什么组成的。就算你是对的，我是说就算，但只要法律上认为你是错的，你就是错的。”

“那法律与国家是什么关系?”

“这个问题至今还没解决。但你作为一个理性的人，应当分清理想与现实。还有一句话说‘王子犯法与庶民同罪’，如果我没有记错，这是商鞅的法制理念，你难道不知道他最后的下场吗?”

“难道法律不是高于一切的吗?”

“在我眼中，人只有两类，有罪的与无罪的。对于有罪的人而言，顶多在若干年之后，能够得到人们的谅解，但也最多是谅解你生错了时代。但你依然有罪，因为你的所为就算合理，在某种程度上也体现了你的自私与罪恶。”

“这点我承认。”杨帷幄表示同意。

“还有，你觉得法律执行机构会在这个有争议的问题上，给自己设套吗?尽管中国的法律不像英美法系那么强调例证，但例证往往还是会被作为判罚的依据。这也就意味着，你有多大的价值让机构愿意冒可能给世人留话柄的危险进行法律举证，这不是自己找不舒服吗?对不起，我的话可能有点儿多了，可能看你比较有诚意，你就当什么都没听到吧。”

杨帷幄沉默了，很快就被佑海刑侦总队的人带走了。

佑海刑侦总队的工作人员把杨帷幄带到一个房间。房间不大，墙上挂着测量身高用的尺度纸，有一台照相机，桌子上还放着墨盒与纸，像是打手模的工具。

杨帷幄很快明白过来——自己被捕了。

果然，领头的队长出示了佑海检察院与佑海公安局开具的两份逮捕状。队长很不好意思地说："我知道你年纪也大了，我们不想追究你的责任，但其他机关执意要追究，我们也只能秉公办事。"接着，他就将杨帷幄身上的物品全部拿走了，说是会交给他的家人。

杨帷幄听完后，倒也没有十分慌乱，但是他执意要借一张纸，很快在上面写了一句话："亲爱的，相信我，不管是什么罪名加在我头上，都是欲加之罪。"这是他写给自己妻子的，尽管他知道，自己这么写也不起什么作用。

法庭很快就做出判决，杨帷幄的罪名从一开始的"国有资产问题"变成了"虚假注资"和"非法逃汇"，获刑四年，比他预想的判罚要轻多了。

这多少让他有些意外。此时此刻，他也深深体会到检察官话中的含义。而此前，他完全不明白，为什么有那么多"法罪错位"的先例。

他无比后悔，因为他几乎像每一个认罪的人一样，以为在一个大罪面前，承认小错可以抵偿一些罪责。然而，往往正是这些小错成了控诉与定罪的绝对依据。更不幸的是，这些小错往往更容易从明文规定上找到确切的判罚依据。

不过，杨帷幄意识到，就算自己拒绝承认所有罪行也没有用，就好像很多官员被拉下马，表面上是因为"个人生活问题"被"双规"，但背后或许有更多不为人知的斗争。最后定性的时候，最聪明的方式就是虚虚实实。

所幸，杨帷幄已经做好了心理准备，他甚至认为，在中国，他这样的人经历一下牢狱之灾也没什么坏处。

杨帷幄被关在提生桥监狱，这里与鹏城的明日看守所一样有名，曾关押过很多知名的经济罪犯。

在监狱里没待多久，杨帷幄就发现了一个真理——监狱是社会的折射。换句话说，进来前在社会上是什么地位，进来后在监狱里也差不多。尽管监狱脱去了服刑者的层层社会外衣，但人的性情、才干、胸怀、处事方式、谋略依旧存在，无形之中成为一个人真正的印记，这些综合起来会相应形成人的地位。

原本，地位就是把人进行排序之后，你轮流到的位置。资本市场毕竟在中国才刚刚开始，排序方式会挤掉一些历史沉积下来的过多水分，这样的地位会更接近真实。

二

唐子风经常整天都待在小白楼里，大家都不知道他把自己关在办公室里干什么。

唐子风在寻找一件他盼望已久的东西，那是他进驻小白楼的原因。但是，不管是总经理办公室、转角楼梯下方的储物阁楼，还是海元证券唯一的保险柜，都没有那件东西，这让唐子风有些抓狂。

在回家路上，唐子风还一直在想，东西究竟在哪里呢？他记得自己曾经去找过袁得鱼的姑妈，也一无所获。他相信，那个贪财的女人是不会在收了巨款之后，还不说实话的。毕竟这样的东西，普通人完全不知道意味着什么。

唯一的可能，就是东西已经被人拿走了。会是谁拿走的呢？

唐子风最先想到的是杨帷幄。

冰冷狭长的监狱走廊里，一个狱警从远处走来，他在倒数第二个牢房停了下来，对里面叫了一声："杨帷幄，有人看你。"

杨帷幄在等候室里，看到了一个熟人。第一个来探监的居然是唐子风，这是他完全没想到的。

唐子风依旧一副盛气凌人的样子："兄弟，我就直截了当说了，袁观潮当年留在公司的东西在哪里？"

杨帷幄似乎完全不知道对方在说什么，问道："什么东西？"

唐子风冷笑了两声："你不知道吗？那你当年跟我争夺海元证券的目的何在呢？"

听到这话，杨帷幄一下子愤怒起来："你竟然好意思说这些，你不觉得你赢得很不光彩吗？”

“不光彩？呵呵，不光彩的是你，连一个下属都管不好，还是一个身居要职的下属，这让我不得不质疑你的人品与能力。”

杨帷幄也听说了一些阿德的事，但更多的是为阿德惋惜，担心他凶多吉少。

“你还有什么资格提人品与能力，你连自己的兄弟都不放过。”杨帷幄故意点了唐子风的痛处，江湖上人人都知道唐子风与袁观潮的过节。

“哈哈，我觉得真是奇怪，这几天的牢狱生活怎么没让你清醒一点儿？哦，对了，你是不是睡在地板上了呢？那就糟了，心里阴气过重了。你看我多仁慈，还特意过来看你。”

杨帷幄心想，当时自己入主海元，不就是因为众所周知的原因吗？难道海元证券还藏着什么惊人的秘密？

“你现在不是什么都得到了吗？还用得着问我？”杨帷幄冷冷地说。

“你就装吧！”唐子风耸耸肩，观察杨帷幄究竟是不是在欺骗自己，他试探性地接着说，“当年胁迫你孩子的那个人，我已经有消息了，如果你告诉我东西在哪里，我担保为你解除心头之恨。你也知道，我儿子在黑道中的势力。”

杨帷幄抓抓脑袋，看起来完全不知道唐子风在说什么。

唐子风盯着杨帷幄的眼睛看了三秒钟，已经基本得出了判断，如果杨帷幄知道东西的下落，不管怎样，他肯定会有兴趣问下去。他不说，只能说明一点——他真的不知道。

唐子风立即变得从容起来：“杨兄，我真为你感到耻辱。费尽心机才得到了海元证券，居然还不是你的，后来又费尽心机想独占，结果又不是你的。”唐子风极尽挖苦讽刺之能事。

“国退民进将是历史必然！”杨帷幄不甘示弱。

“我只能说你作为一家公司的老总，连国情都不了解，真的是非常遗憾。”说罢，唐子风就扬长而去。

杨帷幄看着唐子风的背影，叹了一口气，自己已经沦为阶下囚，不管口气上有多强硬，也是气势有余，底气不足。他回到徒有四壁的牢房，寒冷的风吹来，让他清醒了不少。

杨帷幄想了想唐子风刚才问他要的东西，回想起当年争夺海元证券的场景，一些片段在脑海中闪过。他想着想着，忽然想到了什么，难道……杨帷幄感到不安。

唐子风已经基本断定，杨帷幄不知道东西放在何处。但是，既然自己已经提示过杨帷幄，他可能会回忆起什么，这对自己而言，显然不是什么好事。

既然杨帷幄不知道东西在哪里，那么或许只剩下一种可能，就是东西被海元证券的旧部带走了。

唐子风在脑海中快速搜索了一番，灵光一现，最有可能的就只有一个人了——魏天行。要不然，魏天行在袁观潮的葬礼上无论如何也说不出“这是一场阴谋”的话。

在申强高速一役中，魏天行已经暴露了自己。唐子风相信，找到魏天行是迟早的事，关键问题是怎样对付魏天行。

唐子风狡猾地笑了一下，心生一计。打击一个人首先要抓住他的弱点，很多证券高手都好色，魏天行也不例外。

他想起，过去魏天行风光的时候，好几次都把可做老鼠仓的股票透露给身边的女人，甚至为此还吃过大亏，他算得上是性情中人。

唐子风知道，魏天行在道上有一个很重要的朋友，此人就是秦笑，因为他们有一个共同爱好——喜欢女人。虽说很多人都喜欢女人，但眼光相似的并不多见，而他们都是重口味。

传闻魏天行在事业如日中天的时候，也经常泡在夜总会。那时候，花天酒地夜总会才开不久。魏天行似乎天生就有着卓越的观察力，他能一眼看出，客人们喜欢什么样的女人。凭自己的这套功夫，让秦笑在进入行业初期，迅速搞定了一批达官权贵。

唐子风知道秦笑已经提前出狱。他当时没有想到帝王医药的案子，最后竟是秦笑一人承担了下来。不过，若不是秦笑胆识过人，也没有那么多人的美好生活，唐子风十分佩服秦笑。

唐子风心想，以魏天行目前的实力，就算近几年疯狂积累也未必能成气候，更无法与自己抗衡。魏天行一定也在时刻等待着反击的机会。

如果自己是魏天行，应当会在时机成熟的时候去找秦笑。毕竟当年在秦虹彩电一役上，魏天行让秦笑在安全点位及时撤出，绝对称得上是为秦笑保存胜利战果的功臣。

唐子风之所以知道这件事，是因为自己与秦笑一同参与了秦虹彩电的坐庄，那时每次有多于三个庄家联手坐庄时，他们都会在小圈子内进行“抽鬼”。

庄家们心里也清楚，在中国做股票，重要的是保证在股价上涨前的持股。然而，在沽出股票的时候，就像击鼓传花一样，总会有一个人接最后一棒。不管谁接到最后一棒，只有被套牢的下场。

尽管大家约定好最后出逃，但抽到“鬼牌”的庄家可以选择任何一个时机进驻。有些胆子大的，就会选择最早入市，只要艺高胆大，就可赚取最高利润。当年，秦笑就在秦虹彩电的坐庄项目中，抽到了一张“大鬼”。

就在秦笑认为股价还可以再往上冲的时候，魏天行用他一贯犀利的观察力及时发现了异常。其实，魏天行当时并不知道秦笑坐庄的事情，只是有一次一起在夜总会闲聊时随口说道：“如果是我，现在肯定撤出秦虹彩电。”

当时，秦虹彩电是大热门，几乎人人都在爆炒。秦笑觉得十分诧异，问道：“为什么？”

“我觉得现在秦虹彩电有诈。人们看好秦虹彩电是因为这家上市公司的净利润达到27亿元，创造了中华人民共和国成立以来国内家电企业的利润纪录。然而，最近有一个消息引起了我的注意。秦虹彩电声称自己遭遇美国一家公司合同欺骗，亏了不少钱。的确，现在有人造势说，这个消息是庄家为了抢筹码而杜撰的。即使被骗了不少钱，秦虹彩电销售量还是家电类第一，所以它的股价还在一个劲儿疯涨。但是，你要知道，秦虹彩电的老板是什么人，他连一颗螺丝的成本都不放过，而且还偏执于细节，这样的一个人怎么可能深陷合同欺诈呢？总之，我觉得问题没有那么简单，很可能是他自己在搞什么把戏。”

秦笑吓了一跳，他们确实与这个老板有勾结，但是魏天行通过一些细节，显然看到了更深层次的东西。他急切地问道：“那你的猜测是？”

“我估计这家老板可能想转移这笔资金做些自己的事，还有一点就是，他在做这些事情的时候，肯定会找一些庄家来掩护，股价一路飙升，也印证了这一点。”

秦笑听完之后，冒出一头冷汗。他原本还想通过商定好的假消息收集廉价筹码，进一步爆炒一下，听魏天行这么一分析，他才发现秦虹彩电已经危机四伏了。于是在秦虹彩电股价达到 66 元的时候，他马上把全部资金都撤出来了。

果然，一切事情都朝着魏天行预料的方向发展。原来，秦虹彩电的老板想偷挪一笔资金组建一家自己的公司，而且已经与外国人达成了秘密协议。没想到，后来这起合同纠纷引发的财务漏洞被人越捅越大。

消息一经披露，秦虹彩电的股价一落千丈，短短半年就降到 6 元以下。

秦笑虚惊一场，每每想来都有些后怕。

于是，秦笑当着很多人的面答应魏天行，如果有资金上的需要，他必定鼎力相助。

回到现实，唐子风思忖了一下，魏天行与秦笑有这样的交情，对自己也未必是坏事，关键是他不确定秦笑愿不愿意帮自己这个忙。

三

唐煜几次去父亲的办公室，都看到门紧关着。

好不容易看到父亲出来，唐煜直截了当地说："爸爸，我想离开佑海。"

唐子风上下打量了儿子一番，似乎对唐煜说出这么一句话早有预料，他淡淡地说："不开心吗？来办公室里说吧。"

坐定后，唐子风顺手递给唐煜一片口香糖，微笑地看着他。

唐煜觉得父亲这样，自己反倒难以启齿，他只好说："这倒也不至于，我只是不知道自己目前做的事情有什么价值与意义。"

"你是觉得无法实现你的理想吗？那我们分析一下，究竟是什么阻碍了呢？理想无法实现的原因有两种，一种是执行问题，我想这应当不是你的问题，还有一种就是理念的冲突。"

唐煜点头道："我想我自己恐怕是理念的冲突吧。"

"理念的冲突？哈哈，99%的人都会这么想，这不符合正态分布定律，可见大部分人都误解了这种感受。你怎么知道不是执行层面上的问题呢？你怎么知道我的终极目标与你的不是一致的呢？"唐子风分析道。

"爸爸，我过去在美国做对冲基金就很顺手，所以我想到香港去，那里可能更适合我。"

唐子风笑了一下，继续说道："在心理学上有一种现象，当你对外界有预期的时候，你会放大你所在环境的缺点，也会为此而消耗不必要的精力。事实上，这里的很多事情，并没有你想的那么糟糕。"

"爸爸，我说不过你。"唐煜摇摇头。

"哈哈，这意味着你在内心深处是信任我、认同我的，或者说，希望我的价值观与你的是一样的，这样的成本最低。"唐子风拍了拍儿子的肩膀，"你太着急了，再适应一阵子吧。对了，上次你立下汗马功劳，我还没犒赏你，这是给你的奖励。"

说着，唐子风拉开抽屉，从里面取出一个沉甸甸的黑色盒子，像是早就准备好了一样。"这里面有50万元，你想买什么就买什么吧。"

唐煜并非爱财之人，但当他看到盒子里一沓沓钞票的时候，还是有些震惊。

唐子风拿出现金，就是为了给唐煜最直观的刺激，不然这傻小子完全看不到自己的价值。

“记住，所有事情都是你先付出才有收获。”唐子风说道，“说实话，我早就觉得你这些日子有些不对劲。我也年轻过，也大致明白发生了什么，你一定要学会控制自己，这样才能战胜一切对手。”说完，唐子风又趁热打铁给唐煜安排了新的任务。

唐煜还没反应过来是怎么一回事，就发现自己又被父亲推着前行了。

回到中国后，他总是这样不由自主地被父亲推动着，他想到一个词——“操纵”。他很想摆脱父亲的控制，却无能为力。

这一次，唐煜跟二哥唐烨来到了江湖上名声远扬的一个强人面前。

唐烨选的地方在天泰餐厅，位于富民路近延安路，是佑海著名的泰国风味餐厅，由于其口味纯正，每晚都人满为患。

三人都准时来到餐厅，优秀的投资者一般都极有时间观念，这是在长期的股海征战中养成的习惯。他们的位子在二楼的平台上，灯光恰到好处地忽明忽暗，从这里还可以看见曾经法租界的一些别样景致。

唐煜也知道，父亲对自己寄予厚望，在全力打造他、培养他。这次让他与哥哥一同出来，也是希望他能从唐烨在一手操作的项目中学到一些新的东西。

尽管唐煜对这个项目的兴趣不大，但看到父亲期盼的眼神，还是暂时压抑了自己不愉快的情绪，很快投入了这个新的项目。他知道，这将是父亲精心筹划的一个不亚于申强高速的大项目。

唐煜很快就对这个强人充满了浓厚兴趣。

强人名叫林海洋，自小胆大，敢为人先。他生性豪爽，在江湖上以凶悍、果敢的作风而闻名，尤其是光头造型绝对是江湖一绝。

林海洋坐在唐煜对面，西装革履，身材高大，头皮被刮得锃亮。他双眉倒挂，单眼皮，大眼睛，眼神中透出不屑。

唐煜听唐烨说过他，此人原本是做实业的，之所以跨入投资圈，也是被逼上梁山。这不禁让他想起，列夫·托尔斯泰（Leo Tolstoy）在《安娜·卡列尼娜》（*Anna Karenina*）中的一句话，“幸福的家庭都是相似的，不幸的家庭各有各的不幸”。事实上，在中国资本市场发展初期，这句名言倒过来说可能更顺理成章，“不幸的资本人物都是一样的，幸福的资本人物各有各的发家途径”。

林海洋的路径与当年的大部分企业家相似。他此前也算是一个聪明勤奋的企业家，早年在东北倒腾手表之类的小东西，后来一路做到一家地方政府企业下三产公司的副总，由此搭上政府关系。后来，在改制的时候，林海洋铤而走险，以第一年上缴 60 万元承包利润的条件接下盘子，主要进行彩电贸易，生意一度红红火火。后来，他将公司改制为大隆集团。

1992 年，林海洋又进军房地产业，多元化经营可谓全面开花。1994 年，林海洋还获得当地“十大杰出青年”称号，甚至成为某市副市长候选人。

本以为终于迎来收获的季节，然而，1995 年，地方政府企业与外企产权改革，但没有大隆集团的份儿。

林海洋黯然神伤，离开了大隆集团。他走后，公司很快就衰落直至破产。从此以后，林海洋开始进入资本市场，在别人看来，他是实业商人向资本商人华丽转身的先行楷模。

林海洋成立了一家新公司，不过，新公司自成立之日就笼罩着浓浓的神秘色彩。林海洋当时接连收购了不少烂尾楼。在 1993 年宏观调控之后，中国房地产遭遇第一次危机，南岛等地烂尾楼到处都是，佑海地王万志康也曾折戟于此时。这是后话。

1997 年，香港爆发金融风暴，首先受到冲击的就是地产业。

林海洋的楼盘资金无法回笼，差点儿断流。林海洋四面楚歌，这是他面临的第一次危机。所幸，林海洋通过道中好友结识了刚做上基金经理的唐烨。在唐烨的帮助下，他迅速用低成本获得了一家叫米特要的 ST 公司控股权，过了短短半年时间，林海洋的公司成功借壳在 A 股上市。

说实话，唐烨最初遇到林海洋抛出的残局，颇有些为难。他请教了父亲，唐子风觉得是个好局。他说，根据林海洋的经历，只要稍许包装一下，他在资本市场就能有呼风唤雨的潜力，这是深度合作的关键。

当时，外界都传即将进驻 ST 米特要的林海洋是一个知名企业家，曾与某位领导人握过手，在香港有实力雄厚的财团支持，在内地也有过硬的关系。其实，这期间，不管是资金还是各路关系，都是唐家一手搞定的。

唐煜率先开口："林董，您当时为什么会想到炒南岛烂尾楼？实在太有胆识了，我也认为，中国的房地产还有很多机会。"

林海洋悠然地说："呵呵，我一直认为这些不良资产只是暂时休克，就算我现在被套牢了，以后也总有解的法子。我以前做的是贸易，与外商打交道，他们说，我们的房子结构很落后，即使到现在，多数房子还是砂层结构，就算是商品房，价格也只有他们的十分之一。不管是我们的人口红利，还是商品房的发展，都注定会迎来一个伟大的时代。"

唐煜听了很高兴，心想，真是英雄所见略同。

林海洋也说了自己的难处，尽管他是公司实际控制人，但原先的团队并不看好房地产方向，依旧坚持做养鸡业务，公司名也不肯改，只是摘了"ST"帽子。他此番出山找合作者，也是为了进一步增加自己在公司的话语权。

林海洋向他们敬酒道："我原本只知道证券江湖上有个厉害的唐子风，没想到他的儿子也非同一般。我知道，不管是我们的顺利收购，还是可转债的批复，都是因为唐经理才能那么顺利与成功。来，我敬你们一杯！"

"哪里哪里！是您二次创业的思路感染了我。您一直说，在中国做生意，就是要迅速做大，做大事才过瘾。”唐烨客气道。

“你们本意是集中筹码，却用可转债调虎离山，这招分散公众注意力的计谋实在是高。既然你们下一步是控盘拉升，那我们就再好好相互炒作一把。”林海洋得意地说。

“好的，我们此番前来，也正是想跟您确定此事。我们会想尽一切办法，在可转债赎回日之前拉升你们的股价，稳住可转债规模。”唐烨接着说了几个思路。

林海洋点点头，这说到他心坎里去了。只是，唐烨有一句话说得很明白，就是如果发生某些意外，他们可能会提前撤资。

林海洋倒也不怕他们变卦，所谓的意外发生的概率并不大，再说，他林海洋也不是好惹的。当年他在做彩电贸易的时候，周围有一帮潮清一带的兄弟，为了打击同行业竞争者，那些兄弟像一群土匪，对涉事的店砸、烧、抢。如果唐家真的撤资，大不了以暴制暴。

林海洋说道：“好吧，你们可以借我的名义放出任何消息。但你们若是做什么不光彩的事情，也别怪我六亲不认。”

“潮清帮的心齐，我们领教过。”唐烨连忙说道，头上已经渗出一层细密的汗珠。

林海洋有事先走了。

唐煜由衷赞许道：“我在美国就很少见到这样的人，既是个天生的商人，又是个性情中人，比美国华尔街那帮唯利是图的人好多了！”

“或许是个好商人，但未必是个好的投资者。”唐烨忍不住说道，他心里正想着父亲策划的那个进一步计划。

四

常凡夺回海元证券的念头越来越强烈。

几天来，常凡一直闷在一个幽暗的小房子里。从集体宿舍搬出来后，他甚至有一两天无处可去，整夜徘徊在大马路上。

他万万没想到，转机的到来如此不费功夫。

这天，常凡接到了一个电话，是老同学阮明打来的。他们是在某届证券资格证书培训班上认识的。

阮明现在在新凯证券工作，主要做些与投资银行有关的事。阮明打电话来，也是听说了海元证券重组的事，他不确定常凡目前的去处。

“老兄，你还好吗？”阮明问道，“最近在哪里混呢？”

“赋闲在家。”常凡说。

这句话正中阮明的下怀，他马上在电话中说明来意：“没事，‘人生在世不称意，明朝散发弄扁舟’。记得当时咱们班上有多少同学羡慕你，实盘炒股大赛，那可不是盖的。”

“你还提那些旧事干吗？”常凡知道同学是在安慰自己。

“怎么说，你老兄在券商圈子也是小有名气。我这里最近正好有一家上市公司在搞定向增发。既然你都离开海元证券了，不如直接把你的那些大客户介绍过来。你放心，在提成上我绝对不会亏待你的。”

常凡耸耸肩，又不好直接推却，只好说：“小钱不感兴趣，我现在只对大钱感兴趣。”

“哟，这口气，真不愧是‘少帅操盘手’。”阮明大笑起来。他似乎早猜到常凡会这么回答，常凡不是那种急功近利的人。

阮明刚想挂电话，突然想起了什么：“你这么一说倒是提醒我了，现在快到年底了，你不妨留意一下基金岁末行情。”

“岁末行情？这个不是圈内人尽皆知的吗？”常凡问道，“重仓股最近一次公开都在季报里，距离现在也快三个月了，还能有什么机会？难道你跟基金后台有接触，知道最新的持股情况？”

“你知道现在全国哪个基金经理的知名度最高吗？万富股票优选的基金经理唐烨，今年金牛奖基金经理头衔的最热门候选人，你听说过他吗？”

“唐烨？”常凡一下子来了兴趣，“就是那个唐家二少？”

“哈哈，常兄果然见多识广。说来也巧，有一家上市公司可转债的赎回日马上就要到了。这家公司的一位员工问我，怎样在赎回日让更多持可转债的人转股，我只好说，这就要看他们公司最近的股价，看还有哪家机构认购他们的可转债。他说有一只基金认购了他们公司特别多的可转债，叫万富股票优选。那人后来不小心说漏嘴了，说难怪他们老大在跟基金经理私下商议。果然，我们基金公司的线人也说，唐烨还在加仓这家公司的股票。你说这里面会不会存在什么玄机?”

“你是说，他们一定会联手在岁末行情的时候好好做一把?”

“嗯，我就是这么猜测的，我看那家公司挺着急。”

“是哪一家公司?”

“米特要。”

常凡问出这个问题的时候，觉得自己很没出息。在这个内幕消息满天飞的时代，常凡一贯冷眼旁观，对消息“一只耳朵进，一只耳朵出”。然而这一次，常凡却有一种预感，这只股票很有可能成为常凡的救命稻草。他突然想起阮明并不是一个随性的人，试探道：“哈哈，阮明兄，你把这个消息告诉我，也没什么用啊，我现在又没资金。”

“没资金？就算咱们全班都成了穷人，也轮不到你。你自营业务做那么好，那些客户可都没瞎眼，你若是能把手头的客户转到我们的户头上，来日方长。”

常凡犹豫了。

阮明继续说了下去：“不瞒你说，那家上市公司我真的比较了解，它当年的可转债也是我这里做的。那人告诉我，这家公司之所以发可转债，是想整合一家同行公司，很多人以为他们是想提升养鸡技术，其实是他们的新老大想将公司过渡成一家地产公司。而在可转债说明的合同里，只是说要整合一家同行业的公司，那个核心地皮实则是合同提到的整合对象的关联公司。很少人会查得那么清楚，更没有太多公开资料。怎么说呢？我也蛮佩服唐烨的，这算得上是一个内幕消息。随着消息进一步披露，这对米特要来说显然是个重大利好。我想，唐烨也是利用这一点，实现上市公司与自己的共赢，明星基金经理果然名不虚传。”

“如今真是基金时代，我们自营部做了那么多年，加起来也不过10多亿元，基金业才发展这么短的时间，以后随便募集一下就已经达到上百亿元的规模，你相不相信？以后大的基金公司发一个基金就可以冲到好几百亿甚至几千亿元。”常凡叹了口气，“难怪券商经纪业务越来越难做了。”

“没错，现在就是后机构时代。1993年之后，证券公司的经营范围从经纪业务拓展到证券承销业务，才算是迎来了真正的证券盛世。”阮明同意这个观点，“但你看，券商动辄就合并，基金却在进入黄金时代。”阮明感慨了一下，“况且一家基金公司通常会有好几只基金，傻瓜才会选择分散投资。”

“对了，不是有双十限制吗？最高只能投资流通股的10%，不能超过自己基金仓位的10%上限。唐烨能有那么大把握？”常凡说出了自己的疑惑。

“常凡，恕我直言，你这人技术确实厉害，但成也萧何，败也萧何，你太相信盘面了，这限制了你的视野。你看看，最近市场上哪几只股票屹立不倒？是不是都是基金重仓股？哪个自营部没有一些猫腻，庄家是不是经常联合你们搞拖拉机，来回倒仓拉升股票？在如今的时代，基金都是现成的拉抬工具，反正不是自己的钱，不管搞哪只股票，都没有风险，他们只需要告诉监管部门，他们看好这只股票的价值。有时候他们还一窝蜂地上，反正排名只要过得去，就能生活得挺滋润。这个叫作抱团，你看他们哪次抱团不是无往而不胜？”

“唐烨那只基金就是这么做出来的吗？”常凡感觉有些不可思议。他平日里很少接触这个领域，他想起自己总是很少与外界交流，没想到时代已经变得这么快。

“有些不一样，他的那个基金是个小盘基金。这也有玄机，你想，这年头，谁不想发个资金规模大一点儿的？但这才是聪明人，一来船小好掉头，二来基金公司的其他大盘基金都可以拉抬这只小盘基金的重仓股。只要这只小盘基金出名了，基金公司不是也跟着出名了吗？”

“好吧，这逻辑成立。”常凡越发觉得，米特要兴许真的是一桩不可多得的靠谱买卖。

“老兄，我们好歹也是同学一场，你现在也算是落难，我自然希望能帮到你。我还听说，有一个强人在做这家公司。照理说，发可转债的公司，要经过很严格的财务审批，然而米特要这几年的业绩并不理想，根本不符合要求，但发行可转债却很顺利，说明江湖上所传的强人确实很有能耐。”

“你说的强人是什么人？”常凡好奇地问道，他对市场上的资本高手多少有些了解。

“米特要的林海洋，据说经历蛮传奇的，还是潮清帮的，有些背景。”阮明说得有些神秘，“怎么样，干不干？”

常凡仔细想了一下，为了确认自己的感觉，他翻看了一下盘面，果然发现盘面上有发动的前兆。“好，我们就大干一场吧！”他答应下来，决心好好搏一把，毕竟这是从天而降的一个绝好机会。

“那就一言为定，把你的大客户都介绍过来吧。这周找个时间集中签一下居间人协议，有什么消息随时沟通。”阮明高兴地说。

五

一切准备工作就绪后，常凡发现自己一个人可能做不过来，必须找个可靠的帮手，他在第一时间想到了袁得鱼。

常凡听海元证券的老同事说，在襄阳北路的菜场上遇到过袁得鱼，他抱着试一试的心态向菜场跑去。

果然，在菜场里面的水产区，他看到了袁得鱼，他正提着一条鱼在吆喝。

最近一段时间，袁得鱼一直跟许诺一起卖菜，心情也好了许多。

袁得鱼一下子就看到了常凡，他已经有一些时间没有见到他了，还以为他去哪个深山老林修炼了，没想到他这么快就过来找自己了。

常凡看起来很憔悴，胡子也没有刮。

常凡第一句话就是："好啊，你小子果真在这里！"

袁得鱼身旁的许诺，刚脱手一条鱼，时不时含情脉脉地看着他。

常凡很快意识到他们的关系："我想你怎么卖菜去了，原来是陪你的小女朋友来了。"

"我现在还轮不上，这丫头只要千万富翁。"袁得鱼无奈地耸耸肩。

"我就是千万'负'翁啊，不过是正负的负。"常凡开着玩笑。

"能否借你男人一用？"常凡的脸朝向许诺，开玩笑道。

"用他的什么地方？"许诺问。

这句话怎么听都有点儿变味，袁得鱼不禁偷笑了一下。

袁得鱼见常凡欲言又止，便跟许诺说："老板娘，小工向你请个假。"他搭着常凡的肩，一同走了出来。

马路上车来人往。巨鹿路路口，袁得鱼并不陌生，这是他的第二个家的所在地。尽管他对那里的印象并不深，唯一记得的只是冬天的火炉与楼上寒冷的穿堂风。

常凡从兜里拿出一包烟打开，向袁得鱼递去一根："给。"

袁得鱼毫不犹豫地接了过来，猛地抽了一口，呛了一下，这是他第一次抽烟。

常凡眯着眼睛看了看袁得鱼，笑了一下，娴熟地给自己点燃了一根烟，抽了起来。

"袁得鱼，我这几天一直在外面东奔西走，知道了一个很好的项目，肯定可以大赚一笔，要不你跟我一起干一把？"常凡邀请道。

"哇，这么赚钱？说来听听。"袁得鱼兴奋起来，跳起来坐上了马路旁的围栏。

常凡说："这些日子，我搞明白了基金那个圈子的事。我的投资方式可能也要改改了。”

袁得鱼挠了一下头："这话怎么说？"

“比如说，基金公司很讲究调研，为什么调研呢？是为了寻找市场上确定的东西，诸如是不是有项目要改造，是不是有新的资产注入，这些都会给股价带来直接的影响。我此前是个地地道道的技术派，以为技术可以克服主观的错觉，然而，我却忘记了十分重要的一点，技术派的适用条件是证券市场化。但在中国，股票诞生的起因有人说是有悖于市场规律的，在这样的大环境下，又何谈市场？我想，我此前之所以做得好，是因为我很早就对江恩（Gann）理论有很深的研究，形成了一套中性理论基础下的操作体系，但操作10次下来，总免不了有两三次失误。”

“常凡哥，这个赢率已经很高啦，如果我能像你那么厉害，我就天天去赌博。什么是中性投资理论呢？”

“大致说来，就是拜市场为师，认为股票的价格也是客观存在的，不存在好或坏，只有市场是有效的，而个人是无效的。投资时，先对投资标的进行评估，判断这只股票能够涨到的水平、跌下的水平。如果涨的比跌的多，就值得去做，相反就不值得做。如果值得做，就试探性地买一点儿，然后把所有的判断交给第二天的市场去检验、测试、确认，就好像一个跳水高手从起跳、翻滚，至入水，每个动作都可分解，经过大量的训练，便可积小胜为大胜。”

“这套理念很不错呀。你现在有什么不一样的见地？”袁得鱼好奇地问道。在袁得鱼心中，技术派绝对有技术派的用武之地，至少，他自己对魏天行的跌停板洗盘吸筹法念念不忘。也或许，技术派与其他风格相比，更容易掌握市场的脉搏与发动契机，况且，这种强大的盘感，不是一朝一夕可以培养出来的。袁得鱼记得在海元证券的时候，曾多次看到一些市场高手精准地判断出市场的拐点。

“我倒不是完全否定我的技术，只是意识到，技术经常是失效的，要想提高准确度，将不确定性降到最低，肯定要在技术的基础上，再寻求一些稳定因素。而这个稳定因素，往往就是人。你忘记杨帷幄在申强高速一役上，也差点儿输在人身上吗？”常凡悠然地说。

“人本身不就是最不确定的东西吗？”袁得鱼迷惑不解。

“你想，基金现在做调研的大部分工作，就是与人沟通，然后，想办法让他们成为自己的利益共同体，甚至连资金如何进出都沟通好。”常凡说。

“这不就是坐庄吗？”袁得鱼不屑道。

“哈哈，你说对了。我们周遭就是个大赌场！”常凡叹了口气，又问道，“你知道可转债吗？”

袁得鱼皱了一下眉头，他对这一领域确实不怎么熟悉。但袁得鱼对金融市场的很多事物都有一种特殊的记忆，他也不知道自己是怎么神不知鬼不觉记下来的，很多东西好像一直存在他大脑的某个角落，需要的时候，就会自动调出来，好像自动柜员机（ATM 机）提钱一样容易。

他印象中，在 1992 年，中国发行了第一只可转债——宝安转债，但经历了“宝延风波”后转股失败，95% 最终都要还本付息，之后便销声匿迹了。他曾经听爸爸说过，可转债是熊市一个比较理想的投资品种，不过他当时并不是十分明白。

袁得鱼又向常凡讨了一根烟，问道：“我知道了，你瞄到什么好东西了？”

“有一只股票叫米特要，这只股票下个月月初就要打开赎回。我有个朋友给我透露了一个信息，说有个基金在此前购买了米特要大量的可转债，而目前正值岁末冲刺行情，我推算这个基金会把股价拉到 12 元以上。”

“常凡哥，对你来说，赚钱并非难事，你为什么要选择这个自己并不熟悉的领域呢？”

“我此前一直在等待一次史无前例的爆发，但是总看不到未来。

市场总是那么糟糕，看不到任何翻倍的机会。”常凡叹了口气，“在这个时候，有了这个机会，就好像黑暗中出现了一道光亮，更重要的是，我知道唐家的人也在做这只股票。”

“你是说唐子风？”

“唐子风是否参与倒不清楚，不过唐家二公子——唐烨确实在参与。我想以这只股票作为切口，一点点儿把唐家的势力撕开，直到把唐子风彻底扳倒！”常凡开始激动起来。

袁得鱼看他满怀信心的样子，颇受感染。

“怎么样，跟我一起干吧？”常凡热情地伸出手。

袁得鱼挠了一下头，突然想起了魏天行：“我自己还有些私事没解决，搞定之后再来找你吧。哪里可以找到你？”

“这段时间，我会一直待在新凯证券淮海中路营业部的大户室里。”常凡想到了什么，仿佛猜到了袁得鱼的心思似的说道，“我听说，魏天行一直都在寻找对唐子风不利的指控证据，希望有朝一日把他送上法庭，现在怎么一点儿动静也没有？我有好多天都没见到他了。”

袁得鱼也很久没看到魏天行了，最近一次看到他，还是他发病的时候。他不忍心告诉常凡魏天行精神病发作的事实，只好随口说道：“他怎么这么无聊！”

常凡摇摇头，用一种仿佛看破尘世的语气说：“相信法庭，就等于相信这个世界上还有公平与公正，你现在还幼稚到相信公平这回事吗？”常凡似笑非笑，“大家都说法院是神圣的，我原来不懂，后来我明白了，神圣就是神的圣灵，不是人的圣灵。”

袁得鱼踢了一下脚下的石块，他自己何尝没有这么想过。

“你先忙自己的吧。”常凡说着就要走，他向前走了没几步，又转过身，对袁得鱼用力地挥手道，“时间来不及了，我先一个人行动，后会有期！”

袁得鱼看着常凡的背影想，自己没有在第一时间答应常凡，或许是觉得哪里有些不对劲，不太踏实。其实，袁得鱼自己也没有想清楚自己该怎么办，他眼下更想知道，为什么唐子风要处心积虑地将杨帷幄置于死地。

或许，常凡说的这个机会，是他不得不面临的挑战，再怎样，他也绝不会让兄弟一个人单独扛下那么大的风险。

回到菜场，袁得鱼帮许诺收拾完最后的箱子，许诺给他擦了擦汗，说："你不用再帮我的忙了，赶紧忙你自己的事情吧。"

袁得鱼笑着说："你别自作多情了。我这些天可是成全我自己，我真觉得卖菜特好玩。"

许诺将信将疑，甜甜地笑了。

六

常凡把自己关在新凯证券的大户室一天一夜，研究对米特要股价突破的方法。这是他有生以来第一次这么仔细研究一只股票的基本面。

这几天，这只股票已经呈现逆势上涨的趋势。

正在犹豫如何下手的时候，常凡听到敲门声，他正迟疑是否要开门。"哎，里面的灯亮着，我知道你在里面啦。"有个女孩的声音传了进来。

常凡一惊，这个声音怎么这么耳熟，难道是之前在菜场遇到的那个？

常凡从门缝里往外瞧，果然是许诺。他放下心来，打开门，大大咧咧地问道："哎，卖菜妹，你怎么找来了？"

"什么，你叫我小太妹？"许诺怒目圆睁，拿起随身携带的杀鱼刀。

"哎呀，是卖菜妹，不是小太妹。"常凡慌忙躲闪。

"怎么啦，看不起卖菜的？"许诺提着刀，振振有词。

"不是啊。不过，你再这么把刀晃来晃去的，真要变成小太妹了。"常凡笑着说道。

“哈哈，小太妹也不错，你们正好给我当保镖！”许诺终于放下了“屠刀”，“你叫常凡吧，我一直听袁得鱼提到你。听说你这里缺人手，于是我就承蒙神的感召过来了。对了，袁得鱼是不是在你这里？”许诺打趣道，眼睛一直往里面瞄。

“我倒是一直在等这小子，但是他一直没给我消息。你也不知道他去哪里了？”常凡不由得问道。

“唉，自从他见了你之后，就不见了，他提到过这里，我还以为是你把他拐走了，没想到他不在这里。”许诺有些失落，看大户室里空荡荡的，知道常凡所言不假。她刚想往外走，仿佛想到什么，回头问道，“常凡哥，你在干吗？有什么好股票推荐吗？”许诺眼睛一眨一眨的。

“袁得鱼早跟我交代过，不准给你推荐股票。”常凡俨然一副忠心不二的模样。

“唉！”许诺掉头要走，却被常凡一把拉住。许诺看着常凡，不知道常凡为什么拉住自己。

“我倒是一直想找个助手，不知你是否愿意帮我这个忙？”常凡请求道。

“与股票有关吗？”许诺问道。

“当然。”常凡不假思索道。

中午时分，常凡与许诺出现在金家嘴金融区的震旦大厦。这栋大楼在金融圈里，几乎与几家银行大厦同样出名。

“常凡，你居然带我来这么商务的地方，与我的气场太不相符了。”许诺被领到震旦大厦副楼6楼的一家富丽堂皇的餐厅里，她看着自己灰头土脸的模样，稍稍有些不安。

“没关系，有姿色就够了。这里做金融的女人，除了某些客户经理，其他多数都长得比你寒碜。”常凡安慰她道。

“得！不是也有美女基金经理吗？不过你这话我爱听。”许诺调皮起来，“那，常凡哥，我们第一次单独在一起，你就请我来这么好的地方，你是在与我约会吗？”她嬉皮笑脸地问道。

常凡对这个问题保持沉默，他这个正人君子连暧昧也搞不起来。

“可是我真的比较喜欢袁得鱼啊，虽然你对我也很好。”许诺越来越自作多情。

“嘘！我们先不要说话，你帮我听一下，你后面那桌人在讨论什么。”常凡表情一下子严肃起来。事实上，在这栋震旦大厦里，共有三家基金公司，因为很多基金公司的基金经理都是毕业于同样的财经院校，或之前从业的圈子很近，所以经常聚在一起吃饭。震旦大厦与金茂大厦、帝北金融街有众多相似之处，但人脉更为集中。常凡到这里，也是受到阮明所说的“抱团”的启发，打算探听一下情报，毕竟目前米特要也是非常热门的股票，他想知道这些新生机构的想法。

常凡在这个餐厅观察了很久，发现许诺背后的那张小圆桌旁，坐着几个西装革履的男人，比较有基金经理的范儿。果然，从他们偶然飘来的一两句话中，也能听得出是在聊投资的事。

常凡定睛一看，如果没有看错，坐在最中间的，正是目前基金圈的风云人物，万富基金的投资总监——唐烨。

尽管常凡只是在海元证券重组那天与他打过一次照面，但对他印象颇为深刻。因为唐家人整体感觉都飞扬跋扈，唐烨在气质上却显得格格不入。他儒雅有余，霸气不足，不过，这也符合基金经理的形象。常凡以为，券商人士出身的投资高手草莽味总是多一些。

唐烨的儒雅并不影响他在投资圈的人气，甚至在很多人看来，他的微笑、他的斯文举止更像是“温柔一刀”，是个不动声色的狠角。

中国这批最早的基金经理其实也多是券商人士出身，唐烨有其父亲唐子风在泰达证券的优势，自然也不例外，而唐烨的投资传奇也早在业内流传开来。

1994 年，泰达证券包销了一只股票，叫琼海国际，但怎么也发不出去，泰达证券只能自己做，就给了自营部一名经理 2 000 万元左右的资金，交由他负责。这个数目拿来坐庄还是太少了。刚开始，这名自营部经理还想用这笔钱稳住股价，将包销的股票慢慢派发出去，无奈市场低迷，抛盘太大，到了后来只能在早盘时任股价飘摇，每天两点以后再慢慢拉抬股价，尽可能维持股价的水平。到最后，钱快用完了，股价却没有丝毫企稳的迹象。如果股价一直下跌，泰达证券也将危在旦夕。反正早晚都是一死，这名自营部经理当即决定最后搏一把。于是，这名自营部基金经理在觉得自己就要死掉的那一天的收盘前最后半小时，用尽所有的钱去拉升股价，当他把最后一分钱都砸出去时，大约距离收盘还有 5 分钟，卖单依然很多。

收盘以后，按圈内所传，这名经理的原话是，“完了，这下真玩完了”。

没想到第二天，各大财经媒体纷纷报道，“琼海国际放巨量是主力不惜成本建仓”。于是这一天，琼海盘高开 29.08%，那时候中国还没有涨跌停板限制，第二天涨幅高达 16.48%，第三天继续猛涨 8.49%，真可谓是拨开乌云见天日。就在这几个交易日，该经理将琼海国际清仓。经此一役，泰达证券就赚了两个亿，这名经理个人也分得千把万元。

此人正是后来在公募基金圈鼎鼎大名的唐家二公子唐烨。

传说唐子风很是高兴，特意送了一辆宝马给他，说是给明星投资者的犒赏，也有人说他是为了炒作自己的儿子，但圈内人大都觉得是唐烨应得的。

另外一个流传得比较广的故事是这样的：在 1996—1997 年的大牛市期间，唐烨曾重仓深远发，从 6 元持股到 60 多元。而 1996 年唐烨在介入深远发之前，曾经前往深远发进行实地考察，仔细看过每个生产车间，核查过该公司的库存，并最终准确预测出深远发的业绩。在当时，证券业内还极少有人像他那样具备对上市公司实地考察的意识。

1996 年，唐烨在炒作深远发，股价涨到 20 元钱时，鹏城一知名股评人士公开说该股股价已经涨到头儿，唐烨打电话质问该股评人士说："股价到底是我说了算，还是你说了算？"

最终，深远发的股价由1996年的4元多涨至1997年的59元。"做什么事都难，就是赚钱不难"，是唐烨1997年炒作深远发获暴利之后的"名言"。

自1998年开始，中国第一批基金公司陆续成立，唐烨也转战去了基金公司。他的思路也受到西方投资理论的影响，开始大力宣传价值投资。

他的手法很独到，上半年几乎就是集中持股，如基金的十大重仓股之一汽车股占据了一半，而且买得比业内大部分人都要早，价位也更低。果然，随着汽车需求上升等利好刺激，汽车股在上半年出现了一波独立行情，唐烨也一度成为引领"价值投资"的标志性人物。

唐烨上一季的重仓股，有好几只都是今年的市场黑马，他自然也凭借这些股票成为今年最风光的明星基金经理。

第一次来震旦就遇到了唐烨，这个千载难逢的机会岂容错过，常凡在一旁静静听着。

"哎，有人问他看好什么股票。"许诺听到只言片语后，如获至宝地朝常凡示意。

唐烨的声音若有若无地飘来："我看好的一家上市公司也刚资产重组，但是它的资产重组含金量很高，重组之后，这家上市公司借着可转债融资，会转型成为一家地产公司，我预计它的净利润同比就会增长50%以上，每股收益暴增80%。"

"现在上市公司一个接一个地重组，今年就是个资产重组年。600多家公司进行了重组，收购扩张277起，资产剥离93起，买壳上市70起，资产置换39起。资产重组那么多，并不是每个都是金子，你怎么能确定这家上市公司重组后，比之前更值钱呢？"

"这要看管理层是否善于资产运作。"唐烨平静地答道。

有人似乎明白了什么："只要唐烨善于资产运作就行啦！"

饭桌上一阵笑声。

常凡仔细分析了一下唐烨说的股票，怎么看都像是米特要。看来，唐烨的确会在米特要上大干一场。

很多人也想知道这家上市公司到底是哪一个，唐烨三缄其口，最终拗不过大家，只好说："要不是我那个基金契约有投资范围限制，我肯定会买中钢权证，那也是个重组题材。目前中钢系权证的现金转换权价格远低于个股价格，本身就有很大的套利空间，这个权证今天是到期日，加上权证的末日被疯炒习惯，下午肯定更加刺激！"

"他们说的是权证、权证。"许诺不停默念着，"中钢权证、中钢权证……"

常凡也听到了唐烨对权证的一番解释，他仔细想了想，颇受启发。

这时候，常凡看到唐烨的目光像是扫了过来，马上将许诺揽入怀中。许诺不知道发生了什么事，反抗了一下，马上就心领神会，将头靠在常凡的肩膀上，两人故作甜蜜情侣状。

唐烨无意间往常凡那里看了一眼，没有发现什么异常，一群人很快就从大门走了出去。

常凡与许诺放松下来，他们在餐厅里又坐了一会儿，常凡听到了好多基金经理都谈到了米特要，确认了这只股票的受关注程度。

常凡与许诺匆匆赶回新凯证券大户室。

许诺以为他要查一下是哪个重组股，没想到常凡直接搞起了中钢权证。他知道，这只权证很多大型券商都有认购，他也不会错过最后一天的爆炒。

常凡算了一下，只要中钢系个股价格大幅低于现金转换权的价格，投资者就可以买入股票，行使现金转换权进行套利。

目前，中钢股份的价格是7.98元，远低于现金转换价9.59元，如果中钢股份的价格日后高于9.59元，自然赢利不菲；即使价格低于9.59元，投资者一样可以以此价格将股票出售给中钢股份——现金转换权第三方，获取每股1.61元的差价利润，实现高达20.18%

的收益率。

常凡知道，除了这么一个巨大的套利机会，该权证的创设券商是泰达证券，它注定也会获得巨大的创设收益。

这也就意味着，在最后一天，中钢权证注定被疯炒，就看谁的速度最快了。

这对于常凡而言正是大显身手的时候，也可能是他这次去震旦大厦最大的收获。

时间已经所剩无几，只有两小时20分钟就收盘了，所幸权证是T+0，常凡飞速操盘，许诺在一旁看得目瞪口呆，只见账户上的资金一路猛增。

常凡长出了一口气，将最后一笔资金全部撤出，打到了米特要上。就在常凡躺倒在沙发椅上的一刻，时间正好到了15：00，分秒都不差。

常凡虚弱地说："明天就是公告日了。我在米特要上下了重注，你就等着分享我的胜利果实吧。"

"你押了多少？"许诺问道。

"大概一个亿。"常凡回答道。

"你哪来那么多钱？"许诺心想，尽管数额飞速增长，但如果刚才自己没看错，常凡账户上的资金，她第一次看到的时候是400万元左右。

"刚才我这里的资金翻了一倍，就是800万元，其中包括我的200万元资金，这可是我这几年的所有积蓄，还有我挪用的客户保证金。目前海元证券的资金不是还没结算清楚嘛，我打个时间差，全部打在米特要上了。"

许诺只觉得头脑发晕："你怎么那么确定会赢呢？"

"这对我而言是至关重要的一次机会，祝福我吧！"常凡心想，这看似随便的交易，其实花了他很多心血。

这些天以来，常凡一直在猜测米特要可转债对股价的影响。第二天就是米特要可转债的转股日，他等这一天很久了。

常凡闭上眼睛，这下真的是放手一搏。

“你……你究竟做了什么啊?”许诺一想到常凡账户里的资金数额，就不由得抹了一把汗。这辈子她还没看到过那么多钱，那么多零，一下都数不过来。

“不要忘记我原来在自营部，可是有10亿元归我调配!”常凡也平静下来，轻轻一笑，“不管哪家公司，一般来说，都不希望转股给股价带来影响，但你看米特要，却是非常诡异。这是它发行的第三年，下周一就开始转股，这个股票的走势是不是太风平浪静了?”

许诺抓了一下耳朵：“哦，我懂了，你是说有人故意打压吗?”许诺眼睛一亮。

常凡继续简单地解释道：“我翻看了一下米特要最新一期的财务报表，发现米特要的股东名单上，有好几个基金大户。据我推测，基金注定不会让散户们通过转股获得暴利，所以在赎回日之前，势必会压低转股价格。”

常凡计算了一下：“假设赎回日前市场是震荡市，米特要的股价应在12.5元左右，比发行价8.9元超出40.4%。这样大量的可转债被赎回，公司是不会拿出赎回资金的，最好的方式就是与基金一同控制股价。一旦基金公司与大股东达成一致，接下来就是拉升股价了。从估值角度看，公司每股收益0.77元，以摊薄后20倍市盈率（P/E）估值，公司合理股价15.4元，就算是建仓，筹码也算便宜。况且，我都知道基金的接盘价是12元，有的是上涨空间。”

许诺恍然大悟：“没想到，可转债背后可以玩出这么多花样。”

常凡握了一下拳头，颇有信心地说：“转股那天，就是米特要的大奇迹日，也算是我以全新方式炒股的一次大丰收！最痛快的是，这个米特要是唐子风他们的老阵地。到时候，我就可以把唐子风他们全部扳倒，让他们尝尝苦头了。”

许诺连连点头，她很为常凡感到高兴，提议去好好庆贺一下。

第九章　最血腥盘面

想想事情本该如此，流动，永不静止，地狱按规律运行，无人知道尽头。

——庞德（Pound）

《诗章》（*Cantos*）

一

唐子风没想到自己能那么快找到魏天行。

一直在跟踪魏天行的“刀疤脸”对着唐子风耳语了一番：“老大，你真是神机妙算，医院那里来了消息，目前，魏天行在零陵路上的佑海精神卫生中心接受治疗。”

唐子风满意地点点头，冷笑了一声：“几年前，我就在那里埋伏了耳目，现在总算是功夫不负有心人，我就猜到，他迟早还是会进去一回。”

魏天行躺在医院的病床上，最近几天一直噩梦连连。魏天行少年时就有强迫症倾向，他记得有段时间他一直尿失禁，怎么治都不行。后来一个很有经验的医生说，他最好去精神科看一下。

他记得第一次去看精神科的时候，被人带到了一个屏风后面。与一般的门诊不同，屏风后面的空间很大，医生就坐在一张桌子后面，病人的座位在距离医生大约两米的正前方。

魏天行战战兢兢地坐过去。这个医生长得瘦骨嶙峋，眼窝深陷，眼睛很大，眼神犀利，仿佛可以洞穿一切。医生也不问他问题，直接盯着他看，看得他莫名其妙，看了一会儿，就问：“你有耳鸣吗？”

魏天行想起自己时常听到飞机起飞的声音，犹豫地点点头。

医生很确定地说：“你有轻微的强迫症。”

魏天行离开的时候，那个医生，突然大声说：“You're normal, not abnormal. Remember, you're genius, that's why someone thinks you abnormal.”（你是正常的，不是不正常。记住，你是天才，这就是人们认为你不正常的原因。）很多年以后，魏天行才明白这些英文的意思。

魏天行睁开眼睛，刚想坐起来，就听到外面的敲门声。他还没来得及应答，门就被人推开了，竟然是唐子风。

他已经差不多有三年没有见到唐子风了，但唐子风看起来几乎没有太大变化，好像更意气风发了。唐子风身后还站着两个身形高大的保镖。

看着唐子风，他想起一件不堪回首的往事。1995年盛夏，他一直忙于找寻对抗唐子风的办法。一天，他从一个客户那里刚出来，走到家附近时，发现很多人围在前方，还有消防车停在那里。

他定睛一看，家里火光冲天，浓烟滚滚。还没等他反应过来，墙瞬间倾倒下来，他眼睁睁地看着妻女葬身火海。

他一直觉得唐子风与这件事脱不了干系，因为唐子风比谁都想要找出当时消失的魏天行。

他永远忘不了那段“遥远”的距离。不少人认出他正是前方燃烧的屋子的主人，他们自觉地让开一条通道，看着魏天行。魏天行每走一步，腿都软一下……

他仿佛听见了自己的妻子女儿在喊救命，拼命冲上前，却被邻居们死死拖住了。就在云梯抵达的一瞬间，屋内有什么倒了下去，砸起的烟雾混着灰尘冲出窗户，他眼睁睁地看着亲人消失在里面……

接着他两眼一黑，失去了知觉，但之后总能时不时听到自己妻女的惊叫声与哭泣声，当时的场景总是时不时地在自己眼前浮现，每次他都战栗不已。

很多人猜测，这件事与唐子风一定有关系。因为在袁观潮出事后，魏天行就不见了踪影。唐子风当然想早点儿找出魏天行，通过这种方式把人逼出来，他唐子风又不是没做过。

此时此刻，这个大家嘴里的恶人就站在自己面前。

“魏天行，别来无恙，没想到我们会在这里重逢吧?”唐子风一脸得意，找了个位置坐了下来，顺手在一个空花瓶里插了一束艳丽的花。

“唐子风，你什么时候良心发现，来找我赔罪了?”魏天行冷笑道。

“我其实一直觉得很可惜，如果当年你跟的是我，而不是袁观潮，你现在将有多么风光！你看看你，就像一个乞丐一样，我自己都替你觉得不值。”唐子风摇摇头，做出惋惜状。

“我呸！你真会幸灾乐祸！”魏天行忽然仰天大笑起来。

唐子风吓了一跳，不知道魏天行是不是又发病了。

“你竟然还有脸跟我提袁观潮，他原来可是你最好的兄弟！袁观潮给了我一次重生的机会，没有他，我什么都不是！”

“我真是不忍心提醒你，你现在依然什么都不是！”唐子风嘲笑道。

“哈哈，唐子风怎么变成慈善家了，来探望一个什么都不是的人！可惜这里连个给你歌功颂德的人也没有，你是不是走错地方了？”魏天行取笑道。

“可笑，那么多年过去了，你还只会含血喷人！”

“含血喷人？哈哈，我哪句话不是实事求是？”

“你总是口口声声地说，袁观潮是我害死的。他是自杀的，不是吗？难道还是我把他推到火车底下去的不成？他死了，我也很难过，而且比你还难过！这么多年来，他一直是我最好的兄弟！”

“兄弟？”魏天行又仰天大笑起来，笑声仿佛可以穿透坚硬的墙壁。

唐子风气急败坏地捂住耳朵，感觉这笑声穿透一切，从黑暗的深渊传来。

笑声停住，魏天行两眼又空洞起来，口里念叨着：“你这个杀人魔王、杀人魔王……”

“东西在哪里？”唐子风直截了当地问道。

魏天行继续眼望前方，嘴唇翕动着：“杀人魔王、杀人魔王……”

唐子风拍了一下手，示意保镖进来。两个保镖关起门，朝魏天行扑来，魏天行躲闪不及，一下子被推倒在地上。

魏天行试图爬起来，被保镖又一脚踹趴在地。唐子风上前，一脚踩在他的手上，用力踩下去，魏天行发出痛苦的叫声。

唐子风冷笑了一声："我早就猜到，你不会轻易地告诉我。不过，我已经与医院沟通好了，我会派人协助医院一起照顾你的起居和安全，所以，你这道门会有两个保镖守卫，在夜深人静的时候，他们会跟你玩躲猫猫。等你想明白了，直接告诉他们你想见我就可以了。"

"唐子风，你不要得意得太早，你等着！我迟早会把你送进监狱，而我们也将夺回海元证券！"魏天行一边忍受着剧痛，一边咬牙切齿地说。

"魏天行，你又大言不惭了！不要忘记，你只是个废物！哈哈哈！"

说罢，唐子风将门狠狠一摔，扬长而去。

在门口，一个保镖问另一个保镖："你说，魏天行会不会从窗口逃出去?"

另一个保镖摇摇头："那个窗户已经从外面锁上了，而且魏天行穿着一件条纹病号服，只要他出去，不要说我们，医院工作人员都会把他抓住。穿这种条纹病号服的人走在路上，也会被人抓回来！"

然而，当天晚上，魏天行失踪了。

保镖们冲进病房时发现，窗户开着，窗门随风晃动。

这时候，有个医务人员想起来，晚上好像看到一个园丁穿着格子衣服走出了医院大门。保镖很快就惊呆了——他们在魏天行的枕头下，找到了两支黑色的油墨笔……

二

魏天行跑到长寿路上的花天酒地，喝得酩酊大醉。他坐在墙角的位置上，一边喝酒，一边暗自流泪。他想起，自己也曾是这里的常客，那时自己是多么风光。

他瞄了一眼二楼正上方视线最好的卡座，当年他就是坐在那个地方，与佑海大亨秦笑一起打赌，一起品女人。早就听说秦笑出狱了，不知道他最近怎么样。

正在这时，一个身着黄色旗袍、身姿妖娆的女人走过，瞄了他一眼，不多看一眼地径直朝前方走去，反倒是魏天行先把对方认了出来："小猫！"

"小猫"仿佛也听到了，回过头，仔细辨认了之后，惊异地说："魏……魏天行！"

"小猫"是这个女人在这里的代号，当年，她因为眼睛太小，缺少出台机会，后来随着香港影星张曼玉的走红，才成就了她的"辉煌"。不过，最早的时候，多亏魏天行仗义，几乎把她的场子都包了下来。她每每问起魏天行为什么会选中自己，魏天行只是说，迟早人们都会觉得她很美。魏天行的超前眼光，让圈内的很多小姐都念念不忘，都希望魏天行能捧红她们。但自从海元证券遭遇大劫之后，魏天行就无影无踪了。

"小猫"尽管还不到30岁，但在这个圈子里已经算是"年老色衰"，脸上涂着厚厚的粉。所幸，"小猫"转型做起了"老板娘"，总算衣食无忧。

魏天行没有想到，"小猫"竟然提起了自己家那天遭遇的火灾。小猫用幽幽的声音说："你现在想念你的妻子与女儿吗？"

魏天行十分惊讶，因为这件事情已经很遥远，很久都没有人对他提起了。

"感觉很对不起她们。"魏天行沉痛地说，"我之前太不懂得珍惜了。"

"难得见你真情流露。""小猫"似在戏谑，不过她接着说，"后来找到真凶了吗？"

魏天行又一次惊讶了，当年的报纸登出的相关新闻，只说是家中失火，就算是有人怀疑唐子风，那也纯属猜测，从来就没有人那么明确地提出这是一起纵火案："真凶？为什么这么说？"

"小猫"娓娓道来："那天大约早上8点的时候，我正好经过你们家，但不确定你是不是在。我想问你当天该买什么股票，因为我自己买的一只股票被套住了，十分着急。但你知道，我这身打扮肯定会引起你妻子的怀疑，我又不想失去与你交流的机会。于是，我就先跑到了你家对面的那栋楼，看能不能看清房间里的状况。可是，我却从窗口看到，有一个黑衣人在你们家里，他提着一个桶在往地上倒什么东西，随后好像又在门口倒腾什么。我当时就觉得很奇怪，但张望了一番，没有看到你，就走了。后来，我听说你家被烧的事情，才意识到，那个人倒的应该是汽油，之后的动作应该是在加锁。我一直奇怪，这么明显的纵火事件，怎么会被媒体报道成家中失火？我还一直很担心你，知道你没事就放心了。”

魏天行耳朵嗡嗡直响，继续问道：“你看清楚那个人长什么样了吗？”

“记不清楚了，距离太远，又穿着黑衣服。”“小猫”说道，“不过……”

“不过什么？”魏天行警觉地问道。

“他长得很像我认识的一个人。”“小猫”想了想说，“那人长得很像——唐焕！”她一说完，就好像被自己吓到了，一下子捂住了嘴。

魏天行惊讶道：“你与别人说过吗？”

“小猫”摇摇头：“没有。我今天真是犯傻了，竟然跟你说这么多，而且还提到了我们老板，我真是可以去跳楼了。”

“也就是说，这是一起纵火案，警方应该也很清楚吧？”魏天行紧张地问道。

“你真傻，我不知道你这几年在什么地方混，原来的聪明劲儿呢？”“小猫”嘲笑道，“如果真像你所说，是一起纵火案，但记者为什么说是失火呢？肯定是根据警方宣布的信息报道的。这么简单就可以判断出来的纵火案都能变成失火事件，你觉得你能搞得过对方吗？”

魏天行沉默起来。

眼下，魏天行又多了一个理由与唐子风对抗。在股市这个战场上，他必须全力以赴搞垮唐子风。事实上，一直有一个计划在魏天行脑海中盘旋，只是少一个合适的投资标的。

“你知道秦笑现在在哪里吗?”

“他偶尔也会来这里，毕竟这里还是他的老地盘。我倒是有他的电话，还是我之前千方百计问别人要来的，以备不时之需，没想到被你给撞上了。”“小猫”感叹了一下。

魏天行感激不尽。

交代完后，“小猫”冲魏天行一笑：“如果你们有什么合作，不要忘了我这个线人哟。”

“当然。”魏天行点点头。

三

两个保镖低着头，惊恐地跪在唐子风面前，他们以为自己这下完了，魏天行竟然在眼皮底下溜走了。

唐子风安静地坐在自家的大沙发上，面前放了一杯1982年的拉菲红葡萄酒。这沙发唐子风颇为中意，是一个朋友送给他的，意大利纳图兹纯牛皮沙发，时尚简约，做工精美，看不到任何针脚。

唐子风看起来很是惬意，两个保镖不由得感到更恐怖。他们的身体颤抖不已，一个保镖吓得哭了起来。

唐子风好像并不在意他们的失误，他慢慢地摆了一下手。两个保镖当即破涕为笑，连连道谢，连奔带跑地夺门而去。

带着他们来赔罪的“刀疤脸”看到他们安全地走了，十分诧异，朝唐子风哈了一下腰，也匆匆离去了。

唐子风看到“刀疤脸”的神情，心想，真是孺子不可教也。

在一旁的唐焕也有些好奇。

唐子风道出其中缘由：“这帮蠢材哪是魏天行的对手，我早就料到会是这样的结果。”

“爸爸，你是说，你是故意放跑魏天行的?”唐焕这才明白过来。

唐子风的眼神中流露出得意：“他是否逃跑是我无法控制的。只是他的逃跑，没有出乎我的意料，这与操作股票是同样的道理。市场变幻莫测，你所做的，只要竭尽所能地控制住你能控制的就可以。再说，市场突变未必是不好的结果。我知道，你心中还有疑惑，这很正常。我告诉你一个故事，就发生在去年秋天，我在非洲乌干达打猎的时候。”

唐子风接着说：“在那里，我遇到了一个真正的猎手。有一天，我扛着枪跟他去河边打野鸭，他只拿了一支 JW8 枪。当时，我们看到一只野鸭藏在河边的石头中，只露了一个头，距离我们大约 70 米。我们等了很久，野鸭都没有露出全身。猎手仿佛也等得不耐烦了，就瞄准鸭子的脑袋开了火。我当时想，70 米外瞄一只鸭子的脑袋，只能碰运气了。枪响过后，鸭子朝河心飞去，我想肯定没打中。没想到，这野鸭竟转弯朝我们的方向飞来，掉在了距离我们不远的地方。我捡起来一看，好家伙，子弹右眼进左眼出，难怪野鸭找不到方向了。”

唐子风喝了一口葡萄酒，说：“我想这纯属巧合。我们继续往前走，在山冈上又遇到了一只羚羊，当时它距离我们大约有 40 米，站在那里一动不动。我刚要开枪，猎手就阻止了我。他吹了一声口哨，羚羊察觉到动静飞奔起来。这时候，我才看到远处有一大群羚羊跑了过来，一下子尘土飞扬。就在这时，我听见了五声枪响。灰尘散尽，我看到地上倒着五只羚羊。这还不是最神奇的，我过去看，竟然在一块岩石背后发现了第六只羚羊。在扒这只羊的皮的时候，我怎么也找不到弹孔，百思不得其解。后来我才知道，原来这只羚羊是被枪声吓到了，跌到石头上摔死的。这时候，我才明白什么叫真正的猎手。”

“真正的猎手？怎么理解呢？”唐焕问道。

“有一种狩猎术叫‘退狩’，即捕获猎物并不一定要直面相迎，甚至可以假装投降，让对方放松警惕，实则是为自己赢得更多时间，创造更大的赢面。《孙子兵法·军争篇》中的‘以迂为直’最能表达这个意思。”唐子风若有所思道，“迂其途，而诱之以利，后人发，先人至，此知迂直之计者也。”

“那这与魏天行逃走有什么关系？”唐焕迷惑不解。

唐子风慢慢说：“对于我们投资而言，也同样如此。试想，如果当时那只羚羊不跑起来，我们怎么能收获那么多的羚羊呢？”

“原来这样，我可不可以这么理解，对付敌人的最高境界是以静制动，欲擒故纵。也就是说，一旦遇到了强大的对手，等他先动起来，才更容易看清他的姿态与动作，然后再引他进入自己设定好的路数与轨道也不迟。”唐焕有所领悟地说。

“不愧是我儿子，我正是此意。”唐子风哈哈大笑起来。

正在这时，唐烨冲了进来，说：“爸爸，大事不好了。”

唐子风警觉地问道：“怎么回事？”

唐烨紧张地说：“我刚发现有一个神秘的游资一直在伏击我的股票。马上就要公布季报了，这么下去，这个游资很容易打乱我的调仓节奏，一旦我的基金重仓股公布于众，外人会很容易发现我与泰达证券之间的关联交易。”

“唐烨，我跟你说了多少次，做基金最好的方式就是做长庄。你已经铺垫了那么多，难道就因为这个突发情况前功尽弃吗？你要学会沉住气。”唐子风看唐烨不吱声，顿了一下告诫道，“我所说的沉得住气，不是说让你死扛，而是将眼光放长远一点儿。你说哪个游资会那么不小心，难道不知道基金圈的热门股往往是反向指标吗？”

“爸爸，你说的道理我懂。但这个游资真的来历不明，像是跟我们对着干一样，不信你看。”唐烨抹了一把汗，随即快速打开客厅电脑里的交易软件，“看我的第一大重仓股米特要这几天的交易数据，对方好像知道我最近肯定会拉一拨一样，这几天疯狂加仓。”

“米特要？”唐子风仿佛意识到事情比自己想象的严重，他从牙缝里挤出一句话，“难不成后院起火？查一下对方来路。”

唐焕凑上来问唐烨：“对方的账户开在哪家证券公司？”

唐烨打开龙虎榜，迅速翻看了一下走势图与席位交易记录。数据显示，最诡异的莫过于新凯证券，该券商旗下三家营业部齐齐上榜，位居当天买入榜的前三位。

“新凯证券？那不是韩昊的老巢吗？难道他对我们上次操作申强高速耿耿于怀？”

“不太可能，韩昊玩得顺手的几家营业部根本不在这个名单中。你看这三家，都不是传统的敢死队证券席位。”唐子风摇摇头，“你直接打电话问问韩昊。”

唐焕放下电话后，说：“查出来了，是常凡。这小子那么快就回马枪杀过来了。”

唐烨一边擦汗一边说：“这个人什么来路？我不记得得罪过这个人。”

唐焕接话道：“是海元证券的，原来问我们地下钱庄借过钱。”

“就是你提过的签了卖身契的那个？哈哈，我们怎么那么走运！真是孙猴子多有能耐也逃不出如来佛的手掌心！”唐子风得意地笑起来。

唐焕点点头，心领神会。

四

袁得鱼去医院探视魏天行。他很快被告知，魏天行已经被人接走了。

袁得鱼百思不得其解，魏天行住进医院，也只有他一个人知道，什么样的人会接走魏天行呢？

离开医院，路过一家报摊的时候，袁得鱼蹲下来问摊主：“你每天都在这里吗？”

摊主点点头：“报纸要不？”

袁得鱼直接问道：“我有个亲戚被人接走了，不知道你看到过没有？”袁得鱼大致描绘了魏天行的模样，还惟妙惟肖地学了一下魏天行的翻白眼。

摊主嘿嘿一笑，说：“你先买报纸，我再告诉你。”

袁得鱼只好买了一份报纸。

摊主凑在袁得鱼耳旁说："大概就在昨天这个时候，也有人问我是不是看到这个人了。"

袁得鱼不由得一惊："啊？"

"但是我从他们口中知道，那个精神病人已经逃走了。"

"逃走？医院说是有人接走了。"袁得鱼大惊。

"你想，一家大医院，居然走丢了一个精神病人，这丑事，他们怎么可能老老实实地告诉你？"摊主的口气颇为世故。

"那你说也有人问，是什么人？"袁得鱼追问起来。

"问我的那个人长得高高的，戴着一副墨镜。"

袁得鱼一时也想不明白，便谢过摊主，离开了。

他跑到他所能想到的所有地方寻找魏天行，但都没发现他的踪迹。

此时，许诺恰好将常凡带到了巨鹿路上的一个废弃车库。

许诺有些忐忑，内心希望能在这里看到袁得鱼，但他人不在这里。

"袁得鱼在就好了。"常凡像猜到许诺心思似的说。

袁得鱼回到车库，失落地推开车库的门，地上顷刻间显出一道霞光。

他很意外地听见有人叫他名字。

"得鱼！"常凡看到袁得鱼，高兴地冲上来，拍了他一下说，"我的兄弟，原来你小子一直住在这里，我算是开眼界了。"

"得鱼，今天常凡干得很不错哟！"许诺开心地眯起眼睛。

"真得好好祝贺一下，赚了多少钱哪？"袁得鱼眨巴了一下眼睛问道。

"比想象的还顺利。"常凡将一天的战果告诉了他，"今天算是小钱，明天就是公告日了。我在米特要上下了重注，你就等着分享我的胜利果实吧。"

"你押了多少？"袁得鱼问道。

"大概500万。"常凡回答道。

“你哪来的钱?”袁得鱼紧张起来。

“海元证券的资金不是还没结算清楚嘛，我打个时间差，暂时挪用了客户保证金。还有200万元是我这几年的所有积蓄。”

袁得鱼只觉头脑嗡嗡直响，跟许诺一样问道：“你怎么那么确定会赢呢?”

“我们只有这一次机会了。我只是通知你一下，不是征求你意见的!”常凡有点儿沉不住气，他知道这次自己已经是破釜沉舟了。

袁得鱼知道自己多说也没有用了，便搭着常凡的肩膀，一起去超市买酒。

许诺把车库里里外外地收拾了，没过多久，车库就焕然一新。

他们一回家，先是为看到焕然一新的“狗窝”感到惊讶，很快他们又闻到了久违的饭菜香。第一道菜已经新鲜出锅了，是回锅肉，辣椒、青葱、白菜，一红二白，泛着黄澄澄的油光。许诺端上来，还说：“唉，可惜你这里只有煤油炉，不然我肯定会用中火再煨一下。”在炖鱼头汤的时候，许诺顺手又做了两个菜，一个是蔬菜沙拉，另一个是炝腰花。

袁得鱼开心地把泡椒凤爪与椒盐花生拿出来，这是他给自个儿准备的下酒菜：“实在是太丰盛了!许诺，你的菜简直就是锦上添花!”

“你们才是锦上添花。”许诺也开心地笑起来。

正在这时，常凡忽然开玩笑地说：“许诺，你不会是给我准备的吧？今天正好是我的生日。”

一听到这个，袁得鱼就来劲了：“常凡，你等一下，我马上给你准备个蛋糕。”

于是，他把许诺原本打算做凉拌菜的一块豆腐拿过来，插上了几根辣椒，唱着“happy birthday”（生日快乐）端了过来。

“常凡，我还不知道你多大。”许诺忙完了也坐下来，用手撑着下巴问道。

“正好30岁。”常凡说，“我这人从来不过生日，没想到在30岁的时候，还能跟你们一起过个生日。”说着，常凡就将满满的一杯酒一饮而尽。

很快就到许愿的环节了，常凡紧闭双眼，两手握在胸前，眼睛很久才睁开。

等他许完愿，袁得鱼忍不住说：“时间好长，你够贪心的啊！”他开始嚷着要切蛋糕。原本袁得鱼想刁难一下常凡，因为所谓蛋糕就是一块软软的嫩豆腐。没想到常凡运刀如飞，三下五除二，就把豆腐均匀地分成了好几块，还稳稳当当地端到袁得鱼与许诺面前。

“哇，常凡，你太有一手了，我这个大厨真想收你为徒。我一直梦想做一道简单的白菜汤，就是把很多食料切得很碎，最后溶化在汤中。这下，我知道这道菜我有可能实现啦！”许诺激动地大叫道。

“会做菜的女人，在我眼中一直是最迷人的女人。可惜我……”常凡情绪低落起来。

常凡说他最早是学钢琴的，有一段时间，他在日本的一个教堂里弹钢琴。其间，他在教堂遇到一个女孩，他们一见钟情，陷入了热恋。他听从好友的召唤，从日本来到佑海。没过多久，他便与那个女孩分手了。熟悉常凡的人都知道，后来他仿佛受到了什么刺激般，放弃了在教堂与酒吧弹琴的营生，发誓好好赚钱，便开始在证券公司工作。

可能是他从小练钢琴的关系，他的操盘速度总比别人快，指法十分熟练，也算是他的“常门秘籍”。由于经常在大户室待着，他的盘感也远远优于常人。

“难怪你的指法可以跟魏天行单挑，原来你是演奏级的啊！”袁得鱼拍了拍常凡的肩膀。

常凡有点儿喝多了，双手挥舞着，似在钢琴上演奏一般，一脸的陶醉。

“老兄，你在干吗？”袁得鱼故意往他头上放了一个酒瓶盖子，常凡浑然不觉。

“知道吗？操盘就像弹琴，促使你不得不继续弹下去的是信念，我相信自己总有一天能够弹拉赫玛尼诺夫（Rachmaninoff）的曲子。”常凡若有所思地说。

许诺起哄道：“常凡，那女人太没眼光了。你弹琴的样子，真是好迷人！”

常凡回想起赌球那天黑暗中的销魂，醉醺醺地说：“不过，我现在有新的喜欢的人了……”

五

正在这时，一个黑色身影跌跌撞撞地走了进来。

袁得鱼反复地看了他两眼，认出是魏天行，不由得激动地大叫起来：“师傅，你去哪里了？”

魏天行看起来还算比较清醒，只是偶尔几个冷战让袁得鱼有些担心。

袁得鱼仔细看了看师傅的“格子”衣服，不由得夸奖道：“师傅，你这身衣服太漂亮了。”他心想，魏天行也真有本事，竟然能从近似监狱的精神病院逃出来。

魏天行对袁得鱼眨了一下眼睛：“就数你的眼力最尖！”

袁得鱼松了一口气：“师傅，我一开始以为你还要在医院休养一下，你都做得出这样的事了，我就放心啦。”

“唉，我本身就是急性病，都睡了那么久了，病情早就得到控制了。如果你早点儿过来，或许我早就跟你出去了。”魏天行感叹道。

“师傅，是不是有人在找你？”袁得鱼想起报摊摊主的话。

“唉，还不是唐子风那个老流氓。”魏天行叹了口气说，“幸好我溜出来了，不然真不知道那帮畜生会对我怎么样。”

袁得鱼本想问问魏天行关于帝王医药的事情，他总觉得，唐子风对海元证券如此心狠手辣，与帝王医药一役或许存在某些关系。而此前，他一直没有找到合适的机会开口。不过，现在好像也不合适，常凡对魏天行的回来感到有点儿意外，一直诧异地望着他。

魏天行看到常凡反而并不意外，倒是出神地看了许诺一眼：“我一回来，就闻到这个屋子味道不一样，果然……”

袁得鱼吓了一跳，魏天行继续说道：“这个女人烧的饭菜好香啊！”

袁得鱼悄悄对常凡说：“我师傅来了，问问他对米特要怎么看。”

常凡对那次魏天行有关申强高速的超强判断力记忆犹新，但毕竟资金都已经投进去了，常凡刚想摇头，袁得鱼已经迫不及待地问道：“师傅，最近我们又想买股票了。”

“什么股票？”魏天行闭着眼睛问道。

袁得鱼心中一喜，看来师傅对股票还是兴趣十足：“这只股票叫米特要，马上就要债转股了，有确切消息说，基金会在12元接手做上去。”

“得鱼，你什么时候也成消息派了？你不是一直相信自己的判断吗？”魏天行有点儿生气似的说。

袁得鱼挠了下头：“师傅，我原来炒股，其实就是去感受庄的存在。现在是机构时代，思路是不是也要变化了？”

“你说得没错，但有些东西是不变的，那些不变的东西才是我们应该掌握的。”魏天行淡淡地说。

“现在基金去调研，不就是找机会做大庄家吗？”常凡忍不住插嘴道，“如果我们能掌握基金的动向，不就能知道我们操作的方向吗？”

“你错了。如果它们是这么调研的，那它们根本没有掌握到调研的精髓。我知道的基金，都有这么个简单的交易原则，按照一个基准，配置85%左右的指数标的股，再用15%左右获得超额收益。一旦基金把超额收益作为庄股来做，调研就只是它与上市公司的勾结，迟早会出现麻烦。”

“没错，α与β。”常凡点点头。

“啥叫α？啥叫β？”许诺偷偷地问道，她听得晕头转向。

“α就是超额收益，β就是市场收益。”常凡追问道，“对于基金要接的股票，难道不是确定性的事吗？”

“什么让你确信基金一定会接？你只能相信自己的判断，独立的、符合逻辑的判断。调研的核心是，你设身处地地站在上市公司的角度，去想象它会不会做这件事，而不是听别人的一派胡言。就算你有本事，与它们勾结，还不是大难临头各自飞。”魏天行振振有词地说。

袁得鱼看到常凡听得头上的汗都渗了出来，马上转移话题：“师傅，要不要吃点儿菜？”

“那个基金的事，是你了解到的吧？”魏天行问常凡。

“嗯。”常凡惊叹魏天行什么都知道。

“你虽然技术高超，但还没有学会融会贯通，凭你的一己之力能战胜市场吗？”魏天行苦笑了一下，你知道什么是趋势投资吗？知道价值投资还需要催化剂吗？你现在考虑到了市场背后的资金动向，考虑到了一些人对上市公司的影响力，但是你知道这些事情发生的背后逻辑吗？你知道这些逻辑是有规律可循的吗？”

常凡嘴巴张得很大，他隐约感觉到魏天行头顶上方有股强大的气流在回旋。他觉得魏天行太过于保守了，再说，如果真的那么没谱，他今天赚的钱难道是假的吗？

“那师傅你看怎么做更好？”袁得鱼马上问道。

魏天行一言不发，打开电脑上的行情软件看了一下，脸色不由得凝重起来——这个米特要的诡异走势果然不同于大盘。

事实上，魏天行对常凡所说的基金接盘倒不是很感兴趣，而是顺着唐烨的万富股票优选的线索，试图寻找这个基金与市场黑马之间的联系。

凭唐烨与唐子风的父子关系，股票与它怎么可能没有关系？他仔细地翻找，果然发现了一些蹊跷。

他记得前不久，唐烨由此还推出“主题投资”的理念，就是想炒作他的重组题材股系列，也算是基金业中一种少见的集中持股策略。

魏天行想到了什么，随即打开泰达证券的网站，发现泰达证券数次在报告中推荐米特要："有点儿意思……"

袁得鱼看师傅两眼发光，拍手道："师傅，你总算知道我们为什么选择这只股票了吧！"

魏天行说道："现在的战局很简单，我们目前处在劣势，可以说是敌强我弱。如果拿下此战，就是以少胜多。"

袁得鱼与常凡连连点头。

"如何做到以少胜多？1951 年，志愿军战士刘光子，一人一次俘敌 63 人，创下了抗美援朝战争中一人一次俘敌最多的纪录。你知道，是什么使他能够在敌我力量对比如此悬殊的战场上逆转局面的吗？做到以少胜多的核心，不是知道该怎么做，而是懂得什么不该做，直取要害！"

"我们是伏击啊，怎么说是处在劣势呢？"常凡有点儿不解。

"好，以你刚才的逻辑，选这个标的是因为基金，我就当你在追击唐烨的万富股票优选。你可能也看到了这只股票与泰达证券之间存在一定的微妙联系。但是，你有没有发现一些更深层次的原因？比如，他们为什么选这只股票？米特要的真正操纵者是什么人？如果我们假设米特要的股价会在转股日那天飙升，那么，引爆点充分吗？"

"引爆点？难道不是转股这个契机吗？"

"不是，这只是个结果，很多人的逻辑错误在于他们分不清楚什么是因，什么是果，就算高手有时候也会犯同样的错误。眼睛看到的东西都会影响你的判断，关键是从海量信息中找到高光点。"

"高光点？"三人齐声问道。

"就是一个事物的制高点，大部分东西是我们不应该去关心的，这些东西只会让我们丧失判断能力，而你找到高光点之后，就能一眼看到事物的核心。"

"师傅，你好帅，好高深啊！你是说站得高，看得远吗？"袁得鱼一边在心里想着哪句是疯话，一边继续问道，"精神上我们已经有了，那么战术上呢？"

“我们目前的处境很危险，这不是你们看到的几个市场里的机构所能决定的。如果直接去抬这只股票，无异于以卵击石，就像蚍蜉撼大树那样。”魏天行浑身颤抖起来，模仿着蚍蜉摇大树的样子，看得袁得鱼浑身直冒汗。

“我们现在要做的，就是打持久战。我们先摆出严密的铁桶阵，然后等对方出现漏洞。人嘛，总是会犯错误的。我们再出其不意，给他们一个致命打击。”魏天行一边说，一边疯疯癫癫地上蹿下跳，做出出击的动作。

“哇！就是偷袭啊！”袁得鱼叫道。

“米特要确实可以作为突破，但要真正击败唐子风，这个肯定不是最合适的股票。两情若是长久时，又岂在朝朝暮暮？”

“有没有快攻的策略？”常凡迫不及待地问道。

“这只股票的确是只有潜力的牛股，但是，为什么只说是潜力股呢？地利，这是一只重组股。人和，市场人士都开始关注了。但是要打出快攻，还少一个天时啊。”

就在这个时候，常凡二话不说，径自走出门，跑到了马路上。

袁得鱼急忙追上他，说：“常凡，你不要看魏天行疯疯癫癫，话不中听，但是他真的很有实力。”

“快攻没戏？难道还要打持久战？我有打持久战的时间吗？我看，你最近就好好照顾一下你疯疯癫癫的师傅吧，等着我的好消息。”常凡义无反顾地往前走去。

袁得鱼拿倔强的常凡丝毫没有办法，他一个人蹲在地上，一脸落寞的样子。

许诺不知什么时候出现在了袁得鱼的身后，她也在他的身旁蹲下，轻轻拍了拍袁得鱼的背，安慰道：“你说什么也没有用的，常凡已经押了重注，当然听不进魏天行的话。或许这样对常凡更好，明天这么关键，他信念那么强，也可以心无杂念，全力作战吧。”

“你真是善解人意。”袁得鱼对许诺好感倍增，“希望好运降临！”

六

1998 年 10 月 21 日是米特要可转债赎回情况的公告日。

常凡唯一担心的就是大量转股对市场造成强压，在公告发布前，他也担心被魏天行说中，暗暗捏了一把汗。

米特要一开盘就放出公告，有 124 703.70 万元可转换公司债券转换成米特要股票。目前尚有 296.30 万元的米特要可转债未转股，占米特要可转债发行总额的 0.24%。

常凡高兴异常，这也意味着公司实际兑付的总金额只占米特要可转债发行总额的 0.24%，米特要可转债的赎回对公司影响不大，这完全符合他的预期。

果然，米特要的股价在经历了开盘的小幅震荡之后，一路突破重围，拉出一根鲜明的阳线。

常凡松了一口气，心想大师也会有判断错的时候。

万富基金投资办公室的唐烨对这个趋势颇为满意，他早与几家基金公司商量好了。他同时给几个实力雄厚的券商营业部的人打了电话，让他们接盘。

林海洋手下的几个操盘手也与唐烨相互配合，疯狂对倒，股价继续扶摇直上。

常凡看到自己账户上的资金剧增，又看了一下技术指标，都呈现强烈的买入信号，他确认后，简直就要跳起来，没错，他的下注成功了。

随着米特要向上的强攻，大量跟风盘闻风而动，基金纷纷冲杀进去，米特要冲向涨停板，直到 11 点 30 分收盘，米特要都没有被打开缺口，牢牢封死在涨停板上。

在魏天行电脑屏幕前静观一切的袁得鱼也松了一口气。

然而，一旁魏天行的声音突然飘来："我有一个强烈的预感，暴风雨正在来临，现在仅仅是个开始。"

魏天行随即又陷入了一种恍惚的状态："马上就要风云突变。"

袁得鱼惊恐地看着魏天行，不知道会有什么事情发生："你是说米特要会变盘？怎么可能？现在所有人都在抢着买。"

"城门失火，殃及池鱼！"说着，魏天行就抽搐起来，"天色变了！天色变了！"

袁得鱼不是很明白，难道魏天行又犯病了？

下午，袁得鱼好不容易等到米特要开盘，没想到股价就像断了线的风筝一样，一下子从高空坠落下来。

常凡震惊地张大嘴巴，惊恐地看到米特要直接砸到了跌停板上，股价直逼11.89元。他匆匆给阮明打了电话："你们不是说12元以下一定会顶的吗？不是要再拉个50%的吗？"他冲着阮明大吼道。

阮明默默无语。

"你们不是还分析了公司价值吗？现在才11元，12元都已经是便宜货了。你不是跟我说巴菲特就是买入低估股票然后持有的吗？现在这个价位难道不应该买吗？"常凡继续吼道。

阮明叹了一口气："兄弟，你知道什么是见机行事吗？你看看现在是什么局势？"阮明迅速挂了电话。

常凡又打给了他认识的另一家基金公司的人。对方说："兄弟，跌势凶猛，不逃命不行，谁还敢接盘啊？谁还看公司本身的价值啊？你也赶快撤吧。"

常凡放下电话，一下子蔫了。

基金军团纷纷撤出，几乎都砸红了眼。

米特要的个人投资者也成了抛售主力，势头难以阻挡。

原来是全球性股市震荡！全球各大市场的股价都在纷纷往下落，消息传出，世界互联网技术（IT）巨头国际商业机器公司（IBM）等股价也都受到重挫。

市场风向瞬间大转。

唐烨也很崩溃，他们好不容易启动的拉抬计划，一下子就被意想不到的市场调整给打乱了节奏，他只好下令："收回资金！"

所有对倒的资金纷纷回笼，能收回多少是多少。

常凡就像被激怒的野兽一样，此前，他曾经用500万元把　只小盘股打出了三个涨停板。米特要盘子也不算大，只能用手上的资金了。不管如何，非得从主力身上割层肉不可，蚊子肉也是肉！

他内心挣扎了一下，然后打开之前海元证券客户保证金的账户，还有大约800万元。他手指颤抖着，不知道是否要把这最后的资金砸下去。

此时的袁得鱼正拼足所有的力气往新凯证券赶去。他仿佛早就猜到常凡一定会奋力一搏，他必须得马上让常凡冷静下来："常凡，等等我！"

袁得鱼跑到新凯证券看到常凡的时候，常凡刚敲完键盘。

一切都来不及了，常凡已经把所有的资金打在米特要上了。

袁得鱼紧张地看着盘面，屏幕上米特要果然止住了下跌的势头，反而向上撬动了两个点，然而，这样的形势只保持了三分钟，之后米特要继续急转直下。

常凡预感到不对，马上鸣金收兵，尽管他的手法飞快，将能撤出的资金都撤了回来，然而，千万级的损失已经是铁板钉钉的事实。

暴跌持续到最后的收盘，整个大盘竟然跌了7.88%，是多年来最高的一次单日跌幅。

常凡痛哭起来："我现在才明白，就算与人斗，也不能与天斗啊！"

袁得鱼只好安慰他："兄弟，没关系的，这些客户也跟你不是一天两天交情了。你再打个时间差，想办法把这些钱赚回来。反正现在是弱市，老客户的交易量也不会很大。"

常凡过了很久终于把头抬起来，面如菜色："袁得鱼，我昨天是骗你的，我后来又向黑市借了钱，足足拆借了一个亿。"

原来，在前往海元证券拍卖会之前，他为了能筹措到阿德卷走资金造成的资金缺口，以另一个竞拍公司九阳投资的名义收购海元证券，想到了最后一个铤而走险的机会——推迟黑市资金的还款时间。

事实上，在海元证券退出申强高速那天，地下钱庄的资金已经通过电汇的方式统统还掉了，但他知道，电汇的资金在三天内还能取消，便马上打了个电话给银行，同时通知了地下钱庄，表示自己将推迟地下钱庄的还款时间。毕竟，如果九阳投资能成功收购海元证券的话，还这样的高利贷，应该算不上什么难事。

当时接电话的是唐焕的助理，对方倒也并不在意，只是趁火打劫地提高了利率。尽管只是延缓一天，也相当于利息翻倍。

所以那一天，在常凡举牌到1.2亿元的时候，他的手臂一直颤动着，他知道这已经是自己的极限。只是他万万没有想到唐子风早就买通了拍卖部的核心工作人员。那次竞拍，看似输得可惜——对方只比他多500元。事实上，结局早在开拍前就决定了。

常凡更忽略了一件事，那个卖身契其实是个流氓合约。这是他后来才知道的，在他得到阮明消息的那天，就有一个前来逼债的人敲开了他的房门。

尽管常凡在竞拍失败后的第一时间，就还了高利贷的本金与当时为了炒作申强高速周转用的资金，但是唐焕前来逼债的手下指出卖身契上的一条“流氓条款”。

常凡看到协议下方有一行小字，上面写明，商定的利率只有在资金总额不到1.8亿元，且在初定的七天归还日期内还钱才生效，否则就是日息复利。一般借款人是不会精准地计算出1.8亿元的累进利率阶梯在什么时候发生的，就算知道还款期限，大多数借款人也会想当然地以为，只不过多几天复利的日息而已，殊不知地下钱庄早就启动了另一套累进的日息标准，这个标准里利息提高到以小时为单位。就算借款人在规定时间内还了大部分本金，但利息部分，还是会按照总价滚动。

也就是说，他必须归还的金额，比之前借的资金翻倍还多。他不由得冷笑，难怪总是听说高利贷害人，永远都还不清，现在总算是领教了。

当时，摆在他眼前的问题是，如何归还新增的 1 亿元。他自己手上，只有几百万资金可用，不少还是客户保证金。于是他只好“拆东墙，补西墙”，再次押上一轮。铤而走险，是他唯一可以选择的。

那地下钱庄也不是吃素的，三天两头逼债，随时随地紧盯着常凡，仿佛怕他溜走似的，这多少让他有些焦虑。于是在最后关头，他发狠咬咬牙，又借了一个亿。

所以今天这一战，对于常凡而言，算是生死存亡的一战。

“你是向谁借的？”袁得鱼一听这个数字也蒙了。

“是向韩昊借的，他不是有把柄落在我们手中嘛。不过，我后来才想到，他哪有那么多资金，肯定也是向唐焕的地下钱庄转来的。我还想到，他们为什么那么轻易地就把钱给我了，现在想来，他们就是想看到我死啊。”常凡重重地瘫坐在了地上。

袁得鱼将他扶起来：“现在这个地盘已经是泰达证券的了，他们肯定看得到我们的交易，我们赶紧走吧。”

常凡痛苦地说道：“袁得鱼，我作了一首《沁园春 · 血》，要不要听？”

袁得鱼还没回答，常凡就念道：“股市风光，千里号啕，万里血飘。大盘上下，顿泻滔滔。大抛小砸，融发万象，欲与天公试比高。兄弟们，看绿妆素裹，分外妖娆。大盘如此多焦，引无数股民折断腰。”

七

正在这时，一个墨镜男走了过来，他直接问道：“请问，先生是否姓常？”

常凡没有反应过来，下意识地点了点头。

这时候，一下子冲上来两个彪形大汉，像抓小鸡一样，把常凡抓进了车。

袁得鱼刚想冲上去，就被墨镜男推了一把，说："不准报警，否则你就再也见不到你朋友了！"

袁得鱼等他们一上车，就招呼了一辆的士，许诺也想跟他一道上车，被袁得鱼赶了下去。袁得鱼走后，她也打了辆车，跟了上去。

"哇，追车，太刺激了！我开了10年车，就一直在等这个机会！"的士司机有点儿神经质地说，嗖的一下，车就冲了出去。尽管司机开得还算快，但终究技不如人，猛追了几个路口，到了一条狭长的小马路后，他只好沮丧地说："唉，跟丢了。"

常凡被两个彪形大汉牢牢夹在后座中间，动弹不得。他一路观察着，车子沿着一条靠河的小马路前行，如果他没有记错，这应当是苏河。很快，车子在一个巨大的仓库前停了下来，他被这两个人拖进了一个黑洞洞的地下室。

地下室大门口是个水果批发铺子。常凡一路被人押着往下走的时候，很多新鲜水果的大箱子摆在地下室走廊上，这些东西把一切都掩饰得天衣无缝。

地下室光线昏暗，常凡认出两个人，一个是韩昊，另一个是唐焕。他很后悔，他早该料到这两人是一伙儿的。

有个人粗暴地踢了一下常凡的腿弯处，他一下子跪倒在两人面前。

唐焕坐在一张大扶手椅中，半个身体陷在里面，眼神中透出一股傲慢。

韩昊则坐在单人沙发上，手上拿着一根雪茄。

韩昊先是冲他微笑了一下，像是一个熟识已久的朋友，说道："常凡，我完全可以猜到你的结局。你太相信自己的兄弟了，我不得不点拨你一下，你在这个过程中犯了一个致命的错误，你居然把你最擅长的技术忘了。如果你发挥技术上的优势，完全可以很快明白过来，基金不可能接盘，也不会接盘，盘面会告诉你一切，然而你却断送了自己。"

"能不能再给我一次机会？"常凡诚恳地说。

唐焕不屑地看了看常凡："我听说，你们试图离间我们之间的感情？我们与韩叔合作那么久了，你跟韩叔才认识多少年？韩叔，如果你不放心，我就把资料统统烧掉，省得后患无穷。"

"唐老弟，真的没必要。"韩昊客气道。

唐焕示意手下将一沓资料拿了上来，放入了一个铁盆中。然后他划了一根火柴，扔入盆中。那沓资料很快就化作了灰烬。

"那个出卖我们的律师收拾了吗？"唐焕粗声粗气地问道。

一个手下拿上来一个烟盒，唐焕点了一下头。那人倒了个东西在地上，常凡差点儿吐出来，原来是一条僵硬的舌头。

韩昊也下意识地将头侧过去，他想起自己过去的一段悲惨经历。

"两个亿，你说你用什么偿还？"唐焕冷笑了一下。

"我会想办法的，你给我一点儿时间！"常凡浑身发抖。

"你还有没有规矩！你至少应该知道透支也要平仓！"唐焕突然怒吼起来，眼珠都快要瞪出来，"这样好了，你先给我四根手指，这就是欠债不还的规矩！"

常凡马上连连磕头："求求你，不要……"

这时候，手下从外面抬进来一张油腻腻的矮桌，上面放着一把醒目的铡刀，可以看到木头缝隙中残留的血迹。这个工具，是唐焕经常用来教训赌博时出老千的赌徒的。

当这个铡刀摆在常凡面前的时候，唐焕突然生出一种莫名的快感。

常凡一边挣扎一边哭着道："你们简直就是黑帮，你们不如杀了我算了！"

几个身强力壮的大汉将常凡牢牢摁住，固定住他的手臂，用力扯直他一根根手指。

刀光闪过，鲜血溅到了韩昊脸上。

十指连心，常凡痛得晕了过去。

在痛晕的瞬间，他看到了自己曾经最心爱的女孩：教堂里，她坐在长椅上，静静地听他弹琴，阳光透过窗户照在她的脸上。女孩眸子深处的羞涩光亮，就像细细长长的房间尽头摇曳不定的点点烛光。

那个过去的女孩如同消失的光影淹没在黑暗中。随之而来的，是另一个女孩，她在那个黑暗中的光明处，冲他微笑，他记得他们那时急促的呼吸，周遭的一切仿佛都生动起来。他情不自禁地伸出手，可是再也触及不到了……

唐焕慢慢走过来，用脚在地上踩了两下，大笑着扬长而去。

袁得鱼找到常凡的时候，常凡奄奄一息地倒在地上——他的手流着血，前一天还修长、精致的手，已经残缺不全。

袁得鱼抱着常凡的头，失声痛哭起来："常凡，他们怎么可以这样对你！"

这时候，有两个人冲了上来，把袁得鱼从屋子里拖了出去，直接甩到门外。

袁得鱼的脑袋一下子撞到了马路上的一根电线柱子上。在他闭上眼睛的一瞬间，眼前浮现出刚才在地上看到的手指和血迹，他相信自己永远也忘不了——四根被截断的手指，平行排列，一道血迹呈向上的曲线状，醒目地穿插其间，这俨然是一幅逼真的股市K线图。

这或许是袁得鱼有生以来看到过的最血腥恐怖的一个"盘面"了。

第十章　三放烟花局

道生一，一生二，二生三，三生万物。万物负阴而抱阳，冲气以为和。

——老子《道德经》

一

乌云压顶，横劈下来的闪电像一把利斧，劈开令人压抑窒息的天空，大雨像被捅破的水袋中的水倾泻而出。

袁得鱼慢慢醒了过来，揉了揉眼睛，发现自己躺在车库里。

魏天行正在一旁打坐，看到袁得鱼醒来，说道："这几天，你一直在说胡话，还很惊恐，应该在做噩梦。我的感觉更强烈了——暴风雨就要来了！"

袁得鱼想了想，自己反复在做一个魂断心伤的噩梦——梦里有很多火车，看起来像是旧佑海的遗存，从各个遥不可及的方向汇聚交错，在一个漆黑的中转站卷作一团，好似纠缠成一团的吉他弦，在幽暗中低吟哀鸣。

袁得鱼猛然想起了常凡，对魏天行说："师傅，你知道发生了什么吗？你既然知道会发生股灾，为什么不早点儿制止常凡？"

"'幡未动，心已动。'言之已尽，奈之如何？"魏天行的声音幽幽飘来。

袁得鱼闭起眼睛，习惯性地想把所有的事情都置之身外，但这一次很奇怪地失败了。过去的心如止水呢？似乎他心底有什么东西被微微撩拨起来了。

"得鱼，你准备好了吗？"魏天行厉声道。

"什么准备好了？"袁得鱼疑惑不解。

"去报仇！像个男人一样去战斗！"

"师傅，你在说什么胡话？"

"得鱼，你扪心自问，你刚才是不是愤怒了？"

“师傅，你不是不知道，我的心早就死了。”袁得鱼笑着，转身就要离开。此时此刻，他只想找常凡，他急切想知道常凡脱离危险了没有。

就在他的脚跨出门的一刹那，后脑勺被什么东西狠狠击中，顿时瘫趴在墙上。他扭头一看，原来是个碗瓢。魏天行力气倒是不减当年，不愧是握着扫把出道的。

魏天行的声音又幽幽飘来：“得鱼……”

袁得鱼回头看了一眼魏天行，他还在那里端坐着，唯一不同的是，他目光如炬，看得袁得鱼心慌。

魏天行平静地说：“得鱼，趁我的精神目前还没完全崩溃，我打算将我自己多年的绝学都传授给你。”

袁得鱼眼睛睁得很大，抗拒似的向后退了一步：“不要！我学个什么劲儿！”

魏天行四肢颤抖起来：“得鱼，你要相信师傅有办法对付唐子风，但光靠师傅一个人的力量不够，希望你能助师傅一臂之力。”

“师傅，得鱼很早就失去了双亲，你现在就是我的亲人，你要得鱼做什么，得鱼就做什么。不过，我现在一心挂念着常凡，如果到时候因为分心出点儿什么差错，岂不是枉费师傅的一番苦心？”袁得鱼说完就想跑，没想到手臂被魏天行牢牢抓住。

袁得鱼分明看到，魏天行干瘦的手就像鹰爪，抓得自己无法动弹。袁得鱼好不容易挣脱，才意识到魏天行浑身正不停颤抖着。“师傅，你怎么了？”袁得鱼将魏天行扶住。

“我……我好像又要发病了，这是大病的征兆……得鱼，我现在只有一个要求，你要学到我的毕生绝学。你一旦学到手，就是全国顶尖的炒股高手，从此以后享尽荣华富贵，衣食无忧，恐怕你以后再也不会遇到这样的机会了。”

“我对荣华富贵不感兴趣！”毕竟袁得鱼小时候的生活也很优裕，“曾经沧海难为水”，何况这些东西，他从来就没有放在眼里过。

“还可以得到女人……更多女人！”说到这里，魏天行口水要流下来了，“最重要的是，练就了这么一身本领，你就有实力去战斗！”

“师傅，什么炒股秘籍，什么荣华富贵，我真的一点儿兴趣都没有。”袁得鱼坚持道。

“既然还不到时候，为师就不为难你了。”魏天行递来一张条子。

是一个女孩的字迹，纸上写着：“去东方医院了，醒来后找我。”

袁得鱼心一沉，常凡出事那天的情景依旧历历在目，他忍不住打个冷战，心如刀割。他踉跄着爬起来，只觉胸口堵得慌，似被恐惧所笼罩。

袁得鱼不顾一切地冲向雨中，飞快地跑向东方医院，任凭冰冷的雨水拍打着自己的脸。

袁得鱼惊讶地看到一个熟悉的女孩身影从一个门里走出：“苏秒？”

只见苏秒不是平时那样的浓妆，脸上清晰透出哀伤：“常凡醒了，叫一下医生。”

常凡睁开眼睛，发现自己躺在一张病床上，他想起了之前发生的事情，惊恐地试图握握自己的手——完全麻木，没有知觉。他闭上眼，眼泪从眼角流了下来。

医生检查了以后，轻声安抚了常凡几句便出去了。

因为抢救及时，常凡有两根手指被接上，出院后可能会出现功能性缺失。另外两根手指因为组织已经被破坏，无法接上，只能装义指。

苏秒扶着常凡的头，他的脸上出了一层汗，头上也是汗涔涔的。

她也为常凡的遭遇感到很难过，但她目前唯一能做的，就是稳定常凡的情绪。

常凡轻声说：“好渴。”

苏秒往杯子里倒了些开水，好像想起了什么，又拿出另一只空杯子对倒起来。

常凡看她笨拙的样子，很想帮忙，但是一想到自己的手，就无比难过。

水温差不多了，苏秒坐在床边，将常凡的头固定好，喂他喝水。常凡与苏秒贴得很近，他心跳加速，尽管他们的关系已非一般，他的脸还是有些微微泛红。

“我得走了。”苏秒看到天色暗下来，淡淡地说。

常凡对她恋恋不舍，却又无法说什么，内心的痛楚似乎比伤口的疼痛更难以忍受。

袁得鱼送她出去：“是你打电话让人把他送到医院的吧?”

苏秒不置可否：“凑巧而已。”

袁得鱼总觉得苏秒看起来有些异样，毕竟，她原本那种大大咧咧的劲头好像磨去了不少，此时此刻，她的眼神很忧郁，他不知道苏秒这些日子经历了什么。

不过，让他欣慰的是，他刚刚意识到常凡与苏秒的关系非同一般，至少在常凡身边的时候，苏秒眼睛里透出怜爱的光。

“你……还是要去唐焕那里吗?”袁得鱼有些心疼地说，“那你与常凡……”

“你可能不信，我的确喜欢常凡，但我对唐焕也有爱!”苏秒走了，袁得鱼没有拦她，只是怔怔地看着她离去。

这时候，有人敲病房的门，许诺进来了。

“是你!”许诺惊喜地看到袁得鱼在病房里，“嘿，我刚才去买东西了，你来得还挺快!”

常凡目光呆滞。自苏秒离开后，他就在病床上安静地躺着，眼睛盯着天花板。

许诺拼尽全力想让常凡开心，但他还是如同木头般，一动不动。

许诺有些担忧地说：“他怎么一直不说话?会不会想不开啊?”

袁得鱼想到什么，径直走到床前重重地拍了一下常凡的脑袋。

常凡还是没有什么反应。

袁得鱼又中了邪似的对着常凡的脸打了一拳。

许诺死命拉住他：“袁得鱼，你疯了?你快住手!”

袁得鱼面带微笑地说：“痛吗?常凡，我今天算是认识你了，你就是个废物！”

“袁得鱼，你是不是有毛病？”常凡终于有了反应，他显然被激怒了。

“常凡，其实我从来就没看得起你！”袁得鱼朝他伸出一根小指，“你这么擅长技术分析，竟然连大势都判断不出来，真是可笑啊！”

常凡恨得咬牙切齿：“袁得鱼，你难道忘了技术面最不可测的就是宏观因素变量吗？”

“我不管。常凡，你觉得你这样的男人，会有小姑娘中意你吗？小姑娘宁可喜欢一个流氓也不会喜欢你！”

这句话刺激了常凡心里最敏感的地方，还没等袁得鱼说完话，常凡一拳砸在了袁得鱼脸上。

“你以为你这样就男人了吗？打人都不痛不痒！”袁得鱼不依不饶。

常凡完全被激怒了，他觉得内心的怒火燃烧起来。从小到大，他在别人眼中，一直都是儒雅的绅士，今天他再也不想压抑了。

他紧绷的神经一下子放松下来，发泄着自己的痛苦，大吼大叫起来，如怒狮一般。

许诺刚想安抚，被袁得鱼拉住，两个人一起走了出去。

出门后，袁得鱼靠在了墙壁上，他看许诺还是惊魂未定，劝她道：“他很痛苦，这种事轮到谁都很痛苦，但他只要发泄出来，就算是挺过来了！我得恭喜他，他什么痛苦都尝过了，以后就不会再害怕任何事情了！”

许诺愣了一下才明白过来，说道：“刚才，他打了你一拳，你还好吗？”

袁得鱼笑着，刚想开口，就见医生闻声跑来。

许诺连忙摆手道：“没事，没事！”

也不知吼了多久，常凡安静下来，他似乎累了，慢慢地闭上眼睛，很快就睡了。

这时，一个女孩翩然而至。

这是许诺第一次看到邵小曼，她很惊讶世界上竟然有这么美丽的女孩，但她很快就不安起来，那个女孩一下子冲到袁得鱼跟前，说："我找你好久了！"

就在这个时候，唐煜也从邵小曼身后闪了出来。

唐煜将鲜花与水果放到桌上，对着常凡深鞠了一躬："我来晚了。我知道这件事后，差点儿跟唐焕打起来。"

邵小曼摇了摇袁得鱼的手臂："那天，唐煜刚好到他哥那里，没想到就遇到这件事。听说他们本来还想对昏过去的你下手，是苏秒与唐煜拦住了他们，并把你送回车库。"

袁得鱼情绪有些复杂，但他看到唐煜真诚的样子，没有办法不信任唐煜，他疑惑地问道："难道你不知道常凡欠下了高利贷吗？"

"我后来知道了。我跟爸爸说过了，我不会再跟他干了！"唐煜摊了一下手，"我很快会去香港，我想，那里或许更适合做对冲基金。"

童年时期的默契好像回来了一般，袁得鱼相信唐煜的话是出自真心，他点点头，抓住唐煜的手："好兄弟！你们唐家，我只认你一个兄弟！"

邵小曼没想到袁得鱼身边发生了那么多事，她感觉自己有千言万语想对袁得鱼说。

邵小曼一向直截了当："我有事要跟袁得鱼说！"说罢，她就挽起袁得鱼的手臂，拉着他走出门。

许诺有些着急，在门口拦住了他们，冲着邵小曼说："你是他什么人？"

邵小曼有些不明白地看了许诺一眼，她把许诺当成了常凡的女朋友："对了，袁得鱼，你还没把我介绍给这位朋友呢！"

袁得鱼挠挠头："隆重介绍一下，这是我的好朋友——邵小曼！"接着他又把许诺介绍给邵小曼，"这位是我的死党——许诺！"

"只是好朋友吗？"邵小曼有些不满地说，"你不是说要跟我做永远的……"

许诺还没听完，就大叫道："袁得鱼，你无耻！你是个坏蛋！坏蛋！坏蛋！"说完三遍"坏蛋"后，许诺跑了出去，消失在走廊尽头。

袁得鱼望着许诺的背影，心情复杂。

邵小曼不明所以地看着许诺的背影："她好像很喜欢你！"

袁得鱼心中涌起一种久违的难过感觉，他也说不上来这究竟算是什么滋味，他用漠然的口气说："我还有很多事情要做，没有时间考虑这些。"

"看来你真的是个流氓。"邵小曼冷笑了一下。接着，她从包里拿出一个信封："你现在遇到了那么多麻烦，我也不知道该怎么办，希望这个能帮到你。"

袁得鱼看到里面装着一张银行卡与密码纸条，断然拒绝道："这个我绝对不能收。"

"好吧，其实我也猜到是这个结果。尽管你身无分文，但你的自信让你很富有，或许也是这一点，十分吸引我吧。"邵小曼爽快地说，"如果你需要的话，不用担心没有面子，我不会嘲笑你的，你只要告诉我一声就行。我这人或许什么都没有，但这个对我来说，是取之不尽、用之不竭的。"

"很多人羡慕你这一点。"袁得鱼笑着说。

"我也觉得上帝太偏爱我了。说来你可能不信，我羡慕刚才那个女孩，我羡慕她的贫穷、执着与平凡，我希望自己像她一样，有这样或那样的不足。"邵小曼有些动情地说。

袁得鱼耸耸肩，调侃道："我不明白你的逻辑，你们小姑娘的心思令人费解。"

"你看，所有爱情片里的男二号都很完美，无可挑剔，但他们只能是男二号，不是吗？现实生活中，女人也是一样的。"邵小曼抬起头看了一眼袁得鱼，"你没有想过为什么吗？"

"不知道。"袁得鱼摇摇头。

"因为爱情都是不完美的。"邵小曼想了想，继续说，"或者说，不完美的才是最可爱的。”

“你看上去很相信宿命。”袁得鱼一知半解地说。

“嗯，所有的英文单词中，我最喜欢的就是 karma（因果报应），就是因果。”邵小曼继续说，“不过，我还是会追求自己喜欢的，这也是我的因果报应，我不在乎结果会怎样，相信只要坚持，就会出现奇迹。”

唐煜觉得时间差不多了，便去问邵小曼是不是该走了，当他看到袁得鱼与邵小曼亲昵聊天的样子，看着邵小曼愉快的神情，他越来越确信，邵小曼喜欢的人是袁得鱼。唐煜不免伤心起来，一个人独自离开了。

二

唐煜回到家，看到哥哥唐烨一个人闷闷不乐。他知道唐烨这次也损失了不少钱。

唐烨蜷缩在沙发上，就像一只斗败的公鸡一样。他很难过，最近难得有机会在父亲面前表现一下，没想到竟然以这样一种仓皇出逃的方式收场。

尽管唐烨在外界有“明星基金经理”的称号，但唐烨自己心里也清楚，在每个经典牛股背后，几乎都有父亲无形之手在掌控。

唐烨是那么想在父亲面前证明自己。然而，这场唯一没有父亲指导的战役，竟然遇到了市场单日跌幅历史之最这样百年难遇的事。

唐烨最受不了的是，父亲对他的失败一点儿都不意外，他更关心的是谁走漏了风声，还有林海洋为什么没有最后再支撑一把，至少等他们的资金都逃走再说。唐烨总是觉得父亲有些太偏爱唐煜了，唐煜刚刚回国，父亲就把所有希望都寄托在了他身上，自己在这三兄弟里，究竟扮演着什么角色呢？难道永远只是一个配角吗？

唐煜看哥哥一脸沮丧，心里也很不是滋味：“胜败乃兵家常事，想开点儿，二哥。”

唐烨说：“唉，你有所不知，爸爸不满的不是输钱，而是米特要说跌就跌，完全不可控制，说实话，顶一顶股价，不过是林海洋配合一下的事。然而，米特要却这样随市下跌，还比指数跌得更多，说明这只股本身就已经变成了一个残局，或许爸爸说得对，得想办法在董事会中把林海洋做掉！”

“天哪！怎么回事？我们不是不久前还跟他一起吃饭吗？”唐煜震惊了。

“是啊，知彼知己，百战不殆。再说，趋利避害，不是人的正常反应吗？”唐烨说。

“哥，你现在满嘴都是爸爸那套理论，你自己的想法呢？”唐煜又想到了什么，“他不是潮清帮的吗？手底下有一帮流氓，你们不怕他吗？”

“潮清帮？有钱众星拱月，没钱谁帮他？”唐烨苦笑道，“资本市场这样的故事实在太多了。”他说完重重叹了口气。

“听说潮清帮很讲义气。”

“义字头上一把刀，还管什么两肋插刀？”

“那你们接下来具体想怎么做？”

“你听过刮骨疗伤吗？”

还没等唐烨说完，唐煜一下子冲到唐子风办公室，朝唐子风吼道：“爸爸，你怎么变成这样了？你到底想赚多少钱？”

“呵呵，吸引我的怎么可能只是钱？”

“但是，你怎么可以……”

“转移，风险转移，从林海洋身上转移。为了更多人的利益，才叫有情有义！”

“但人家是刚把自己的资产注入这个公司！你们怎么可以这么残忍？”

“风水轮流转，你怎么知道他离开董事会就没有更好的机会？况且，他现在在米特要有这样的地位，一大半也是我们的功劳。”

“爸爸，你们除了坐庄，还会什么?”唐煜苦笑道，“你让我去美国学习了那么多先进的投资方法，结果我回来一看，这里居然还是‘农业社会’，我终于明白什么叫洋炮换土枪，什么叫有力无处使，有劲使不出！爸爸，我还是去香港做投资吧，我不适合这里。”唐煜再次提出要离开佑海。

唐子风低头不语，他无法容忍唐煜这样的反叛。

“爸爸，很明显，目前境内市场刚刚受到金融危机的影响，但是香港股市以及海外市场正在复苏。你也知道，第一轮的经济复苏，股价涨幅与市场弹性是最大的，我很看好这个机会。”唐煜解释道，“你看，现在 H 股与 A 股的价格倒挂就很说明问题。”

“你懂什么?”唐子风低沉地说，“我问你，市场是不是不确定的?”

“是的！但是世间万物又都是有规律可循的！我们学习科学的投资方法，就是为了寻找投资规律。”唐煜不甘示弱。

“这么多年来，我亲眼看到一个个投资高手在市场中走上万劫不复的境地，原本中国证券市场上有‘七剑’‘三侠五义’‘三大猛人’，现在你看看，只有凤毛麟角，几乎没有人逃得过厄运，市场是永远抓不到的。寻找市场的规律，是所有投资者的理想。但是什么叫理想？就是需要理一理的梦想，是不切实际的幻想。”

“爸爸，你说的不是白马非马论吗？那我去美国学习了那么多投资方法又算什么?”唐煜连连摇头。

“好，你说你从美国回来，那我就跟你说说美国证券市场。这个市场从美国独立战争时期就有了，到现在已经有 200 多年历史，你看看谁笑到了最后？美国人能预测市场吗？我告诉你，1987 年 10 月，也就是美国股市暴跌近 1 000 点的两个月后，一群著名投资专家受邀参加一年一度的《巴伦》杂志主办的圆桌会议，对股市的未来走势进行预测。那些投资精英争论的是，到底未来会出现一个一般的熊市，还是毁灭性的大熊市。当时罗杰斯（Rogers）认为，这个熊市会干掉金融圈内大部分从业人员和全世界大部分投资者。商品期货奇才保罗·图德·琼斯（Paul Tudor Jones）预言，熊市会导致像20世纪30年代那样的全球经济大萧条。这些预言是如此悲观，连基金王彼得·林奇（Peter Lynch）都一连做了三个月的噩梦。然而，直到1990年，他们预言的经济大萧条却根本没有发生。道琼斯指数（Dow Jones Indexes）不但没有暴跌，反而上涨到了2 500点。随后的1991年，尽管对伊拉克战争巨大的忧虑和恐惧让投资专家们对未来的预测更加悲观，但那一年却成了最近20年来最好的大牛市。”

“可还是有很多高手！”

“那我们看看这些投资高手的收益率，彼得·林奇的麦哲伦基金13年来年复合收益率达到29%，他正好经历的是美国经济突飞猛进的黄金10年。股神巴菲特年复合收益率25%。这次挑起亚洲金融危机的乔治·索罗斯（George Soros），年复合收益率35%。你知道你爸爸这8年来年复合收益率是多少吗？看看这些，你再来评判什么是高手。我不想说自己多么厉害，但我不忍心看着你们像我曾经的战友那样倒下。”

“战友？”这个词让唐煜想起在地下室看到的那幕悲惨的场景。

“我虽然未必是我们这批投资者中最优秀的，但我最熟悉中国环境。我知道在这里，什么方式的投资是最有效的。”唐子风的声音激动得有些颤抖。

“爸爸，对不起，儿子不孝。”唐煜去意已决，转身往门外走去。

唐子风勃然大怒道：“你走吧，小心输得光屁股回来！到时候别怪我六亲不认！”

唐煜听到这句话后，转过身，心平气和地说：“爸爸，这么多年来，我都把投资事业作为自己的理想。刚上大学的时候，所有同学都睡了，我一个人坐在昏暗的走廊上看《基业长青》，梦想着为投资者寻找最伟大的公司。大二我去投资大师欧奈尔的公司打工，我每天连续20个小时对着电脑输入数据，就是希望看到欧奈尔数据系统是如何形成的，为什么它可以为投资者提供精准的投资信息。我第一次去投资银行求职，他们问我美国的得克萨斯州有多少加油站。

我报出的数字，与实际数量只相差两个。我的笔试分数也是最高的，但他们还是没有录用我。只因为我是中国人，他们说，中国人根本不会投资。我记得我小时候，你告诉我，要让每个中国人都能平等地投资，希望中国人的名字也能刻在世界投资史的光荣榜上，这是你的梦想，也成了我的梦想。可是爸爸，你告诉我，我的那个有梦想的爸爸去哪里了？”唐煜深深地吸了一口气，说，“爸爸，谢谢你长期以来一直对我寄予厚望，但是我早就从心底里厌恶这样的操盘方式了！就算它现在最有效，但我相信迟早会被淘汰的！而我，会继续为了追求自己的理想而奋斗！再见！”

唐煜摔门而去，身后传来巨大的撞击声。

这个声音让唐子风心悸了，他痛苦地闭上了眼睛。

唐烨在一旁也愣得说不出一句话。

唐子风低着头，看起来有些沮丧。

唐烨宽慰道：“爸爸，唐煜他年少气盛，你不要太难过了。”

“他已经失控了，我现在根本就无法控制他。”唐子风沉思了一会儿，平静下来，“不过，以他目前这样的性格，也很难在外界找到一个合适的方式，将自己的实力完全发挥出来。他会后悔的，在外面，不会再有人像我这样，给他那么多犯错与成长的机会。”

“嗯，唐煜刚回来，对现在这个环境还不适应，毕竟他还太年轻了，看不到自己拥有那么好的条件。”唐烨赞同道。

唐子风叹了一口气：“这么多年来，我都太惯着他了，我也有责任。”

唐烨发现，父亲的头发已经花白，神情不只是忧郁，更多的是一种沧桑，他深感父亲不易。这么多年来，他身居高位，那么多人都捧着他，顺着他，自己的爱子却如此顶撞他。而他在那么短的时间内，就恢复到冷静与理性的状态，敢于承认自己的无力。他继续劝慰道：“爸爸，或许唐煜在外面吃点儿苦头，就会悔悟过来的。”

唐子风接着说：“只有靠时间了。我们无法共同朝一个方向前进，是因为我们双方都没准备好，就像我现在没有能力控制他，他也不懂得珍惜这来之不易的机会。或许，我们都需要调整一下，才能达到完美的契合，他也可以寻找到发挥自己强项的出口。目前看来，唯有时间才能改变这一切。”

“爸爸，你有什么事，就放心交给我吧。”唐烨说。

“谢谢你，儿子。”唐子风心平气和了，唐烨的话让他无比欣慰。

唐子风出神地看着唐烨：“你知道我看到了什么？壮丽！你肯定能做出伟大的事业！”

“爸爸！”唐烨差点儿哭了出来，“我一直以为，你忽略了我，觉得我没弟弟那么有天赋。谢谢你，爸爸，我会好好努力的，我肯定不会让你失望的！”

“怎么会呢！”唐子风用爱怜的眼神看着自己的孩子，“你可是我的儿子！”

唐烨激动地点点头，多年的郁悒瞬时烟消云散。

三

袁得鱼正与邵小曼说着话，突然听见医院走廊传来一阵阵喧哗声。

他不由得停下来，这时他听清了：“有人要跳楼啦！”

袁得鱼一惊，马上冲进常凡的病房，病床上没有人。袁得鱼两眼黑了一下，脑海中闪过一丝不祥的预感。

袁得鱼慌忙冲出去，发现医院大门口有些人正在用手指指点点。他顺着手指的方向抬头望——在东方医院对面的佑海证券交易所楼顶，一个人轻轻晃动，像一片摇摇欲坠的悬铃木树叶。

袁得鱼向佑海证券大厦不顾一切地冲去。大厦呈巨大的门形结构，奔跑的袁得鱼仿佛在穿越一道大门。袁得鱼用尽全身力气往大厦里冲，门卫都无法将他拦下。

他一路经过交易所的红地毯，经过电子屏，爬过像迷宫一样的楼梯，终于跑到了佑海证券交易所顶楼。

袁得鱼喘着粗气，一眼就看到了正在发呆的常凡。

常凡看到了他，眼神中丝毫没有一点儿惊异。

这里没有任何遮拦，狂风随时可以将他们吹倒。

“你看前面，繁华吗？”许久，常凡的声音幽幽地传来，瞬息便被淹没在风中。

袁得鱼望着他看的方向——那是金家嘴的方向。他第一次在这个角度看金家嘴，金家嘴周围是各式各样的金融大厦，似一片水泥森林。

他不由得想起小时候经常听到一句话——“旧佑海是冒险家的乐园”。他不知道这个乐园里股市有没有占到一席之地。“醉卧沙场君莫笑，古来征战几人回？”他苦笑，自1990年证券交易所开市以来，脚下的这片战场，究竟又有几人能安然无恙？

此时的天空灰茫茫的，佑海的夜幕马上降临，佑海东江两岸的繁华景色跳跃出来。从高处看下去，东江仿若静止，远处的船就像模型，丝毫看不出移动的痕迹，这一切就像一幅意境深远的画……

袁得鱼点点头：“繁华。”

常凡沉默了一会儿，不知在想什么。

突然，常凡问道：“袁得鱼，你是天生就喜欢投资的吗？”

“嗯……与其说喜欢投资，不如说我喜欢用聪明的方式从别人手中赢钱。”

常凡顿了一下，说：“尽管很多人说，凡事都有两面。但是在我看来，股市只有一面，不是多头的一面或空头的一面，而是只有赚钱的一面。”

“什么面不面的，其实就是个心态！嗯，既然你也觉得股市没有对错，那就没什么好自责了，东山再起吧！”袁得鱼谨慎地切入正题。

“东山再起？”常凡苦笑了一下，“当我最早拿4 000元杀入股市时，我想，大不了输掉从头再来。但当我真的赚到过一个亿的时候，就再也无法容忍自己变得一贫如洗。贫穷，那太可怕了！”常凡有些激动起来，“记得当年在日本，我与自己喜欢的女孩手拉手穿过大街小巷。一次，我们在街边买了一个二手照相机，那天晚上我们那个高兴啊。但这样的日子再也不会有了！”

袁得鱼静静地听。

常凡又苦笑了一下：“人人都说佑海遍地是金子，我就傻乎乎地来佑海淘金了。我花了整整三年时间，只完成了一件事情——我把自己变成了一个彻头彻尾的证券囚犯。我从只有4 000元，到有一个亿！佑海的确给了我体面的生活，但也毁灭了我！”

“常凡，你是赚过一个亿的人，再赚一个亿，难道会难吗？”袁得鱼劝慰道。

“我已经输光了，我还负债累累！我一跳下去，就有无数人等着砍我！”常凡的身体颤抖起来，举起了缠着纱布的手，“你看现在的我，就好像一个废人！”

常凡顿时呜咽起来，说起了袁得鱼未听说过的过去：“当时也怪我不好，把日本女孩带回了我的老家。但那个日本女孩，很快就跟着一个佑海过来出差的大黑庄走了。人家就认识她一个月，他们就搞上床了。我去佑海找她，她说，宁可做有钱人的二奶，也不愿做穷人的正房——这就是佑海啊！”

“大黑庄？”

常凡苦笑起来：“你知道那个大黑庄是谁吗？”

“难道是……”袁得鱼怔住了，他默默吐出那两个字，“唐焕？”

“我不会怪她！我只会恨那个禽兽一样的男人，多少女人在他那里就像玩偶。我后来也找过那个女孩，她早已失去了原先的娇柔，整个人好像干涸了一样，没过多久，就病死了。从那以后我就告诉自己，要拼命赚钱，要在佑海夺回我想要的东西。我第一次来佑海的时候正好是晚上，我坐的是很晚的一班火车。我下了火车，一路看着夜佑海，真希望把每一处风景都牢牢印到脑海中。真的好美，我没有办法不喜欢这里。第二天，我就跟一个期货公司老板说，给我挂个名，我不收一分钱。于是我就做了经纪人，拼命钻研。后来真的帮佑海的一个大老板赚了100%。他那个高兴啊，带着我去佑海夜总会，带我去郊区玩赛马，带我去有很多美女的私人俱乐部。那个俱乐部的游泳池在天台上，抬眼就是美女。我这才大开眼界，原来人有了钱是可以这么生活的，我知道了什么是享受生活。”

袁得鱼叹了一口气。

“不管佑海有多么繁华、多么纸醉金迷，都与我无关了。你有没有发现，人生就像跌宕起伏的K线图，图上的起起伏伏就是一个人一生的欲望与悲欢离合！”常凡重新站到证券大厦的边缘，看着底下密密麻麻的人们，不由得闭起眼睛。

袁得鱼突然大声笑起来：“你说你苦，你有没有亲眼看到过自己亲人被铁轨碾碎？你知道我第一次穿针是什么时候吗？我是向一个殡仪馆师傅学的。我爸爸出殡的前几天，我与那个师傅一起，将我亲生父亲一针一针缝起来！”

“得鱼，原来你是‘证券教父’的儿子！”常凡的眼睛亮了起来，“难怪一直以来，我都有种强烈的感觉，觉得你将成为‘证券教父’，你是未来大时代的绝对主角！任何人妒忌也没有用，这就是你的命运，或许这在你童年的某一时刻就决定了。尽管很长时间以来，你一直在躲避，但无论如何，一个人永远躲不过命运！”

“我宁可不要这样！”

“我最近喜欢上了一个女孩，请你为我好好照顾她！袁得鱼，祝你好运！”常凡微笑地看着他，张开双臂，转过身，像一只巨大的蝙蝠一样，从楼顶坠落。

袁得鱼伸出手来想拽，却什么也没拽住。

一张张红色的钞票在天空中飞舞着，就像一只只陪葬的红蝴蝶……

邵小曼不知什么时候跑了上来，她递给袁得鱼一张纸条，说：“这是我在床头看到的。”

袁得鱼瞥了一眼，发现竟是唐焕没多久前刚派人暗暗塞进来的逼债信：“今晚来收账！”

袁得鱼一下勃然大怒："我真想杀了他们！常凡，我最好的兄弟，他在几个小时前已经平静了。他们为什么要这样？为什么要赶尽杀绝？"

袁得鱼发着抖，整个人被巨大的悲恸吞噬，两行眼泪从脸颊上流下来。

邵小曼从来没有看过嘻嘻哈哈的袁得鱼伤心成这样，他仿佛泪流不止，她第一次感到不知所措。

这时候，人们听到幽婉的歌声在上空飘荡，美好与安详交融，袁得鱼仿佛在灰蒙蒙的空中看到了一道绚烂的霞光。

悠扬美妙的歌声让嘈杂的人群也安静了下来。

袁得鱼也不由得抬起头来。他很难想象，邵小曼的歌声竟然如此优美。美丽的邵小曼投入地唱着，歌声如天籁一般，任何一个画家都无法描摹出这种完美到令人心动的画面。

邵小曼低下头，深情地望着袁得鱼。

邵小曼说："我刚才一着急，就不小心唱了起来。原来我在美国做弥撒的时候，只要一听到圣歌，就会心如止水，仿佛所有的忧伤都烟消云散。"

袁得鱼望着邵小曼姣好的面容，想起"渺渺兮予怀，望美人兮天一方"的佳句。

四

袁得鱼醒来时，像是做了一场很久的梦。在梦里，他一直在哭泣，沉浸在无限的哀伤之中。

他打量着四周，发现很陌生，自己从来没有来过这个地方。刚想爬起来，邵小曼突然出现在他眼前。

"你总算醒过来啦。"邵小曼温柔地看着他，"那天从佑海证券交易所下来后，你好像疯了一样，一直大哭大叫，后来大概太累了，就昏了过去，我就把你带到了这里。你已经昏睡两天两夜了。"

之前发生的一切浮现在袁得鱼眼前，他猛地抱住了自己的头，大喊起来。

“袁得鱼，振作点儿！你看你，现在人不像人，鬼不像鬼，瞳孔放大，目光呆滞。”邵小曼狠狠地敲了敲他脑袋。

袁得鱼抬起头，长长地嘘了一口气：“这里是什么地方？”

“这里是一个无名的江南小镇，我的另一个安身之处。”邵小曼提议道，“我先带你去转转吧。”

袁得鱼无精打采的，被邵小曼一下子拉了起来。他们刚才所在的地方是一个雅致的会所。

他们徜徉在三面环山的山脚下，眼前是新绿、墨绿的山色，秀美无边。

出了会所，沿流而上，他们很快就来到一个有白色围栏的城堡。

城堡也是纯白色的，有个硕大的像迪士尼里的屋顶。邵小曼娴熟地按动了手上的遥控器，大门缓缓打开。

“这是真正属于我个人的山间别墅。我自己买的地，自己设计图纸，还专门请了一些土木工程的专家，帮我论证。”

袁得鱼跟着邵小曼进入城堡，一进门，是一个小型的花园。他跟着她沿着城堡旁的木地板一路向前，前面有一个闪着蓝澄澄波光的游泳池。

“这里没有人，我跟管理员说过，今晚会带朋友过来。他们打理好之后，就离开了。”邵小曼用迷人的双眼看着袁得鱼，“你闻到远处的青草香了吗？路的那头是一个草场，有几匹汉诺威马。”

袁得鱼接过邵小曼递来的红酒，一边喝一边与她聊天，时而望望不远处的池水。

黄昏之后的雾霭笼罩下来，这个白色城堡四周的灯光亮了起来，像梦幻王国般。

“一起游泳吗？”邵小曼声音依旧甜美。

她娴熟地将自己的衣服褪去，纵身一跃，跳入泳池，白皙的她像一条灵活的白豚，在蓝色的波澜中微微泛光，一阵电流在袁得鱼身上闪过，脸上热起来。

“你爱我吗?”邵小曼爬到岸边，咬着袁得鱼的耳朵问道。

“嗯。”袁得鱼应着。

袁得鱼没想到会被邵小曼拽到水里，他一下子湿透了，衣服紧紧地贴在身上。邵小曼帮他一起把衣服脱下来，在脱完最后一件的时候，邵小曼一下子从背后抱住了他。这是袁得鱼第一次清晰地碰触到光滑而温暖的身体，身体起了变化。

邵小曼笑了一下，朝池中心游去。袁得鱼不由自主地追着邵小曼，一下子抱住她。两个人在柔和的水波下轻轻拍打。

他控制不住地亲吻邵小曼，她喘息着回应。袁得鱼慌忙地寻找着水草里的迷宫，他将邵小曼顶在游泳池壁上，疯狂地亲吻她的脖子，他感觉自己身体里有一股力量正在迸发，他只想占有她，不知疲倦，无法消停……

邵小曼一下子觉得自己被撕裂了，痛得闭起眼睛，将脖子仰了起来，头发上的水也顺着滴下来，她将袁得鱼抱得更紧了。

袁得鱼兴奋地搂着邵小曼，像是搂着一只柔软的小猫，任水波一沉一浮。他将邵小曼抱起来，感觉自己有用不完的劲。他将她托举到了岸上，慢慢放下来。

邵小曼抱着他的脖子，他俯下身，他们在岸上疯狂起来……

五

唐煜在前往机场的路上，打了个电话给邵小曼，他也不知道什么时候才能再见到她，他希望在离开佑海之前，可以见她最后一面，毕竟邵小曼是唯一让自己心动过的女孩。可是，对方手机一直无人接听。

他不断地拨打着，对方手机一直是关机状态。

在机场候机的时候，唐煜依然不甘心，想了想，发了一条短信：“总以为自己不会像你说的赤名莉香那样，不断与一个个新朋友说再见。能来机场吗？晚上8点10分，我在江东机场A2最外阶梯等你。”

他耐心等待着，想起小时候与袁得鱼他们一起看的《恐龙特级克塞号》，克塞战士拿剑向空中一指，时间就会停止。他笑笑，原来自己就是克塞，此时此刻时间于他仿佛静止了一般，每分每秒都那么难挨，全是煎熬。

他不断看着手机，焦虑万分。等他回过神儿来时，发现距离登机时间只有不到半个小时了。

正在这时，唐煜听到广播里自己的名字：“唐煜先生，二楼问讯处，有人找。”

唐煜激动地马上飞奔过去，然而到达问讯处的时候，看到的竟然是大哥唐焕。他说不清楚是意外还是失落，心情极为复杂。

唐焕一见到他就拍了拍他的肩膀：“走怎么也不跟大哥说一声？”

“嗯，比较突然。”唐煜低下头，其实他完全不想与唐焕说话。此刻，他心里想着一个人，他不甘心地朝问讯处看了两眼，希望奇迹出现。

“我听你二哥说了之后，就猜到你这个急性子肯定奔机场来了，派人一查果然就查到了。怎么啦？跟爸爸闹不愉快啦？没事的，过几天就好了，大家都在气头上。”

“不是吵一架这么简单，我不赞同他的投资理念。”看邵小曼还没来，唐煜绝望了，与大哥坦诚说道。

“那什么投资理念是对的呢？你看当年袁观潮那么风光，不也是爸爸的手下败将？爸爸这么做，肯定有他的道理。”

“你竟然还说袁观潮，你们替袁得鱼想过吗？他现在一个人在佑海闯荡，好不容易有了机会，现在又不名一文了。”唐煜突然想起什么，“还有他的兄弟常凡，你都做了些什么！你太吓人了！你知不知道他现在变成了什么样子？他原本可是有名的‘江湖第一少帅’。这个世界究竟怎么了？你还跑来与我聊对错，哈哈哈，这真可笑！”

“唐煜，我知道了，你执意要走，还对我们这么不满，都是因为袁得鱼这小子吧？哼！”唐焕气得咬牙切齿，“这样也好，既然你现在跟爸爸还有那么多事情谈不拢，不如先去香港多学点儿本事。”

“哥，我打一个电话。”唐煜还是有点儿不死心。

看到唐煜挂断电话时落寞的样子，唐焕似乎猜到了什么：“打电话给邵小曼？”

“嗯。”唐煜点点头。

“她在哪里？要不我派人去找她？”唐焕问道。

“可能与袁得鱼在一起吧。”唐煜猜测道，摇摇头，“算了，哥，飞机马上就要起飞了。”

“唐煜，你知道如果我是你，我会怎么做吗？”唐焕恶狠狠地说，“我会把这个女人夺过来！这才是男人！”

唐煜何尝不这么想，但是他心仪的女人似乎心有所属，他做不出来，他是绅士，他有道义。

“哥，我好像总是运气很差。上大学时，我也追求过一个女生，刚开始时打得火热，后来我听说那女生有男朋友，我们就分手了。之后才知道，我提出分手的那天，那女生在自习室等了我一个晚上，原来她根本不喜欢她男朋友，我那个心寒啊！从那以后，我就觉得自己不是一个幸运的人，没想到这次比以往任何一次都倒霉。”

“袁得鱼那厮肯定把她搞到手了。弟弟，你真的太不了解女人了，你要知道通往女人心里的方法……”唐焕振振有词地说他这套理论。

“哥，你真心喜欢过一个女人吗？”唐煜连忙打断。唐焕怎么会没有真心爱过，他以前喜欢一个人超过了自己本能的欲望。他记得住她每一个细微的神情，她的一颦一笑都牵动着他的心，就像电影《第六感生死边缘》（*Meet Joe Black*）里的一句台词“lightning could strike”（在爱的电光火石中绽开）。

唐焕想了想，脑海中闪过一个身影。“没有！”他斩钉截铁地说。

正在这时，广播里传出“唐煜”的名字。登机时刻到了，唐煜向唐焕挥了挥手：“再见，哥！”唐煜最后给唐焕留下一个落寞的眼神。

唐焕看到唐煜那个眼神，不禁替弟弟不平起来。他没想到袁得鱼这小子竟然会抢了弟弟的女人。他很懊悔，自己直到唐煜走才知道，弟弟的低落与袁得鱼有那么多千丝万缕的关系。

唐煜登上飞机，给邵小曼打了最后一个电话，依然无人接听。他关上手机，望了一眼黑乎乎的窗外，失落地闭上了眼睛，心如死灰——“I would never be the lucky guy.”（我从来不是幸运儿。）

飞机在跑道上滑行，唐煜叹了一口气，下意识地摸了一下之前他们在游乐场玩的时候，抓奖抓来的红绳。他至今还记得邵小曼给他绑红绳时，自己怦然心动的感觉。

在飞机离开地面的一瞬间，唐煜仿佛也逃出了这个伤心之地。

六

秦笑看着一只股票的股价，心里很不是滋味。

贾琳走来，看着秦笑的样子，一下子猜出了他的心事：“我倒是有个主意，你是否愿意一听?”

待贾琳说完，秦笑有些吃惊，他完全没想到贾琳与这个人能有联系。

他心想，不如死马当活马医。

晚上，一辆黑色的中华车缓缓地停在魏天行所住的车库前面，司机做了一个请上车的动作。

魏天行看了司机一眼，钻进了车。空旷的路口，立刻尘土飞扬。

魏天行之所以白天答应贾琳，可能在他心中，秦笑与另一些大佬不同，他算是个仗义之人，何况这个仗义之人还掌管着佑海滩网络最发达、水最深的地下钱庄。

车子很快就到了秦笑的住所，位于新华路与法华镇路交叉的路口。魏天行往外看了看，发现自己到了一套四层的简约别墅前面，他觉得自己似乎在哪里看过。

“到了，这里曾经是一位大军官后代的旧居，当然，不是传说中的湖南别墅。”司机见他很好奇，给他解释了一下。

在他那些朋友的别墅中，魏天行还是最喜欢袁观潮原来居住的中式别墅，那才是一种真正的云淡风轻，雅致而不失味。尽管时隔多年，但魏天行还能不经意地想起与袁观潮闲坐在庭院树下，品味着淡淡清茗的那种优游时光。

把魏天行送到宅子门口，车子就开走了。

魏天行来到别墅前，犹豫了一下，还是敲了敲门。门开了，开门的是那个风姿绰约的女人。

魏天行最早是通过“小猫”知道贾琳的。贾琳与“小猫”很熟，她知道“小猫”在“老板娘”这个圈子里能呼风唤雨，秦笑的行踪瞒不住。与“小猫”熟悉后，一来二去，贾琳对她口中常说的传奇人物魏天行也略知一二。

魏天行认得她，她是秦笑的妻子贾琳，他在报纸上看到过这对夫妻的合影。此时此刻，贾琳穿着简单的黑纱睡裙，雪白的肌肤若隐若现。她的眼睛有些浮肿，像是刚刚哭过。

“你好，秦笑在吗?”魏天行轻声问道。他觉得奇怪，本来约好的这个时间，难道夫妻两个刚好吵架了？若这样惊扰到对方，多少有些冒昧。

“他一个月能回家一次就算不错了。他还没回来，不过他知道有贵客要来，不会让你等太久。”贾琳上下打量了一下魏天行，“你就是魏天行吧，听说你炒股很厉害，没想到你人也长得这么帅。”

“过奖了。”魏天行客气地说。他发现与温柔美丽的女人说话的时候，自己的语气也会不由得绅士起来。他猛然想起风传的秦笑在香港的风流韵事，心想秦笑真是身在福中不知福。

“你先进来吧。他既然约了你，就会准时回来。”贾琳做了一个请进的动作。

魏天行经过贾琳身边的时候，看清楚了这张极其标致的脸——皮肤白皙，鼻子挺拔，眼睛狭长妖媚，整个人散发着成熟女人的韵味。他不明白，这样的女人为什么甘心在家独守空房。他意识到自己看得有些失态，马上调整了一下情绪，侧身过去，轻咳了两声："你要不要打个电话给秦总？如果他临时有事，我还是告辞吧。"

"他说回来就一定会回来的。"贾琳的一只手大胆地抚摸着魏天行的前胸，声音轻轻地飘来，"不要走，魏先生。没关系的，你来嘛，就当是陪我一会儿。"

魏天行突然间产生一种错觉，他犹豫着，没想到贾琳很自然地抚摸着他的手，说："今天还算热，你的手怎么那么凉？"

魏天行看着贾琳的眼睛，那是纯洁少女般无邪的目光，笑容如春花般鲜美清新。魏天行有些恍惚，或许这只是自己的一种念想。他下意识地将手抽了回来，不过他依稀觉得，刚才抚摸自己的纤纤玉指，轻轻地抚出了自己曾经的风流时光。他很迷恋那双白皙的手，那温暖仿佛还荡漾在胸前。

魏天行自制着，告诉自己不能再将这个潜意识进行下去。他不知不觉走到门口，来到了一间偌大的餐厅。巨大的水晶吊灯闪闪发亮，长桌上铺着一层缀着金丝的亚麻桌布，上面摆满了丰盛的食物。

"你看，晚饭都替你准备好了。"贾琳冲他嫣然一笑。这个笑容令魏天行又产生了一种醉意，他舔了舔自己有些发干的嘴唇。

贾琳离开了一会儿，再次过来的时候，容光焕发，已化身为一名华贵的女子。这次，她穿着黑色皮草，如同旧佑海年画上的瞳似秋水、柳眉如黛的女子。

正看得出神，魏天行听见身后传来拍手声，转身一看，是秦笑。

秦笑容貌与之前相比没有太大变化，看起来更加老克勒。他戴着一副玳瑁框眼镜，下身穿着一条九分裤，露出里面的白色裤边，上身穿着阿玛尼的立领衬衣，外套是考究的立体剪裁黑西装。

秦笑看到魏天行，十分高兴："天行，你终于来了，赶快坐下来吃饭。"

魏天行知道，这几年，尽管秦笑在监狱里待了一段时间，但势力有增无减。他黑白道通吃，正对好几家上市公司虎视眈眈。

秦笑出狱后没多久，就成了“佑海首富”。而这“佑海首富”的称号与秦笑在香港的风流韵事有关。魏天行听说，秦笑刚刚出狱，就去香港进一步发展。他一去香港，二话不说，在半岛买下了一套一位国际巨星看中的豪宅。

他与女明星频繁交往的喜好，在香港更甚。到港后不久，他便认识了一名当红的港姐，香港媒体随即将他曝光，称他为“佑海首富”。

魏天行想到这些，又看了一眼贾琳，深深佩服眼前这个女人。事实上，在他们这些行家眼里，秦笑与港姐的那一出也算是一种自我炒作。真正的资本大鳄才不会那么高调，但高调之后，往往真的能成为资本大鳄——所有的财富资源都会自然而然向自己倾斜。秦笑走的也算是这一路线，至少在出狱之后，就一直在靠自我炒作积攒人气。

秦笑变成“佑海首富”之后，正好佑海市中心区域有一些旧区需要改造，他拿下了开发权，银行给了他最低的利息，近似“空手套白狼”。当然，要炒作成“佑海首富”也并非人人皆可，至少秦笑送出的名车、豪宅，都是货真价实的。只是后来这些是不是也会成为新地产开发的贷款抵押名目，就不得而知了。

秦笑坐在主座上，左边是贾琳，右边坐着魏天行。

秦笑不愧是酒桌上热场的角儿，尽管只有三个人，他还是谈笑风生。

他举起酒杯看了魏天行一眼：“我最近听说你又重返江湖了，说唐子风前阵子做的申强高速，就是你在暗中搅和。我还听说，袁观潮的儿子袁得鱼也出道了，真想看看那小子有什么能耐。来来，先祝贺天行兄重返江湖！”

魏天行心里想，什么江湖？自己这也能算是闯荡江湖吗？当年他跟随袁观潮一同打天下才是真的闯江湖，“此情可待成追忆，只是当时已惘然”。他又想起杨帷幄遭遇的不幸，不由得深深感慨，“滚滚长江东逝水，浪花淘尽英雄”。

魏天行看到秦笑气色很好，也高举杯子，一饮而尽。

贾琳热情地为他夹着菜：“天行，我经常听‘小猫’提到你。看到你之后，觉得你果然气质非凡，你这个令人闻风丧胆的股票高手，能不能教我怎么炒股啊？”

魏天行好奇地打量了贾琳一番，一般美女对这种资本游戏兴趣不大，不过，他想到秦笑入狱期间，一切都由贾琳打理，猜想这个女子一定有非凡之处。他谦虚地说：“其实我这几年才算是真正地学会了炒股。我只是做了一件事情，将自己所有的思路都打通了。”

“这几年才学会炒股？兄弟谦虚了，你一直都是股坛高手。”秦笑一脸的不相信。

在贾琳面前，魏天行很本能地想表现下自己。他刚想开口，又把话硬吞了回去。一些事情，他必须得选择合适的对象，因为不懂的人，一定会认为他是一个信口雌黄的疯子。他小声念叨了一句：“无他，我只是领悟到了股市必胜法。”

“这个股市，十人九输，你是说你可以永远做赢的那一人？”秦笑自己也是股坛高手，觉得这个听起来有些不可思议，“你是从哪个角度来说的？是每次操作必定赢利，还是每年都可以达到多少收益率？我猜是后者吧？”

魏天行看了秦笑一眼，笑而不答。

“老公，你不相信天底下有这么厉害的招数吗？”

“我对什么招数不感兴趣，我只需要借鸡生蛋，借力打力。天底下厉害的东西多了，我自己不可能样样精通，只要能让合适的人发挥自己的长处就行了。”秦笑豁达地说。

“确实，不过很多人并不明白这个道理。”魏天行点了点头。

“我猜到你肯定会来的。”秦笑突然很自信地说，眯着眼看了一会儿魏天行，仿佛能洞悉他的想法一样。

魏天行吃惊地问道：“为什么？”

“你是高手，我也是高手，高手与高手之间是有磁场的。”秦笑大笑起来。

魏天行想起袁观潮曾经对他说过的一个故事，一个神仙留下一根磨得很细的针，这根针能制造无缝天衣，却迟迟找不到能够穿过针眼的细线。他觉得此时此刻，自己就是那根针，而秦笑就是那根细线，他们是天下无双的顶级配置。

“不知秦总让我过来，主要是为了什么？”

秦笑倒也干脆，他直接打开电脑，电脑屏幕上显示出一只奇怪的股票。

“这只股票我知道，前段时间重组过，也是基金重仓股吧？秦总怎么对这只股票那么感兴趣？”

“是我暗中潜伏的股票，正好有个机会，买得还挺多，你看有机会救吗？”秦笑说了一些他持股的细节。

魏天行盯着股票看了起来，渐渐着迷了。他直直地盯着股票的诡异走势看，当他想到这只股票与唐家有千丝万缕的关系时，嘴角不由得挂起一丝微笑，他似乎看到了什么——眼前好端端的K线一下子裂开，形成一个黑洞，这个黑洞正是撕开整个唐家帝国的理想切入口。他晃了晃脑袋，知道自己的精神又出现了问题，那是幻觉，尽管是他最想要的幻觉。各种盘面、交易、博弈在他脑海中盘旋、翻滚。在理顺的那一瞬，魏天行感觉有股热流穿过大脑，让他忍不住欢呼出来。

魏天行一下子振奋起来了，他原先一直有个疯狂的念头，如今这个机会似乎近在眼前。

魏天行激动不已，他自信这将是证券业有史以来最出人意料的一次创造，堪比一次完美、火爆而痴缠的世纪纵欲。

魏天行不由得拊掌起来：“天哪，真是踏破铁鞋无觅处。我一直在找这样一个标的，找了很久，如今竟然这样出现在我的面前，真是缘分啊缘分！”

秦笑与贾琳面面相觑，他们都觉得魏天行有些过于痴狂了，但他的眼神又是如此真诚，完全沉浸在他的世界里。可是，秦笑知道，这毕竟只是一个养鸡业的股票，要不是当时不小心被朋友拉入局，被动地成为这只股票的隐藏大股东，自己可能根本不会多看一眼。

魏天行声音激动得快要颤抖：“我现在有一个想法，可以让你在这只股票上的资金量变成至少是现在的三倍，不知道你有没有兴趣?”

秦笑将眼睛眯了起来：“你能不能大致说说思路?”

魏天行慢慢地说：“你也知道，我对小打小闹没有任何兴趣，我要做的，是石破天惊的大事。我原本就一直在构思一个计划，苦于没有好的标的，现在行了!”

“你的计划是?”

“不只是投股价那么简单是，我想跟你一起打造一只中国最贵的股票!”

秦笑听了之后有些诧异，他没想到魏天行大病一场后依旧雄心勃勃。当然，这个主意很合他的胃口，他这几年走的正是财富几何级数增长的迅猛扩张之路。

秦笑不由得直接说：“确定可以吗?这只是一只养鸡业的股票。”

“关键不是它本来是什么，而是你想让它成为什么。你想要它多贵?”

秦笑发挥着自己的想象力：“最贵?是80元吗?”在中国资本市场上，曾经出现过的最贵股票是66.18元的秦虹彩电，这已经很不可思议了，而且还是在没有涨停板的时候。

“只要你敢想，百元大股又算得了什么?”魏天行冷冷地笑了一下。

“百元?”秦笑吃惊不已，盯着魏天行看了很久，说，“既然你有这样的想法，为什么找我，而不找其他与我实力相当的资本大鳄?”

魏天行自己心里非常清楚原因，除了自己与秦笑本身的交情外，他曾仔细分析过市场上几个大鳄的性格，他们不是一意孤行，就是双面人格，唯有出身草莽的秦笑，才有可能对自己言听计从——实则是一种建立在信任基础上的放任。秦笑本身也是不可多得的豪杰，在投资方面称得上有文韬武略，胆识过人，不然也不会有日前的成就。

魏天行自然不能直接道明原因，说道：“首富先生，你已经在募集资金方面有呼风唤雨的能力，这天下除了你，谁人可拥有第一股这样的股票呢？”

魏天行说了一些计划的细节，这些细节足以打消秦笑的种种疑虑，换句话说，秦笑的种种疑虑，魏天行事先都已经考虑到了。这构思的缜密，就像一台粉饰机器一样，可以弥补秦笑在扩张过程中遗留的一个个漏洞，让资产结构全部焕然一新。

秦笑不得不承认，这是一个激动人心的计划，如果按这个计划执行，他有可能成为“内地的李嘉诚”。他非常清楚自己公司的软肋在哪里。他看着魏天行，就好像当年孙策赏识吕蒙，也像刘备领悟了诸葛亮的《隆中对》那般心潮澎湃。

秦笑与贾琳相视一笑，随即对魏天行说：“你的功力真是十分了得。”秦笑随即沉默片刻，想了想说，“天行，我这两周正好要去趟日本搞点儿货，有什么需要你可以随时找贾琳，不要小看我的女人。你的想法很好，我们赶紧运作起来。”

贾琳将魏天行送到门口。

他见到贾琳欲言又止，就说：“你有什么话要对我说吗？”

贾琳笑脸盈盈：“你知道吗？天行，在我老公合作的朋友中，我最欣赏你。”她说这句话的样子显得如此天真无邪，一下子又把魏天行拉回到刚进门时她给他的错觉中。

贾琳见魏天行愣在那里，用魅惑的眼神轻轻扫了他一下，表情里有一种撩人心弦的东西，她莞尔一笑道：“不说了，再见。”

魏天行礼貌地与她告辞，看着她像精灵一样轻盈地飘进了门里。

魏天行回到车库，打开昏黄的吊灯，孤零零一个人的房间总像是少了什么。这个晚上，魏天行都没睡好觉，他想了一会儿项目的细节，如果这次操作成功，自己就有足够的实力扳倒唐子风，这是一次不可多得的机会。他很快又想起贾琳最后的那个表情，这时候魏天行才意识到，这撩人心弦的感觉实际上带着一种肉欲意味，能把人心的保护膜一层层温柔地剥去，只剩下孤独。而自己，仿佛骤然间变成一个柔软的婴儿，渴求着母性的温暖。唯有这份来自女人身体的温暖，抑或温热，才能完全包裹住自己，让自己安宁。

天快亮的时候，魏天行迷迷糊糊地做了一个梦。梦中的他来到了一个美丽的沙滩，看到了一个全身赤裸的女人。他走上前，模糊中，女子的脸越来越清晰，居然是贾琳的眉眼，她对自己微笑着，风情万种……魏天行从梦中醒了过来，不知为什么他觉得有些不安。

七

袁得鱼醒来的时候，发现自己一个人躺在一个偌大的卧室。他想起什么似的看了看身旁，什么也没有，他突然觉得前一晚发生的一切就像一场梦。

他爬起来，落地窗外是一个巨大的露台，他披了一件睡袍走了出去，看到了似曾相识的建筑，昨晚发生的一切历历在目。

他走下楼梯，发现挑高的大堂里，邵小曼正在看电视。邵小曼看到他出来，冲他微笑了一下，袁得鱼觉得这个女人与自己之间，好像哪里不一样了。

他坐在餐桌旁，吃着美食，下意识地想去摸邵小曼的手，他霸道地想，她是他的女人。

“我……对一个问题很好奇……昨天，是你的第一次吗？”袁得鱼摸了摸脑袋，他不知道自己为什么想知道，他意识到自己也不过是一个传统的男人。

“嗯。”邵小曼脸红地点点头，“的确，追求我的男人不计其数。我在昨天之前一直在幻想，究竟这个人会是谁呢？我现在很满足很高兴，因为谜底揭开了，这个人是你！”

“你不是生活在美国吗，那个开放的国家？”

“只能说是你的运气了。”邵小曼感慨道，“感情这东西真是奇妙。我以前对我的真命天子有很多很多要求，比如身高必须 180 厘米以上，眼睛必须是好看的内双，鼻子要像杉树 样挺拔……然而当他出现的时候，这些条件只变成了一个字——你！”

袁得鱼故作镇定地喝了一口牛奶，偷偷地笑了起来。

这段时间，袁得鱼之后回忆起来，发现可能是自己最闲适的一段时光了。

袁得鱼想起《道德经》里的那句“人法地，地法天，天法道，道法自然”。此时此刻的自己，仿佛是最亲近自然的。

这样的日子大约过了两个月，有一天，他们在小路上闲逛。看到有人在摆摊卖小老鼠。这些放在笼子里的老鼠一开始死命逃窜，小摊贩娴熟地给老鼠喂食，老鼠一喂饱，就跑不动了。

麻木的袁得鱼忽然在这一刻醒了过来，就像一个快报修的机器人重新充满电一样。他琢磨着刚才看到的场景，像是冥冥之中给自己的一种启示。

邵小曼看袁得鱼有些心事，便问他：“在想什么呢？”

“我问你，搞死老鼠最好的办法是什么？”

“买个老鼠夹！”

“哈哈！”袁得鱼笑起来，“要搞死老鼠的最好方式不是饿死它，而是撑死它，谁让他是贪婪的老鼠呢？”

袁得鱼灵光一闪：“我要回佑海！”

邵小曼担心起来：“你不要回去了，好吗？你自己不是一直向往舒适悠闲的生活吗？”

袁得鱼点点头：“的确很舒服。但很奇怪，我刚才有一种电流穿身的感觉。我好像睡了很久，做了很久的梦一样，刚才那刻，我忽然苏醒过来，对，就跟回了魂一样。这种感觉就好像你在没遇到合适的人之前一直麻痹着，以为自己过的是最幸福的生活，后来遇到真命天子，才发现之前的生活完全不是你想象的那么回事一样。”

“袁得鱼，你什么意思？我与你在一起，难道只是梦吗？”

“哦，邵小曼，如果是梦的话，你完美得就像是我的白日梦。小曼，你有没有想过，为什么你们家那么有钱？在这个不为人知的地方，你已经拥有了一套三亩地大小的半山别墅。不用想象，在佑海，不少豪华的地方构成了你们家的帝国。”

“这里是个镇，佑海也不过是个城。每个城都有丰富的资源，而先占到资源和占有更多资源的人，无疑才能成为这个城的主人。”邵小曼叹了一口气说，“资本的功能就是将资源挪到更适合它的人手上。这个过程，免不了厮杀，但恩恩怨怨何时平息？”

“小时候，我最喜欢的事是站在佑海滩最高的大楼上，俯瞰佑海。每次我看得很投入的时候，爸爸笑话我说，我的眼神像是想要征服这个城。我爸爸倒是只喜欢徘徊在火车轨道旁，有时他还会俯身听轨道的声音，告诉我火车就要来了；有时他会吓唬我说，每列火车都装满罪恶的货物。”

“你有没有想过，一开始，任何一座城对任何人都是一样的，但为什么有些人会一无所有，有些人则功成名就？”邵小曼一字一句地说。

袁得鱼将双臂枕在头上，说：“你相信吗？我现在分文没有，但我有种强烈的预感，我有一天会很有钱。你们之所以富有，是因为你们不仅是庄家，还是规则的制定者。但是，规则也有失效的时候，我的机会可能就在那一天。”

“你这么说真让我难过。你就为了我，不要再回去了，好吗？”邵小曼有点儿伤感起来。

“谢谢你陪我度过这段艰难的时光，我对你的感激是言语无法表达的。”袁得鱼的眼神变得很温柔，但有一种理性在支撑着他，“谢谢你让我找回这份感觉，股市是我的战场！我预感到，这仅仅是个开始！”

邵小曼眼圈微微红了起来，但她又不想让袁得鱼看到，只好低下头，一言不发。

第十一章　跨年鸿门宴

黑夜无论怎样悠长，白昼总会到来。

——莎士比亚(Shakespeare)

《麦克白》(*Macbeth*)

一

袁得鱼赶回佑海，看到魏天行一个人在车库中打坐。

魏天行的声音飘了过来："得鱼！"

袁得鱼看到他还在那里端坐，不由得问道："师傅，你是在叫我吗？"

魏天行微微点了点头，平静地说："我知道你迟早会回来的。"

袁得鱼一想起常凡就万分难过："师傅，我现在真的想明白了，请带着我一起作战吧！"袁得鱼彻底振奋起来。

他话音刚落，阴云密布中的闪电仿佛劈头盖脸而来。他闭起眼睛，像师父一样做打坐状。

魏天行轻轻地说："你现在学的，是炒股的最高精髓。第一课是'轮回的历史'。"

魏天行声如洪钟，开始讲述历史上几次可怕的股灾。

时光翻转，袁得鱼仿佛置身于另一个历史空间。他来到了一个陌生的街道，迷迷糊糊地转身抬头看街上的挂历。

这一天是1987年10月19日，星期一。

他已经置身于纽约交易所中，电脑屏幕围成14个交易台。每个交易台固定进行若干种类股票的交易。那一天，市场突然出现诡异的下跌，巨量的卖单压过头顶。道琼斯指数瞬间跌去100多点，底下的人群一片骚动。10点45分，指数已经跌到了近2 000点。收盘前最后半小时，放大效应最凸显的股指期货最先垮台。不到半小时，现货指数又火速暴跌130点。到4点收盘，道琼斯指数创造了一天下跌508点的新纪录，下跌幅度高达22%。

袁得鱼经历了一场又一场股灾后，整个人仿佛出了一身大汗。

“第二课是‘博采众长’。成功的捷径是站在巨人的肩膀上。”魏天行的声音响彻整个车库。

袁得鱼看见车库的一角堆着一大摞书，想起了父亲办公室的书柜。

这些书都是全球投资大师的代表作，融会了顶尖高手最精彩的投资思想：欧奈尔的平顶突破理论，安东尼·波顿（Anthony Bolton）的逆向投资，安德烈·科斯托拉斯（André Kostolany）的心理投资学，杰西·利弗莫尔（Jesse Livermore）的趋势投资理论，江恩的量价交易体系，彼得·林奇的分散投资与深度调研理念，乔治·索罗斯（George Soros）的开放社会理论，巴菲特在费雪（Fisher）与格雷厄姆（Graham）基础上推出的价值投资理论……

他仔细读着，沉浸在全世界顶尖投资高手浩瀚的投资理念的海洋中，与全世界顶尖高手交流着。

“疾如风，徐如林，你将投资高手的优势融会贯通，成为高手中的高手！”师傅声如洪钟。

袁得鱼读罢掩卷，迟迟缓不过劲来，就好像整个人一下子掉进夜幕下无边无际的大海，或独立于万籁俱寂、四顾茫茫的冰雪荒原，感受着大醉初醒后的虚脱，又似被掏空与洗劫了一样，耗尽了全部精力，如死去一般，又如新生儿一般醒来。

魏天行浑厚的声音从远处传来：“第三课是‘体力韧劲’。”

只见魏天行拿着一个粗大的扫帚向袁得鱼袭来，他敏捷地躲开。魏天行在他身上来回扫，他则只好跟着翻跟斗。没过一会儿，来回翻跟斗的袁得鱼就气喘吁吁。

“这是一个示范，你要知道，身体是革命的本钱，日后你会知道投资是个体力活。”

“第四课‘意志力’。”魏天行声音放缓道，“意志力与体力相辅相成。你做任何事情都必须沉得住气，磨炼顽强的心志是战胜绝大部分人的关键。我知道，你年纪虽轻，也历经千辛万苦，但你要知道，天将降大任于斯人也，必先苦其心志，劳其筋骨，饿其体肤，空乏其身。当你有生命危险时，你能不能维持大脑的正常运转？能不能看到机会在哪里？能不能坚决依据理论推导可行的方案？”

袁得鱼闭起眼睛，似乎一下子被抛到了悬崖峭壁上，忽而又被抛在了凛冽寒风中。

“第五课是‘政治学’。中国的投资环境有自己的特点，投资必须讲方法，背诵相关人员的名单，通读《人民日报》《瞭望东方周刊》……”

袁得鱼似去了一层皮。

“真正的精髓，是人学，学会非一朝一夕。”

袁得鱼差点儿倒下去。

“第六课是‘自我’。你自身已经具备了最大的投资天赋——立体思维。这不是别人可以赐予你的，是你的阅历、理解力以及独立判断力综合而成的。拥有立体思维的人，大脑中的信息如海绵吸的水一样越来越多，用时似可随意定位，取之不竭。这样的人往往看到的远远不止于常人眼中的世界，得出的结论也往往与世俗迥然不同。”

“立体思维？”袁得鱼好像被什么东西击中一样。

“很多人以为逆向思维已经很卓越，事实上，逆向思维只是站在事物的另一个方向，然而，立体思维的方向是无限，宇宙就是立体的。”

袁得鱼不由得暗暗感慨一番，难道这就是父亲所谓的天赋吗？

“得鱼，你的梦想是什么？”

“我不知道。”他抓了一下头。

正在这时，袁得鱼耳旁飘来美好的乐声，有人唱着：“至若诗书所述虞夏以来，耳目欲极声色之好，口欲穷刍豢之味，身安逸乐，而心夸矜埶能之荣使。俗之渐民久矣，虽户说以眇论，终不能化。故善者因之，其次利道之，其次教诲之，其次整齐之，最下者与之争……”这优美的旋律仿佛来自他的内心，他不由自主地闭起双眼。

他睁开眼睛问道："师傅，这是什么曲子？为什么那么好听？"

"这是史记中《货殖列传》的片段，我自己谱的曲子，这是中国古代的经济学。这段话的意思是，人们总爱用耳目尽情享用音乐和女色，用口舌品尝牲畜肉类的美味，身躯尽量处于舒适而快乐的环境，精神上还要炫耀自己的权势与才能的荣耀。所以，掌权者最高明的办法是顺其自然，其次是诱导他们，再次是教育他们，最后是用典章制度束缚他们，最愚蠢的办法是与百姓争利……这就是你的使命！你的使命，是去打破一个世界！"

袁得鱼还是有些丈二和尚摸不着头脑。

"不过，在打破一个世界之前，你要先选择适合自己的投资门路。"

袁得鱼想，尽管自己吸收了那么多大师的理论精华，但目前并不确定自己对哪个门路的投资风格最有感觉。尽管他们每个人的投资理论都十分有道理，但都还不至于让他为之激动不已。

魏天行没想到袁得鱼对世界上最顶尖的投资方法没有任何偏好，他不知道这是好事还是坏事。在魏天行心中，世界上最好的投资都是大道至简，越朴素越接近真理，任何投资方式只要学到极致，路路可以登顶。所谓一艺通，则百艺通，自然有办法融会贯通。

如今，对袁得鱼这样的情况，他一筹莫展。他依稀觉得，袁得鱼可能需要找到一个理论体系，它足够强大，可以包罗万象，将所有投资精髓都吸纳其中，且又能与袁得鱼自身天然强大的气场相符，成为他本性中最能融为一体的部分。

他能够体会到，袁得鱼在投资方面具有极高的天分。究竟什么才能让袁得鱼触类旁通呢？他想到了一些通才，满怀激情地越过篱笆汲取营养，深入研究物理学、生物学、哲学以及心理学，然后把从其他学科学到的知识与投资领域联系起来。

袁得鱼自己也异常困惑，不由得出神，自己这么长时间所学的大师理论，有些人就像一个人，有些人就像一个综合体，如趋势投资加上价值投资再加上技术交易。

袁得鱼有些无所适从，问道："师傅，为什么中国没有投资大师呢？”

魏天行睁开眼睛说：“中国目前还远远不是一个成熟的市场，况且，在中国不仅需要这些功夫，还需要讲究策略，还要深谙中国文化。”

袁得鱼吃了一惊，继续问道：“但是每个高手都有处于自己的时代，有没有一种方法可以超越时代的呢？”

“应该是有的，中国历史源远流长，传承下来的，就是穿越时代的。”

这时，只见魏天行小心翼翼地从怀里掏出一本被旧报纸包裹的书，薄薄的、黄黄的。

袁得鱼心跳加速，心想，难道这就是江湖上传说的《股市必胜法》吗？

袁得鱼如获至宝地翻开，但这并非传说中的《股市必胜法》，而是一本《论语》。

他顿时有些懊恼起来：“你的真传就是《论语》？”

魏天行对他的反应毫不惊讶：“没错，就是《论语》！为师目前能传授的只有这些了。‘知斗则修备，时用则知物，二者形则万货之情可得而观已。’《论语》里有世间最博大的思想精髓，它的第一句话是整本书的精华，即学习如何做君子。一旦悟透了君子之道，即掌握了入世之道，而投资即入世，也随之掌握了投资之道。”

袁得鱼还是有些不解地看了看手上的这本书，硬着头皮翻开第一页。

“子曰：学而时习之，不亦说乎？有朋自远方来，不亦乐乎？人不知而不愠，不亦君子乎？”袁得鱼默诵了几遍“三不亦”，似乎悟到了什么，定下心来看。看着，看着，一股气流开始荡漾开。他依稀觉得，书上流淌出来的这股气，仿佛把所有的投资理论与实战都融会贯通起来。他不知道这股气究竟是什么，只觉得浑身通畅。

他大口做着深呼吸，这辈子都忘不了这种体验。

袁得鱼觉得自己仿佛与此前大不相同了，具体是什么，他自己也说不出来。在《论语》的最后一页，他赫然看到了魏天行写的两个大字——“复利”。

这究竟是什么呢？袁得鱼只是冥冥之中觉得，这个复利并非世俗所理解的那么简单。难道这包含着什么不可思议的智慧吗？

二

这个晚上，魏天行也将盘旋在他脑海中的计划写了下来。他写着写着，不知疲倦地忙碌到东方既白。在他打完最后一个字的时候，一种酣畅淋漓感油然而生，他不由得大呼过瘾。就差最后一步了，只需要再从头到尾论证一遍，看看还有没有什么逻辑破绽。这个过程就好像在一台电脑上演绎一个繁复的程序。

魏天行仔细端详着这个计划，像是在看一部久违的伟大作品。

看袁得鱼也已醒来，精神不再那么恍惚，魏天行把那一本厚厚的项目计划书向袁得鱼甩去。

袁得鱼心领神会，马上翻阅起来。项目的名称倒是有些特别，叫《米特要“三放烟花”运作项目书》。

他越看越发觉这个项目计划书描述的是一场极致的坐庄游戏，看完后，豆大的汗珠从脑袋上滑下来。

“这个米特要是什么？我怎么看下来，它的主要业务就是养鸡啊？你们怎么了？常凡也交易过这只股票，你自怎么也感兴趣了？”

“你不觉得这很美妙？”

“师傅，你是不是想吃鸡了？”袁得鱼擦了一下汗，“还有，这家公司为什么叫米特要这么奇怪的名字？”

“因为米对这家公司的主营业务养鸡来说特别重要。”魏天行有些痴迷地说，“你不用太在意这个名字，你仔细看就知道，改变名字也是我计划的一部分。”

袁得鱼问魏天行：“恕弟子直言，这个项目计划书不就是坐庄计划书吗？你不是一直口口声声说最鄙视坐庄吗？”

“坐庄?”魏天行不觉得这是坐庄，他觉得目前自己做的一切比坐庄要伟大得多，更何况，他已经从这只股票里看出了一些端倪，还能同时对抗唐子风他们，于是不禁摇摇头，“我们不是坐庄，我们是要造一个帝国，或者说是我主动操作股票价值的一次极致实验。”

看袁得鱼一脸茫然，魏天行继续说道：“我的手段看起来像是在坐庄，但不管是出发点还是结果，本质上与坐庄都是截然不同的。我们做的这番事业，志在长远，我们是将牛股打造成一种只涨不跌的财务工具，用融来的资金发展公司实业，使公司优质业绩逐步匹配上只涨不跌的股价。事实上，巴菲特就是这么做起来的，他最早收购的公司是濒于破产的纺织企业，他控盘后将其改造成了保险公司，最后才演化为现在的哈撒韦金融投资公司。”

“师傅，你们好像每个人都想做哈撒韦，但结果都被这个梦想套进去了。”袁得鱼挠挠头，“你有什么异乎寻常的方法呢?”

“你有没有觉得我的这份项目计划书的名字很有文采?”

“嗯，这个名字还是蛮特别的——‘三放烟花’，师傅，我对你真是佩服得五体投地，你真的很有文学造诣。”袁得鱼笑道。

“这是为师的自创，叫‘烟花理论’。”魏天行开始解释起“烟花理论”来，“雨夜或者无人的后半夜，烟花无人欣赏，而在万众狂欢时，烟花自会绽放光芒。依照我的‘烟花理论’，牛股至少要放三次烟花，这就意味着投资要把握主流行情的主流板块，要充分抓住牛市中的‘烟花’。”

“那师傅你怎么知道一定会放三次烟花呢?”袁得鱼进一步问道。

魏天行说：“这对普通人来说的确有些高深，但对为师来说是小菜一碟。曾经有一个叫皮亚齐（Piaget）的人发现了一颗小行星，他认定这是人类发现的第一颗行星，取名为‘谷神星’。但很奇怪的是，这颗行星后来就找不到了，很多人不相信他，说他看到的肯定是彗星，但他还是坚持己见，这件事情在科学界引起了很大争议。这时，数学家高斯（Gauss）介入了，他自创了行星轨道计算理论，只用一个小时就计算出了这颗行星的轨道形状，并指出它将于何时出现在哪一片天空。后来，那颗行星果然出现在人们眼前。而我正是通过高斯的‘二次互反律’数学理论寻找牛股的运行轨迹，才得出这个‘烟花理论’的。”

袁得鱼挠挠头，没想到师傅竟然有那么高深的理论支持，他很佩服师傅出人意料的想象力。他继续问道：“师傅，你上面写，米特要将在 15 个月的时间内放三次烟花。最近的一次是 1998 年 12 月，也就是说，现在正值第一次放烟花的前夕？”

“嗯，按照理论，我们已经在烟花绽放前择机进入。我观察过，这只股的股价已经调整到合适的位置，一切都准备就绪了。”

“可我对这个并不感兴趣。”

“我告诉你，这只股票，秦笑也深入其中。还有，你别忘了，这只股票也是唐烨他们基金公司的重仓股？”

袁得鱼原本差点儿瞌睡，一听到这里，似乎又清醒了：“唐烨？原来你想一箭双雕，既实现你极致运作的想法，又能对付唐家？”

“是的。我已在不同省市注册了四家公司。”

“师傅，你什么时候做这些的？”

“我可是行动派！对了，你觉得我们叫‘魏之队’怎么样？听起来是不是很有干劲？”

“就我们两个人吗？”

“精兵强将，重在质量。对了，按计划，眼下最迫切的莫过于找到一个股评家。”

“股评家？”袁得鱼从来不看股评。

魏天行回忆起自己在参加实盘炒股大赛时，有很多观众说有个资深老股民讲解得很有水准。后来那人果然一炮走红，频频被邀请到电视、广播上进行股评，还有一些证券报纸特意为他开设了专栏，那人拥有不少忠实读者。

魏天行忽然大叫起来：“阳线！”他很兴奋，自己还能想起这个股评家的笔名。

“阳线？”袁得鱼好奇地问道。

“是股评家的笔名。他曾经怂恿大家买青山铁业，美其名曰‘咬定青山不放松’，后来收益率确实不错。”

魏天行他们第二天就马上通过一家报纸找到了那个叫阳线的股评家。他现在已经成了佑海电视台《谈股论金》栏目的常客，刚转型做主持人，人气很旺。

他们约的会面地点在佑海电视台底楼的一个咖啡馆。

阳线迟到了，他看起来稍稍上了点儿年纪，穿一件灰色西装，头发凌乱，乍看还是一副普通人形象。他打着哈欠说：“睡过头了。”

袁得鱼之前就听魏天行说过，阳线嗜睡，好像不管别人什么时候打电话给他，他都在睡觉。

阳线听明来意，开门见山地说：“你知道我去电视台做个节目，人家给我多少钱吗？你知道我现在在专栏上发个稿子，人家给我多少钱吗？”

袁得鱼是第一次听到这个行业的价格，没想到一篇短短千字的股评稿，竟然值3 000元，在电视台做5分钟的嘉宾，有2 000元入账。主持个活动，一个下午也可以是几万。袁得鱼暗想，人只要一出名，日进斗金果真不是神话。

魏天行对阳线的盛气凌人并不在意，只顾自己慢慢说着对这个项目的构想。

他说完后，股评家竟然当即表示自己与他们“一拍即合”，理由是这个项目激发起了自己的“光荣与梦想”。

阳线说：“你们知道我为什么能屹立不倒、名气越来越大吗？”

魏天行他们摇摇头。

“你们看我的眼神，是不是看起来很诚恳、很认真呢？为什么呢？因为我有追求，这就决定了我与大多数人不一样，你们看我的节目就知道了。10个股评家有9个看到行情好起来就会说，砸锅卖铁买股票。看到行情不好，就说指数到多少点自己就跳楼。这一套实在太俗了，我有自己的语言体系，我在做工人之前是文学青年，你们相不相信？总之，你们跟我合作后会更了解的。”

袁得鱼深感股评家就是股评家。

谈好价格后，阳线得意起来："我现在名气大了，才有了挑三拣四的余地，但我也是深明大义之人，也是从小散走过来的，我看好你们，希望你们能大获成功！"

袁得鱼看阳线走了之后，无奈地对魏天行摊了一下手："你要做中国第一只百元股，又有佑海首富相助，要是我跟你合作一把，再怎么样也能扬名立万了。"

"难说，不过阳线与海元证券之前还真有点儿交情。"魏天行笑了一下。

魏天行很欣慰，一切都在按照预期的发展，有了阳线相助，他最满意的是"魏之队"有了雏形。虽然人数不多，但都是精兵强将。

核心团队有了，魏天行觉得，接下来最迫切的步骤是如何建立分支机构。魏天行深知，要完成一个不可思议的大项目，需要更多资金垫背。

袁得鱼仿佛看出了魏天行的难言之隐，不禁提议说："我们下一步是不是让更多资金参与进来？不过，一些北方资金，还有米乡的一些游资，会信任我们吗？"

"我们拥有的是炉火纯青的技法，还有秦笑首富的威名，但要真正取得机构大资金的信任，可能还需要下一点儿功夫。"

袁得鱼想了想说："我倒是有个办法让所有人信任我们。"

"怎么说？"魏天行好奇地问。

袁得鱼转了一下眼珠，说了个音乐天才李斯特（Liszt）与肖邦（Chopin）的故事。

"当年，李斯特'慧眼识英雄'，让原先郁郁不得志的肖邦有了属于自己的第一场演奏会。然而，就在演奏会开始前，肖邦从故乡波兰得到了一个消息——曾帮助肖邦从波兰逃出来的两位朋友被捕入狱，被鞭打至死。这个消息犹如晴天霹雳，让至情至性的肖邦心神大乱，在最关键的第一场演奏会上发挥失常。第二天，报纸上恶评如潮。"

袁得鱼继续说："不过，有一篇当时法国最著名的女作家乔治·

桑（George Sand）的评论，对肖邦依然盛赞不已。乔治·桑甚至邀请肖邦前往一位公爵夫人的宴会。当着众多名流和音乐评论家的面，他们先邀请李斯特弹奏。当时宴会上灯光昏暗，所有人都以为中场过后，演奏的仍是李斯特。弹毕，主人宣布，刚才弹奏的是肖邦创作的曲子。但评论家们依然极尽挖苦之能事，说‘只要是李斯特演奏的，什么曲子都会变得好听’！又一支曲子弹奏起来，演奏中间，乔治·桑高举烛火走了进来，把烛火放置在演奏者身边，让大家清清楚楚地看到，正在演奏曲子的不是李斯特，而是肖邦！评论家们顿时傻了眼。就是这个‘偷龙转凤’的障眼法，让肖邦就这样在乔治·桑的巧计之下，一夜成名！”

“你是说……”

“师傅，你忘了我小时候对盘面的记忆力吗？我们也依葫芦画瓢，搞一场声势浩大的吹风会吧！”

“哈哈哈，你真是天才！”魏天行不禁兴奋地说。

1998 年年底，一场别具一格的跨年投资闭门盛会在佑海金茂大厦音乐厅举行。

进入音乐厅的条件很严格，手机或照相机都不允许带入场内，每张入场券是 1 999 元——这些都是阳线的主意，他说，越搞得高端，投资者越珍惜，还能挤出一些底层投资者。

即便这么苛刻的条件，这个跨年投资会还是挤满了各路投资者，前 20 排是贵宾专座，中间有个围栏把他们与后面的投资者隔开。

袁得鱼怔怔地望着台下。

魏天行问：“你在看什么？”

“我想到了老鼠。”袁得鱼笑指一群咧嘴欢笑的投资者说，“你看他们，尤其是那些贵宾专座上的，是不是人群中最肥头大耳的？那个围栏好像牢笼一样。”

最后一支常规表演曲目演奏完后，主持人阳线从帷幕后走出来，请依旧坐在帷幕后，只映现出身影的魏天行发言。

大家都看到一个身影，慷慨激昂地说出了自己的操盘计划，最后一句话是："让我们一道分享百元股盛宴。"

现场有不少人提出疑问，有一个坐在贵宾区的投资者大声问道："听起来是不错。但我说，你们能操作好吗？你们谁能操作好？"

全场顿时鸦雀无声，随后贵宾区一阵喧哗，这个问题道出了相当一部分人的心声。

"说得没错，我们怎么知道你们能不能操作得好？"

"你们说这样好不好？既然是百元股，你们至少给我们赚个200%。"有些人趁热打铁地提出回报率。

忽然，音乐会的灯光全部暗了下来，帷幕上的身影消失，取而代之的是一个巨大的股票走势图。

阳线拿着话筒说："好戏就要登场！"

这时候，大家在一个巨大的屏幕上看到了江湖上失传已久的跌停板洗盘吸筹法操作。

随后，幕布上的数字疯狂变化着，仿佛在告诉人们K线蜡烛的形成原理——量价飞速变化，一根巨大的反映量价的K线蜡烛越堆越高，堆砌成了一根高耸的红柱。

"哇！"底下有人赞叹起来。

过了10秒钟，这根柱子慢慢被瓦解，越来越矮，直至消失。这样卓越的心算与超熟手法，曾经只有"证券教父"袁观潮达到过——10秒的时间内，将一天的交易量完全演示出来后，转化作最初的零。

现场的人都屏住了呼吸，在经历了短暂的冷场后，这不可思议的表演获得雷鸣般的持久掌声。

阳线说："接下来是互动环节，你们随便在电脑上敲一只股票，选择任意一天，我们用挡光板遮住股票代码，这个高手能说出这只股票第二天大致的走势。"

跃跃欲试的投资者在观众席旁边的电脑上随意敲打着，谁都看不见股票名称。

帷幕后的声音传来："第二天是先抑后扬，涨幅在2%～2.5%之间。"

答案揭晓，涨幅为2.28%。

又有几个参与者随意敲出几只股票代码，那个声音依然精准地预测出该股第二天的走势。

拉开帷幕的时候，灯光亮了起来。

戴着面具的袁得鱼与魏天行站了出来，幕后操纵的主力成员终于亮相了。

接着，他们当着观众的面继续进行各只股票的演算，展示着非凡的功力。

全场瞬间轰动了。

就在全场接近高潮的时候，台下事先安排好的"托儿"故意问米特要这只股票第二天的走势会怎样，袁得鱼不假思索地说："还用问吗？涨停！"

他们的神情中带着自信满满的气定神闲，仿佛他们可以像之前判定任何一只未知股票那样精准地判断米特要的走势。

这是全场唯一一只他们自信第二天会涨停的股票，整个场子沸腾起来。

有个人大声问道："你们说的未来的百元股，此前没有直接揭晓，是不是就是米特要？"

"我们没这么说！"魏天行故作神秘地说。在这样一个闭门大会上，毕竟人多，随时要提防别人指控自己操纵股价，但又要彰显实力，只要让游资带动起来，大大小小的资金义无反顾跟着"魏之队"走即可。

魏天行又紧跟了一句："可为什么不是呢？"

在场的投资大户们直接欢腾起来："米特要！米特要！"

全场彻底沸腾起来。

他们三人在台上相视一笑，活动达到了预期的效果。

果然，自那天以后，米特要从此开始踏上了"红地毯"，一路狂飙，直冲涨停板，资金量也很快放大起来，一切都开始朝着魏天行预期的方向发展。

接下来的事情变得很简单，只要像老式打字机那样一点儿一点儿推进就行了。

米特要的操盘架构更是清晰浮现——“魏之队”是米特要的操作核心，这些投资者成为全国兵力，各大营业部是天然辐射，两者构成了布局的战略围墙。

“魏之队”通过事先注册的那四家公司，从12月初起集中资金，利用627个个人股票账户及3个法人股票账户开始运作。同时，他们联手全国27家营业部，通过它们控制的不同股票账户，以自己为交易对象，进行不转移所有权的自买自卖。

三

就在米特要出现第一次涨停后没几天，米特要就出现了一次突如其来的管理层动荡。

那一天，林海洋还在自家中式别墅前的花园浇花，接到一个电话后，差点儿把手机摔在地上。

林海洋几乎是恨得咬牙切齿，他接到一个“驱逐令”，是公司董事会发来的通告，“要求撤销林海洋的公司执行董事及董事局主席职务”。

林海洋万万不会想到，身为公司董事主席的他，竟然会遭到如此厄运。

他知道自己得罪了一些人，可能陷入被动，没想到真的接到通告的一瞬间，自己竟然是那么难以忍受。

林海洋知道，自己之所以遭遇此劫，与他此前疯狂引入资本运作有关。当时因为自己不小心踩到了烂尾楼，导致资金断裂，公司借壳进入米特要转型做地产的宏远目标一下子被打断。虽然他相信，只要坚持下去，房地产自然会有好的回报。他认为，自己引入资本运作，是从公司长远发展考虑的。

他原先以为，这样的资本运作会被公司内部信任，他深知为了博得他们的信任，甚至提拔原先公司的二把手做战略执行者，他心爱的坐骑——花了几百万购置的迈巴赫，同样也给二把手配置了一辆，两辆车一左一右招摇地停靠在公司门前的专用车位，只为了将心比心。林海洋一向认为，拿下人心的方式就是赠予自己的最爱。

久经沙场的他万万没想到，原先公司团队的人，从来就没有把他当作过自己人。他有点儿想笑，他记得那帮人，在他资金没有发生危机时，一个个就像是傀儡，当林海洋提出希望通过募集资金渡过公司危机时，他们还口口声声说林海洋有大局意识，他们只管负责战略执行。

他也知道，如今之所以这么窘困，与之前那场巨幅下跌有关。自那场下跌之前，林海洋没按唐烨意见，选择死扛股价。可在此之前，林海洋是多么信任唐烨，可是，在关键时刻，他们却硬逼林海洋拿出此前募集的资金护住股价。这怎么会使把拯救房地产业务重要性排第一的林海洋同意？

然而，唐家公开表示不会再在资金上对米特要做任何支持后，他的二把手以及董事会的一些人慌张了，他也能感觉到，他们似乎与其他什么人在暗中勾结。

尽管接到这个通知，林海洋内心始终有些力量在蠢蠢欲动，他宁可选择不理性，他堂堂林海洋怎么可能坐以待毙？

林海洋开着迈巴赫，一路上若有所思。他来到办公室的第一件事，就是以大股东的身份召集董事会开紧急会议。他特意叮嘱秘书，每个人必须出席，不然后果很严重。

秘书点点头，接着就像如同见到鬼一样地落荒而逃，神色很诡异。

接下来发生的事情，验证了林海洋的不祥预感。

他要求开会的时间到了，他坐在偌大的办公室里。办公室里，真的竟然除了他自己，一个参会的人也没有。他差点儿怀疑自己搞错了时间，但看了看手表，准确无误。

他坐在出席的位置上，一个人低头玩着打火机，感觉有点儿凄凉，心情冷到极点。

他只好坐起来，翻了翻公司会议文件。这时他才知道，就在前一晚9点，除了他以外的其他人，都来这里开了一次临时董事会。他在会议记录里看到了一些自己之前无法想象的事——这家他收购的ST公司，曾是佑海滩最负盛名的汇星集团暗中参股的公司，而汇星集团的老大，正是前不久从监狱中放出来的秦笑。这个二当家，竟然把前大股东找回来了。

他回想起来，在米特要募集资金当天，就有资方单独认购了公司发行的18亿元可转债，那笔资金初步化解了之前烂尾楼的危机。

林海洋此时此刻才意识到，那份可转债协议就像是卖身契，这个资方不仅直接获得公司股份的10.8%，还在米特要将有三个董事会职位。

他暗想，难怪他们可以越过他召开会议，难怪底下人原本谄媚的嘴脸都变了，摆出一副“收复江山”的样子。

林海洋想起大隆的经历，当年的大隆震荡，曾让他一无所有，难道这次会重蹈覆辙？资本市场的新故事天天唱，陈年旧事总是容易被人遗忘。

林海洋意识到强劲的对手后，只觉得天崩地裂。

他感慨，真是“明刀易躲，暗箭难防”。暗箭正是“水能载舟，亦能覆舟”的可转债——这个资本利器，用的是他林海洋最不熟悉的金融工具与游戏规则。

然而，尽管是借壳，但这家公司已经拥有了自己创业打拼下的资产，在借壳上市时，他已把核心资产都注入进来。“孩子”整了个容，更好看了，但毕竟是自己的“亲生骨肉”。可是，不是你说想拿回来就能拿回来，否则就是抢钱了。这就好像是一个别人的空皮夹儿，你给别人装了钱，别人就连皮夹儿带钱都收走了。

令林海洋比较揪心的是，他能从会议记录上看到，当时在座所有人都压力很大，因为被点名表态，所有人都支持了昨晚董事会提出的所有意见，如果有人提出异议就要直接走人。不过想想也是，大部分管理层成员都35岁以上，典型的“上有老下有小”的年纪。

林海洋意识到，他从今天开始，就彻底被架空了，这一切都像是个算计精准的阴谋。难道真的大势已去？他苦笑了一下，自己当年那些“空手套白狼”的把戏，竟也成为同类力量对付自己的把柄。自己把公司重要资产带过来，反倒成了侵入者？这个逻辑还真是可笑！

林海洋调整了一下思绪，就算是秦笑，林海洋也不会怵，他还心存拼搏到底的希望。

他的希望，就是没多久要召开的股东大会，他得好好想想办法，让更多投资者为他投票。

林海洋只好先落寞地从公司出来，他失魂落魄的样子被很多媒体拍到了。

米特要董事会大换血的消息很快传遍了财经圈。

在外界看来，对林海洋而言，这可能是极为悲伤的一天，也是极为耻辱的一天，这个勤勤恳恳的企业家不仅失去了自己的地位，还失去了尊严。

林海洋出局了，而很长时间以来，他一直以为一切只是个假象。

不出所料，首富秦笑晋升为米特要董事会主席，魏天行迅速将秦笑推到公众视野前。

大家意识到，原来米特要背后的神秘股东竟然是秦笑，这只股果然来历不简单。毕竟，这算是曾经震动江湖的金融大鳄在内地的第一次高调复出。如果不是因为米特要，这个多年前在帝王医药中的狠角，或许将永远从人们视野中消失。

因为秦笑迅速登上米特要董事会主席宝座，所以他也一跃成为财经媒体的头号热门人物。

一些财经媒体也开始重新“八卦”这个大佬。秦笑自身那些风流韵事的猛料足以刺激连连，这个新董事会主席过往的经历如此富有传奇，不少媒体都想疯狂地大炒特炒一番。

秦笑任职后的第一个变化是，将米特要更名为“中邮科技”。

这自然是魏天行计划中的一个关键提议。在中国市场环境下，“中”字头的公司比较有光环，别人乍看还以为有政府背景。而“科技”直接给米特要定了性，让它直接从养鸡场转型为高科技公司，名字一目了然，让所有投资者都一看便知，米特要是一只新晋的科技股。之所以扯上个“邮”字，因为魏天行让米特要收购了邮电系统一家岌岌可危的“小三产”公司。这家“小三产”一直在研发芯片技术，但迟迟没有成功。这其实也是米特要转型的一个契机。一些不明就里的投资者，还以为这家公司与邮政系统有什么微妙的关联。

这只股票的高调走势也吸引了唐家的注意。

唐子风发现有关中邮科技的事这些天几乎闹得满城风雨，不由得打了个电话给唐烨：“这只中邮科技现在怎么回事？秦笑有没有对你说过什么？”

唐烨像是意外中了彩票一样：“爸爸，你提到收拾林海洋后，我就与米特要的二当家说了。唐焕他们帮秦笑搞定了股份。刚好这只股票秦笑也有底仓，真正的机会是原本买大量可转债的那个大资方在澳门赌场输了很多钱，挪用公司账上的现金，被人曝光了。秦笑大哥刚好暗中接了过来，这么一来，他就真的成了隐性第一大流通股股东。之前股价一直一路狂跌，我估计也跌得差不多了。我还想有游资知道秦大哥坐镇的消息，股价就好了起来。我运气也算不错，上次差点儿就要撤出来了。秦大哥一来，我马上还加大了仓位，我同时还让泰达证券的操盘手加了一些。”

唐子风笑了一下，觉得唐烨对谁在背后运作也是一头雾水，不过对唐焕的执行力，他深为欣赏，不由得鼓励道：“你不觉得这个时候该谢谢你的秦大哥？”

唐烨打电话过去，没想到秦笑很是大方：“嘿，小弟，你电话来得正好，我晚上刚好有个饭局，不如过来与我几个朋友一起聚聚？”

原来，这些天中邮科技涨得太好，秦笑忍不住宴请了几个大肆鼓吹中邮科技的媒体朋友。

在宴席中，他性情所至，喝醉了酒，一不小心透漏出公司秘密与德国公司合作，在硅芯片技术上获得了重大突破。越南一家公司提前获悉后，第一笔就签订了几千万的订单。

媒体人看到唐烨，想他是专业人士，也不由得向他请教。

这些个股的分析辞令，久经沙场的唐烨自然是再熟悉不过：“照理说，作为基金经理，我不该对任何个股做出评价，你们若是报道就不要提我名字。我只能客观说，收购了硅矿之后的中邮科技已经有了质的改变，硅资源是稀缺资源，中邮科技之后的增值方式与传统资源公司不可同日而语。从正常估值推算，公司在 1999 年的每股盈利为 1.21 元，市盈率是 1998 年的 23.3 倍，预期合理股价应是 30 元。”

第二天，这些信息就出现在了一些财经媒体的重要版面位置，看起来越像神话故事越是真假莫辨。

硅资源、邮电系统、海外订单、基金重仓股等给中邮科技注入了无限想象力。极短时间内，各大机构、财经媒体一起合力，进一步把中邮科技的股价推向了前所未有的高度。

投资者每天都会在广播或电视里，听到知名股评家阳线对中邮科技热情洋溢的分析与点评。魏天行微微一笑，这些内容是如此熟悉，与预先准备好的内容别无二致。

“潜在的高科技股在未来几天内值得投资者关注。全球著名的市场咨询和顾问机构美国国际数据公司（IDC）初步预测，IT 市场今后五年平均年增长率是 25.8%，芯片的需求增长率将大大超过行业的平均水平……巨大的市场无疑会给上市公司中邮科技带来莫大的发展机遇，其前景相当广阔……”

身为基金经理的唐烨也很高兴看到自己重仓的中邮科技成了公

众热门股，他正好借着中邮科技实现基金末尾冲刺。唐烨在万富股票优选对中邮科技的提前埋伏变成一次极具前瞻性的投资。

果然，唐烨掌管的万富股票优选基金凭借中邮科技，如愿拿下年度股票型基金第一。

基金集体抱团趋势在此刻又凸显出来。

在中邮科技年报公布后，越来越多基金关注这只股票，股价更是狂飙起来。

魏天行发现了一个规律，只要牛股一上涨，市场就会冠以各种各样的理由。一些基金很快用价值投资理念对中邮科技进行完美无缺的诠释，看似严密的逻辑与数据分析让魏天行自己都自愧不如。

魏天行随心所欲地对倒资金，中邮科技股价很快就从10元左右稳稳当当地站在了19元的位置，成为年末冲刺的第一大牛股。

这在1998年黯然无光的A股市场就是一个奇迹。

中邮科技马上成了众人眼中的热门股，吸引了越来越多资金。

股价从1998年底的20元起再次直线飙升，21元、22元、23元、24元、25元……中邮科技一路“K线狂奔”。

在1998年12月30日，魏天行当时注册的四家公司还共持中邮科技53万股，占流通股的1.52%，然而，仅仅半年不到，1999年4月30日，四家公司所持中邮科技股票已达871万股，占流通股的25%。

尽管出现了如此强势的股价，魏天行依旧坚持认为中邮科技第一个烟花还没绽放。

1999年5月初的一天，魏天行感觉肩头有些隐隐作痛，他知道这是变盘的预兆——他不知道为什么每次都那么准。

他想起了索罗斯，这个因金融危机而“誉满”全球的投资家，每当行情生变，就会觉得身体某个地方痛。更奇妙的是，如果背痛就是投资组合有问题，如果腰部附近痛就是超买了，若是左肩痛就是货币方面有麻烦。

魏天行猜想，这或许是投资家久经沙场之后产生的一种“超能力”，而这种“超能力”是经验带给他们的条件反射。那些环境中肉眼看不到的因素，会在潜意识里刺激他们的某些神经，让他们觉得哪里不适。

果然，这两天，袁得鱼打开报纸看到了一条消息：“米特要前董事会主席林海洋绝地反击了。师傅，你猜他用了什么招数？”

“应该是两招——第一招，拖延转股方案，如此一来，汇星投资就无法在那么快的时间内实现转股，以此缓解了林海洋这边被摊薄股份的压力；第二招，要求秦笑他们提前返还之前的募集资金专户，打击他们的现金流。他应该最终希望在股东大会上撤销现任董事会管理层职务的提议。”魏天行耸耸肩。

“你怎么猜得这么准？”

“资金问题是我最担心的。不过，既然想到了，就好像打怪的路数一样，每张出去的牌，都会想好如何收回来。如果这是一个毒药的话，我就是掌握解药的人。”魏天行不紧不慢地说，“在军事上有个重要的谋略叫作制衡，我们毕竟是第三方，当双方都觉得疲惫的时候，也会放大我们牟利的空间，至少米特要会越来越热门。你看，这对我们来说是一个千载难逢的炒作良机。对于下围棋的人来说，这就是运筹帷幄，驾轻就熟。”

果然，本来以为会以此稍稍“稳住江山”的林海洋万万没想到，自己抛出的方案像古人打战时在城墙上搭建的云梯，反倒给敌人指明了更直接的进攻方向。

林海洋投出去的第一招——通过行使大股东权利否决转股方案，很快被法律顾问告知，由于秦笑是以债权人身份参与米特要的，所以拥有可转债这个工具的主权，由于本身含着常见的各种保护性条款，他可以最大程度上使用这个工具。

林海洋丝毫没有知难而退，他已经疯了。然而，世界万物，本身就安排好了次序，如果自己没有改变，在任何地方都是一样。所幸，对林海洋而言，最后一颗棋子目前还算有效。这倒真是他的突发奇想——5 月 20 日股东大会，他要求秦笑必须将补充流动资金的募集资金 3.5 亿元全部归还至募集资金专户，并将归还情况通知保荐机构和保荐代表人。

这可以说是林海洋的最后通牒了，林海洋的这招就是急收现金流，把曾经补充到流动资金的可转债拿回来，卡紧对方咽喉。

这个灵感还是林海洋从旧公文书中翻找到的——公司在年度第一次临时股东大会通过一项决议，同意公司使用发行可转债的部分闲置募集资金暂时补充流动资金，最长 6 个月归还，而股东大会的时间刚好是 6 个月。林海洋顿时觉得这是个天赐的绝佳机会。

林海洋先销声匿迹，蓄势待发，静候 5 月 20 日的股东大会。

米特要因为由于两大传奇人物的“斗法”，更是成了一只无可非议的妖股。

清楚对方动作后，这些天，魏天行更是不敢大意，他操盘需要大量资金。毕竟到头来，像杀死任何一只资本之鹰一样，谁现金流断裂，谁就会出局。

果然，贾琳打电话问魏天行：“我们下一批资金估计要晚一些给你了。”

“我知道。”魏天行早料到了，毕竟，秦笑之前为了控股米特要，已经耗费了 20 多亿元，何况他最近也有一些投资。

“不过，对于林海洋，你还有什么办法吗？”

“到时候我给你答案。”

这几天，魏天行都不敢大意，他回顾了几个熊牛转换的周期，结合几个阶段的特征，发现所有行情都会经历五个点：第一个点，反弹信号；第二个点，六天后的反弹信号，其间会有三个资金吸纳日；第三个点，一个半月后，指数往往反弹 30% 以上，会经历四个抛售日减仓；第四个点，在经过三个半月的下滑测试和四周的底部构筑，指数在一个相对底部成功站稳，关键是没有跌破前期第二个信号点位置，开始展开新一波大牛市，这段时间将有七个吸纳日建仓；第五个点，再次确认新牛市的开始，其中有两个资金吸纳日。

魏天行由此计算出一组精准的数字——如果5月11日收盘指数能够上涨2%以上，成交量放大，超过上周五15%至20%，那么阶段性底部就能成立。

经过繁杂的计算过后，魏天行大大松了一口气，他与趋势精髓是那么靠近，仿佛能直接听到整个市场的呼吸。他疯了般地跳跃起来，大胆地做出判断，这个市场已经不再是个股独秀了，将会百花齐放。

魏天行当机立断，与阳线通了电话。

阳线也是激动万分。在五一长假之后的第二周，阳线在《华夏财经周刊》上发表的一篇热情洋溢的股评，令所有人都眼前一亮。

他预言波澜壮阔的行情即将到来，他的语言总有一股感染人的力量。文章很高调，又有理有据，他说，未来投资必须符合21世纪产业革命趋向的“风险投资”理念。“一年只要研究三只股票就够了，市场的希望首先在个股，特别是那类脱胎换骨的重组股。它是宏观背景催生的市场新生力量，像中邮科技这样的股票越多，爆炸性主升大浪指日可待！”

阳线在短短四天写了四篇文章，都发表在了权威刊物上，声称在世纪末要与中国资本市场对话，他热情洋溢的文字很能打动人，“蛊惑性”也很强。

5月18日晚上，魏天行反复研究全球经济周期走势，看着看着，忽然间内心有股力量像是要爆发出来，他有种前所未有的强烈预感，势不可当的强大力量就要来了。

时间的指针在魏天行的大脑里飞转，最后安静地停止在一个时刻，魏天行兴奋地振臂高呼道：“烟花就要绽放了！”

“烟花？”睡在办公室沙发上的袁得鱼睁开惺忪的睡眼，不知道魏天行在说什么。

1999年5月19日这天，仿佛只是一个普通的星期三，中国股市已经萎靡不振了700多天。这个云淡风轻的平常日子，与此前的任何一天没有任何差别。然而，这一天却成为中国证券历史上划时代的一天。

这天一早，魏天行就给贾琳打了电话，说："贾琳，钱的事情我现在丝毫不担心了，今天过后，你们就会给我了。"

"什么意思？"贾琳一头雾水，"你是说，你知道如何应对林海洋？我们不用还款了吗？可大限明天就到了。"

"你今天只要做一件事情，坐在电脑前面，打开行情软件，等着奇迹出现！"魏天行自信地说。

"奇迹？"

"知道吗？今天股市会放烟花！我叫今天大奇迹日！牛市就在今天，5月19日爆发！"魏天行很确信地说。

"大奇迹日？"

"市场上90%以上的股票会涨停！"

"你是怎么知道的？"贾琳惊诧道。

"看吧，马上就会有答案的！"魏天行说。

"这就是你上次说的答案？"贾琳笑道。

然而当天上午，股市风平浪静。魏天行看起来很平静。

下午一开盘，靠在桌边喝可乐的袁得鱼，与平时眼睛眯成一条缝的睡不醒的样子不同，眼睛睁得格外大，不由得发出惊叹："师傅，快看，烟花！"

魏天行也看得眼睛发直。他们从来没有看过这样的场面——所有的股票都红光一片，龙虎榜数据上的交易量红柱就像被扔到太阳底下暴晒的温度计，唰唰奔向看不见顶的高处。所有的技术指标接二连三地挣扎跳出，无不显示"强力买入"。

魏天行猛拍键盘，屏幕上一条条股票K线像是在点播机上那样连环播放，不过画面只有一个——就像百老汇群众演员那千篇一律的表情，清一色地封在涨停板上，交易量就像酷夏的暴风雨来临前发出的滚滚雷声。所有人都不愿意卖出了，各种交易数字欢腾，K线狂舞，多根线与数字交织在一起，仿佛在资本市场的上空绽放出了缤纷绚烂的烟花。

楼底下券商营业大厅里股民兴奋的欢呼声几乎要冲破天花板——他们看到，大量场外资金正在不断涌入推高指数，上证综指成交额加速放大——20 亿元、36 亿元。收盘时一下子冲到 42.45 亿元，以综艺股份、佑海梅林为首的科技网络股也是一秒一价，市场骤然升温。

中邮科技在这一波行情中，更是直接冲击到涨停。

这一天后来被记录到中国资本市场史册里，1999 年的“5·19”，被后人誉为“中国股市有史以来最大的井喷行情”，星火燎原之势只能用“轰轰烈烈”来形容。

市场瞬间掀起了做多激情，萎靡的个股如干柴遇到烈火，一下子燃烧起来。

“烟花！真正的烟花！你们看到了吗?”魏天行差点儿跳起来，兴奋得眼泪都要流出来了。

“涨停！涨停！涨停!”袁得鱼、魏天行与身边的股民齐声大叫，他们击掌庆贺，烟花真的绽放了！更重要的是，波澜壮阔的牛市来了。

“哈哈，现在一只股票都买不了!”袁得鱼笑着说道，啪啪打着键盘。

魏天行来了兴致：“那就玩一下!”

魏天行说着，就噼里啪啦地挂单，随心所欲地挂上自己想挂的各种数字的组合。袁得鱼也兴奋起来，对着盘面开始画画。

“对了，明天刚好是贾琳的生日，我们逗她一下。”魏天行像想起了什么似的说道。只见魏天行手指在键盘上飞快操作，无比痛快，仿佛是在弹奏钢琴曲，更像是一场只属于魏天行的独奏会。眼前中邮科技的挂单数字在他的操作下不断起舞。

“贾琳，打开交易量模式。”魏天行微笑着，打电话让贾琳看直播，“你看到了什么?”

屏幕上，只见数字慢慢拼成一个动画，贾琳看清了：“啊！生日蛋糕，还有蜡烛！哦，还有 520!”

“祝你生日快乐!”

“谢谢！”电话那头儿，传来贾琳悦耳的笑声。

魏天行得意地笑起来，他做这些事情时兴奋异常。

这样用挂单数字画画，就好像用幻灯片（PPT）做一个动画，不仅需要超凡的技术，还要有艺术感。

如果操盘手里也有艺术家，那么魏天行实至名归，他不仅自己投入其中，更给旁人带去美的享受。对于庄家而言，最惯用的手法是操纵股价，这个在旧佑海时期早已泛滥无边。魏天行这样的操盘高手，早就可以将小数点后两位都操纵得随心所欲。但出于道义，他平时不愿意这么做。这次用挂单刷屏，纯属无害行为。

此时此刻的唐烨，看到这一天所有股票都飙升起来，也不由得兴奋异常。

这时候，他接到一个电话：“请问是唐经理吗？”

“你是？”

“我们是基金行业金牛奖组织方，恭喜您，鉴于您去年基金的优异表现，您已经成为我们年度金牛基金经理候选人之一。我们的颁奖活动将在几个月后进行，请您加油！”

唐烨颇为激动，因为这个奖项评选非常严格，堪称国内基金经理奖项中的“奥斯卡”，这也是他第一次可能成为年度基金经理，最美好的事仿佛都在向他招手。

这天晚上，袁得鱼坐在魏天行身边，他最叹服的莫过于魏天行对大势的判断。他无比好奇，魏天行是如何精准地预测出这个惊天动地的井喷行情的。

魏天行娓娓道来：“就像上次预感到大跌一样，这个市场也是有征兆的——你有没有发现放开券商融资了？这一周以来，有两家券商已经通过增资扩股，扩大证券投资基金试点，证券公司投资基金的规模变大了。万事俱备，只欠东风！与诱发熊市一样，只需要一根导火索了。”

“啊，那你怎么知道导火索就是引领行情的科技股？”袁得鱼迫不及待地问道。

“是奥地利经济学家熊彼特（Schumpeter）告诉我的。”魏天行慢慢说道，“10 年一个经济周期，在市场处在谷底时，很多人迷信凯恩斯主义（Keynesianism），相信凯恩斯主义能救市。凯恩斯主义的确能救市，但救不了落后的产能。要走出萧条期，必须依靠熊彼特提出的创新理论，即通过科技创新解决经济发展的矛盾。昨天晚上，我发现当前盛行的网络股与熊彼特所言的新兴科技别无二致，它不仅是科技这个概念，而且已经演变成一场科技革命。前一天，正好有位较有影响力的公众人物说，经济萧条期最容易产生科技革命。我明白了，新科技革命时代来了！为此我兴奋了一整夜！”

“那你怎么会判断市场今天会爆发呢？”袁得鱼还是觉得神奇。

“判断一个市场难，判断个股爆发并不难，更何况是你最熟悉的个股。我昨晚发现，我们的中邮科技自己活起来了，我又打开了好几个科技股，果然都是蓄势待发的样子。凡是在历史性拐点，如果拐点行业的支柱企业爆发，市场也注定会迎来爆发。凡要成就一只超级大牛股，不可能只靠一己之力，我们也正好做了一件大势所趋的事！”

“那我们下一步是不是乘胜追击呢？”袁得鱼追问道。

“哈哈，当前市场一片大好，我们自然是跟着潮流走！不过，我们下一阶段的核心是甩开基金，轻装上阵。目前，中邮科技最大的基金投资机构是万富股票优选基金，你以为我会白送一个礼包给他们吗？”

魏天行说完，仰天大笑起来。

袁得鱼抬起头，心想，每当夜空中的烟花散去，随之而来的往往是绝对的黑暗。

四

5 月 19 日，这个久违的大奇迹日，对于林海洋而言，反倒是最煎熬的一天。

该死的股价飞涨，全世界可能只有他一个人对此痛恨不已。

他此时此刻强烈意识到，她期待已久的股东大会仿佛已经形同虚设——原本，在这之前，林海洋还握着最后一颗棋子——逼迫对方归还流动资金。

直到5月18日，林海洋的计划还是有希望的。然而，因为大奇迹日的暴涨，秦笑只动用了部分股票的投资收益，顺利在20日之前归还了流动资金，完全不伤元气。

大奇迹日的出现，让林海洋陷入崩溃，这个“现金流绑死法”已经无济于事。

5月20日，中邮科技还是如期召开了股东大会，这注定是一场惊险刺激的股东大会！

这个股东大会不仅决定了公司的发展决策，更决定了林海洋的未来。

这天一开盘，正如很多人期望的那样，牛市情绪进一步蔓延，股价疯狂奔涌向前。

股东大会在投票选举的时候，林海洋感觉到一种前所未有的残酷。

林海洋原本还想通过股权激励拉拢人心，万万没有想到的是，秦笑早就秘密执行了股权激励计划，不管是3名非执行董事，还是林海洋旧部中的每个人，都是股权激励计划的受益人。

对于秦笑而言，这套路子，与黑帮人的方法是一样的，只是资本市场更合理一些。

这彻底沉重地打击了林海洋在米特要中的地位，他自己也疲软了。

股东大会的选票都投在一个黑色的盒子里，投完之后很快唱票。林海洋都不敢正视前方。

果然，新董事会管理班子正式通过，转股决议也顺利通过。林海洋的股份完全稀释，他根本毫无还手之力，秦笑取得完胜。当天的股东大会宣布，林海洋被彻底踢出董事会。

林海洋感觉自己就像被人抛弃的失恋者一样，不敢相信自己真的失利了。林海洋惊呆了，他就这么被踢出局了，这个他花费心血的公司现在已经变得面目全非。

林海洋闭起眼睛，他的心头在滴血。

他看着原先的旧部像狗一样伺候着秦笑，觉得更为可憎，心想，这个管理层彻底完了，已经被秦笑为代表的投资方所控制与威胁。他怎么也咽不下这口气。

原先，林海洋不仅是董事会主席，还是一家地产实业公司的创始人。在他看来，资本掮客只是把这个上市公司作为工具，只有他才有更大的热情考虑上市公司的前途，为什么这些投票的股东们都不理解呢？

其他人走后，只有林海洋一个人坐在座位上，低着头，内心冰冷。他没想最终结局会是这样——以自己都没想到的速度被三震出局。

更可恨的是，按经验看，如今这样大的涨幅，中国很可能将迎来波澜壮阔的牛市。然而，他竟然就在这个黎明前夕，被赶出了这个巨大的名利场。

这让林海洋极其不甘心。

这时，一个年轻的股东可能是忘记拿东西，刚好回来，看到他后，开口道：“林总，我认得你。尽管这次投票你失利了，但我一直支持你，很多人也在支持你！”

林海洋没想到这个年轻股东竟如此鼓励自己，不禁有些伤感，说道：“那为何投票结果如此呢？我是真正的创业者，你们不认为我更适合把公司做好吗？”

这个股东说：“我们都了解到秦笑推荐的几个管理者十分专业，他们在不断引入现代管理模式，股东的理性占了上风。”

“你们不觉得他们夺得股权的手段很卑劣吗？”

“卑劣？那你能说自己在资本积累的初期没有一点儿猫腻吗？你在抗衡的时候，就好像把罪恶的货物从一节车厢拖向另一节车厢。

只是另一个车厢看起来更牢固一些，这是我们选择的潜在因素。”

“你这么年轻，竟然对资本市场看得这么世故！”林海洋摇摇头。

这天傍晚，魏天行接到了“小猫”的电话：“天行，林海洋今天问我认不认识什么炒股高手。你晚上是否有空跟他聊一下？”“林海洋？”魏天行得意地笑了笑，“自然可以。”

一挂下电话，他就转头对袁得鱼说：“好戏来了。今天晚上，你就看我怎么表演吧！资本市场这个赌场的奇妙之处在于，再怎么强劲的市场还是会有输家。”

袁得鱼想到什么，问道：“话说，如果最早是林海洋找你，而不是秦笑，你还会站在秦笑这边吗？”

魏天行看了袁得鱼一眼，他也曾经考虑过这个问题，他说道：“在一笔买卖中，我从不看利益，因为利益一直在变化，我选的是人。林海洋虽然也是个大佬，但我从他以往的做法中发现，他是个太讲究‘道理’的人。他忘了资本市场最重要的游戏规则——资本市场是最没有道理好说的，就好像股市没有对错，只有谁赚到钱，谁就是赢家。”

这天晚上，袁得鱼随着师傅来到花天酒地，直接来到了“小猫”安排的贵宾包厢。

这是袁得鱼第一次进花天酒地的贵宾包厢，他正在好奇地打量时，过来一个长得高大挺拔的服务生，直接问道：“要‘老板娘’吗？”

袁得鱼装作没听见，他想起什么，走了出去。

魏天行此前没见过林海洋，但他对做实业的企业家一直很有好感，聊了几句后，魏天行发现实业出身的林海洋对资本市场几乎是一无所知。

林海洋倒是与魏天行一见如故，很快就相谈甚欢。

魏天行听下来觉得，林海洋至今还一直认为，主要是因为他前一次市场震荡时没有硬挺，那次是他失势的源头。

林海洋坦言，当时市场太差，他才想到与基金合作，也是为了让公司有更多资金可以去做更有价值的投资，但他还是想快点儿转型做地产，所以没有拿资金支撑股票，况且自己也遭遇过基金强行出货，他对基金这种不讲义气的行为十分不满。

“基金连‘政治’都不讲，不要说对个人讲义气了!”魏天行戏谑道。

林海洋只觉得与魏天行相见恨晚，迫切希望魏天行帮他收复“江山”，他感慨道：“老兄，不瞒你说，我这几年一直在等待能与我合作的人出现，这个人就是你啊!”

魏天行婉拒道：“我非常理解你的困境，我很愿意为你出谋划策，但你已经离开董事会了，巧妇难为无米之炊啊。”

“哈哈哈。”林海洋大笑起来，“他们以为失去金钱的我，会在潮清帮失势？殊不知，除去那次慌乱中抛去的部分，我还有7%左右的股份，前十大流通股股东的两家投资公司背后控制人是我啊。”

魏天行一听此言，心里基本有数，他慢慢说道：“实不相瞒，你已经中计了！你知道泰达证券总经理唐子风与秦笑之间的关系吗？唐子风的大儿子唐焕，与秦笑是莫逆之交，更是他的得意门生之一。而这个唐烨，就是当时帮你找可转债资金方的基金经理，是唐子风的二儿子，我想你是知道的。”

“原来是这样……”林海洋猛然觉得自己中了圈套，不由得怒火中烧。魏天行的话正好印证了林海洋此前的一些怀疑，只是他一直不愿意往这个方面想。

林海洋突然回想起，在新股东入驻前夕，唐烨还曾建议自己早点儿落袋为安，抛一些股份，反正股市低迷，到时候捞回也不迟，而且可以更顺利地让地产项目进行下去。这导致林海洋的股份与他们新推的秦笑当时的股份相比，只差了1%，失去了在董事会中最后的反击机会。

如今在魏天行的确认下，林海洋有些头皮发麻，原来这一切都是设计好的圈套。

林海洋意识到这一切后，只觉得天崩地裂。

魏天行看出他的脸色大变：“事到如今，也并非完全没有办法。

你不觉得基金现在越来越嚣张，越嚣张，漏洞就越大吗？我听说，佑海证券交易所最近正在做基金公司的跟踪数据。”

林海洋听着，掏出一根雪茄猛劲地抽起来，他的心态变了，脑海中浮现出四个字——同归于尽。

唐焕在花天酒地走廊里溜达，正好迎面撞到“小猫”。

他看“小猫”见到他有些害怕，躲躲藏藏的，觉得哪里不对劲。等“小猫”离开后，他便顺口问了前台“小猫”客人的包厢。

唐焕拿起一瓶酒，打算敲门进去，当作是老板对他们的照应。

没想到，在走廊转角处，正好看到林海洋、魏天行，还看到袁得鱼从那个包厢走出来。

唐焕马上闪到走廊一个隐蔽的角落。他仔细看了看这两个人，都喝了很多酒，走路都有些摇晃。

唐焕十分惊讶的是，林海洋主动拥抱了下魏天行的肩膀。

唐焕想不明白这些人这么晚会聊些什么。

但他可以确信，事情没有那么简单，其中肯定有阴谋，迟早有一天，自己的这次无意撞见会成为一个线索。

袁得鱼找到了好久未见的苏秒，她就坐在最外面的酒吧区休息，化着浓妆，手里娴熟地拿着一根烟。

苏秒看到袁得鱼出现在她面前，倒也不惊讶，她上下打量了一下袁得鱼：“我怎么觉得你哪里不一样了？我知道了，你……不是处男了！”

袁得鱼哭笑不得：“你真的好适合做这行。”

苏秒也自嘲地一笑：“熟能生巧罢了。怎样，我以前推荐你的‘吉祥三宝’好用吗？”

“不是所有人都好这口吧。”袁得鱼想起在那个海边别墅里，与邵小曼的缠绵。

苏秒看着袁得鱼痴痴的眼神在游离，有些生气起来：“好讨厌！你爱上别人了，对不对？那个女孩是谁？”

袁得鱼不想说，苏秒忽然嘤嘤哭泣起来。

“怎么啦？”袁得鱼最受不了女生一惊一乍。

“没什么，就是好羡慕你。”

“你跟我走吧，不要在这里了。”袁得鱼坚定地说。

“我就是喜欢这里！”苏秒又恢复到之前一副神气的样子，“袁得鱼，你不要以为你是我哥，你就能管我。我就是喜欢，喜欢‘吉祥三宝’的男人！”

“别逞强了。”袁得鱼拉起她的手，把她拽到门口。

苏秒打掉袁得鱼的手：“袁得鱼，你不要给自己惹麻烦了。还有，我是真的爱这个人。你看我好像跟谁都可以来电，我跟谁都可以上床，但你知道什么叫真正的飞蛾扑火吗？”

袁得鱼怔了怔：“苏秒，你不要这样任性了！你再这样下去，以后再也不会有人像我们这样真正关心你！你知道常凡跳下楼前说了什么吗？他让我好好照顾你！你一旦离开这里，就会遇到第二个常凡，会遇到真正爱你的人。而不是像现在这样，永远在他的阴影下面，自己都没有察觉，也没法挣脱。”

此时，正好魏天行他们也出来了，袁得鱼看到苏秒不为所动，知道可以离开了。

“我很好！”苏秒大大咧咧地向他挥了下手，转过身去。

袁得鱼他们离开后，苏秒假装在喝水，眼泪不经意地流在水中。

唐焕唤来“小猫”。

“小猫”瑟瑟发抖。这么多年，“小猫”也算是历经风雨，在众多男人身边游刃有余，但不知为何，她在唐焕面前，总是止不住地恐惧。虽然唐焕面带笑意，长相并不凶狠，但她觉得这个男人身上有一种冰冷的东西。他是没有心的，不会爱上任何一个女人。她知道他不仅在爱情上残酷，做起事情更是心狠手辣。一般人说“我想杀了谁”，只是说说罢了，“小猫”相信，如果唐焕说“我想杀了谁”，那这个人就真的会消失。

“小猫”坦白了自己与魏天行曾经的交情，但大部分关键情节都省略了。混迹风月场所多年的她，深谙江湖的生存之道，有些地方不需要诚实，适当的谎言才能明哲保身，不然就相当于自寻死路。

毕竟，客人之间的相互引见，在花天酒地确实很平常。

“那你看到我躲什么？”唐焕厉声道。

“今天是我在大厅值班，我怕你看到我不务正业。”

“你走吧。”唐焕也不想再跟“小猫”多费口舌，毕竟“小猫”引见完后也不在现场，如果刨根问底，反倒打草惊蛇。

夜深了，唐焕在花天酒地抽着烟，顺便看了一眼中央集成摄像监视器屏幕，他在众多画面中间，看到一个熟悉的身影——袁得鱼。

没错，正是袁得鱼从那个包厢走出来。他马上用遥控器切换另一个角度，看到苏秒扶着门，袁得鱼拉着她的手，像是要她离开……

过了许久，他深深地嘘出一口气，眼里透出一股杀气。

五

接下来，市场进入了波澜壮阔的主升浪行情时期。

主升浪的发生是大部分人都始料未及的——1999 年 6 月 15 日，《人民日报》刊文《坚定信心，规范发展》，信号明确，肯定了自“5·19”以来股市的恢复性上涨，符合中国经济的发展方向。当天，股市就创下 520 亿元天量，市场从此一发而不可收。

上证综指自 1 058.70 点开始，连续创出历史新高，最高至 1 756.18点；深证综指则从 310 点急升至 528.88 点。在此后的 31 个交易日中，上证综指、深证综指和深成指数创纪录地分别上升 59.40%6、.26% 和 85.53%。同时两市交易量也不断放大，连续数天保持 200 亿～500 亿元的日成交量，6 月 25 日成交量更是破天荒地突破了 800 亿元。6 月 23 日，上证综指更是朝历史瓶颈的1 600点奔去。

同时，魏天行操控的中邮科技一如既往保持着最强劲的超级大牛股姿态。

数月来，中邮科技的飙升速度让人大气都不敢喘。

而魏天行的手法比起第一个烟花阶段更为眼花缭乱。

公司先是发布了“10 送 10”分红预算，股价迅猛往上蹿了一阵。

秦笑相继买了法人股，启动增资扩股，成立新中邮集团，把视线瞄准了一家创投公司，很快就对其进行了整体收购。这家公司主攻纳米技术，很快成了中邮科技资产中重要的“高科技”部分。

随着一系列资产整合与融资规模的进一步扩大，中邮集团又收购了一家硅资源公司。

这两家公司通过秦笑平台的借壳、反收购手段，也很快融资上市。

这么一来，加上此前的中邮科技，奠定了秦笑“中邮系”旗下三家上市公司的雄健架构。

秦笑最感欣慰的是，通过这些上市聚拢的资金，他填补了之前其他负债累累项目的资金亏缺。越来越多的市场人士对秦笑发出了无限的赞美声，说他控股的三家公司就是“三驾马车”，将新中邮集团带往无限美好的未来。

在市场的强势环境和源源不断的消息面配合下，作为新中邮集团核心资产的中邮科技的股价，像一匹脱缰的野马，跑了起来。

连魏天行都不敢相信自己的眼睛，只见源源不断的资金蜂拥而来，将股价一波一波地推往更高处。

很快，中邮科技的股价站稳在60元关口。至此，中邮科技放出了第二个绚烂的烟花。

“是不是差不多了？”袁得鱼在操盘时已经感觉到了莫大的压力。

“万里长征才刚开始呢。”魏天行看着盘面，很确定地说，“撑死胆大的，饿死胆小的。这个时代的最大优势是，永远不缺乏想象力。”

“想象力？”

“资本市场，想象力就是生产力，就是钱。市场从某个角度而言，正是无数人的想象力创造的。操作的时候，如果想象力丰富，不是更游刃有余，容易捕捉到更大的空间吗？”

“如果我把能观察的因素都观察到了，这个空间还不大吗？”袁得鱼质疑道。

“你看到的东西会影响你的判断，你能从海量信息中找到高光点吗？”

“高光点？什么意思？”袁得鱼追问道。

“很多东西不应该是我们去关心的，这些东西只会让我们丧失判断，有时候，想象力能让你一眼就看到事物的真正核心。”

魏天行虽然一直在不紧不慢地执行着项目书中的计划，但毕竟市场若有什么风吹草动，资金主力不及时托盘，前期所有努力就会功亏一篑。而这段时间之所以稳定，主要是因为市场支撑力还在，而市场一旦变盘，抛盘就会呈几何级数暴增，资金回笼就会出现问题。

他不由得说：“想象力归想象力，还是需要助推剂的。”

一天，一则震惊科学界的消息放出。中邮科技研发出自主知识产权的中央处理器（CPU），采用了国际先进的0.18微米半导体工艺设计，一个手指甲一半大小的集成块上有250万个元件，而且具有32位运算处理内核，每秒钟可以进行2亿次运算。经过国内权威专家验证，这一成果在某些方面的性能甚至超过了国外同类产品。

秦笑满面红光，略带兴奋地宣布：“董事会决定进一步提升中邮系‘三驾马车’的高科技含量。公司一直在进行一个研发，就在前一天，我们研发出了新一代高性能芯片，技术达到国际高端的数字信号处理（DSP）设计水平。可以说，这项研究引领全球微电子技术的趋势，实现了我们科学界自主研发高性能芯片的光荣与梦想，完全拥有自主知识产权，我们将这个芯片取名为‘中国芯一号’！”

“中国芯一号”发布会场面无比盛大，相关的重要人士悉数到场。

发布会上，包括知名院士团与“科学振兴计划”小组中集成电路专项小组负责人的鉴定专家组共 11 人，做出了一致评定："中国芯一号"及其相关设计和应用平台开发属于国内首创，达到了国际先进水平，是中国芯片发展史上一个重要的里程碑。

紧接着，中邮科技又是屡屡涨停。

"中国芯一号"的消息甚至引发全球轰动，各国订单雪片般地飞来。

中邮科技为此还吸引了上亿元科研基金，向银行进一步大规模贷款融资。

中邮科技很快又遇到了意想不到的好事，国际知名咨询公司麦肯锡（Mckinsey）主动为中邮科技提供了收购咨询业务，让它没多花一分钱，收购了美国一家价值 3 700 万美元的同类公司，打开了中邮科技海外扩张的市场。

中邮科技的 K 线图更是走得惊心动魄——45 度角直线上拉。

六

唐烨沉浸在中邮科技剽悍的股价之中。没想到，这一天，他又收到了一封信，上面画着血红色的骷髅，这是他收到的第七封类似信件了。

唐子风看到唐烨神情有些恍惚，他知道，每当股价飙升的时候，并不是所有人都那么欢欣鼓舞，总有一群失意者随之产生。

他劝唐烨说："潮清帮只会站在资金那一边。"

唐烨终于松了一口气。

唐子风决定去见一个重要人物，他已经很久没有会这个人了。他最近也知道了一些事，至少在他心中，唐烨的最大麻烦不在于那个对手，而是形势上的影响。

每次他们约见的时候，这个重要人物总是找一些新鲜的场所，每每让见过不少世面的唐子风都感到不虚此行、大开眼界。

一辆劳斯莱斯来到唐子风面前，唐子风对司机说："天堂帆船度假村。”

劳斯莱斯在高速公路上飞速行驶，没过多久就来到奉贤海湾。

唐子风第一次知道这里还有一个以帆船命名的度假村。

唐子风的车进入度假村后，沿着路牌开到了一个高地。度假村唯一的一家大型酒店就坐落在高地的坡顶。酒店看似很矮，内部空间倒是错落有致。唐子风迅速发现了酒店的奇特之处：酒店的电梯只有向下的按钮。原来酒店的所有房间都在地下，共有三层。唐子风走过狭长的走廊，墙上到处都是镜子，就像是在走一个迷宫。

唐子风推开一扇房门，里面坐着一个高大挺拔的男子，唐子风唤了一声：“邵局。”

“很久不见，别来无恙！”邵冲转过身，朝唐子风上下打量了一下，“老兄，去我的帆船上玩玩，散散心吧。”

唐子风点点头：“帆船的主意实在新鲜，邵局怎么想到约这个地方？”

“这里的空气比天马山上还新鲜，不用出门，酒店里就有斯诺克，晚上可要好好打几局。”邵冲说话慢慢地，“我前阵子在帝豪玩斯诺克单杆139分，你不在，真是太可惜了。”

唐子风笑笑说：“唉，我现在迷上了田园，上个月我去了趟米乡余姚，很想在那里买一个菜园，过过农民日出而作、日落而息的生活。”

“听说唐烨最近受到了恐吓？”邵局喝了一口酒，切入正题。

唐子风回答道：“还好，不过确实很久没有这样提心吊胆了。”

“找到是谁了吗？”邵冲边问边戴上一只防滑手套。

“还能是谁？肯定是林海洋他们。上次我们看他大势已去，又不听我们的话，就安排了自己人上位，他一直耿耿于怀。唐焕也警告过他，我以为这件事情早就过去了，没想到他如今又找了另一群潮清帮的人，变本加厉起来！”他们一边聊，一边来到了帆船停靠的栈台。

他们跳上了一艘中型的帆船。邵冲娴熟地将绳子捆绑在帆船的柱子上：“中间是个测风仪，显示我们现在的船速。”

唐子风用力撑起了船帆，邵冲开始转动船左侧的一个齿轮盘。

“现在正好顺风，我们倾斜几度可以加快速度。我总结过，开好帆船，重要的不是借风，而是要掌握好平衡。有时候，保持倾斜是为了更好地前行。”邵冲慢慢说。

“嗯，be a wind catcher（做个追风者）。”唐子风之前在理论上也学了几招。

“说得好，wind catcher（追风者）。”邵冲顺风摇了几下风向把手，“话说，我这次恐怕帮不了你。”

“邵局，我知道，上次申强高速的调控风声，真的帮了我不少忙，我还没来得及好好谢你。这次，若能帮到我儿子,我会加倍感谢的。”

“你有时候就是操之过急。”邵冲眼望前方，在申强高速上的失利还是让邵冲有些耿耿于怀，他那么早就将消息告诉了唐子风，唐子风居然还是白白浪费了那么好的一个筹码。

唐子风仿佛知道邵冲在想什么，将申强高速的事情详细地向邵冲解释了一番。

“成败论英雄，节外生枝也是你该考虑的因素。”邵冲说。

唐子风松了口气，知道邵冲终于放下了。

邵冲对当前发生的一些细节很是好奇：“话说，你从哪里知道有人暗访上面，说你儿子在搞老鼠仓？”

“如果单是万富这只基金，圈内倒未必在意。但谁也没想到扯得那么大，听说，暗访人还想把泰达证券一起扯进去，我的人一听就觉得事关重大，马上通知了我。”唐子风擦了一下汗。

“你真是耳目众多啊，上面知道这个告密事件的人也没几个。”邵冲冷静地说。

“只要这次你帮我过了这道难关，你就是我唐子风集团的真正控制人，随你操控。”唐子风多年来头一次如此示弱。

邵冲一语不发。他一直希望出现一些他私底下能控制的金融集团。毕竟，目前已经出现几家野蛮生长的企业，让他有些不快，他急迫需要制造另一艘资本航母，与这些企业进行制衡。而他自己，不仅能从这艘资本航母中得到他所想要的诸多利益，还可以让其成为推进自己上升的重要筹码。毕竟，太多复杂的人事关系需要处理。邵冲希望可以打败一切潜在对手，对关键敌人最好能一招致命。

“我们内部也商量过，基金毕竟才成立一年多，需要保护起来。”邵冲坦言道。

唐子风顿时放心了大半，邵冲既然提出“保护”，那这件事的主基调就“宽容”了。

唐子风迫不及待地说道：“我的布局也是天衣无缝，相信我，我还没发挥威力，你到时候尽可‘坐享其成’。”唐子风没怎么展开，重要的三言两语，邵冲就心领神会了。

“我不参与了。”邵冲坚定地摇摇头，“日后你也不要再为难我了。我们与佑海证券交易所一样，每个人都签署了《保密工作条例》。很多事情，我帮助你，也是有一定的历史原因，但时代变了，下不为例。”

邵冲想起那些举报信的内容还有些害怕。那封信罗列出了清晰的数据，一针见血地指出，唐烨的万富基金与秦笑的资产管理公司同步买入中邮科技的前身米特要，而大家都知道，秦笑后来是中邮科技的实际掌控人。信里说：“一唱一和风情万种，似在上演一个巴掌拍不响的可笑游戏。”

信里还指出了一些隐秘的理由：“中邮科技一直没有显示在该基金季度发布的十大重仓股中，年报因为披露前100只股票才披露出来。中邮科技作为重仓股有故意隐藏之嫌，从吸筹频率看，与泰达证券推荐报告堪称一唱一和。另外，泰达证券曾与秦笑公司配合进行举牌，导致曾在整体股价低迷时，米特要连拉两个涨停板，尽管之后股价一度过于低迷，一路下行，但不能掩藏当时配合操纵的痕迹。”匿名信作者由此得出结论：泰达证券、万富股票优选基金似在和秦笑公司唱“三簧”。

令邵冲最为无语的是，中邮科技股价的几次起伏，暴露了大量的数据，被这个眼光犀利的匿名者抓住了把柄。邵冲甚至怀疑，中邮科技近几个月来的疯涨，可能与这个匿名者有什么联系。

邵冲的反应令唐子风多少感到有些意外，不由得忐忑起来，但也能猜到八九不离十，他只当邵冲有难言的苦衷。

“对了，那东西找到没?”邵冲想起了什么似的问道。

“都找遍了，我猜就在魏天行手中。这次你也看到了，我们的对手不同了。”

“我也认为幕后推手是魏天行。”邵冲说着，就甩了下手，“你也不要乱来，随他去吧，我们只希望看到市场好起来。”

“嗯，上面真是越来越强势了。”唐子风发出感慨。

“我们只是行使监督职能。帝北那里，新一批领导过来了，上面也会有一系列新动作。比如，新股的行政审批制很可能在未来变成核准制，而我们不再是过去那个有名无实的行使行政处罚权的局级单位了。”

唐子风想起原来上市公司董事长拒绝与上面官员见面的理由：“我是正局级，你是副局级，我来拷问你才是”。

唐子风不由得心领神会，“宽容”即将一去不复返了，未来的日子将会是风云突变。

第十二章　无极美人计

天下莫柔弱于水，而攻坚强者莫之能胜，以其无以易之。弱之胜强，柔之胜刚，天下莫不知，莫能行。是以圣人云："受国之垢，是谓社稷主；受国不祥，是为天下王。"正言若反。

——老子《道德经》

一

秦笑下定决心撤出中邮科技，至少目前看来，还将有一笔不菲的回报。

然而，他猛然发现，全世界已经发生了变化：股价依旧在不断走高，上证综指朝 2 200 点位强势突破，每一天都是历史新高。

这天在秦笑府邸，一场对话正在进行。

“小魏，你看中邮科技是不是差不多该收手了？”秦笑问道。

“秦总，你多虑了。我们做的是善庄，你看目前后续资金源源不断，我们是在打造第二个百事可乐（Pepsi Cola）与沃尔玛（Mal-Mart）啊。”魏天行不以为然。

“不过，中国经济的环境变化不好说啊。”秦笑点了一根雪茄。

魏天行暗想，秦笑真有意思，既想利用资本市场的制度特点和缝隙谋利，同时又害怕谋到的巨额财富随时被制度因素消灭殆尽。所有有钱人是不是都这么矛盾？

“秦总，我们做的是长庄，钱才只赚了一半。记得我们当时约定好的，要做中国第一只百元股，现在还差一截呢！”

“百元股有什么意思？”秦笑冷笑了一下。

“你再给我一点儿时间吧，我还是坚持自己的立场。”魏天行坚定地说，心想反正我也豁出去了，资金大权现在也在我手上。

秦笑沉默了一会儿，终于说道：“好吧，我信任你。”

魏天行走后，贾琳有些不解地对秦笑说道：“你难得那么信任别人。”

“他以为这只股票由他一手掌控，真是可笑。不过这样也好，他的自信就是最大的幌子，给我们出货提供便利。但我不喜欢失控的下手，行动吧！”秦笑笑了一下。

市场惯性的推力更让袁得鱼无比吃惊。

不知是不是所谓的“高处不胜寒”，袁得鱼觉得莫名的心慌，这种感觉让他很不安。他在大户室里来回踱步，总觉得哪里不对劲。

魏天行正好兴致高昂地回来，提了两瓶白酒：“看，又是秦笑送的，他们现在都把我当神仙供着！”

袁得鱼着急地说：“师傅，我们什么时候撤资金啊？”

“你在想什么？”魏天行叫起来，“天下最好的馅饼就摆在你的眼前！这只股票可以让我们赚到想都不敢想的大钱，以后恐怕就再也遇不到这么好的机会了。黄金10年，世纪大牛市来了，现在才涨了这么点儿！袁得鱼，这就是想象力，你怎么什么都不敢想？”

“但是师傅……我真的觉得我们已经赚得够多了。”袁得鱼说。

魏天行明显刚喝了不少酒：“得鱼，我知道你在担心什么。你放心，今天秦笑也正好找我聊了此事。他跟你一样，开始问我撤的计划，我已经说服他了，我们做的是长庄。”

“长庄背后的逻辑是什么？根本就是一个谎言，一个谎言圆另一个谎言！”

“袁得鱼，你怎么可以这么说？”魏天行叹了口气，“秦笑都这么信任我了！既然他是君子，我们就更不能做出背信弃义的事！”

袁得鱼看师傅如此坚定，想师傅这么做肯定有他的道理。

此时，盘面上的上证综指已经冲到了2 245点，中邮科技再次冲击涨停。袁得鱼有些恍惚，他犹豫了，想自己是不是太操心了。

此时，他想起父亲的话：“相信自己的逻辑演绎。”他又想起当时与魏天行重逢的机缘巧合：通往真理就得观察细节。

他跑到了营业大厅，看到每个股民脸上都挂着笑。

他又跑到中邮科技的大本营，想去见识一下他们一手打造的资本航母如今是什么样子。到了中邮科技后，所看到的一切让他不寒而栗。

袁得鱼一进门，就发现门卫值班室内有一台电脑，上面跳着上市公司的股价。

袁得鱼不由得问道："你们在做什么股票？"

"中邮科技啊，还用问吗？"门卫不假思索地答道，"超级牛股啊，什么时候买都能赚！"

公司厂房里有个水管维修工，腰里别着一个寻呼机（BP机），他时不时看一眼，露出欣慰的笑容。袁得鱼上前一问，原来这台寻呼机主要是用来炒股的。

袁得鱼不禁好奇地问："你买了什么股票？"

"还用问吗？中邮科技咯！"水管维修工答道。

袁得鱼发现，公司上上下下，从建筑工地的工人到研发部工程师再到行政中心的财务总监，无一例外都在买中邮科技。

他路过大门的时候，看见一个资产评估中介过来做调研。他听到几句，像是有人想通过手上中邮科技的股票市值向证券业务部融资几千万元。

袁得鱼看到了资本市场可怕的放大效应。中邮科技好像一个巨大的铁链，拖着无数个老鼠仓，在茫茫夜色中前行。袁得鱼仿佛可以看到不远的未来，巨大的铁链被老鼠仓拖得粉身碎骨。

袁得鱼经过报刊亭，看到很多杂志、媒体依然对中邮科技赞许有加："中邮科技股价稳步上升，连续26个月被《华夏证券报》公布在风险最小的10只股票榜首，被选为指数样板股，还被道琼斯（Dow Jones & Company）选入中国指数样本，甚至被《华夏财经周刊》列为可以放心长期持仓的大牛股。"

袁得鱼惊讶地发现，原来中邮科技已经持续上涨了一年多，几乎没有一天出现过明显跌幅，几乎没有一个人在中邮科技上亏过钱。

他想，难道这就是魏天行一直希望做成的"善庄"吗？

他定了定神，回到大户室，打开盘面，很多天以来，他们的二级市场操作几乎不用拉抬，股票自己就会往上走，压都压不住，这股气势比以往任何时候都强烈，这无疑是极其恐怖的信号。

袁得鱼一想起那些贵宾贪婪的笑脸，就无法冷静。看来早就不对劲了，魏天行推崇的“善庄”理念，本身就是理想主义，怎么可能会有那么多人接受呢？

那一天迟早会来，他猛然意识到，他自己都快被这个美妙的童话淹没了。这个疯狂的暴利面前，每个人内心深藏的贪婪被无限放大！抬轿子的基金都在出货，老鼠仓泛滥到岌岌可危的地步！

他要赶快告诉师傅，快点儿撤出来！他打电话给师傅，电话无人接听。

他在路上拼命跑着，内心在大声疾呼，秦笑利用了他们，他凭什么向银行贷款？他哪有钱收购那么多家公司？一切都是泡沫！游资马上就要松动了！

师傅，快醒醒，你已经不理智了！

秦笑怎么可能任你妄为？他早就打算跳出我们的路线图了！他为什么那么高调？是为了出货！全世界都疯了，疯了！

二

这天收盘的时候，贾琳打来电话，言语中透出一股神秘：“魏天行，为了表示对你的谢意，是否能参加我主办的庆功晚宴呢？”

魏天行犹豫起来。

贾琳接着说：“就在江东荣轩私人会所，我带你见一些金家嘴金融圈的朋友。”

“好。”魏天行答应下来，贾琳身上有一种吸引他的东西，他无法拒绝。

魏天行穿了一套浅灰色的中山装，开着蓝鸟，吹着口哨，向江东驶去。路上的人很少，魏天行心情愉悦，索性抽出了车厢存放的酒，他感觉自己体内有一种欲望在蠢蠢欲动。

从地图上看，晚宴地点距离江东世纪公园不远。奇怪的是，他开车过来时，发现这个地方像是全被森林覆盖着，此前他从来没有留意过这里竟有这么一处幽静的“桃花源”。

车子沿着一条小路前行，后来进入一条绿荫小道，小道越来越深，魏天行仿佛迷失了方向，瞬间以为穿越了什么时光轨道，但只能前行。

魏天行不由得打开车窗，花香四溢，顿时沁入心脾，四周芳草鲜美，落英缤纷。更不可思议的是，他听见了溪水淙淙的悦耳声响，仿佛这里不是佑海，而是一处静谧的空谷。他不知又开了多久，终于看见前方有微弱的灯光，但那还不是终点，而是一个古镇。魏天行路过那片灯光时，看到几处中式的楼阁，青砖绿瓦，颇似古代的官邸。魏天行有些兴奋，有些未知令人恐惧，但这里的未知却是祥和安宁的。

目的地是座四壁都挂着大红灯笼的红瓦房，那里也是小溪的尽头，可以听见小溪源头水流的声音。

一个白衣飘飘的侍者提着一个小灯笼从里面走了出来，他接过魏天行的车钥匙，毕恭毕敬地请他入内。

若不注意，根本找不到大门。大门是暗暗的铜色，低调地藏在不醒目之处。若不在意，会以为这个红瓦房是个密闭的空间。

魏天行看到墙上嵌着一个发光的木头空盒子，他照着盒子上的图形，在盒内光影交错的空间里比画了一个六角星——两个正反三角形叠合而成，铜门吧嗒一声自动打开了。

这里是一处新天地，里面热闹非凡。

又一个白衣飘飘的侍者提着一个小灯笼恭敬地从里面走出来，带着黑色斗篷，毕恭毕敬地请他径直入内。

正在这时，有个人突然从门外蹿了进来，扯住白衣侍者的裤腿，跪下哭着说：“让我进去！”接着不知从哪里冒出两个彪形大汉，毫无表情地将他拖出了门外。

那人像疯子一样盯着魏天行，大叫道：“哈哈哈，有钱人原来长你这样啊？哈哈哈，有钱人，你相不相信，未来10年，世界上的有钱人更有钱，穷人更穷！‘朱门酒肉臭，路有冻死骨’，这是不可逾越的天壑，危机四伏啊！”

魏天行看着他，诧异万分。

“天行，你来了！”一个婉转悦耳的女声传来。这声音是贾琳的，她对他微笑着。

见魏天行的思绪还在刚才那人身上，贾琳不由得说道：“这人曾是这个私人会所的成员，进这里的人最低身家是10亿元，但那人最近破产了。没人不爱享乐，除非你没尝试过，不然都会哭着叫着要回去，曾经沧海难为水最痛苦。”

“或许他还能东山再起，谁知道呢？”魏天行笑着说，“你们没人睬他，但他的话我信。”这时，他才把目光定在贾琳身上。贾琳身上的装扮与自己曾经所见的大为不同，这应是唐代的装束。她头发高高盘起，身着做工精细的大领大袖黄袍，蓝紫色祥云镶边，胸前牡丹大花刺绣，与华丽的凤纹披肩相得益彰。

“这是他们为我做的，他们说我是‘武则天’，但我更喜欢我这样……”说着，贾琳拔掉了发簪，头发立即披了下来。她轻曼地转了个圈，将斗篷状的外衣褪去，洁白无瑕的香肩似向魏天行靠来，又矜持地收回去，披上了轻纱制成的衣衫。魏天行闻到了她身上散发出的一缕甜香。

“秦笑呢？他没跟你一起主持庆功晚宴？”

“他去国外了，你不觉得这样更好吗？”贾琳笑道，“你稍等一下，我来主持。”

贾琳自然地走进这个奇怪的建筑，站在最前面的一个平台上，举杯欢迎来客，大方得体。

魏天行则被建筑深深吸引住了，建筑的灵魂异形林如参天大树破土而出，顶部为一个巨大的空中花园。异型林是清水混凝土的灰，素颜见天下。灰色，是未经雕琢的朴素大美，“素朴而天下莫能与之争”。28根柱子象征28周天，7星宿组成一象，四象28宿掌管宇宙四方。

这里是一个充满神秘感的意境，一个不断变幻的无极道场，一个充满现代感又蕴含远古神力的时空中转站，一个超现实的玄天幻境。这里不是一个水泥山洞或钢筋树枝，而是处处休现着老庄哲学的混沌太空。

魏天行正寻思着，传来悠扬的古琴声。贾琳正在台上低头拨弦，那样子让魏天行看得都醉了。他闭起眼睛，伴着音乐深深地沉浸在无极场中。

之后还有一个游戏环节，即每个人说一个境界。不少人引用了王国维的人生三境界，魏天行却说了“天山鸟飞绝，万径人踪灭”这一句，孤独得彻底。

“魏天行，我想你现在还没有10亿元，但你是我们这里唯一一个穿中式服装、与这里的环境最为贴合的人。”贾琳说，“或许这预示着你有这个价值。”

“只是股价未到，哈哈。”魏天行笑着说，“不过，我确实很喜欢无极。”

“你真博学，这个建筑模仿的正是魏晋南北朝时期的无极道观。”贾琳欣赏地看着魏天行。

贾琳又端坐在古琴前拨弄起来，唱了一首陆游的《钗头凤》：“红酥手，黄縢酒，满城春色宫墙柳。东风恶，欢情薄。一怀愁绪，几年离索。错，错，错！……”甜绵的声音让魏天行如痴如醉。

人群渐渐散去，魏天行还徜徉在荷花灯中，流连忘返。

“你随我来。”贾琳拉住魏天行的手。

魏天行跟随贾琳来到了无极道场尽头，里面摆着一张有帷幔的木床，估计是供客人休息用的。

“天行……”空气中荡漾起销魂荡魄的柔语。

此时，夜晚白雾飘散，迷蒙中透出女子曼妙的身躯，贾琳薄纱半遮的躯体若隐若现，她轻叹一声，滑入魏天行的怀抱，随口吟道：“并刀如水，吴盐胜雪，纤手破新橙。锦幄初温，兽烟不断，相对坐调笙。低声问：向谁行宿？城上已三更。马滑霜浓，不如休去，直是少人行。”

魏天行梦中的海此时此刻就在眼前，这梦里的海滩、蓝天与水波连成一体，海天一色，如幻如梦。他感觉自己仰面平躺在水面上，海浪轻柔地拍打着自己的身体。最美的是天，不消抬头，满眼就是画。白云像大理石中镶嵌的白丝纹，如雾如影，太阳散发着橘黄色的清澈光芒。他被最柔软的自然体托着，只有一种感觉，极轻、极轻……

一道刺目的灯光射来，魏天行下意识地用手挡住了眼睛。

一个熟悉的身影朝他走来，魏天行认出此人是唐子风。

“把东西交出来！”唐子风厉声道，“不然，你今天所做的事的后果将不堪设想。”

魏天行诡异地大笑起来：“哈哈，你怎么会在这里？我还正愁没有人替我陪美女。”

“你不希望秦笑知道你们的事吧？”唐子风厉声道，“东西呢？”

“哈哈，你为了这个东西害了那么多人！”魏天行冷笑道。

“那我打电话给秦笑了。”唐子风马上拿起电话。

魏天行看了贾琳一眼，发现贾琳在一边哭了起来，随即对唐子风说：“你太了解我了，我宁可自己死，也不会拖累女人。好吧，我告诉你！”

唐子风暗想，记得自己与秦笑商量这个美人计时还有些顾虑，毕竟贾琳是他的女人。

没想到，秦笑轻松地表示：“舍不得孩子套不着狼，何况女人。”

三

袁得鱼急匆匆地赶到车库，没看到师傅。他发现一张纸上有铅笔印痕，他用铅笔芯磨了几下，显现出一个会所地址，时间就在今天。

忽然间，袁得鱼好像想起了什么，额头上渗出一层细密的汗珠。

他有一种不祥的预感，师傅可能要出事了！袁得鱼想起先前的一些事，黑帮既然都冲着自己来了，魏天行更是逃脱不了。秦笑所谓的“信任”，难道不正是缓兵之计吗？再说，贾琳怎么有闲工夫邀请魏天行，难不成还交桃花运不成？秦笑的女人谁敢碰？

袁得鱼直接上了一辆出租车，直奔贾琳约见魏天行的会所。

白天这个私人会所雾蒙蒙的，别有一番风景。

袁得鱼拼命跑着，一路横冲直撞，发现路的尽头，魏天行正躺在地上，浑身是血。

袁得鱼抱起魏天行的头，大声叫着师傅。

魏天行身上被捅了好几刀，失血过多，脸色惨白。

“师傅！”袁得鱼跪倒在魏天行身旁，“师傅，到底发生了什么事？是谁干的？”

魏天行虚弱地说：“跟你爸爸的事情有关……”

“到底是什么阴谋？他们为什么要这么对你？究竟是谁害死了我爸爸？”袁得鱼追问道。

魏天行深深地吸了一口气，说道：“你手上是不是有一张交割单？那张交割单背后的人都是害死你爸爸的凶手，他们每个人手上都沾满了你爸爸的鲜血……”

魏天行断断续续地回忆道：“5 月 28 日，也就是帝王医药事发的前一天，我记得那天天色灰蒙蒙的。我因为事先接到你爸爸的电话，听他说要回来，一大早就去了证券公司等他……可是，等了很久，你爸爸都没有音信，我……我就与海元证券的专职司机，一起去接你爸爸，我们猜，他可能在路上遇到了麻烦。后来，我们接到了你爸爸，但你爸爸看起来，就像经历了一场车祸一般，身上都是灰尘。你爸爸后来跟着司机走了，而我留了下来。他让我先去山下看看，说山下有一辆车，他们的车栽了下去，但让我先不要报警。我马上跑到山下……果然发现有一辆车，车里有两个人，一个是司机，他的头撞在玻璃上，估计已经流血过多而死。还有一个人奄奄一息，看到我，就让我救他。他告诉我，除了他们之外，还有两个人，一个是袁观潮，还有一个叫山口。我一听就觉得很奇怪，居然是个日本人的名字。直到这人死之前，他都坚持说，这是一起人为的车祸，有人动了手脚！他告诉我，前一天晚上，他们在执行计划的最后一步。在一个月前，参与帝王医药操作的人，都被组织了起来，在涉山天马山的高尔夫会所进行了一场叫‘七牌梭哈’的赌博游戏……当时，共有七个人。他们……他们决定根据当时的赌博记录，来分配任务轻重与最后分成。他们交代任务的时候，你爸爸被决定进行最后的分成，就将参与人的名字，都写在了一张纸上，就是那张交割单，这是证明他们当时在场的唯一证据……但……但很遗憾的是，我还没把那人背到医院，他就死了……他在死之前，说了两遍唐子风的名字……”

“这个人究竟是什么人?”袁得鱼追问道。

“我把他背到医院后，警察也来了，他们调查了这个人的身份……是来自香港的经纪人，估计是项目牵线人。我后来查过这起车祸的资料，果然是人为的。离合器被人动了手脚，说是利用了虹吸现象，把离合器牢牢粘在一起，根本没有办法刹车，于是车子就直接在弯道处栽了下去。”

“那他们到底藏了什么阴谋?”袁得鱼还是有诸多不解。

魏天行又咳了起来。“唐子风……唐子风一直在找一样东西，他以为这样东西在我这里，他以贾琳为威胁，逼迫我，我只好答应给他。贾琳安全后，我还是说没有，他就对我下了重手……但我可以确定的是，这样东西，原本在你爸爸那里……”魏天行喘了口气，“我只是听说，这个东西里藏着很多秘密，甚至谁拿到了，谁就有机会感悟到中国资本市场的精髓。这个惊天大阴谋，一定围绕着这两个线索展开，一个是那笔不翼而飞的巨款，另一个是唐子风还在疯狂寻找的东西。这就是我所了解的所有事情……”

“师傅，你教教我，我该怎么办?”

“去复仇，为你父亲复仇……”魏天行有气无力地握着拳头说道，“你一定要把中邮科技做下去，完成师傅的心愿。我希望有一天，中国第一只超过百元的股票是在你手上完成的。得鱼，你相信吗？我已经看到了，就在不远的将来……资本市场的这个奇迹注定是属于我们的。”

“师傅，我该怎样才能做到呢？”袁得鱼问道。

“原本，我还留了最后一课……现在的你，还欠火候，等到你参悟后，自然会明白……我本来还能帮助你一些，但我现在一点儿力气都没了……”

袁得鱼重重地点点头：“师傅，那我现在该如何打败唐子风？”

魏天行眼神有些涣散，他嘴唇翕动着：“棋……棋……”

“强手棋？”袁得鱼不知道师傅又在做什么暗示，心里很是着急。

“围棋。”魏天行提了一口气，“唐子风是个棋迷，他最佩服的围棋高手，是吴清源……吴清源最大的特点，是深谙‘六合之道’，就……就是对每颗棋子，都通盘考虑阴阳之中和，以及全盘整体的平衡……”

袁得鱼仔细听着，若有所思。

“这场大战，就好像在你面前摆了一盘珍珑棋局。”

“珍珑棋局？”袁得鱼觉得这个棋名好像在哪里听过。

魏天行的目光突然暗淡了下去，他虚弱地说：“你能答应师傅最后一个要求吗？”

袁得鱼扶起师傅的头，含泪点头：“嗯。”

“我想去海边……他们说，在佑海，奉贤的海滩最美，你能不能把我带到那里去？”说着，他的头软软地垂了下去。

袁得鱼在出租车上，抱着魏天行，泪流满面。

他自己都不敢相信，在这么短的时间内，他接连失去两位亲人。

他抱着师傅来到海边，跪倒在沙滩上，他贴着魏天行的头说：“师傅，你听到了吗？海的声音……”

奉贤海边，横卧着一只被遗弃的破旧小船。

袁得鱼把魏天行抱到小船上。

魏天行呢喃着：“得鱼，我好像听到了我女儿的声音，我……我曾答应她一起来看海，我真不是一个好父亲……”

袁得鱼点点头，他看到魏天行渐渐闭上了眼睛，眼泪缓缓流下来。他跳到海中，推船前行，浪花不断拍打在他的脸上。

终于，他放开了手，小船随水漂向了大海深处。他目送着小船摇摇晃晃地消失在灰蓝的暮色中……

四

一缕阳光照在袁得鱼脸上，他不知道自己昏睡了多久。

他只记得自己送别魏天行后，一个人走在奉贤沙滩上，一直在哭泣。可能过于伤心与疲惫，他走着走着，就躺了下来，很快就在岸上睡着了。

他睁开惺松的双眼，突然觉得整个世界都无比陌生。他看到刺眼的悬浮着的太阳。

他恍恍惚惚地走着，太阳下的街道、房舍、树木众多，那是一个浮躁的世界。

袁得鱼抬起头，看见一只灰鸟从头顶飞过，奇怪的鸟鸣声响彻天空。

袁得鱼心中有一团火燃烧起来，是时候战斗了！

袁得鱼一口气跑到小白楼下，正要怒砸大门，忽然见到一个女孩风风火火地从自己身边走了过去。

他愣了一下，发现这个女孩很面熟。他不太确定，毕竟印象中的那个女孩娇小柔弱，他试探着叫出了那个名字：“乔安！”

没想到，女孩真的转过身，眼睛一下子锁定了袁得鱼，一脸的不可思议。“竟然是你！”乔安冲袁得鱼嫣然一笑，“袁得鱼，我曾想过与你重逢的很多场景，但从来没想过会与你在佑海的洋滩邂逅。”

袁得鱼愣了一下，这个曾经在自己怀中娇羞的女孩，现在出落得如此清新脱俗。与此前长发飘飘的样子不同，乔安的头发一股脑儿盘在脑后，发簪处散着几根小碎发，还有两三绺头发在脸颊旁飘着，倒是有几分俏皮的神韵。

“你怎么也在佑海呢?”

“我在《华夏财经报道》实习。”

要知道，《华夏财经报道》是袁得鱼这个懒人都会定时翻阅的财经杂志，他忽然改变了主意，自己不是要报仇吗？怎么可以如此冲动？

袁得鱼很惊讶：“你怎么会想到做财经记者的?”

“嗯……秘密!”乔安故意卖关子，“其实，我本来以为我不会喜欢这个，以前看你总是在学校的黑板上圈啊画的，说什么股票走势图，我什么都看不懂。但做了一段时间发现，这个行业还是蛮好玩的。”

“哈哈，说明你挺适合的，祝贺你!”

乔安看了看他，甜蜜地说：“袁得鱼，我还以为见不到你了。”

“怎么会呢?”袁得鱼挠挠头，仿佛看到了校园里乔安小鸟依人的样子。

“或许是不敢见你，担心还是喜欢你。”乔安笑起来，“你知道我什么时候喜欢上你的吗?”

“我扔野猫那次?”袁得鱼记得很多女生都跟他这么提过。

“不是，我哪有那么恶俗!”乔安嗔怪道，“是高二时，我们去米乡一个山谷秋游那次。那里正好可以漂流，号称‘天下第一漂’。结果，你跑过去看了一下，说没啥好玩的。结果我们还是去玩了，果然很扫兴。我回来后专门问了你，你还记得吗?”

“你问我为什么之前就知道不好玩。”袁得鱼好像想起来了。

“嗯，你说，进口处在卖水枪，如果好玩的话，何必靠水枪打发时间呢？我当时就觉得你很不一样。”乔安开心地笑起来。

袁得鱼点了下头：“我自己都忘了，不过话说，你还挺有眼光啊!”

乔安又问：“我说袁得鱼，你最近在倒腾什么呢?”

袁得鱼还没接话，乔安就拍了一下脑袋说："哎呀，约好的采访时间快到了，我不能让采访对象等着！"乔安迅速报出一串数字，"这是我的手机号，只给你强大的记忆力一次机会。有时间的话，约我吃饭吧。"

袁得鱼目送着乔安像一头鹿一样匆匆地消失在前方不远的天桥转角处。

袁得鱼走进小白楼大厅，在一楼报价牌前看了很久，突然想到了什么，飞快地向襄阳北路菜场跑去。

袁得鱼奔到襄阳北路菜场，尽管天色已经渐暗，但那里依旧熙熙攘攘。他穿过拥挤的人群，一眼就看到了许诺，心里瞬间踏实了很多。

"得鱼?"许诺抬起头，看到了袁得鱼，一条鱼从她手中滑了下去。

袁得鱼忙不迭地接住。

许诺有些惊恐地轻声说："你听说魏天行的事了吗?"

"什么事?"袁得鱼其实比任何人都清楚发生了什么，他想竟然这么快，就传开了。他很想知道外界知道的状况是什么样的，明知故问道。

"我是听券商的人说，魏天行死了。"许诺话刚脱口，正好一阵冷风吹来，"有人亲眼看到魏天行浑身是血。"

"知道是谁干的吗?"袁得鱼问道。

"还用想吗? 肯定是唐焕他们这帮黑社会干的。"许诺愤愤地说。

"证券黑帮。"袁得鱼嘴里念叨着，心中涌起一种乏力的感觉。他觉得最后见到魏天行的时候，自己正在接近真相，线索却被生硬地拽断了。

他想到了自己的父亲，父亲是否也是被这样的黑势力活活逼死的?

袁得鱼简单地与许诺说了最后见到魏天行的情况，但没有透露与帝王医药有关的事情。他很惊讶自己为何与许诺说了那么多，许诺似乎是永远能令他放松下来的人。

许诺愣愣地说："你有没有觉得发生的一切就像是白色恐怖，而且永远不知道下一刻距离死亡有多近？"

袁得鱼倒是很平静，想起刚才在营业大厅看到的中邮科技的走势，这只股还比较平稳，没有出现想象中的急抛，估计出货也是低调进行，价格基本就是随行就市，由于早先的积累，比强劲的大盘更胜一筹，一阶一阶平稳上攀。他有种感觉，唐子风可能还在暗中护盘："我觉得，时间还来得及，我还有机会！"

"你有什么好主意？"许诺好奇地问道。

袁得鱼意味深长地说："魏天行在临死的时候，告诉了我一个办法，你猜是什么？"

"魏天行太高深了，你就直接告诉我吧。"

"珍——珑——棋——局！"袁得鱼一字一字地说。

"是金庸小说《天龙八部》里写的那个吗？"许诺大惊道，回忆起来，"逍遥派掌门人无崖子首徒苏星河故意设了一个棋局，通过这个来寻找无崖子的传人。但这个棋局34年从未有人破过。我记得最后是那个和尚，他对棋一窍不通，胡乱下了一番倒是破了棋局。不过，我忘记他怎么破的了，是不是无招胜有招的意思？"

"没错，就是那个虚竹小和尚。他在二三路自紧一气，黑棋倒扑，拔掉白棋16子，然后白棋一断，即将黑棋80目吃掉。也就是说，要赢这盘棋，就必须先做死自己的一个角，才能盘活全局，这是典型的倒脱靴棋法啊！"袁得鱼忽然灵光一现，"天哪，我知道师傅说的珍珑棋局是什么意思了。"

"怎么说？"许诺好奇万分。

袁得鱼说道："前阵子，我看到了一个小摊贩，专门卖老鼠的，你猜他是怎么治这些老鼠的？"

"你说。"

"很简单，喂饱这些老鼠。然后在它们放松警惕的时候，把它们眼睛戳瞎。"袁得鱼心里想，就让贪婪冲昏他们的头脑吧。

“袁得鱼，难道你想自杀吗?”许诺惊讶道。

“我们不动不也是自杀吗?”袁得鱼冷笑了一下，“许诺，我知道师傅说的珍珑棋局是什么意思了。我要做的就是诱敌深入！此前，我们都在滚雪球，可惜的是，雪球还没推到山坡上。我想让雪球越滚越大，整个儿失控。”

“好，既然你都做出了这个决定……”许诺下了很大决心似的点点头，“我做你的后盾。”

“你想怎么支持我呢?”袁得鱼觉得许诺认真的语气很有趣。

“这……你的伙食我包了!”

袁得鱼心想，贪婪是人的本性，出现这样的大牛市，估计秦笑他们自己也没想到。这或许也是老奸巨猾的他们随机应变，推迟出货的原因。

目前，中邮科技的股价尽管已经翻了将近一倍，但它的控股盘在流通股中高达70%，如果现在撤出，中邮科技的股价肯定会狂跌，那就前功尽弃了。

“或许我应该尝试一下。”袁得鱼心想，知彼知己，百战不殆，谁能比自己更了解中邮科技的来龙去脉?现在都到这一步了，再怎样也不可能推倒重来，已经没有人能比自己把这个项目执行得更完美了。

许诺有点儿担心地说：“你一个人的力量够吗?”

袁得鱼自信地说：“借力打力。”

“借力打力?”

“对，借力！再后来嘛，解铃还须系铃人，让那些不懂这个游戏规则的人出局吧！我们要学古代最传奇的兵神南朝梁将领陈庆之，以7 000兵力抵敌50万大军直取洛阳!”

袁得鱼一边说一边意识到，自己此前在魏天行那里的修炼竟然还有此等好处。

许诺开心地与袁得鱼击了一下掌，像不认识似的看了一眼袁得鱼：“你好像变了。”

在袁得鱼操盘期间，许诺每天都会给他送新鲜的茶叶蛋，他每次都吃得很开心。

2000年春节，人们正在欢庆龙年的到来。

2月14日，西方情人节，市场又出现了绝对性的刺激利好：有关部门联合发布证券公司股票质押贷款的相关规定，并决定执行在新股发行中向二级市场投资者配售新股的办法。

股市受此消息刺激强劲大涨，上证综指与深成指数分别以上涨9.03%与9.36%创下涨跌停板制实施后的最大涨幅。

全民再度陷入狂欢。

百元股诞生了！

全中国第一只百元股就在这么一个神奇的历史环境下诞生了！谁也无法忘记这个时刻，2月15日上午10点11分，中邮科技股价越过百元，收盘时达到108.31元，成为中国第一只百元股。

中邮科技从1998年12月1日的9.66元到2000年2月15日的108.31元，仅仅用了15个月不到的时间，涨幅高达10.2倍，用“疯狂”一词绝不为过。

从2000年1月4日到2月15日，在中邮科技突破百元大关的21个交易日中，仅有2天走出了阴线，其余的19个交易日天天一根大阳线。

市场欢呼声不断。

袁得鱼与许诺两人坐在大户室，像冷静的旁观者一样观察着周围。

许诺终于没按捺住自己的激动，说：“刚才，资本市场是不是创造了历史？”

袁得鱼拼命跑起来，许诺跟着他跑起来。

袁得鱼跑进车库，将父亲与魏天行合影的黑白照片放在柜子上，点燃一炷香，下跪，他在这张照片前倒了一杯酒：“师傅，你听到欢呼声了吗？第三个烟花绽放了！”

那边，秦笑与唐子风看傻了眼。

秦笑看到上证综指已经冲到了2 244点，中邮科技再次冲击涨停时，他犹豫了，打算放缓出货的节奏。

秦笑甚至愤恨地说："你不是说上面风声紧，要撤吗？幸好我撤了1/3的时候，发现走势还是很强，又快速买回来了！"

唐子风也看傻了，心想，幸好自己及时放缓了撤资的节奏。

袁得鱼心中暗想，"珍珑棋局"近在咫尺了，只是暴风骤雨到来的时候往往比自己想象的还猝不及防。好，眼下目标清晰，稳住股价，择机出货！

袁得鱼想到了乔安，想起那个号码，便打了电话。

两人见面时已经超过了晚上11点，约在礼查饭店门口的大排档。

袁得鱼好久没来这里了，他想起最近一次来，还是跟杨帷幄他们在一起，如今早已物是人非。这里的生意也冷清了很多，他想，做金融的人大概都跑去金家嘴了。

乔安套着一件袖子很长的宽松红色毛衣，双手藏在袖子里。她一脸疲惫不堪，一个劲儿地用手拍着嘴打着哈欠。

"得鱼，你算是金融精英吗？"乔安歪着脑袋看着袁得鱼，眼睛里有簇火苗忽闪忽闪的。

这时，一绺头发从她耳后垂下来，袁得鱼顺手将头发又绕在了她的耳后。

乔安怔了怔，故作冷静地咳了一下，说："你来佑海那么久了，是不是早就把我这个初恋女友忘记了？"

袁得鱼一惊，心想，乔安怎么成了自己的初恋女友了？但又不好直接否认，只得随口说："忘谁，也忘不了初恋啊！"

"袁得鱼，我这个人在别人面前特英明神武，遇到你就变得不那么精明了。"

"你挺英明神武的呀，不过话说，很多人遇到我都有这个感觉。"袁得鱼吹嘘着。

两人在餐桌上逐渐熟络起来。

乔安闲扯道："佑海比我们老家好玩多了。今天，我被一个机构老板邀请去汤臣打高尔夫球，看到外面停了好几辆兰博基尼与法拉利。"

"我怎么觉得你原来不喜欢这些呢？"袁得鱼说。

乔安轻轻地叹了一口气："我现在已经彻底融入金家嘴了。袁得鱼，是你改变了我的生活。"

"你们很多内幕就这么搞出来的吧？"袁得鱼又喝了一口酒。

"不过最近有点儿稿荒，还请圈内人士赐教！"

"看，你总算露出你狐狸尾巴了，不过，我倒还真是有个猛料。我告诉你一个基金内幕吧。"袁得鱼便把唐烨的内幕操作告诉了乔安。

"哇，我们杂志社最近刚拿到一份基金交易的举报数据，正愁怎么做呢！"

五

2 月 15 日，对于林海洋来说，可能是最为可怕的一天。

他收到了两家投资公司的股权转让协议，有些震惊了。因为他一直以为自己即便被踢出董事会，也可以凭借这两家公司持有米特要 7% 左右的股份，享受股票上涨红利，毕竟，他个人持股部分在那次抛出后，就没有再买回来。然而，这两家公司的股权被强行转移了！他唯一的稻草没了，林海洋瞬间如同坠入地狱。

他的理性告诉他，这个地头蛇太可怕。米特要毕竟是自己一手创立的公司，是自己的"亲生骨肉"，怎么可能轻易拱手让人？

再说，他堂堂林海洋怎么可能坐以待毙？然而，当他打潮清帮电话时，那边只传来无情的挂断声。

林海洋打开盘面，看到股市的如虹走势，心情无比低落。他纳闷，自己暗暗递给上面的匿名信竟然杳无音信了。他想不通，也不想再想了，既然同样都是罪恶，那不如……他脑海中浮现出了四个字——同归于尽。

这时，他看到电视正在直播金牛奖颁奖典礼，还看到台下一张熟悉的面孔，那不是唐烨吗？

他冷笑起来，纵然等待他的是万丈深渊。

基金最高奖金牛奖颁奖典礼正在香格里拉盛事堂大宴会厅举办，它是唯一一个由官方指定的基金奖。

这个活动已经成为行业盛事，除了颁奖外，还有一些明星演出。

终于，压轴的年度基金经理大奖要揭晓了。

“今年的获奖者是——”主办方故意拖长声音，“万富基金的唐烨！恭喜唐烨经理取得了非凡的成绩，他的基金业绩一马当先，比第二名高出整整30%。”

唐烨是第一次获得金牛奖基金经理称号。

下面掌声雷动，唐烨彬彬有礼地朝主办方鞠了个躬，发言道：“基金有个莫大的责任，就是让这个无序的市场理性化，所以我们一直推崇价值投资……”

他以为这么说，底下会传来赞许之声，没想到，台下忽然传来一阵阵奇怪的嘘声。

主办方上来，有些尴尬地说：“对不起，唐先生，这个奖项，我们要重新评选一下。”

唐烨眼睁睁地看着刚到手的奖杯还没捧热，就又被无情拿走。

他不知发生了什么，只好走下台。

正在这时，他看到每张桌上，都赫然放着一本最新的《华夏财经报道》杂志，封面上有个文章标题是《基金黑幕》。

他先是坐下来，好奇地翻阅起来，余光看到很多人对他指指点点。他看了几行后，脸色煞白，立即像做贼似的，火速离开了现场。

此时此刻，泰达证券的唐子风也看到了这篇报道。这篇重量级的报道重点描写的就是连续两年荣膺市场第一的万富股票优选基金以及与它相关的其他基金，如何涉嫌参与股票的内幕交易，如何帮助券商、投资公司拉抬股价。

唐焕满脸大汗地来到唐子风办公室，他极力想让自己平静下来："没想到，我保护了老弟那么久，还是躲不过！我有预感，有大麻烦了！"

唐子风还算淡定："这个世界怎么了？这种事情都要这么大惊小怪了？"

唐子风马上打了个电话给邵冲："兄弟，你们不是要保护基金发展吗？这个事情不至于深究吧？你们倒是要找那几个记者好好谈谈，他们究竟是什么居心？做杂志，不就是增加影响力，促进销量吗？我唐子风给它投几个广告不就好了。"

邵冲在电话里冷静地说："我上次提醒过你，上面人马都换了，很多事情不好说了。"

唐子风也心冷了一下，无奈地把电话放下。"真是大劫，光是关联股票就要损失过亿，儿子也成了众矢之的。"唐子风不由得仰天长叹。

会场中，有个人看着唐烨出去，"哼"了一下，也离开了会场。

唐烨乘电梯来到地下车库，从包中掏出了车钥匙，对准他的奥迪 A6，按下了遥控锁键。

他走近车的时候，发现右轮胎前竖着一块黄色的三角路障牌，他只好弯下腰，把路障牌挪走。

进入车内时，他仿佛听到哗的一声。他停了一下，仔细观察了一下四周，没有发现任何动静。他心想，一定是自己的错觉。

他还是有些慌乱，但现在渐渐平静下来了。

他原本打算离开颁奖会后，正好接自己女儿回家，现在提前出来也没什么不好。

车开出车库不远，唐烨在一个路口停下来，前面正是女儿就读的佑海知名的双语托儿所，他在这里等待自己活泼可爱的女儿出现。

唐烨看了一下腕上的手表，距离放学还有一个小时。

他想到什么，又拿起杂志翻开《基金黑幕》看了起来，报道称，一个金融人士与佑海证券交易所的一名研究人员联手统计了一份资料，里面显示了基金交易过程中的种种惊天黑幕。这封资料翔实的匿名信被投到了杂志社。后来，他们就开始深入报道唐烨基金的各种细节。他越看，越感觉自己没有未来，大颗的汗珠不自觉地淌下来。

唐烨知道，父亲一直让他坚强，可他实在忍受不住痛苦，他打电话给唐子风，声音瑟瑟发抖："爸爸，看杂志报道了吗？我们怎么办？"

唐子风正在气头上，直接冷酷地挂断，骂了句："成事不足，败事有余！"

唐烨感觉天寒地冻。

他也不知道究竟过了多久，待他反应过来时，发现有人在敲他的车窗，他抬起头，是一个乞丐。

唐烨没工夫理睬，心想，自己的可怜程度与他没什么区别了。

乞丐还是继续敲着。

唐烨只好拍了拍胸口的衣袋，双手一摊，对乞丐摇摇头。

乞丐戴着一副滑稽的墨镜，仿佛是为了遮挡自己视力并不好的眼睛，但唐烨分明意识到乞丐的注意力已经转移到了他的身后。

唐烨还没来得及转头，他的脖子就被一条尼龙绳子紧紧地勒住，他动弹不得，挣扎着，用双手死命拽着绳索。他很快就被绳子勒得咳嗽起来，憋红的脸变成了猪肝色，他的脚用力蹬着车窗，渐渐地，他的动作慢了下来。

在窒息到极点的一瞬间，他的眼前呈现出一片蔚蓝的颜色，他看到了自己童年时无邪的模样。他记得父亲握着他的手时，他听到了自己嗵嗵的心跳声，液体在血管里唰唰流动，如此轻灵悦耳。

他在遥远的高处看到了自己，呆滞的双眼虔诚地望着蓝天，背后升起一道绚烂的霞光，映照出壮丽的图景，然而，光亮一下子变成了一团黑暗，恐惧与痛苦笼罩着他，他忍不住地颤抖，努力沉浸在死亡前一秒的片刻宁静中。在丧失意识的一瞬，他脑海中唯一挂念的，是他如天使一般的女儿，她正拿着烟花棒，甜美地冲着自己微笑……

唐焕接到消息后，用最快的速度赶到了现场。

唐烨已经奄奄一息，被抬到了担架上，紧急送往医院。

唐焕陪在唐烨身边，他摩挲着唐烨脖子上被绳子勒出的一道深红色的印子，印子那儿裂开了几道小口子，渗出血来。

他咆哮起来，第一次当着那么多手下的面哭起来。

多年的江湖经验告诉他，利益相关者比比皆是，能做出这么残忍事情的，只可能是那个隐藏在暗处的强大对手。

六

这篇《基金黑幕》的重磅报道，让整个市场为之哗然。它给基金捅了一个大娄子，让市场对作为新市场主体的基金失去了信任。人们很快就深刻意识到，基金出局其实为市场牛熊转变做了一个不起眼的注脚，资本市场永远不缺乏引向内核的线索。

在车库里，看完报道的许诺不由得捏了一把汗，她担心地对身边的袁得鱼叫起来：“天哪，袁得鱼，中邮科技也是基金重仓股，这样很可能会引发连锁下跌反应！”

袁得鱼说：“我不是说这篇报道本身，我是觉得这个报道处理得不错，不愧是我的朋友！我一直在找这么一位财经记者，谁知‘众里寻他千百度，那人却在灯火阑珊处’。”

许诺好奇地问道：“你的意思是能搞定‘老鼠’？”

“只要比秦笑他们那些老鼠仓快一步就行了！”袁得鱼不慌不忙地说，“听过一个关于熊的笑话吗？两个年轻人在丛林里散步，其中一个年轻人说，他们碰到了熊怎么办。另一个说，没关系，他穿了跑鞋。年轻人很好奇地说，穿了跑鞋就能跑过熊吗？另一个说，他只要跑过对方就可以了。”

“袁得鱼，我真为你高兴，你摧毁了这一切，你能让老鼠们吓得屁滚尿流！”

“不是我毁了他们，是时代毁了他们！一个时代过去了！这不是任何人有力量改变的，不是魏天行，也不是我一个人的力量可以决定的！”

许诺看一切都如袁得鱼预期，高兴地搂住了袁得鱼的脖子，笑靥如花。

袁得鱼知道，最后的冲刺时刻到了！

就像两人初识时一样，袁得鱼骑着单车，许诺坐在车上。只是这次许诺坐在袁得鱼身前，轻风吹拂起她的长发，轻拍在袁得鱼的脸上。

袁得鱼偷偷地上了高架，单车飞速疾行。

“嘿，把眼睛闭起来。”他说。

许诺乖巧地闭上眼睛。

过了一会儿，袁得鱼笑着说：“可以睁开了！”

“哇！”洋滩万国建筑全景豁然出现在自己眼前，许诺欣喜地张开双臂。

“这是我回佑海第一天，一个出租车司机告诉我的，说这是天下第一湾。我当时就想，一定要带我最喜欢的女孩过来看！”

许诺深情地看了他一眼，紧紧地搂住了袁得鱼的脖子，轻轻吻了一下他的脸颊，单车一路冲向洋滩。

洋滩边上，江风一阵阵吹来，凉爽而又惬意。

“你知道吗？我学过跳舞。”

“嗯？”

“我家附近以前有个大戏院，当时有一拨芭蕾舞演员过来表演，我偶然遇到他们的一个老师，就跟她学了一些芭蕾舞动作。”许诺说着，就挺直身板，双手高举，做了一个芭蕾舞的标准动作。

“那你会转圈吗？”

许诺轻轻一笑，在洋滩的围栏旁，飞快地旋转起来，就像一个在风中舞蹈的天使。

“很多人转得不稳，因为她们担心自己会跌倒，越这么想，越容易摔倒。你看，我的背挺得直直的，两只手高举过头顶，没有顾虑，什么都放下来，反倒是最稳的。”

“什么都放下来……”袁得鱼默念着。他想起父亲好像也说过类似的话，不禁若有所思，原先暗沉沉的天空一下子明亮起来。

许诺停了下来，盯着他黑得发亮的眼睛，忽然扑到他怀中。

袁得鱼一惊，随即紧紧地抱住了她。

“我喜欢你……”许诺轻轻地说。

袁得鱼的脸热得滚烫，他故意打趣道：“许诺，友情提醒下，我还不是千万富翁。”

“我喜欢的人，一定会成为千万富翁的！你上次不是还说，千万富翁算什么吗？”许诺心满意足地笑起来。

“我现在不这么想了，要是所有人都是千万富翁，岂不更美妙？”

“这样的话，千万富翁是不是就不值钱啦？”

“不会啊。到那时候，就谁都不想成为千万富翁啦。”袁得鱼深吸了一口气说，“大家崇拜富翁，是因为我们身处一个罪恶的世界。知道《教父》为什么风靡全球吗？因为黑帮那个看似暴力凶残的世界，其实比现实世界的秩序更合理，这不是很讽刺吗？”

“只有黑帮才能对付罪恶的世界吗？”许诺惊讶起来。

“关键在于选择。如果每个人都选择一个幸福的世界，不就可以了吗？”

“是不是就像维尼熊那样的日子呢？”许诺仰起头，“那个世界什么时候才到呀？”

“哈哈。”袁得鱼开心地笑起来，他好像终于明白，为什么下一个是属于他的时代了。

忽然间，有样东西吸引了许诺的视线——在她那辆破破烂烂的单车后座上，摆着一只大大的金黄色的维尼熊，阳光正照在它身上。

她想起小男孩克里斯托弗·罗宾（Christopher Robin）对维尼说的一番话：“你比你认为的更勇敢，比你看上去的更坚强，比你想象的更聪明，即使我离开你，我也永远在你身边。”

袁得鱼想到，还得感谢一个人，没想到对方主动找他了。

与乔安面对面坐着，袁得鱼听她说了一些杂志的事情，哈哈大笑："原来你就这样一不小心成为名记了？"

"什么名记？你再这么说，我可不请你吃饭了。"

袁得鱼也饶有兴致地与她八卦起《基金黑幕》出炉后的一些风波。

乔安说："说实话，幸好有你提醒了我。我们当初以为，匿名信中那些基金集中持股啊，制造虚假交易量啊，这些现象太普通了，做出来也没啥新意。没想到一从大热门基金经理唐烨的角度切入，一下子就脱销了。"

"听说有人找你们'喝咖啡'？"袁得鱼消息十分灵通。

"你连这个都知道？"乔安惊叹了一下。在媒体圈，"喝咖啡"的意思，就是报道触及了监管层的神经，一般是相关部门的人做提醒。大多数情况下，记者的报道角度会比较片面，又或许他们搜集的资料，会无意间成为间谍的证据。只是在很多记者眼中，"喝咖啡"是件挺无聊的事。

"嗯，找我们谈了，他们就是让我聊聊《基金黑幕》的写作背景、内容和目的。他们主要的意思是，希望我尊重一下国情。另外，美国市场也是如此，那儿的问题更多。这种事不单在股市中有，别的市场也多得是。还有就是，目前上面人手少，有心无力，才会有这样的工作漏洞。"

"唉，你这下抓到把柄了。"

"是啊，我就针锋相对地一一作答。第一，我们股市是很年轻，但年轻并不代表可以违法，至少我们可以努力改善。第二，美国市场20世纪初违法的事情的确不少，但现在已没有那么多了。第三，国情要讲，但金融市场也有普遍规律性，比如我们监管层与美国监管层至少在初期的架构上很相像。第四，人手少，正需要媒体的协助与监督。"

"还会害怕吗？我记得你以前胆特小。"袁得鱼笑着说。

“嗯，一开始挺紧张的，后来，他一下子就肯定我们了，原来新的监管层特别欢迎这类报道。上面说，有问题，确实要好好查查。我这里已经听说了调查结果，好像是除了两家基金外，其余基金公司都有违规。最近，不是还有个知名经济学家说我们股市是个‘大赌场’吗？世道变了，现在仅仅只是个开始。”

袁得鱼点点头：“我也感觉到了。”

乔安显出记者好奇的天性：“我说袁得鱼，你最近在倒腾什么呢?”

“再告诉你一个超级劲爆的!”

“好呀，我洗耳恭听!”乔安扮了个鬼脸说。

袁得鱼把坐庄中邮科技的前前后后说了一遍。

乔安愣住了，这大概是她听说的最惊险刺激的资本故事了。第一只百元股黑幕？意义这么大？自己日思夜想的素材竟然近在眼前。

乔安最为震惊的是，这只市场专业人士极为推崇的牛股，背后竟然有如此离奇的故事。她更担忧的是，人人都称道的牛股都这般德行，那现在是一个多么荒谬可笑的市场啊!

“好啦，就当是帮我个忙吧。”

“你可要想好!”乔安还是很有责任心的。

袁得鱼慎重地说：“中邮科技早就成老鼠仓的黑窝了，这是它应得的惩罚。”

“好吧，我就知道你找我没那么简单。”乔安笑着说。

他们分开后，有个黑影迅速跑开，是唐焕手下，他马上把偷听到的情况与老大汇报了。

唐焕气得咬牙切齿，做了个恶狠狠的手势。

七

袁得鱼正走在回家路上，没想到，两个黑衣墨镜男冲上来，粗暴地把袁得鱼扔进了车里。袁得鱼一上车就闻到一股恶心的气味，感觉有些晕眩。

袁得鱼的眼睛被墨镜男蒙了起来，只感觉车子在晃晃悠悠地开，好像转了好几个弯。

袁得鱼觉得这段路很长，肩膀被两旁的高大男子挤压着，有些疼。

他的身体晃了一下，感觉车子冲上了两个小坡后，缓缓地停了下来。

袁得鱼被人粗暴地推了出去，黑布被解开时，他发现自己被带到了一家酒店，门口还有两尊巴洛克风格的铜雕，但周围雾蒙蒙的，完全看不清楚是在佑海的哪个位置。

他很快被带到了电梯里，带头的墨镜男在墙上按了一个数字。袁得鱼发现这个电梯很奇怪，在按楼层时，墨镜男扫了一下手中的磁卡，数字板才浮现出来。

门打开了。

这一层明显是被人包了下来，更像是一个地下的夜总会，不断传来嘈杂的声音，穿着暴露的女人走来走去，一点儿也没有害羞的感觉，其中一个还时不时向周围的男人抛媚眼。袁得鱼最先看清的是一个四方形的吧台，倒挂的酒杯，一些外国人在那里喝酒。

墨镜男将他带到了后面的走廊，他们沿着走廊一直往前走，到了某个包厢的时候，墨镜男敲了敲门，进去了一会儿，随后将袁得鱼带了进去。

袁得鱼进去后，看到七八个人很诡异地望着自己，他认出了对方是唐焕。

唐焕倒了一杯酒递给袁得鱼：“得鱼，很久不见了！你看看，你来佑海那么久，我们还没好好聊过。记得我们小时候，还在帝北的时候，你在部队大院里就爱跟唐煜套瓷，你们还挺像的。对了，你们是在搞中邮科技吧，这么好的项目，怎么不跟兄弟我通一下气？现在股价上去了，我肯定要好好恭喜你一下，不然还怎么叫兄弟？”

他与袁得鱼碰了一下酒杯。

袁得鱼不知道唐焕葫芦里卖的什么药。

“你还记得吗？你父亲过世的时候，我还参加了他的葬礼，我到现在都还很怀念你爸，太可惜了，绝对是天妒英才！”唐焕叹了一口气。

袁得鱼一语不发。

“你不要一脸怨恨地看着我。你知不知道，谁才是你的对手？”唐焕笑道，“你怎么一来佑海就勾搭上魏天行？他一天到晚就对外传一些谣言，说得像是我爸搞死了你爸一样！你去问问，当时你爸的丧葬费谁出得最多！”

袁得鱼怒道：“人都死了，丧葬费也抵不了一条命！”

“你去死吧，袁得鱼！”唐焕朝着袁得鱼的脸一脚蹬过去，“你以为我们家出丧葬费是因为心虚吗？还不是因为我爸跟你爸那几年的感情。我跟你说，这件事情绝对不是你想的那么简单。你不知道情况，就不要跟着魏天行瞎搅和。我看你还是弃暗投明，跟着我混算了，只要叫我一声大哥。”

“我呸！”袁得鱼一口唾沫吐在唐焕脸上。

唐焕抹了一下脸。“袁得鱼，我只能说，太可惜了。你表妹就比你成熟多了，她才是真正经历过社会磨炼的人，知道退一步海阔天空，知道活下去就是要跟对人。”他进而说道，“袁得鱼，你真是厉害啊，来佑海才这么点儿时间，连唐煜都被你赶走了。”

“唐煜？他去哪里了？”袁得鱼惊讶地问道，很快就不甘示弱地说，“他走，肯定是看不惯你们的所作所为！”

“你还真会挑拨我们的感情。”唐焕摇摇头，想起唐煜当初的为情所困，“听说你挺招女人喜欢的。”说着，唐焕使了个眼色，左右有人上来在袁得鱼脸上划开了一道口子，袁得鱼一声惨叫，翻滚到地上。

唐焕依旧很不尽兴的样子：“知道我这次为什么请你到这里来吗？”

袁得鱼瞪着他。

“因为你阴险。”

“在佑海，谁不认识你这个臭名昭著的大流氓！要说阴险，谁又能比得过你？”袁得鱼捂着脸说。

唐焕恶声恶气地说：“你不要装了，我亲眼看到你们挑唆林海洋。你们怎么可以这么对我弟弟！”唐焕一想到唐烨就有些气愤。

“什么？你是说潮清帮动手了？”袁得鱼睁大眼睛，“孬种，那你干吗不找他？原来唐焕你也有缩头缩脑的时候！”

唐焕叹了一口气：“袁得鱼，我看在你可怜无知的份儿上告诉你，从今天起，你将不会再见到林海洋这个人了，你将听到这样一件事——林海洋在做桑拿的时候，心脏病突发猝死。不过你不用怕，我们毕竟兄弟一场，我不会这么对付你的。来人，把苏秒给我带上来！”

袁得鱼一惊，他没有想到，苏秒竟然也在这里。

与前阵子不同，苏秒一直低着头，似乎害怕正视袁得鱼，她缩在唐焕身后。

袁得鱼觉得苏秒看起来与原先不太一样，比上次瘦了很多，没有精神，眼睛如一潭死水。

依唐焕的个性，苏秒重新回到唐焕那里一定受了不少委屈，他不由得心疼地轻声唤道：“苏秒！”

唐焕得意地抽了一根雪茄：“每个男人都想过得到自己漂亮的妹妹吧！”

“去死！只有你这种变态才想！”袁得鱼忍不住咆哮起来。

“现在就来证明你是不是变态。”唐焕打了个响指。

袁得鱼大叫起来，但他的手被牢牢反扣住，动弹不得。

这时候，一个女人将袁得鱼按倒在地上，撕扯他的衣服。接着，唐焕将苏秒推到袁得鱼的身上。苏秒拼命地反抗，但一直被几个力气大的男人按着，她撕咬起这些打手来……

“求你了，阿焕！他已经崩溃了！”苏秒被放开后，跪在唐焕面前，哭着说道。

“废物！我说了多少遍，我是你的老板，你怎么对待你的客人的？”唐焕猛地抽了苏秒一个耳光。

“禽兽！”袁得鱼大叫道。

没想到捂着脸的苏秒，高声大笑起来，立即唱起了一支老歌：“浪奔，浪流/万里滔滔江水永不休/淘尽了世间事/混作滔滔一片潮流/是喜，是愁/浪里分不清欢笑悲忧/成功，失败/浪里看不出有未有/爱你恨你，问君知否……”

她瞥了唐焕一眼，不知为何，这眼神看得唐焕浑身直颤，他不知道自己为什么会被这样的目光震慑到。照理说，女人或喜或忧的眼神他也看过不少，但苏秒的眼神中有一种他读不透的东西，不知是哀怨还是温柔。

苏秒抬起头，认真地问道：“唐焕，我与那些女人在你眼中有什么不一样吗？哪怕是一点点儿的不一样？”

唐焕冷酷地摇摇头：“没有。”

苏秒狂笑起来，笑声又戛然而止：“老板，我这就招待这位客人了！”苏秒爬到袁得鱼面前，用手轻轻抚摸着袁得鱼的脸。

在一旁观看的唐焕猛地大笑起来。

苏秒的嘴凑近袁得鱼的脸庞，很多人以为她要亲袁得鱼，她却轻轻吐出一句话，袁得鱼震惊了，这一刻，他分明看到了苏秒眼眶里的泪光。一个熟悉伤心的声音缓缓地飘进袁得鱼的耳朵：“哥，跟我妈妈说，我对不起她了。”

苏秒猛地冲了出去，一个“老板娘”随后紧张兮兮地冲了进来，说：“唐总，不好了，那个苏秒，她……她跳楼了！”

整个包厢突然陷入异常的安静。

袁得鱼一下子冲到走廊上，看到一群人围在窗口边。他扒开人群往下望，痛苦地抱起头，闭起了眼睛。

“意外事故，有什么好看的？”墨镜男在窗口附近打着圆场，“纯属意外事故。”

唐焕镇定地说：“大惊小怪什么，一命还一命！我就是来收拾你们这些恶人的!”

正在这时，“老板娘”气喘吁吁的声音传来：“唐总，我过来就是给你带信的，医院那边的最新消息，唐烨脱离危险了。”

袁得鱼狠狠地瞪了一眼唐焕，冲出门去。

墨镜男想追上去，被唐焕一把拉住：“算了，警车就要来了。”

唐焕一伙人也从后门跑了出去。

袁得鱼蹲在地上抱着苏秒痛哭起来。

袁得鱼看着苏秒，她的表情是如此安详，他希望她只是睡着，期待着苏秒还会再像小时候那样，打扮成冯程程的样子，娇媚地瞟来一眼，问自己：“我是不是风华绝代?”

袁得鱼狠狠地擦去脸上的眼泪，恨得咬牙切齿。

袁得鱼身边挤满了一层又一层围观的人群，人们都在窃窃私语，讨论这场不幸。

警察很快就到了。几个人穿过人群走进来，看到袁得鱼一直痛苦地抱着这个女孩，问道：“死者是你的什么人?”

“我的表妹。”袁得鱼答道。

“是自杀吗?”警察问道。

袁得鱼先是沉默不语，但突然间意识到自己必须抗争到底，于是坚定地说：“是黑社会。”

没想到，警察被他那句话震慑到了，不由自主地往后退了两步。

“你让一下，我们必须保持现场的完整性。”一个年轻警察过来，试图驱赶他。

袁得鱼发怒地将这个警察的手臂甩掉。

这个警察大动肝火，刚想抽出警棒，却被一个老警察拉住：“死者毕竟是他的妹妹……”

袁得鱼一晚上都跪在苏秒出事的地方，一直跪到东方既白。

一个女孩在袁得鱼面前站立着，也一动不动。

袁得鱼惊讶地抬起头，发现竟然是红着眼睛的许诺。

“我听说这里出事了，就过来了。”许诺抹了一下眼睛，“我能理解你的痛苦。”

袁得鱼不知为何，看到许诺后，心里舒坦了不少。

袁得鱼依旧跪在地上，向每个在场的人磕头。不少人是从电视新闻里看到他妹妹的厄运，出于同情而来的。

因为苏秒的跳楼，唐焕的好几家娱乐场所暂停营业。

有人告诉唐焕，袁得鱼还在警方那录了对他不利的口供。

唐焕一下子暴怒起来，摁灭烟头，下令道：“警察走了，是吗？我们回去！”

唐焕一伙人来到袁得鱼跟前。

许诺认得唐焕，抬起头说：“你们来做什么？”娇小的许诺被一个猛汉一把就推了出去。

袁得鱼一下子站了起来：“你们还想怎样？你们过来干吗？”

“来祭奠一下我亲爱的妹妹啊。”唐焕一边说，一边装模作样地拜了两下。

袁得鱼诡异地大笑起来，笑得眼泪都快流了出来：“唐焕，你真的很可怜，你最可怜的地方是自己都不知道自己有多可怜！”

唐焕惊讶地看着袁得鱼。

“你知道我妹妹最后跟我说了什么吗？”袁得鱼指着唐焕继续大笑着，“她说，许文强还会娶冯程程吗？这个不到20岁的女孩，在生命的最后时刻，还在反复提着她以为的，也是毁灭她的——唯一的爱情！”

唐焕的心仿佛被割裂一般，一下子没站稳，他缓了口气，用尽全身力气推了袁得鱼一把。

唐焕恶狠狠地说：“袁得鱼，这次就放你一马。但这只是个开始，你给我小心一点儿！”

“你来，你有种现在就把我杀了！”袁得鱼毫不示弱。

唐焕又猛地推了袁得鱼一把。

“住手！谁敢欺负我老公，我杀了他！”一个声音喝道。袁得鱼抬头一看，竟然是弱不禁风的许诺，手里握了把菜刀，眼睛气得通红。

“我们先走。”唐焕一下子很低落，他无心啰唆了。黑帮的人纷纷随他撤去。

许多人在一旁暗暗称赞许诺的勇气，整个场子恢复了平静。

袁得鱼一直没有说话，许诺陪在他身边，一起帮他处理苏秒的后事。

许诺看得出袁得鱼很伤心，但他一句话也不说，只是在不停地干活。

“走吧，带我去洋滩。”

袁得鱼不知不觉地与她来到了洋滩。

“你不要不说话，好吗？我知道你很难过，说出来，好吗？”

袁得鱼看着她，心里还是苏秒的样子。他忽然对一切都感到厌倦，更可恨的是，自己却又无法停止。他为苏秒感到难过，尽管苏秒大大咧咧的，但对爱情一直很执着，这就是所谓的飞蛾扑火吗？

他决不能这样善罢甘休！

“得鱼，你看我转圈，好不好？你上次不是说这样很美吗？”许诺想哄哄他，于是闭起眼睛，旋转，旋转，旋转……等她停下来的时候，发现袁得鱼已经不见了。

八

财经记者乔安很快就被证明是财经新闻界的头号麻烦制造者。

一篇《中邮系造假陷阱》的揭黑新闻作为重磅文章出现在《华夏财经周刊》杂志上。文章开头写道：“当前的资本市场上，所谓的牛股就是说故事，但你也要把故事说圆了。”

文章提到，中邮科技之所以到最后被证明是个惊天大谎言，是因为它是自相矛盾的故事。人们都被百元股的光环迷住了，被接近国际先进技术的成果感动了，越夸张的故事反而更让人兴奋与幻想。

根据调查发现，中邮科技中所谓的高科技其实都是画饼充饥。最具爆炸性的“中国芯一号”，其实就是用砂纸磨掉关键字符的国外原装芯片。

文章引用一位英特尔（Intel）工程师的评价：“芯片的研发设计时间是很难界定的，但是作为一个尚在组建过程中的设计团队，‘中国芯一号’的‘诞生’仅仅用了13个月的时间，完成一款高端数字信号处理芯片从源代码设定到流片的全过程，这个速度太过惊人了。”

至于那些惊人的海量订单，乔安走访了海关，中邮科技的数据夸张地显示，出口额为零。

中邮系股票价格终于摇晃起来，紧接着在无数指责声中轰然坍塌。

报道一出，一直平稳运行的中邮科技突然猛砸出九个跌停板，跌去50亿的市值。此番惨烈的情景，令参与其中的投资者纷纷感到极度恐慌。

暗潮汹涌的金融圈一派混乱，老鼠仓死伤一片，哭喊声惊天动地。

盯着中邮科技跌幅的唐子风一阵晕眩，他还有大量仓位在里面，他两眼发黑，吐出一句：“一字断头刀。”

果然，上面直接宣布，鉴于中邮科技出现的种种异常，立即查处涉嫌操纵中邮高科股票的个人和机构，已对持有中邮科技的主要账户进行重点监控。

当天，中邮科技股票以42.66元跌停开盘，全天均封死在跌停板上，且成交量极度萎缩。

乔安的文章也是越写越犀利：“中邮科技案只是招灾惹祸的导火索，秦笑早就坐在一个巨大的火药桶上了。中邮资金运作满盘皆乱，多米诺骨牌效应，几个系类热门股都发生了激烈震荡。一个个牛股神话破灭，庄家们叫苦连天，系类上市公司也纷纷倒闭……”

从中邮系庄股黑幕开始，资本市场牵一发动全身地全局震荡。

市场从2 245高点后，迎来不可挽回的跌势。

2001年8月的一天，袁得鱼产生了当时魏天行预言牛市爆发的灵感，他打了个电话给乔安，发出感慨："超级大熊市来了！"

果然，屋漏偏逢连夜雨，全球网络股神话破灭，纳斯达克指数（Nasdaq Composite Index）从5 100点高空坠落至1 600点，与国际接轨最为紧密的无数中国高科技股，在高潮澎湃后走向低迷与毁灭。

唐子风紧迫地打电话给秦笑，无人接听。

秦笑擦着汗，坐在去往香港的船上，后面还跟着好几只船，上面装了10多箱钱。

网络股引发股灾的第二天，袁得鱼站在佑海金家嘴金茂大厦楼底下，用手遮挡着眼睛抬头看着太阳。

袁得鱼不愿意用"tomorrow is another day"（明天又是崭新的一天）来形容自己的心情，他知道，多数人仍沉浸在前一日水深火热的股灾中，一种内心深处的恐惧至今还荡漾在金家嘴上空。不过，他更能领悟热力学第二定律——世间万物，到最后都会消亡——对，一切就像泡沫。

乔安眼睛闪闪发亮："我的英雄，我好佩服你！股灾也被你预言中了！你真是金融天才！"

袁得鱼不知道该怎么说，他仿佛能想象父亲当年面对美国股灾时的心情，虽然自信心在膨胀，但无论如何也高兴不起来。

九

袁得鱼想起，自己还有一件重要的事情没做。

袁得鱼摸出身上那张交割单，一遍一遍地看，他已经很久没有那么仔细地阅读了，但上面每个数字与名字，哪怕是沾在纸上的一点点儿细小的污渍，他都烂熟于心。

提生桥监狱里，袁得鱼与杨帷幄两个人隔着一道墙在说话，清冷的风在静静的走廊里回旋。

已经适应了牢狱生活的杨帷幄万万没有想到，袁得鱼会来探望他。

袁得鱼坐在杨帷幄对面，满脸严肃，一语不发。

此时此刻的杨帷幄，比袁得鱼之前看到的消瘦了很多，头上也添了不少白发，脸上还有几个乌青的痕迹，显然，上了年纪的人，也逃不过在监狱被人欺凌的命运。

他们相互对视着，袁得鱼不知道该从何说起。

反倒是杨帷幄打破了平静："袁得鱼，我一直很欣赏你，以你的才华，到任何地方都不会被埋没。"

袁得鱼挠挠头，问道："杨总，你怎么可以那么平静呢？将你送入监狱的理由不会让你觉得委屈吗？"

"成王败寇。"杨帷幄叹了口气说，"我还想在监狱里心情平和地好好待一阵子，有想法有意义吗？我还能越狱不成？认命，是最好的生存方式。"

袁得鱼与他聊起了阿德："杨总，你怎么看阿德？他难道早就想投奔泰达证券吗？你又怎么看唐子风？唐子风后来将那些材料交到了纪检监察机关办公室，还直接发到了很多财经记者的邮箱，让你落得现在的下场。"

杨帷幄陷入沉默，这些事情他或多或少知道一些，但从没有像现在这样清晰。他当时只预感到唐子风不会善罢甘休，但万万没有想到，这个自己眼中"天经地义"的管理者收购计划，反而成了唐子风最后的撒手锏。而阿德不是已经失踪了吗？这又算是什么命运？

他只能认命，毕竟这个招数与他们钳制新凯证券的韩昊是如此相似——都是利用漏洞犯下的罪。他有些后悔，要做恶人，就要做得彻底，他做得还不够。

"杨总，唐子风为什么对海元这么虎视眈眈？他为什么要如此反复折磨我们？索性一下子搞死我们算了！"袁得鱼激动地说。

"当你面对一个强大的敌人，你觉得怎么打败对方才最过瘾呢？"

杨帷幄反问道。

“我是实用主义。”袁得鱼挠挠头，“我懂了，股市即江湖。”

杨帷幄看着袁得鱼想了想说：“袁得鱼，你那么年轻就经历了这些。我想，你今后什么都不用担心了。常凡在业内有很多朋友，他也是个可以信赖的朋友，你们可以合力共同做出一番大事业。”

这句话触动了袁得鱼的痛处：“常凡他……”袁得鱼含着眼泪把常凡跳楼的事告诉了杨帷幄。

杨帷幄听完沉默了，他想起常凡刚进海元那会儿，刚刚获得首届全国实盘炒股大赛亚军，意气风发，初出茅庐就锐不可当。

杨帷幄又想起在事业开创之初，常凡与自己共同经历的一些磨难。在那段时间建立起来的感情，让杨帷幄有时候觉得，常凡比自己的孩子还亲。

“常凡一直很倔强。”杨帷幄叹了一口气。他想起以前告诫过常凡，投资就是要做自己搞得清楚的事。

“要做自己搞得清楚的事”是杨帷幄投资多年的深刻感悟。

他刚做老总那会儿，有一次去美国金融市场考察，在一个论坛上遇到了一个干瘪的小老头儿。这个老头儿穿着十分朴素，与大街上的老头儿看起来没有什么差别，然而，身边的人告诉他，这个人就是美国首富——沃尔玛超市的创始人山姆·沃尔顿（Sam Walton）。杨帷幄当时马上请教他：“请问您是如何做到那么有钱的?”老头儿平静地说：“我只做了一件事，做自己搞得清楚的事情。”

袁得鱼停了一下，切入了正题：“其实我这次过来，主要是想问你关于帝王医药的事。”

“嗯，你直说便是。”杨帷幄爽快地说道。

“我爸爸叫袁观潮，就是海元证券的创始人袁观潮。”

“袁观潮?”听到这三个字，杨帷幄呆住了，半晌没说出话来，“就是那个佑海‘证券教父’?”

“嗯。”袁得鱼点点头，“五年前的帝王医药一役，你显然是最大的受益者。我只是想知道，你当时为什么会那么坚定地选择做空，而唐子风为什么在已经旗开得胜的情况下，倒戈海元证券？”

杨帷幄对这个话题一直讳莫如深，但一想到唐子风，就隐约有一种不祥的预感。眼下，唐子风在很多资源上，几乎可以做到一手遮天，而自己如果真要报这一箭之仇，也只能靠袁得鱼。眼前的袁得鱼虽然还年轻，但杨帷幄始终觉得，他身上蕴藏着一种让人无法忽视的巨大能量。

杨帷幄回想着过往的片段，压低了声音幽幽说道：“有些事情我不知道该不该说，在我当年接手海元证券的时候，发现海元证券并没有像外界所说的那么有钱。我还无意中发现了海元证券的一个秘密，就是我在整理东西的时候，看到了你爸爸做的帝王医药的项目计划执行书，上面写着‘做空’，落款是 5 月 28 日，而这个日期，正是交易的前一天，它应当就是执行操作前最新的一份计划书。同时，我还发现一个很诡异的细节，在你爸爸留在抽屉里的工作手册上，他对这个交易也有同步的记录，他在 5 月 27 日的记录栏上写着‘做多’，还顺手写了几个交易数字。也就是说，你爸爸此前一直打算做多，但 5 月 28 日已经改变主意，他似乎知道政府会补贴。然而，在 5 月 29 日当天，他还是选择了疯狂做多。”

杨帷幄的说法与袁得鱼手上交割单的记录完全相符，袁得鱼进一步问道：“到底是什么让我爸爸最后做出那样错误的选择呢？”

“有一件事情，我也只是听说，不知道与你爸爸卧轨自杀是否有关联。”杨帷幄停顿了一下说道，“就在 5 月 28 日清晨，发生了一件只有很少人知道的事。我听说，你爸爸前一天并不在佑海，而是在米乡一个小城，他从米乡回来的时候，是清晨五六点，天空起了迷茫的大雾，他们那辆车在路上耽搁了很长时间，中途也联系不上，很多人甚至猜测他们会不会发生了车祸。在交易正式开始前的 10 分钟，人们才看到你爸爸出现在海元证券大楼。”

“你是说，那两天发生的事情让我爸爸改变了主意？”袁得鱼惊讶万分，当天，他在嵊泗醒来的时候，就看到爸爸已经走了，他完全不知道爸爸遭遇了什么。但从杨帷幄所说的时间看来，与那天发生的情形完全吻合。

“杨总，你是怎么听说车祸的事情的？还有谁在现场？”袁得鱼紧追不舍。

“说来也巧，这是海元证券以前那个老司机告诉我的。他说，原本应该是他开车接你爸爸回来，但当时，正好有你爸爸的两个朋友说他们知道一条山路，可以将行程缩短1/3，他们此前就那么过来的，没有任何问题，于是，你爸爸就跟着那两个朋友的车走了。后来，他接到了你爸爸打来的电话，你爸爸说自己在山底下某个电话亭等他。他开车过去的时候，看到你爸爸身上满身泥土，但是你爸爸并没有说什么，最后还是他载着你爸爸回来的，所以耽搁了不少时间。”杨帷幄有些伤感地说，“唉，那个司机没过多久就病死了，不然或许还可以问他更多细节。”

袁得鱼不无遗憾地叹了口气，继续问道：“你当时为什么要入主海元证券呢？唐子风也拼命想入主海元证券，他那么坚决，你不是相当于与唐子风公开宣战吗？”

“呵呵，人为财死，鸟为食亡，不都是为了传说中的那笔巨额资金吗？因为在帝王医药事件的整个过程中，一直有一个结无法解开，就是当时帝王医药反收购的资金不知去了哪里。这笔资金，从头到尾好像都没有真正启用过。谁都知道，这笔巨额资金不可能莫名地消失，应该流到谁的口袋里去了。尽管我幸免于难，但说真的，我没有赚到什么钱，我听说唐子风也没有赚到。尽管海元证券在最后九分钟的时候，出现了巨亏，这个巨亏的数额在账目上也很清楚，但是追沽的巨款在前，就是说，你爸爸实际赚了33亿元。然而，目前谁也不知道这笔巨款的去向，理论上，这笔钱应该还在海元证券，但我从来没有见到过。很多年过去后，大多数人都会忘了细节，只有当事人在持续跟踪……”杨帷幄一边想一边说。

杨帷幄这句话也点到了袁得鱼当初最大的疑惑，袁得鱼追问道：“唐子风千方百计要拿到海元证券，是不是也是为了那笔巨款？这就奇怪了，如果真有这笔巨款，你应该早就拿到了，可你刚才说，并没有找到这笔资金，不是吗?”

“确实，在这件事情上我自认倒霉。但我觉得奇怪的是，唐子风好像也并不是完全冲着这笔资金来的，他好像同时还在寻找其他什么东西。”

“你怎么知道他在找其他东西呢?”袁得鱼心想，又是找一件东西，这个说法与魏天行说的完全吻合。

“我不仅知道他在找这个东西，我还知道他没有找到。他前阵子来过，当面问我那个东西是不是在我身上。我猜测那个东西应该不大，或是可以记忆的东西。若真有什么东西，我怎么可能带入监狱?这显然是不符合逻辑的。”杨帷幄思路依然缜密。

“你觉得那会是什么东西呢?”袁得鱼也紧张起来，他有种感觉，距离真相越来越近了。

“当时，他还问了我一个问题……”杨帷幄犹豫了一下，还是决定不说。

正在这时，袁得鱼缓缓从衣服内袋里拿出一张纸，在杨帷幄面前慢慢展开。

杨帷幄分明看见，这是一张布满折痕的交割单，因为时间的久远，纸张已经呈现出另一种颜色。杨帷幄眼睛模糊起来，他越来越觉得交割单上满是冰冷的血色，不由得颤抖起来。

“你还记得七牌梭哈吗?你可知道，这个模糊的名字是谁?”袁得鱼慢慢地说。

杨帷幄刚想开口，狱警就走过来，面无表情地说：“时间到了。”

杨帷幄对着袁得鱼翕动嘴唇，仿佛欲言又止，但他只得走了。他在进入空荡荡走廊的那一刻，焦虑地转过身，留下一个很无奈的表情。

袁得鱼没有想到，这是他见杨帷幄的最后一面。

当天下午，杨帷幄在擦窗的时候，又想起了袁得鱼。

他觉得在帝王医药事件中，自己多少有些对不起袁观潮，他在袁得鱼面前，把所有线索都推到了唐子风身上，而事实上，自己难道不也是整个事件的密谋者之一吗?

他想起，当时那两个人来到他面前，向他亲自交代了一切。他原本不是很情愿，甚至巨大的利益放在他面前，他都不为所动。

然而，每个人都有弱点，自己唯一的弱点竟然被他们抓住了。在外人看来，杨帷幄结婚后没有孩子，其实他有一个私生子。当时，他那个还在念初中的私生子打电话过来，哭着说，有人敲碎了他的门牙。他不是也害怕了吗？为了自己的孩子，他最后不也低头了吗?

杨帷幄也清楚，自己仅仅是这场复杂计划的一部分，也仅仅知道计划其中的一小部分而已。他们通过唐子风来找自己，他才知道，唐子风也是这个计划的一部分。

杨帷幄平复了一下心情，心想，自己不过是中国资本市场初期发展的牺牲品罢了，没关系，自己还会利用资本市场的特点再赚回来。四年铁窗生涯并不长，东山再起不是没有可能的事，只要坚持一下，我杨帷幄出去依然是一条好汉。

正在这时，杨帷幄背后出现了一只手，出其不意地将他用力推了下去……

杨帷幄就像一只失去重心的大鸟，从窗口坠落下去。

他在空中闭起眼睛，呼啸的寒风从耳边刮过，仿佛在默默请求原谅自己犯下的罪过。嘈杂的声响仿佛被一块巨大的磁石吸走，一个奇怪的声音从遥远的幽暗中而来，越来越近，渐渐响彻起来。他听清了，那是火车奔驰在黑夜的轰鸣，有秩序地发出咔嚓咔嚓声……

刚走出监狱的袁得鱼骤然感到后背一阵发凉，心跳加速。心脏似乎就要从胸口惶恐跳出，这感觉，与当年为父亲买栗子的时候相似。

袁得鱼望了望苍茫的四周，不知道这个时刻发生了什么。

他竖起耳朵，听到很多凌乱的脚步声，由远及近。

他拿出打火机打着，面前迅速升腾起一团火焰——那张伴随他五年多的交割单在风中燃烧，顷刻间化作灰烬，就像一只黑蝴蝶，随风而去。

袁得鱼心想，至少此时此刻，交割单没有存在的必要了，他自己也是。

从监狱里出来后，袁得鱼就不见了踪影。